土默熱：紅學大突破

《紅樓夢》創作真相

卷上

土默熱◎著

目錄

【學者薦言】

打開紅學新視野——「土默熱紅學」小引

一、何處大觀園？

我這兩年在北京，住在積水潭西，地名喚作「小西天」的地方。由積水潭往城裡走，不遠處就是總稱爲什刹海的西海、後海、前海。這三海，連接了北海、中海、南海，是貫通北京城的水脈。什刹海周邊，因尚留存不少胡同四合院，所以眼下是北京著名的酒吧區，吸引無數老外及港台同胞來此乘三輪車、逛胡同、喝酒、獵奇。但其中之王公府宅多半已成了機關、軍隊或工廠之駐地，只有一處尚有園林花木可觀，那就是恭王府。

恭王府早期是李廣、宋犖的，後來恭親王奕訢住了，他後人溥心畬也住過，一九三二年才賣給輔仁大學做校舍。後來輔仁併入北師大，又成了北師大的女生院，繼而中央美院等單位也佔用著。近年美院才遷走，重新整葺，開放觀光。旅行團帶了一車車遊客來，都說：「看，這就是和珅的院子！」要不就說：「這兒就是《紅樓夢》的大觀園！」幾乎沒有人提到恭親王，或溥心畬張大千在這兒住過的事。

恭王府便是大觀園的傳說，清已有之，近世紅學家周汝昌主張尤力。但一來周先生所考證的《紅樓夢》作者曹雪芹，生於雍正二年（一七二四），不及親見曹家在江寧織造局的富貴繁華景象。曹家在被抄家調回京城後，事實上生活頗爲窘迫，目前史料所知，他們住在蒜市口的老屋，都還是繼任江寧織造隋赫德送的，焉有能力去起造大觀園？就算如周先生說曹家曾一度中興，但一個「包衣」人家，實不過是皇家的奴才，在北京這種帝都，敢令人側目地建偌大的花園嗎？他又有此本事嗎？再說，以子之矛，攻子之盾，周先生對恭王府的歷史既考得如此詳細，康雍間是宋犖宅、乾隆間是和珅宅，那曹家在什麼時候來把它建爲大觀園呢？

我現在北師大擔任特聘教授，這個園子當然不時會去逛逛。去時偶逢鄰里老人，聊起來，他們都會熱心地告訴我妙玉的櫳翠庵在東牆外什麼地方、寶玉溜出城從哪個門走、賈璉娶尤二姐的花枝胡同又在哪兒等等。他們相信恭王府就是大觀園，所以處處看著都覺得像。可惜我不相信，因此愈看愈不像，只能聽聽。

紅學家有許多人也跟我一樣，不相信北京恭王府就是大觀園。他們認爲曹雪芹若要寫家族的繁華生涯，地點便當在南京；何況早在乾隆年間明義袁枚等人即曾說過大觀園就是隨園了。曹家北遷後，園林賣給了隋赫德，故名隋園。袁枚又從隋氏手上買得，所以改名隨園。此說，紅學家趙岡、吳世昌主之。據胡適考證，曹雪芹生於康熙五十七年（一七一八），還趕得上在南京度過童年少年時期，有可能根據江寧織造的園林格局來創造大觀園。

但這也就是推理上說說而已，並沒什麼具體的證據。我於一九九〇年領了一個團去南京開明清小說研討會，住在已改名爲南京師範大學的隨園舊址。大雪紛飛，披大氅，踏雪尋梅，遙想《紅樓夢》諸豔「琉璃世界白雪紅梅，脂粉香娃割腥啖羶」，不勝嚮往。尤其是當時並無烤鹿肉或什麼牛乳蒸羊羔可吃。後來在二〇〇四年，南師大特設了一個唐圭璋講座教授的名銜，聘我去住了半載，每日徜徉於花樹林泉之下，擬想紅樓舊事，就更多體會了。

然而我還是不相信隨園就是大觀園。原因主要是缺水。大觀園裡住的女子，都是水做的，水精水靈。整個園子，重點和主脈也是水。因此戴志昂的大觀園示意圖，是中央一片大湖，類似頤和園那樣；葛真的，則是中央一條水路，一應建築均依水路而設；還有人主張水路應不是一條，而是從沁芳閘流入後，在稻香村附近分成兩條，到怡紅院左近再合而爲一。總之園子是依水建的。主要水流之外，更有無數池子。池又都甚大，藕香榭、蘆雪庵都建在池中，四十回賈母還望見池中一群人在那裡撐船。

隨園都無此景。這固然是市井變遷、人世滄桑之故，但據我在那兒生活過一段的觀察，該地山脈水系，實與大觀園迥異。園林格局改變容易，陵谷水脈要整體改變就難，說隨園即是大觀園的先生們，大抵只注意到園林建築而未甚著意其水系也。

考證大觀園的，還有皇家園囿說、蘇州拙政園說、北京自怡園說等等，忽焉在南、忽焉在北，忽而是私園，忽而說是仿皇苑以爲藍本，又忽而說是合併南北、融會官私，總之是莫衷一是。而我則每聽得有一處可能是，便要跑去瞧瞧。瞧東瞧西，這麼些年，卻也沒看出什麼道理來。

近來，《紅樓夢》作者權之爭又有了新發展，曹雪芹逐漸失勢，或云他只是增刪者，原作另有其人。這個人是誰呢？或指是其父曹頫，或說是曾作《長生殿》傳奇的洪昇。這後一說的主張者，是長春一名教授，姓土，簡稱老土；名默熱，故其書名《土默熱紅學》。大意謂洪昇寫了《紅樓夢》初稿，帶去南京拜訪曹寅，托曹代其刊刻。不幸返程落水而死，所以稿子就留在曹家。曹家不久亦遭難，無力代刊，到曹雪芹時，感觸前塵，才將之增刪批校成爲今本。

由於洪昇是杭州人，故大觀園之原型即是他老家在杭州西溪的洪園，旁連高士奇接康熙駕的西溪山莊、大鹽商汪然明的西溪水閣等等，整體構成大觀園之框架。西溪是塊濕地，河汊縱橫，現在杭州將之闢爲國家濕地公園。從水看，寶釵住的蘅蕪苑、迎春住的紫菱洲、惜春住的藕香榭就有著落了。蘆雪庵蘆花似雪，似乎正是西溪著名景點秋雪庵的寫照。

我曾與杭州古籍出版社的王翼奇、尙佐文、社科院的吳光等先生一同去遊過西溪。丙戌深秋，陳曉林兄由台北來，說金觀濤劉青峰夫婦在杭，我們去找他們喝趟酒吧，於是專程飛杭州。路上聊起這老土新說，乃決議再去西溪看看。

第一天傍晚去，景區云：日已暮矣，蘆葦蕩中恐迷歸途，不准入內。只好於次晨再往，搖櫓而至其秋雪庵中。庵祀兩浙詞人，故特有一種悱惻馨逸之氣。而四圍環水，蘆葦呼風，只差不見探春披著大紅猩猩氈斗篷、帶著觀音兜從裡頭出來。兩人徘徊沉吟了一番，才又悄悵、又歡喜地盪著棹回去。

回去後，曉林囑咐我：「土默熱新說，看來有些道理，我準備把它印出來；這《紅樓夢》舊事，你好好考一考吧，看看大觀園到底在哪，作者又究竟是誰！」

二、誰是原作者？

《紅樓夢》的作者是誰？不就是曹雪芹嗎？

這在近幾十年間已經成爲常識的事，其實並不如一般人所認爲的那麼確定，如今紅學界爲此，可謂烽火連天，正吵得熱鬧呢！

鄧牛頓〈《紅樓夢》中的湖南方言考辨〉認爲《紅樓夢》作者非曹雪芹，而是一位曾在湖南住過很長時期的人（《上海大學學報》二〇〇三年五期）。張傑〈曹雪芹不是《紅樓夢》原作者〉認爲書是原作者跟曹雪芹合作的（《唐都學刊》二〇〇〇年一期）。孔祥賢〈《紅樓夢》的破譯〉，則說是曹雪芹之父曹頫原作。李雪菲不同意，說應是曹雪芹二伯父曹碩，批書的畸笏叟才是曹頫。至於批書人松齋、梅溪、棠村，全都是曹雪芹的弟弟棠村（《學術探索》二〇〇三年一期）。張振昌〈試論《紅樓夢》後四十回的作者爲曹頫〉，則說曹頫既是畸笏，也是續書人。陳林〈破譯《紅樓夢》時間之謎〉更有趣。他根據書中一些天文曆象數字關係，判斷曹頫即批書人脂硯，此君同時也就是作書人，生於一七〇六年七月八日。至於曹雪芹，因生於「四月二六未時交芒種」時，故是六月六日生。他還爲此上書大陸教育部文化部，要求改寫教科書及一切文件中注明曹雪芹是《紅樓夢》作者的文字，改成作者是曹頫。他的網誌，名稱就叫「誰解紅樓？標準答案：陳林」，頗有睥睨學林之氣概。

我引的這些，都是正式的學報性文字，不是市井閑談。由這些論述，便可知道《紅樓夢》作者著作權的官司還有得打，目前尚難定讞。

何以會這樣？

其實，《紅樓夢》的作者是誰，在乾隆年間它初問世時就已莫衷一是了。於乾隆五十六（一七九一）年首先刊刻其書的程偉元、高鶚，便在序中明白說過：「作者相傳不一，究未知何人。惟書中記曹雪芹先生刪改數過」。這是因第一回有「後因曹雪芹於悼紅軒中批閱十載，增刪五次，纂此目錄，分出章回，則題曰：金陵十二金釵」（甲戌本）的話，故據之而敘。這段話，說是原作某書到了曹雪芹手上，整編後才改題為《金陵十二金釵》，故曹氏只是增刪者。

到了嘉慶十九年至二十五年左右，裕瑞《棗窗閑筆》，仍持此見解，云：「諸家所藏抄本八十回書，及八十回書後之目次，率大同小異者，蓋因雪芹改《風月寶鑑》數次，始成此書。抄家各於其所改前後第幾次者，分得不同，故今所藏諸稿，未能劃一耳」。又說：「聞舊有《風月寶鑑》一書，又名《石頭記》，不知為何人之筆，曹雪芹得之。以是書所傳述者，與其家之事跡略同，因借題發揮，將此書刪改至五次……易其名曰《紅樓夢》」。換言之，曹雪芹只是增刪者，這是明確了的；至於作者，卻仍不知為誰。一些傳說，如《樗散軒叢談》說此書乃「康熙間京師某府西賓常州某孝廉筆」之類，仍在社會上流傳著。

當時人對曹雪芹究爲何人，也不熟悉，因此乾隆五七年袁枚《隨園詩話》卷二說曹練亭於康熙間爲江南織造，其子雪芹撰《紅樓夢》一書，年代跟自己已相隔百年。西清《樺葉述聞》則說：「《紅樓夢》始出，家置一編，皆曰此曹雪芹書也，而雪芹何許人，不盡知也」。據他推測，雪芹乃曹寅曾孫，曾隨曹寅在江寧織造任上。據後來紅學家們研究，曹寅不叫練亭，叫楝亭；曹雪芹既非其子，亦非曾孫，乃是孫子；當然也不可能隨曹寅就織造任；跟袁枚是同時代人，非相隔百年。如果紅學家的考證不錯，那就可見當時曹雪芹名不見經傳，大家對他都不清楚。

曹雪芹爲重編者或原作者，漸漸亦混爲一談。在《紅樓夢》傳說是納蘭性德情史、明珠家事、傳恆家事、順治與董小宛事等等之外，也有人認爲即記曹雪芹自家之事。他那曾任江寧織造的家世，正好便可應和此說。推波助瀾之例，最典型的，就是前文所舉的袁枚《隨園詩話》。該書道光四年刊本添了一句這樣的話：「中有所謂大觀園者，即余之隨園也」。假如曹雪芹生長繁華，以自己住過的園子來鋪寫成書中的大觀園，則《紅樓夢》一書，講的不就是他自己的經歷嗎？可見這時已有書是雪芹自傳的想法，所以才會有人插入這句話。

後來胡適沒注意到乾隆本跟道光本的不同，以爲這是一條最早關於《紅樓夢》的旁證資料，可以證明乾隆時文人承認《紅樓夢》是曹雪芹作的，大觀園即後來之隨園，曹雪芹又是曹寅的後人。所以由此發展自傳說，逐步落實曹雪芹家世及他撰寫《紅樓夢》過程之考證，形成了八十年來的新紅學體系。

但大觀園即隨園那句話，根本就不見於乾隆本。乾隆六十年明義〈和隨園自壽韻十首〉之一，雖也有「隨園舊址即紅樓」之句，但同作於乾隆末年的周春《閱紅樓夢隨筆》便已不信，說：「此老善於欺人，余未深信」。且明義雖見過抄本《紅樓》，還題過詩，可是他見到的，跟現的《紅樓夢》頗有不同，未必即是一書。最明顯的，是他說《紅樓》備記風月繁華之盛，紅樓中有某「校書」尤豔云云。校書即妓女，彷彿紅樓是青樓了，今本無此情節。至於袁枚，他連曹雪芹之年代與家世也搞不清楚，他的言論又能比其他各種關於《紅樓夢》作者的說法更具證據力嗎？建立在這些資料上的曹雪芹著作權，乃因此而終究不能令人心服呀！

再說，順著袁枚提示的線索，把曹雪芹跟曹寅掛鉤起來，曹雪芹所寫的紅樓舊事，當然就是曹府所經歷之事了。於是《紅樓夢》的研究，乃有一大部分是在做「曹學」，討論書中人事跟曹家的對應關係如何。但研究到現在，曹家及其親朋好友之相關家譜、檔案、奏摺、文集都翻查了個遍，卻並沒有找到曹雪芹其人。《八旗滿洲氏族通譜》中曹寅一系，根本沒一個叫雪芹的，倒是曹寅自己號雪樵。若雪芹真是曹寅的孫，那就不應犯重，也叫雪什麼。雪芹可能是字，其名，據紅學家說他名霑。但氏族譜裡也找不到曹霑這個人。人都沒個影兒，有關他的生年、卒日，當然就更是眾說紛紜了，幾乎沒有兩位紅學家對此是意見相同的。

正因為如此，所以認為《紅樓夢》不是曹雪芹所做，或所寫之事與曹寅家族事跡無關者，才會一直不斷。

三、糾繚舊爭論

在清朝時，說此書乃曹雪芹自敘者，實爲少數。占主流意見的，不是自傳說，而是他傳說。至於到底是傳述誰家事蹟，說者不一。前文說過，有人主張是講明珠家事，有人說是指和珅家，還有傅恆家、袁枚家、張謙家等傳說，更有不少人相信是指順治皇帝的事。

最後這一種說法，淵源老而勢力大。但說此書寫順治事，只是一個總稱，說的不只是順治個人的事，而是順治那個時代。因此董小宛入宮、順治出家，固然是書中之事，其他如多爾袞事及南明史實，往往亦藏乎其中。而其宗旨，則在哀故朝而譏滿清也。

這種種族主義的解讀方式，在清朝其實就已盛行。梁恭辰《北東園筆錄》同治五年刊本即載有滿洲人玉研農說：「稍有識者，無不以此書爲誣蔑我滿人，可恥可恨」。又一滿人那繹堂也說：「《紅樓夢》一書爲邪說詖行之尤，無非糟蹋旗人，實堪痛恨」。可見當時滿人已對此頗有警覺。

到了清末，排滿之風愈盛，此等說法自然更爲昌行，蔡元培《石頭記索隱》即屬此中之一。它以爲女人指漢人，男人指滿人，謂《紅樓夢》中敘事自明亡始，兼攝順康朝史事，是發揮民族主義的政治小說。類似的看法，還可見於孫渠甫《石頭記微言》、錢靜芳〈紅樓夢考〉、鄧狂言《紅樓夢釋真》、王夢阮沈瓶庵《紅樓夢索隱》、壽鵬飛《紅樓夢本是辯證》

等。壽鵬飛還對曹雪芹另有考證，認爲根本與曹寅家族無關，乃是另一人，即著有《四焉齋集》的曹一士。爲什麼曹雪芹不是曹寅家人？除了其他考證問題外，此種民族主義式的解讀，當然與曹家漢軍鑲黃旗包衣的身分不相容。若「滿人」之一支的曹雪芹真是《紅樓夢》作者，他怎麼會有那些漢民族思想來批判滿人呢？

既然民族主義式解讀不能承認曹寅孫子曹雪芹是《紅樓夢》的作者，那麼《紅樓夢》的作者又是誰呢？這些論者大都不明指究竟是哪一位，只泛說爲明遺民，或「原本」「原作」，鄧狂言則疑爲吳梅村作，或集體創作。

胡適的考證，譏諷這種解釋是索隱派笨猜謎，重拈曹雪芹自敘傳說。但新紅學之考證與索隱派，真正不同處，並非方法，而是方向。俞平伯說得好：「試想一想，何以說寶玉影射允礽、順治帝即爲笨伯，而說寶玉爲作者自影非笨伯？……萬不可說我們的方法聰明，因爲我們實在用的是極相似的方法」。方法上，兩邊都差不多，只是一說小說記載的都是自己家裡的事，一說小說記載了國家大事而已。由於如此，故新紅學雖然一時風靡，蔚爲主流，持他傳說者仍不稍減。潘重規《紅樓夢考》《紅樓夢辯》就力主明遺民血淚說，杜世傑《紅樓夢悲金悼玉考》《紅樓夢原理》《紅樓夢考釋》等，亦是如此。

近些年，有關《紅樓夢》作者問題，已不再能用「自傳／他傳」或「索隱／考證」來區分，因爲業已混糅難辨，形成非常複雜的狀況。

舉例來說，皮述民〈脂硯齋與紅樓夢的關係〉，仍主張曹雪芹作，內容也仍是曹家事，但他區分出原作及續作。說雪芹早年曾寫過一本「戒妄動風月之情」的小說，脂硯齋也寫過一本《石頭記》，後來並請曹雪芹根據這個初稿來續作。因爲皮先生認爲脂硯才是曹顒的遺腹子和寶玉的原型（一九七三年，南洋大學學報）。一九七九年以後，戴不凡一系列文章則說今本《紅樓夢》是曹雪芹在石兄《風月寶鑑》舊稿的基礎上改作而成的。吳世昌〈論石頭記舊稿問題〉，不同意石兄舊作《風月寶鑑》說，但認爲《風月寶鑑》與《石頭記》應該是一本書，乃脂硯作，非雪芹之稿。後來雪芹在它的基礎上增刪改訂，才成爲《紅樓夢》。文收入吳先生《紅樓夢探源外編》，另詳其〈論明義所見紅樓夢初稿〉。此外，薛瑞生、杜春耕一系列文章也都主張今本《紅樓夢》是將雪芹自己的《風月寶鑑》和別人的《石頭記》合起來後再創作而成的。這類論述，大體仍相信小說主要是寫曹家的事，作者也有自敘傳的成分，但卻分出了兩個作者，一是原作，一是續作、改作或合併兩書而成新作的曹雪芹。

張愛玲的說法則不同，她也說今本《紅樓夢》是合併了舊作《風月寶鑑》而來的。例如秦可卿故事，應是《風月》中的重頭戲，後來刪掉，只剩些零碎在各回裡。太虛幻境，也是舊作裡的東西，原先叫太虛玄境等等。但她不覺得小說是自傳，也不覺得寶玉是曹雪芹。她說寶玉大致是脂硯的畫像，但書內多虛構之情節：「畫中戲肉都是虛構的」「前七十回都是假事」（一九七七·紅樓夢魘·三詳紅樓夢）

面對這些說法，堅持作者仍是曹雪芹的人，便提出一種「一稿多改」的講法。說前後稿都是曹雪芹作的，只因五次增刪，故內中多有矛盾及錯落。所有被認為屬於舊作痕跡者，都可視為曹雪芹自己的舊稿。

反對一稿多改的，則如皮述民、吳世昌說《石頭記》舊作出自脂硯齋；戴不凡說出自石兄；葉玉華說《風月寶鑑》的作者應是棠村，曹雪芹寫的是《金陵十二金釵》；薛瑞生說《風月寶鑑》作者才是雪芹，《石頭記》的作者乃是石兄；惠康祐說兩書都非雪芹作，《風月》的作者更不是旗人，《石頭記》則是曹氏族人寫的，曹雪芹將兩者合併了；湖淑芳說《風月寶鑑》為明人舊稿……等。大體皆強調曹雪芹的整理者角色，並非主要作者。

曹雪芹非《紅樓夢》原作者（不論這所謂原作如何解釋），只是個重要的編輯整理人，其實是最早期的講法。但紅學繞來繞去幾百年，現在才好像又回到了原點，說起來有些喪氣，可是問題也不是沒有進展的。

四、打開新視野

進展可以由兩個例子來看：一是陳林的說法，一是逗紅軒的研究。

陳林之說，前文已介紹，他認為《紅樓夢》的作者不是曹雪芹，乃其父曹頫，曹頫同時也就是脂硯，曹雪芹乃是刪削整理者。陳氏自認為貢獻在於「破譯」了書中人年齡的奧秘，然而實際上價值並不在此。

利用書中人八字等所謂內證密碼來說明相關人物指涉，並證明八十回與後四十回乃一個整體，從前高陽便優爲之。以「虎兔相逢大夢歸」來解說元春影射平郡王福彭，破譯不可謂不巧。然紅學界對此，並不甚看重。如今陳林之作法，無乃類此。

但陳氏把作者權歸給曹頫，卻另有一個意義。猶如高陽先生找出福彭這層關係，其實要講的乃是：《紅樓夢》真正的故事場景不在南京織造局，而在北京，轉移了地域場。陳林說《紅樓夢》作者非雪芹，是曹頫，關鍵也在於轉移了時間場，把故事往前提了一輩。爲什麼故事往前提會比較合理呢？

大家都知道，把《紅樓夢》作者權歸給曹雪芹，有個致命的缺點：曹雪芹若生於雍正二年甲辰，如周汝昌先生所考證，則「趕不上親見曹家繁榮的時代」（胡適與周汝昌書）。曹雪芹沒親歷過繁華，還怎麼寫《紅樓夢》呢？因此很多紅學家只好拚命設法把曹雪芹的生年往前拉，例如王利器等人就主張提前十年，生於康熙五十四年乙未（一七一五年），周先生主張的生於一七二四年，既趕不上曹家在南京的繁華時光，於是便說曹家在北京還有一段「中興」的經驗。可是中興說又沒什麼史料可資佐證，高陽先生費盡苦心去找出曹家與平郡王福彭這層關係，即是要彌縫這個理論的缺口。

但假如《紅樓夢》的作者原本就不是曹雪芹，而是他父親曹頫，年代問題就自然解決了。整個故事皆是曹雪芹上輩人的事，長期困擾紅學家的曹雪芹生卒年歲之爭，即告豁然。

不是陳林一個人想到這一點。前文介紹李雪菲說《紅樓夢》作者係曹雪芹二伯曹碩，曹頫是批書人畸笏，亦是這個思路。徐乃爲〈《紅樓夢》中人物原型考索〉也認爲過去把曹雪芹視爲寶玉、父親曹頫視同賈政，錯了一輩。賈政應該是寫曹寅、寶玉應該是曹頫、曹雪芹應該是賈蘭（見《南都學壇》二〇〇二年六期），也是此一思路。

此一思路並不放棄《紅樓夢》與曹家及曹雪芹有關係這一個線索，但把整個時間場域往前挪了一代。另一條思路，則是放棄曹雪芹曹家這條線，逕從比曹雪芹更早的時間場域裡尋找原作者。

我講過，歷來談《紅樓》均有一種說法，謂此書乃明末遺民所作，書中頗寓種族思想，爲政治小說。在紅學家感覺把著作權歸給曹雪芹或曹家總有許多講不通的地方時，有些人就會回頭再去考慮這條老線索。

這老線索所指涉的時間，恰好是跟把著作權從曹雪芹往前提之想法較爲相合的。無論說《紅樓夢》是講晚明遺恨、順治出家或什麼，小說之時間場，都在順康之間。在這段時間裡，誰比較有可能是《紅樓夢》的作者呢？

過去只說是明之遺老。此說看似無稽，指不出一個具體的人來。但遺老隱姓埋名，寫成這部隱藏著民族血淚的奇書，不是恰符情理之常嗎？此書自出世伊始，即「作者相傳不一」，不也正因爲這個原因嗎？故無法具體指實爲誰，不足爲病。只不過，人情上總仍是希望能曉得到底作者是誰的，所以鑽研考據者亦總不乏人。

鄧狂言曾猜測此書是吳梅村作，或集體創作。說是吳梅村，大概是根據甲戌本：「改《石頭記》爲《情僧錄》，至吳玉峰題曰《紅樓夢》，東魯孔梅溪則題曰《風月寶鑑》」這段話。此段，眉批又有「雪芹舊有《風月寶鑑》之書，乃其弟棠村序也」云云，吳玉峰、孔梅溪、棠村，三個人名中，頭中尾三個字，恰好就是吳梅村。梅村之文才與身世，當然有資格寫《紅樓夢》這樣的書。他原本就寫過《通天閣》戲曲，假借梁朝侯景之亂以後，士人沈炯旅居長安，在通天閣下入夢的經過，來發抒興亡之感與淪落之哀，精神與《紅樓夢》自有脈絡潛通之處。何況甲戌本三個人的人名編排看來也大有涵義，故此說亦不能說是毫無可能。不過，梅村畢竟生得稍早了些，卒於康熙九年（一六七〇），順治一代及康熙朝前段史事，固所身經，涉及《紅樓夢》重頭戲的康熙幾次南巡，便皆不及與聞了。

由比梅村略晚一輩的人裡去找，洪昇就是最受矚目的了。首倡《紅樓夢》作者應是洪昇的，即是土默熱。但他的研究，等會兒再談，先說受他影響而更激進的逗紅軒。

逗紅軒，不知何許人也，並無著作出版，論述皆放在網站上。他亦是主張《紅樓夢》作者爲洪昇的，但與土默熱略有不同，兼取了集體創作說。謂洪昇寫《石頭記》到第五十回左右，求助於朱彝尊、趙執信、查慎行，所以後三十回爲集體構思之結果。書只八十回，到乾隆朝，乾隆指使和珅令程偉元、高鶚僞造續貂後四十回，才成爲今本《紅樓夢》。

因此他力斥《紅樓夢》爲僞書，欲復《石頭記》之舊，認爲脂硯、畸笏都是洪昇自己。甲戌、庚辰及戚蓼生序本也都是洪昇自作，只是不斷調整行款，例如把眉批側批改爲雙行批回前後批之類。五十回以後，薛寶琴的燈謎詩、懷古詩，逗紅軒則認爲是趙執信、查慎行所作。寧國府除夕祭宗祠，由寶琴眼中看來，卻是朱彝尊所寫。因爲朱曾任日講起居注官，對宮中儀制甚爲熟悉，康熙六次南巡，朱又接駕四次，其經歷皆可補洪昇之不足。

他的解析方法，主要是從諧音和謎語入手，兼採種族說和個人身世自敘傳說。洪昇個人家世及遭到斥放的經驗，固然是《石頭記》之主要內容，但其中兼含國恨，故以林黛玉、妙玉代表漢族，以薛寶釵、史湘雲代表北方民族，寶釵代表清、湘雲代表北魏金元。

他又說秦可卿爲崇禎、寶玉爲傳國璽、寶釵黛玉爲印泥。五十四回，鳳姐道：「等散了，咱們園子裡放去，我比小廝們放得還好呢！」談的是放煙火炮竹；但逗紅軒解釋說：這是暗指書中真事要等清朝亡了以後，也就是散了，才能寫出。故其書只寫八十回，尚留四十回以待後人續作。在當時寫這樣的書還是十分危險的，是以鳳姐將賈母杯子拿起來，將半杯剩酒吃了，將杯子遞與丫鬟，另將溫水浸的杯換一個上來，就是朱彝尊曾勸洪昇改傳奇體爲小說，較爲溫和保身之隱喻。此外，他解〈廣陵懷古〉是詠柳如是、〈桃葉渡懷古〉是詠卞玉京、〈青冢懷古〉是詠馬香蘭、〈馬嵬懷古〉是詠李香君等，十二金釵，皆明末名妓，《風月寶鑑》之風月二字便也有了著落。

諧音與猜謎的方法，及具體解釋書中段落即指某某史事，可能不被大多數讀者接受；但此君扣住洪昇來說，且結合國愁（仇）與家恨、自傳與他傳、風月與政治之解析路數，無疑爲一新的方向。此一方向，可以避開紅學界糾纏在曹雪芹身上的一些死結，例如曹之姓字年歲目前仍不確定等等，也可以把時間提前，又可以兼攝從前不相容的「自傳／他傳」「索隱／考證」「國愁／家恨」等各種矛盾的講法，所以値得注意。

五、土默熱紅學

好了，講到這兒，便可以開始談土默熱這本《土默熱紅學》了！

看倌莫怪我前言叨絮太長，扯了如此之久才開始談土默熱。實是因爲紅學太複雜，讀者乍然接觸到土默熱的說法，不知其來龍去脈，恐怕也就不會曉得其說到底意義何在。

由上面的分析，我們可以知道：把《紅樓夢》創作的時間提前，或在曹雪芹之外尋找原作者；而在作品內涵的解釋上又不拘限於自敘傳說，乃是現今紅學發展上之新思路。不只上文談到這些，包括引起爭議的劉心武「秦學」說，把秦可卿設想爲廢太子允礽的女兒，其實亦是把過去索隱、他傳的一些講法吸收進來。只不過，綜觀這整個思路，各有各的偏重，或只涉及新思路的一個方面，而土默熱則是在此中最能全面展示這個思路的。

《土默熱紅學》篇幅頗大，論旨因爲是在發展中形成的，故前後亦不一律。總體說來，其意見是：

（一）書爲洪昇作。洪氏爲杭城世族。但洪昇少時因家中天倫之變，曾經逃家；後其家遭三藩之亂牽連，父母充軍寧古塔，家遭抄沒。獲赦之後，本可復興，可是洪昇卻在國喪期間，聚演「長生殿」，以致得罪，革去科名。百年家族，至此完成失去了振興的希望。《紅樓夢》所顯示的家族盛衰史，正是洪昇生平之寫照。

（二）洪昇家中兩位妹妹，一群表姐妹，及他的妻子黃蕙（也是表妹）都是文采斐然的才女，曾在洪家洪園吟唱，並結爲蕉園詩社。《紅樓夢》中所描寫的大觀園，及所記「當日閨友閨情」者，卽是此一生活之寫照。後來這批女子或婚姻不幸，或早卒，或遭罪抄沒，故此書有爲閨閣昭傳之意。

（三）洪昇淹留於京城時，曾隱於盤山逃禪，與智樸和尚相善，寫作《紅樓夢》時托喻大荒山無稽崖青埂峰，即指此。至於吳玉峰、孔梅溪，他認爲是指當時大名士吳喬與王漁洋。

（四）以上所說，都只涉及洪昇的個人身世之問題，可是《紅樓夢》並不只談家事，還涉及國事。因爲洪昇寫過《長生殿》，此曲與《紅樓夢》適相表裡，秦可卿與元妃就是由楊貴妃轉化來的人物。洪昇寫《長生殿》時，借安史之亂來感歎明清興亡；寫《紅樓夢》時，也是以美人故事來寄寓同樣的感慨，情況猶如孔尚任寫《桃花扇》那樣。

（五）洪昇寫了《紅樓夢》以後，曾去南京找曹寅，把手稿拿給曹寅看，並託曹刊刻問世。洪昇回程時就落水死了，曹家後來也家道中落。曹雪芹在家庭不幸中，讀到了這部稿子，引發了共鳴，於是批閱十載，增刪五次，成了現在這部《紅樓夢》。

以上每一點，都涉及瑣細而複雜的考證問題，不能遽言其是非；但從大結構上看，它結合國愁〈仇〉與家恨、自傳與他傳、風月與政事，是十分明顯的，立說亦甚巧。曹雪芹及曹家在這個新解釋中並沒被有排除出去，他竟找著了洪昇與曹寅原本交好的資料，說洪昇曾爲曹寅的傳奇《太平樂事》作序；去南京時，曹寅又爲他在江寧織造府中暢演三日《長生殿》。然後再進而推測《紅樓夢》原稿亦因此而留在曹家，曹雪芹仍是整編增刪者。

在家恨方面。洪昇之家世及其遭遇，確實比曹雪芹更有資格成爲《紅樓夢》的作者，原因之一是洪家百年簪組，曹雪芹，如果真有這樣一個人，也只不過是皇家的包衣，並非世家。

而且曹雪芹大概沒法趕上曹家在江寧織造府時的繁盛歲月，不比洪昇確實過過好日子，盛衰之感大不相同。再者，洪家後來遭罪遠戍，籍沒之慘，以及洪昇本人才華震耀卻遽因瑣事斷送功名，跌得重、跌得絕望，也不是曹雪芹能比的。

至於文采，曹雪芹沒沒無聞，連袁枚也搞不清楚其生平，亦沒有其他著作可證明他有創作《紅樓夢》的本事，洪昇的《長生殿》卻是名作，而《紅樓夢》跟戲曲的關係又是大家已公認的。

何況，曹雪芹據說是遺腹子，沒有親姐妹及表姐妹長期共同生活、以及相與詩詞酬唱的經歷。因此土默熱找出洪昇來擔任這個原作者的角色，比過去戴不凡的石兄說、鄧狂言的吳梅村說等等，好像更合理、更具可能性。

這方面，最具功力的，不是他對洪昇的考證，而是對那些女子的研究。金陵十二釵正冊所指人物，土默熱認爲即是這些才女所結的「蕉園詩社」前五子、後七子。而她們恰好是洪昇的親眷，又均有文才。在順康年間，這批女子，確實最有可能成爲《紅樓夢》人物之原型。

如此一來，原先紅學裡的曹學，就有了幾項轉移：一是由曹家史事轉而關注洪家事跡，曹家只是陪襯。二是時間由乾隆往前提到康熙中。《紅樓夢》引用的戲曲名稱及唱詞唸白，本來也都是康熙中期以前作品。三是地域由南京北京再往南移，到了杭州。

《紅樓夢》中大觀園究竟何在，或以何處爲原型，歷來爭論不休。南京說，即所謂隨園；北京說，或指恭王府、或指頤和園。之所以難得共識，原因在於各說均有難以彌縫的缺點。土默熱所創杭州西溪說，特殊或精采處，在於結合了洪家的洪園、接康熙駕的高士奇西溪山莊、蕉園姐妹遊息處等，地與事相合，而且以水域爲主。

試看十八回元春入園，先是進臨門大街，接著過儀門，然後就登舟至蓼汀花溆上岸，來到省親別墅。可知園裡實以水爲主。一些景點如暖香塢、藕香榭、紫菱州、沁芳亭橋、蜂腰橋、折帶朱欄板橋、沁芳閘橋、翠煙橋，亦都顯示園中水域及水道之重要。隨園及恭王府均非此種格局。頤和園的水是夠多了，但又與陸地景區分成兩塊，只有西溪才是水夾陸的形勢。而秋雪庵與蘆雪庵的類似關係，尤其引人遐思。可以說，找著了這個地方作爲大觀園之原型，可謂難得。

在國愁方面。洪昇生於順治二年（一六四五），前一年崇禎自縊死，南明之反抗活動一直緜亙在他的少年青年期，江南士大夫多與之牽連。洪家雖未必與之有涉，但由後來被人告發，遭到抄沒及發配寧古塔的情況看，恐怕總不脫干係。而他在康熙廿七年（一六八八）撰成的《長生殿》更是以安史之亂爲背景的言情之作。那種世局變幻、國族淪胥的哀感，顯然存在他及他那一代人心中。故若洪昇是作《紅樓夢》的人，在小說中如《長生殿》一般寓有家國之感，並不奇怪。何況洪昇後來遭革了功名，他對清政府恐怕只會更牢騷滿腹。在這種情況下，《紅樓夢》存寓對明或南明的感情，亦是可能的。

對此，土默熱的討論，有三點可述。

一是討論書中的「南明底色」。他認爲洪昇早期創作《紅樓夢》時，是以柳如是、陳子龍、錢謙益之間的「木石前盟」和「金玉良緣」爲基本素材，描寫改朝換代時漢族知識人之哀痛。

在這方面，他找出了許多詩詞都是與《紅樓夢》有關的。例如第十四回「史太君兩宴大觀園　金鴛鴦三宣牙牌令」，黛玉完令的句子是「雙瞻御座引朝儀」，湘雲完令的句子是「雙懸日月照乾坤」。天下皇帝只有一位，怎會有兩個御座？日月又怎麼會雙懸？姑娘們玩牙牌，又何致口出此言，關涉天下朝廷？土默熱找到了陳子龍「雙飛日月驅神駿，半缺山河待女媧」、張煌言「日月雙懸于氏墓，乾坤半壁岳家廟」、夏完淳「江東嶺表，日月雙懸」等語，來說明日月之所以雙懸，既指明朝，也指南明在福建的隆武政權和浙東的魯王政權。而《紅樓夢》中最重要的判詞，元春的「二十年來辨是非，榴花開處照宮闈，三春爭及初春景，虎兔相逢大夢歸」，他亦考出本於夏完淳的詩：「二十年來事已非，不開畫閣鎖芳菲，那堪兩院無人到，獨對三春有燕飛」。

二是討論到《紅樓夢》中許多詩詞均有所本，即本於明末清初才子名妓之作。如《紅樓夢》三字，就本於陳子龍的詩：「始知昨夜《紅樓夢》，身在桃花萬樹中」。第五回讚頌警幻仙子的賦，本於錢謙益門人孫永祚的〈東山酬和賦〉，收入柳如是的《東山酬和集》。林黛玉題帕三絕第一首「眼空蓄淚淚空垂，暗撒閑拋卻為誰？尺幅鮫綃勞解贈，叫人焉能不傷悲？」套用李香君的訣別口占：「眼空蓄淚淚空流，苦苦相思卻為誰？自許豪情今變節，轉眼無目更添悲」。菊花社中，寶玉的詩「攜鋤秋圃自移來，籬畔亭前故故栽，昨夜不期經雨活，今朝猶喜戴霜開」，套用董小宛的和冒辟疆詠菊詩：「小鋤秋圃試移來，籬畔亭前手自栽。前日應是經雨活，今朝竟喜帶霜開」。冒辟疆原作，則化為史湘雲的詩。另冒氏友人楊龍友和詩，又化為林黛玉詩。其他如紅豆詞、海棠詩等均可找出所本。這不僅顯示《紅樓夢》與明末史事頗有關涉，且書中多用名士名妓酬唱語，亦與該書宗旨有關。據他看，此書原本就以寫明末清初妓事為主，故早期還有一個《風月寶鑑》的名字。

三是討論《紅樓夢》與《長生殿》的關係。他認為除情根、雙星、離恨天、灌愁海、風月司等詞源自《長生殿》外，秦可卿與元春均由楊貴妃轉化而來。其他在情節、主題、結構等各方面，二者均頗相似。

這三點，令人驚異之處在於：《紅樓夢》的研究者那麼多，對書中詩詞之研究也不少，竟沒有人像他一樣發現它們與晚明文獻有如此密切的相關性，而且他還找出了許多例，真是不容易。依我看，此與考證蕉園詩社諸女，均為工力所積，為老土最主要的成就。至於考證大荒山無稽崖是不是京東之盤山、脂硯齋與畸笏是不是洪昇老婆黃蘭次和妾雪兒，就比較次要了。

論？

六、紅樓怎尋夢？

土默熱紅學之大旨，大抵如是。讀者看他如此說，一定會問：他的新說，是否即為定論？

讓我先引用一本跟他完全不同主張的著作來說。沈怡鈞《紅樓夢成書研究》，二〇〇四年中國書店出版。

這本書是主張作者曹雪芹自傳的。不過因他注意到從原作到改稿的逐步修訂過程，因此他認為原作應是一本記風月的《風月寶鑑》。主角應是與鳳姐一對，大抵相當於今本的賈璉，風流浪蕩。今本之寶釵黛玉則由尤二姐、尤三姐變來，且本是伶妓。這個論斷對不對暫且勿論，它與土默熱之說卻在幾方面是呼應的：

一是土默熱也認為今本是由寫風月逐步改成寫愛情，只是改作的人沈怡鈞說是曹雪芹，土默熱說是洪昇罷了。

二，寶釵黛玉原是伶人的推測，透露了《紅樓夢》與戲曲更深的關聯。小說中，黛玉「西廂記妙詞通戲語，牡丹亭豔曲警芳心」，不只對戲曲極熟，長相也酷似小旦，廿二廿三回都拿小旦比擬她。寶釵的梨香院及其家世與梨園的關係、梨香院所住即是伶人，沈氏書中考證均更詳。

三，由此進一步，沈氏還大力論證了梨花、楊貴妃與寶釵間的因緣。例如廿七回「滴翠亭楊妃戲彩蝶」，三十回寶玉以楊妃指寶釵，第七回寶釵介紹冷香丸埋在梨花樹下，張新之評：「梨花樹下，楊妃埋玉之所也」，均以楊妃、梨花、寶釵作緣。洪昇《長生殿》第二十五齣便有埋玉一折，明皇高力士唱：「當年貌比桃花，桃花；今朝命絕梨花，梨花」。第五十齣，楊妃自己唱：「梨花玉殞」。洪昇友人曹寅既暢演《長生殿》，於此亦承聲接響，以〈梨花〉詩詠楊妃云：「斷送一生長是淚，洗妝難破馬嵬愁」。梨香院，己卯本、庚辰本、列藏本第三十六回回目都作梨花院。梨花院，典出劉克莊：「誰向西鄰公子說，要珠帘迎入梨花院」（前調・席上聞歌有感），仍是與歌妓有關的。梨園子弟的典故，自然也要上溯到唐明皇楊貴妃故事。

沈怡鈞的主張完全不同於土默熱。但他的考證，恰好由另一個側面呼應了土默熱原作本談風月、所記女子或爲歌妓、且與《長生殿》戲曲關係匪淺等等一些論斷。因此，這些地方大抵也就可以看成是近乎定論的部分。由這些《紅樓夢》與《長生殿》的內在關係看，洪昇即《紅樓夢》之作者，也可以是一個合理的推論方向。

由這個方向，再輔以西溪、蕉園、南明底色、詩詞多本於明末才子歌妓等等，說洪昇爲《紅樓夢》之作者，也可以是個合理的推測。

何以說是合理的推測，而不逕說洪昇就是《紅樓夢》的作者呢？道理非常簡單：《紅樓夢》寫作時，《長生殿》正盛行，作者耳濡目染，相與應和，本不奇怪。而上述種種理由，如原作應該就是寫風月的、內中應多談聲伎事等，用曹雪芹改稿說也一樣講得通，否則沈怡鈞就不會去做那些考證。因此，《紅樓夢》有多涉楊妃等事之現象，固是事實；此類現象可並不一定只能有原作者非是洪昇不可那一個解釋。

其他的「證據」亦是如此。例如考證出《紅樓夢》許多詩詞都本於晚明，實是了不起的，但明末清初這些才子佳人之故事，當時既曾膾炙人口，作書人撏摘套用，何足爲奇？反倒是：作者若真是洪昇，以洪昇的文采，何至於幾首詩也需套用？就是要套用，蕉園姐妹的作品如此現成，又爲何不逕採用？假如我們設想作者是一位長於講故事，但詩詞可能不如此擅場的人，所以才要因借舊作而改編，似乎也沒什麼不可以。

再說，陳子龍柳如是那些詩語，跟《紅樓夢》到底是什麼關係，也不是指出《紅樓夢》中用了或涉及了那些詩語就夠了的。像陳子龍〈春日早起〉詩：「獨起憑欄對曉風，滿溪春水小橋東。始知昨夜《紅樓夢》，身在桃花萬樹中」，被土默熱找出來，認爲《紅樓夢》一書書名即本於此。看起來是的。但「《紅樓夢》」三字固然與陳詩相同，兩者涵義可不一樣。《紅樓夢》者，紅樓舊事都成夢幻也。陳子龍之詩，則昨夜旖旎正在花光爛漫中，乃是想起來美滋滋的實境。夢字在此，便無虛幻之義，更非苦境，不能只看二者句字之似。其他如夏完淳的「二十年來事已非」和元春判詞「二十年來辨是非」；李香君的訣別詩「自詡豪情今變節」跟林黛玉的「尺幅鮫綃勞解贈」等等，情況同此，皆語相似而意絕異也，不能不予細勘。

何況，「紅樓」本是俗語，李義山詩就有「紅樓隔雨相望冷」之句，詩中用此字樣者多矣，跟《紅樓夢》未必有關係。過去，用紅樓出典來「證明」書是誰作或寫誰的事者，已是常見之法。王國維即曾引納蘭性德《飲水詩集》及詞，謂：「『紅樓』之字凡三見，而云『夢紅樓』者一。又其亡婦忌日作〈金縷曲〉一闋，『葬花』二字，始見於此」，說明世人之所以以寶玉爲納蘭性德者即由於此。可知以爲文句雷同就是彼此具有真實之關係，乃是過去索隱派之常法，其實並不能證明什麼。納蘭性德不但有詩詞與《紅樓夢》雷同，身世、悼亡、愛情事件，更是極爲相合，與曹寅亦有唱和，他不是也很有資格成爲《紅樓夢》書中主角嗎？何以我們並不相信那種「紅樓之字凡三見，而云夢紅樓者一」的方法呢？這就可見考證之道，不能僅以摘章尋句爲滿足，土默熱的問題亦在於此。

土先生的論述中，還有一部分是推測或解讀出現了問題。如洪昇去拜訪曹寅，曹寅讀其行卷，賦詩云：「稱心歲月荒唐過，垂老文章恐懼成」。土默熱便認爲此書必是《紅樓夢》，是在垂老之年恐懼心情下寫「稱心歲月荒唐過」事跡之作品。這就讀錯了。此兩語，是說相對的兩種情境：年輕時荒唐度日，老了才憂懼著書。

猶如底下接著講：「禮法誰曾輕阮籍，窮愁天亦厚虞卿」，上句云過去人不薄之，下句云如今天亦待之甚厚。不能解作：老天之所以厚待，即是因過去幹了不守禮法的事。文人所攜行卷，泛指干謁文稿，亦不見得此行卷定是《紅樓夢》，故他的臆測，並無證據。曹詩結尾：「縱橫捭闔人問世，只此能消萬古愁」，他解謂洪昇求曹寅將《紅樓夢》刊刻問世。

更是臆測加誤讀。此非「人問世」，乃是「人間世」之誤。在縱橫捭闔的人世間，只有著述能消萬古愁啊，曹寅以此語安慰老友，怎能說是洪昇託曹寅刻書問世呢？且不說這裡不是把「問世」當一個詞來用，就是「人問世」也不通。就算通，也只是人問世而非書問世。故此爲曹勸慰之語，非洪請託之詞。其誤解至爲明顯。由此誤解而揣測的：稿留曹家，曹雪芹因而續成云云，亦都沒有根據。（**編者按：土默熱先生已告知於繁體字版，將「人問世」改為「人間世」。**）

西溪的問題類似。把大觀園原型設在杭州西溪，比說是南京隨園、北京恭王府都合理。但西溪景區，重點在秋雪庵。土默熱認爲恰與《紅樓夢》的蘆雪庵相對應。可是他一直把蘆雪庵跟探春住的秋爽齋混爲一談。不知二者本非一處。而秋雪庵一庵獨立，四水波生，蘆雪庵卻是蓋在傍山臨水之河灘上。西溪又是一片沼壖，沒有山；大觀園中則「主山處處連絡不斷」（**庚辰本十七回脂批**），兩者不盡相同。土默熱但見其同，未見其異也。

當然，這也並不就否認了西溪可能是大觀園的原型。寫小說，原本就沒有非照現實場景搬的道理，小說與所謂原型、所謂素材，自然會有極大的差距。但既要論證素材、追究底色、還原原型，論析方法愈周密就愈好。

此外，土默熱也未注意到他的論證亦有自我顛覆，亦即反而證成了其他人的說法之可能。例如高陽先生〈董小宛入清宮始末詩證〉力翻孟森先生成案，謂董小宛不但入了宮，董鄂妃根本就是她，且順治爲她出家亦未必無稽。其說之是非姑不論，但他談到洪昇演《長生殿》之所以獲罪之故，卻很可深思。洪昇之罪名，是在孝懿皇后國喪期間演戲。可是當時皇后之喪期雖達百日，服制卻只需廿七日，洪昇一夥人觀劇，早過了除服階段，故縱使有罪，亦不甚重。況且毛奇齡〈長生殿院本序〉早已說過：「長安邸第，每以演《長生殿》曲，爲見者所惡。會國恤止樂……言官謂遏密讀曲大不敬」，可見是早就對它不滿了，後來才逮著這個題目開刀。然則，爲何朝廷會對此劇不滿呢？梁章鉅《兩般秋雨庵隨筆》說：「朝廷取《長生殿》院本閱之，以爲有心諷刺，大怒」。《長生殿》什麼情節可能涉及諷刺朝廷？那不就是亂倫嗎？唐明皇奪人妻子，順治亦然，故看了戲便「惡」，認爲是諷刺。據此，若如土默熱說，洪昇又作了《紅樓夢》與《長生殿》呼應，則當然更可能寫的不是洪昇的家事或蕉園姐妹，而是順治董小宛之事。此類相關問題，土先生亦不能不留意。

因此，總括來說，土默熱紅學代表了新一代紅學的方法方向及問題意識，也找出了許多新資料，值得重視。現在要談紅學，不知這老土新說，可就太土了。此一新方向新思路，誠然還有不少缺點需要補苴，但亦足資期待。刊印其書，厥意在此！

佛光大學創校校長、中華歷史文學學會會長、中國文化資源學會常務理事、中華兩岸文化統合會理事長

龔鵬程

【作者自序】

誰解「末世」味？

土默熱

紅學與《紅樓夢》同時產生，迄今已有三百多年歷史。大體可分爲索隱、考證、評點、探佚四個流派。四派之長處各有千秋，短處也各有軟肋。索隱派歷史最爲悠久，雖有刻舟求劍之嫌，被胡適譏爲「笨伯」的「附會」，但代有才人迷戀，種子綿綿不絕；考證派在今日紅壇雄踞統治地位，威風八面，但由於對三個「死結」始終不得要領，不論如何「大膽」「小心」，終有南轅北轍之誚；評點派雖然把《紅樓夢》當成任人塗抹打扮的小姑娘，但當今紅壇對紅樓美學或倫理學感興趣者不多，顯得門可羅雀；探佚派有雅俗共賞之優點，現實趨之若鶩，熱鬧非凡，但由於「跑題」、「出格」過多，猶如發燒時之囈語，終難登大雅之堂。

予謂紅學四派，有一共患之怯症，即脫離文學談紅學，在正史野史考證、傳聞逸事收羅乃至不經之談附會方面下的工夫甚大，獨對文學研究感興趣者過少。脫離文學範疇研究《紅樓夢》，紅學實難在當今林立的「學」中立足，更遑論「顯學」了。

予涉獵紅學凡二十年，崇拜過蔡元培，心折過胡適之，仰慕過王國維，也欽佩過當今紅壇諸位大老。但接觸愈久，研究愈深，對以往紅學定論（即所謂常識）懷疑愈多。於是另闢蹊徑，轉回《紅樓夢》研究原點，從對原著的文學分析入手，再探紅樓，似乎也窺見了一些前人沒有發現的堂奧。偶有心得，隨手記之，日積月累，竟有百餘篇。今選其中五十篇編為一集，公諸同好，乞不吝哂正。由於非驢非馬，形同異端，無法歸入紅學四派，姑另起爐竈，自命為「土默熱派」吧。一笑。

予之門生秦軒，攻讀明清史甚勤。課餘抄寫研紅文章，漸入佳境。偶爾興致大發，也隨筆寫幾篇文章，主要是同當今主流紅學辯駁。文章雖略顯稚嫩，但基本觀點還無大出入。姑一併編入集中，以饗同好。

予畢生信奉老老實實做人、踏踏實實教書之信條，靠歷史混飯，靠學生捧場，淡薄名利而名利無缺，活得還算體面滋潤。茶餘飯後，偶爾搞點《紅樓夢》研究，本屬生活大餐中之小佐料，並非安身立命之寄託。始料不及的是，系列文章見諸網路後，竟引起軒然大波，不僅媒體愈炒愈熱，美國、日本、新加坡以及台港澳之媒體也紛紛轉載，各路高人評論熱烈，強烈要求出書，予勢成騎虎，不得不尊重讀者願望，重新整理，結集出版。予初衷並非以此謀利，更非以此謀名，為避免各界朋友誤會，特作此地無銀三百兩之聲明，並題一絕云：

滿紙「天堂」言，一把「蕉園」淚。
皆云「洪昇」癡，誰解「末世」味？

一部顛覆性的紅學專著

秦軒

這是一部真正意義上的顛覆性著作，這是一枚已經出膛的重磅炮彈！此話並非危言聳聽，也不是故弄玄虛——在中國這片文化熱土上轟轟烈烈了將近百年的「紅學」，從本書出版的那一天起，從來未曾感受到的一場真正危機到來了，甚至可以說面臨著滅頂之災！

紅學的歷史可謂悠久，她幾乎是與《紅樓夢》同時誕生的，但紅學形成真正意義上的學術體系，卻是從蔡元培、胡適之先生之間那場著名的論戰後方初步形成的，歷經俞平伯、吳世昌、周汝昌、馮其庸等大師添磚加瓦，百年新紅學大廈終於巍然挺立起來了。百年中，紅學的隊伍日漸壯大，紅學的學術日漸繁榮，逐步衍生出「曹學」、「版本學」、「探佚學」、「秦學」等分支學科，使紅學成爲當代中國一門超學科的「顯學」。

紅學在今日中國的顯赫身分無庸置疑，但對紅學本身存在著嚴重爭議、嚴重缺陷這一點，也毋庸諱言。由於《紅樓夢》作者創作時，採用了「故弄狡獪」辦法，使後來的閱讀者和研究者，對該書的理解見仁見智，爭論不休。直到胡適先生「大膽假設、小心求證」了一番後，在中國紅壇方達成了這樣一種只能算「約定俗成」的「共識」：《紅樓夢》的作者是曹雪芹，書中的內容是根據曹家在擔任江寧織造期間風月繁華的生活創作的。今天，所有的工具書、教科書都是這麼寫的。

但是，紅學大廈從他建立的那天起，建築基礎就存在著不穩固的問題。被胡適紅學「終結」的「索隱紅學」，從來就沒有偃旗息鼓，而是進一步擴大了「把一大堆不相干史料同《紅樓夢》附會」的深度和廣度，並不時向正統紅學發難。正統紅學界內部，也經常出現「叛徒」，向紅學大廈的基礎——曹雪芹的「著作權」不斷發起挑戰。由於正統紅學經過百年的渲染，雖然先天不足，但已經成爲一種約定俗成的常識，向常識性學說挑戰可不是鬧著玩的，不僅挑戰不容易成功，挑戰者自己也非常容易成爲衆矢之的。再加上挑戰者本身的學說先天不足程度更甚，所以在每一次挑戰面前，正統紅學總是有驚無險，安之若素。

縱觀近年來戴不凡、歐陽健等先生的所謂「叛逆行爲」，仔細分析一下這些挑戰者的命運悲劇，可以發現這樣一個奇怪的規律，就是這些挑戰者所發起的每一次挑釁，都屬於改良性質的修修補補，而不是顛覆性質的徹底革命；都只向曹雪芹本人的著作權或脂硯齋的評點權發起挑戰，仍然在「曹家店」中進行其他作者或評點者搜索，並不想從根本上推翻正統紅學的學術體系。其用於挑戰的武器，還是從「曹家店」的武器庫牆角中揀拾來的鏽跡斑斑的槍支和子彈。同胡適先生當年在「曹家店」武器庫中早已拖上紅學陣地的重炮來比，這些碎銅爛鐵顯得那麼不堪一擊！其失敗的下場，從發起挑戰的那個時刻，就早已命中注定了。

紅學隊伍中「狼來了」的淒厲喊聲，百年來幾乎不絕於耳，但每一次都有驚無險，

「狼」始終沒有來。紅學大廈中熙熙攘攘，門庭若市，始終是一片燈紅酒綠、歌舞昇平的繁榮景象。紅學的百年繁榮期，生成多少煌煌專著，鑄就多少巍巍專家，多少無名學子一夜成名，多少窮酸書商一夜暴富。《紅樓夢》和曹雪芹，成了多少人牟利的衣食父母，成了多少人牟名的南山捷徑！

這一次，「狼」終於真的來了，百年紅學面臨著一場被徹底顛覆的危機！土默熱老先生可不是什麼改良主義者，而是一名徹頭徹尾的紅學革命鬥士。他老人家以大無畏的勇氣和魄力，毅然拋棄「曹家店」，跳出「胡家莊」，把曹雪芹的「著作權」、江寧織造府的「生活原型權」、打著曹家印記的脂硯齋「評點傳抄權」，以及由這些專利權派生的什麼「曹學」、「秦學」、「探佚學」、「版本學」，等等等等，包括傳統紅學的幾乎全部領域，來了個一鍋端，一勺燴，統統橫掃，全盤推翻，正統紅學的命運，這一次真的要嘗到「最危險的時刻」到來的滋味！

土默熱紅學，是一個完全不同於傳統紅學的全新的學術體系，是一座在胡適紅學「基礎」之外重新構建的全新的紅學大廈。這個學說，把《紅樓夢》的著作權，從曹雪芹手中奪了下來，交還給了真正的原作者洪昇；把作品的「生活原型權」，從江寧織造府奪了下來，交還給了百年世家洪「國公」府；把美輪美奐的大觀園景色，從紅學家的幻覺中解脫出來，交還給了杭州的西溪濕地；把大荒山的虎嘯猿啼聲音，從紅學家的幻聽中解脫出來，交還給了京東盤山；把那些聰明美麗的紅樓女兒，從紅學家們杜撰判定的牢獄中釋放出來，交還給

「蕉園吟社」的「七子」、「五子」；把賈寶玉異端邪說的論者聽者，從紅學家們「超天才腦袋」的桎梏中釋放出來，交還給剛剛亡國破家的前明遺老遺少。

土默熱紅學體系，不僅是一座全新的大廈，更是一座科學的大廈。他的科學性在於，從百年紅學主觀唯心主義研究道路的泥濘中解脫出來，真正走上了社會科學方法治史的康莊大道。根據土默熱紅學理論去解讀《紅樓夢》，你會發現一個全新的境界：這是一個剛剛經歷了改朝換代、天翻地覆巨痛的「末世」，書中的主人公與他的「百年望族」，就像「死而不僵」的「百足之蟲」一樣，正在亡國破家的憂傷、悲痛、困惑、憤懣中苦苦掙扎；作者的原型和女兒們的原型——一群接受了「遺民思想」的天真爛漫的青少年男女，正在西子湖畔的天堂般美景中徜徉徘徊，泣血吟嘔；一個遭受了國難家難百般折磨的封建知識分子，背負著「無能」、「不肖」的惡名，正在「大荒山」淒厲的虎嘯猿啼聲中，回顧著自己和姐妹們的苦難人生；一對相濡以沫的「白首雙星」，經歷了二十多年顛沛流離的痛苦生活後，正在孤山草堂的「瓦竈繩床」前奮筆疾書，記錄下自己的「親歷親聞」。洪昇及其家庭、夫妻、姐妹們的這一切一切，同《紅樓夢》作品中展示的交織著痛苦與歡樂、清醒與迷茫、叛逆與依戀的全部生活，互相之間顯得是那麼入情入理，如呼如應，絲絲入扣，天衣無縫！

土默熱紅學體系，不僅是一座科學的大廈，還是一座美麗的大廈。通讀土默熱老師這五十篇文章，你不僅能感受到邏輯與實證的力量，同時還會感受到語言和文字的優美。土默熱老師擅長各種文體，論述如潺潺流水，委婉曲折；闡釋如舌燦蓮花，香飄天際；推理如水銀瀉地，透徹明晰；剖析如破竹剝筍，一覽無餘；辯駁如暴雨狂風，摧枯拉朽。在土默熱老師的文章中遨遊，你會自覺不自覺地感受到邏輯思維的嚴謹和形象思維的豐富；你會自覺不自覺地感受到歷史的深沈和文學的美麗；你會自覺不自覺地感受到鐵馬金戈的轟鳴和委婉纏綿的泣訴。在土默熱老師的文章中尋覓，你不僅能感受到紅學新體系的極大張力，你還會獲得美美地享受一次文學大餐後的無盡愉悅。

土默熱紅學大廈歷經十年的辛勤建設，今天終於正式在中國紅壇矗立起來了。這座浩大的系統工程，是土默熱老師獨力完成的，是在前無古人的蠻荒中披荊斬棘建設起來的。大廈的構建過程中，經受到多少資料匱乏的制約，時間窘迫的煩惱，工作身分的限制，孤立無助的寂寞，以及來自各方面非學術「小動作」的非難嘲諷。在文章結集出版之際，土默熱老師內心的酸甜苦辣，大概非外人、常人可以感受得到。

一　土默熱紅學體系導論

土默熱紅學核論

秦軒

以往的紅學各流派，往往就像盲人摸象一樣，各司一說，各執一偏，對偉大的古典文學作品《紅樓夢》，做出了千奇百怪並且互相矛盾抵牾的解釋，各流派之間還誰也說服不了誰，使紅壇呈現出一派光怪陸離的奇特景象。

土默熱先生對傳統紅學採用揚棄的態度，在研究範疇上脫離了傳統的「胡家村」和「曹家店」，在研究方法上綜合運用考證、索隱、分析、綜合等手段，創造了一個全新的「土默熱紅學」體系，開闢了紅學史上嶄新的境界。

「土默熱紅學」的核心，是把《紅樓夢》當做一部現實主義題材的小說來研究。土默熱先生經過十年的不懈努力，基本搞清楚了作品的時間、地點、人物原型；搞清楚了作品的作者、創作緣起（創作動機或創作衝動）、創作過程；搞清楚了作品的主題思想（創作宗旨）、時代背景和文學背景。這些研究成果，構成了一個統一嚴謹的體系，基本上解決了百年紅學的盲人摸象局面。

首先是《紅樓夢》的創作時間、地點和人物原型問題，這是小說創作和研究的三大要素。土默熱先生經過精心考證，證實了《紅樓夢》的原作者是清朝順康年間的大文學家洪昇，創作時間在康熙二十九年至康熙四十三年。作品中的大觀園原型就在洪昇的故鄉杭州西溪，作品中那個深自懺悔的「我」（石頭），就是洪昇自己，懺悔的理由是因爲「鶺鴒之悲，棠棣之戚」家族發生了「家難」，導致繼業無人，子孫流散，「百年望族」一敗塗地。作品中那些可愛可敬又可憐的女兒原型，便是洪昇的妻子和眾多的親姐妹、表姐妹，她們在清初曾結成名動天下的「蕉園詩社」，她們的下場也確實是「千紅一哭」、「萬豔同悲」。

其次是《紅樓夢》創作的主題思想、時代背景和文學背景問題，這是正確閱讀和理解作品的基礎。土默熱先生以極爲豐富的史料，證明了《紅樓夢》展示的時代背景是改朝換代的歷史陣痛期，《紅樓夢》創作的文學背景是泛濫於明末清初的言情文學狂潮。由於作者的家族是一個在明朝興旺了百年、在清初落得茫茫白地下場的「望族」，所以作者既有「悼明反清」的意識，也有哀歎家族不幸的情結，加之作者本人人生的坎坷，使《紅樓夢》寫成了一個封建王朝的末世輓歌，一個封建大家族的末世輓歌，一代封建知識分子命運的輓歌，一代知識女性命運的輓歌。

再次是《紅樓夢》的創作緣起、創作過程和流傳過程，這是解決今天紅學諸多疑點的關鍵所在。土默熱先生以充分的證據，證明了洪昇創作《紅樓夢》起始於京東的盤山，這裡就是書中「大荒山、無稽崖、青埂峰」的原型，「青溝峰」的住持拙庵大師就是書中「空空道人（情僧）」的原型。創作《紅樓夢》的衝動是因爲，康熙二十八年洪昇在「國喪期間聚演

《長生殿》」獲罪，永遠失去了求取仕途功名、重振家族的希望，絕望之際撫今追昔，遂開始了《紅樓夢》創作。《紅樓夢》創作的絕大部分時間，是作者在故鄉杭州西溪完成的，所以作品中明確寫上了「西方靈河岸上三生石畔」字樣，並用當時西溪的實景，作爲大觀園的原型。

土默熱先生對《紅樓夢》版本流傳過程的考證是最爲獨特、並且最爲可信的。洪昇創作《紅樓夢》基本完成的時間是康熙四十一年，這一年拙庵和尚去江南「掃塔」，「訪道求仙」，順路看望老朋友洪昇，恰值《紅樓夢》殺青，於是便抄錄回來，並以「松齋」、「立松軒」筆名批閱評點後「問世傳奇」，形成後來流傳的《紅樓夢》版本系統。洪昇在康熙四十三年到江寧織造府演出《長生殿》，把手稿帶到曹寅處，請他幫助出版。返家途中不幸落水而死，手稿落在曹家。傳到曹雪芹，閱讀之後，感到與自己家事類似，引發共鳴，加以「披閱增刪」後傳出，形成《石頭記》版本系統。從此，《紅樓夢》以兩套版本系統流傳，在傳抄過程中，又相互滲透，遂形成今天的諸多版本系統。

《紅樓夢》的評點者脂硯齋、畸笏叟、松齋、立松軒等人，據土默熱先生考證，也並非曹雪芹身邊的什麼人。脂硯齋是洪昇妻子黃蕙的別名，故批語「事皆親歷」；畸笏叟是洪昇小妾鄧雪兒的別名，因洪昇將鄧氏所生之子洪之益過繼給早死的二弟洪昌繼承香火，故鄧氏自稱畸笏叟，諧音「繼戶嫂」；松齋是「空空道人」拙庵的室名，立松軒是拙庵的別名，立松軒本《紅樓夢》的批語，多用佛家語言，正是情僧「抄錄問世」《紅樓夢》的明證。

土默熱紅學體系解開了傳統紅學的三大死結，完全回答了當今《紅樓夢》研究中一系列的困惑，使紅學成爲一門邏輯清楚、事實充分、證據確鑿、結構嚴謹的學說。按照土默熱紅學去解讀《紅樓夢》，作品的思想顯得更偉大，立意更崇高！

土默熱紅學的問世，翻開了百年紅學史嶄新的一頁，雖然這個體系目前尚不完備，但歷史的廢墟中掩蓋著的珠寶太多了，有些歷史真相尚待進一步發掘，但土默熱教授已經開闢出一條坦途，只要我們沿著這條道路披荊斬棘、奮勇開拓，一定能夠到達紅學光輝的頂點！

土默熱紅學體系指要

秦軒

土默熱先生本非治紅專家，但以其專攻明清史五十年之功力，一旦涉足紅壇，便呈厚積薄發之態，一發而不可收拾，幾年浸潤的結果，竟得研紅論文一百多篇。通讀這些論文，不難發現，先生治紅的成果絕無拾別人牙慧之嫌，既不同於傳統的「索隱」舊紅學，也不同於現在統治紅壇的所謂「新紅學」，探微發隱，自圓其說，言人所未言，可謂別樹一幟，自成體系。由於不入流俗，很難歸類於紅學某流派，所以只好另題一名，姑稱之爲「土默熱紅學」。

土默熱先生的學術活動很繁忙，治紅本屬業餘愛好，所以他的論文，是隨著研究思路的跳躍，信手拈來，時斷時續，並未形成一篇總其全部研究成果的文章。如果僅憑對其中一篇或幾篇文章的閱讀，似乎很難得窺全豹；即使全部閱讀一遍，倘若不加歸納分析，也不易從總體上把握精髓。筆者不揣冒昧，將土默熱先生的系列文章加以歸納綜合，形成了這篇「指要」文章，希望對紅界同仁能有所啓發。文中倘有錯解誤解之處，敬企土默熱先生指正。

一、從歷史分析和文學分析中產生了疑問

土默熱先生是對明清史研究有成的學者，所以，他讀《紅樓夢》，自然要用歷史的深邃眼光，來分析書中描寫的事件和人物。通過對《紅樓夢》歷史背景和文學背景的深刻剖析，土默熱先生發現，《紅樓夢》的背景同曹雪芹生活的乾隆中期，無論如何對不上號。因此，不可避免地對胡適先生當年的考證結論發生了懷疑。這一時期，土默熱先生先後撰寫了〈《紅樓夢》創作背景分析〉、〈《紅樓夢》文學考證〉等論文，對《紅樓夢》的歷史和文學背景，進行了詳細而又深刻的探討。

從歷史背景看，土默熱先生發現，《紅樓夢》作品所展示的社會形態，並非乾隆年間的「盛世」光景，而是清初順治和康熙前期的「末世」光景。土默熱先生指出：《紅樓夢》書中的所謂「末世」，並不是一家一族的「末世」，而是一個朝代、整個社會的「末世」。在清初江南文人的筆下，把順康年間稱爲「末世」決不是個別現象。土默熱先生經過認真考證，發現《紅樓夢》書中記載的「林四娘」故事，是發生在順治二年的事情，居然被作者當做「新題目」。書中通過「真真國女孩子」詩隱寫台灣，是康熙廿一年收復台灣歷史事件的折射。書中用民謠形式表現的「護官符」，是南明時期流傳的真實民謠的改編。

從文學背景看，土默熱先生認爲，任何文學作品都不會是作者憑空杜撰，必有其文學傳承。明末清初，在中國文學史上湧動著一股言情狂潮，《紅樓夢》同《金瓶梅》、《牡丹亭》、《聊齋志異》、《長生殿》、《桃花扇》等言情文學名著一樣，都是這股狂潮中的一

朵美麗浪花。《紅樓夢》書中提及的戲曲名稱和唱詞念白，都來源於康熙朝中期以前的作品。書中主人公的異端思想，也是清初「疑經辨僞」學術思潮的反映。經過雍正、乾隆兩朝的文化整肅，特別是經過類似「文化大革命」的修《四庫全書》，朝野中表現異端思想的書籍幾乎被一網打盡，文壇風氣一掃醉心「言情」的綺靡風氣，變得正統、嚴肅而道學氣十足。《野叟曝言》、《儒林外史》等小說，正是這一時期的作品。這一時期，無論如何也不可能出現《紅樓夢》這樣俗豔的文學作品。

基於以上分析，土默熱先生認爲，胡適先生開創的新紅學，斷定《紅樓夢》是曹雪芹於乾隆中期創作的，立論基礎是站不住腳的，有一葉障目、不見泰山之嫌。《紅樓夢》雖然是通過曹雪芹之手，在乾隆中期傳抄開來的，但初創者不可能是曹雪芹。曹雪芹只能是書中明文交代的「披閱增刪者」。紅學界普遍接受的曹雪芹爲避「文網」而「故弄狡獪」的說法，是自欺欺人，曹雪芹的大名就在書中明晃晃寫著，在中國古典小說普遍不露作者姓名的慣例下，有如此笨拙而莫名其妙地「故弄狡獪」者麼？

二、突破口：《紅樓夢》與《長生殿》比較研究

比較文學是文學研究的一個重要領域，土默熱先生對《紅樓夢》的研究，就是從比較文學入手的。土默熱先生由於對明末清初的文學史比較熟悉，故此內心中隱隱感到，《長生殿》傳奇同《紅樓夢》小說的關係，決非影響和模仿所能解釋。先生對兩部作品，重新進行

了細緻的對比研究，獲得了重大突破，爲此創作的〈洪昇初創《紅樓夢》考證〉一文，是一篇考證《紅樓夢》的力作，值得認真一讀。

首先，兩部作品的言情主題一致。兩部作品都宣揚純情理想而不涉於淫亂。《長生殿》創作中基於歌頌「情種」的理念而「盡刪太真穢事」；《紅樓夢》創作中針對「皮膚濫淫」而獨創了「意淫」理念。兩部作品都是「三角戀愛」架構，男主人公都是「見了姐姐就忘了妹妹」的性格，經過女主人公的不懈努力，都是在「盟誓」之後，愛情方轉爲專一。

其次，兩部作品的故事結構一致。《紅樓夢》的男女主人公是「神瑛侍者」和「絳珠仙子」歷劫造凡，《長生殿》的男女主人公是「孔升真人」和「蓬萊仙子」降臨人世。《紅樓夢》故事發端在「太虛幻境」，《長生殿》故事發端在「月宮仙境」。《紅樓夢》有「茫茫大士」、「渺渺真人」撥弄男女主人公命運，《長生殿》是「天孫織女」和「牛郎真人」操控主人公遭際。

再次，兩部作品的悲劇結局一致。存世的《紅樓夢》後四十回雖然作者有爭議，但黛玉殉情、寶玉出走的悲劇下場應該沒有疑問；而《長生殿》中太真縊死，明皇在無盡思念中悽惶以終的悲劇結局也是感人肺腑的。有人說《長生殿》月宮「重圓」沖淡了悲劇結局，其實這種天上地下、死生不渝的愛情描寫，更加深了悲劇效果。《紅樓夢》後四十回要如何描寫寶黛愛情，不得而知。但不論在人間用湘雲代黛玉重圓，還是在太虛幻境靈魂重圓，都有端倪可尋，也都與《長生殿》一致。

除此之外，《紅樓夢》中多數新穎的獨創概念，都來源於《長生殿》：「情根」的提法，是《長生殿》所創；「雙星」的概念，是《長生殿》的典故；「離恨天」、「灌愁海」、「風月司」等名詞，出自於《長生殿》；「奇緣」、「情種」等說法，雖非《長生殿》首創，但在文學作品中，卻是《長生殿》首先運用。

《紅樓夢》和《長生殿》兩部作品，雖然體裁上一是小說，一是傳奇，語言上一是白話，一是文言，但兩部作品同屬文學作品，又如此雷同，《紅樓夢》小說無論在語言上還是在描寫手法上，又烙著深深的戲劇印記，前者剿襲後者的痕跡如此明顯，卻不是一句「影響」所能解釋的。因此，土默熱先生推斷：兩部作品很可能出自一人之手。《長生殿》的作者是康熙年間的大文豪洪昇，沒有爭議，曹雪芹在世時，《長生殿》已上演了百年之久，因此他絕無可能是《長生殿》作者。唯一可能的結論是，《紅樓夢》的初創者，不是乾隆朝的曹雪芹，而是康熙朝的洪昇！

三、《紅樓夢》主題與洪昇「家難」關係推論

基於以上推斷，下一步順理成章的工作，就是對洪昇身世的考證；就如同胡適先生當年在「大膽假設」之後，對曹雪芹身世的考證。土默熱先生在「洪昇專家」章培恒等人考證的基礎上，重新閱讀了存世的洪昇著作，以及王漁洋、金埴、僧智樸等人著作中對洪昇事跡的記載，並經過認真的「證有」、「證無」磨合，從而斷定，《紅樓夢》描寫的美麗而悲涼的

故事，就是洪昇對自己經歷的「家難」的「追蹤躡跡」式的記載。

洪昇出生於杭州一個「百年望族」。《紅樓夢》書中表現的「靈河岸上三生石畔」的「花柳繁華地、溫柔富貴鄉」，正是杭州的準確表達，在地名上具有排他的意義。洪家在明代「赫赫揚揚，已歷百年」，但到了清初，由於改朝換代的原因，加之放不下貴族的奢靡生活架子，故此正可謂「外面上架子未倒，內囊上卻漸漸盡上來了」。

洪家把振興家族的唯一希望，寄託在洪昇身上。但洪昇卻醉心於「花箋彩紙」，一心創作傳奇《長生殿》，無意「仕途經濟」，就像《紅樓夢》書中賈政斥責寶玉的那樣：整天留心粉詞豔曲，不務正業，使這個「百年望族」面臨著繼業無人的最深重危機。隨著三次「家難」的降臨，洪氏家族這個「百足之蟲」，終於「落一片白茫茫大地真乾淨」。

第一次「家難」是「天倫之變」，由於家庭中別人挑撥，洪昇擔心「大杖」臨身，有性命之憂，遂拋棄了優裕的貴族生活，不得已逃離家庭，寄居北京，過了二十多年的極為貧困潦倒的生活，洪家出現了「子孫流散」危機。第二次「家難」是「破家之難」，由於「三藩之亂」的牽連，洪昇的父母被充軍寧古塔，家庭被官府抄沒，「呼啦啦似大廈傾」，「昏慘慘似燈將盡」，「百年望族」終於「家亡人散各奔騰」了。第三次「家難」是「斥革下獄之難」，由於在「國喪」期間「聚演《長生殿》」，洪昇被朝廷下獄治罪，並革去了「國子監生」的功名，洪昇從此永遠失去了「仕途經濟」前程，洪家也永遠失去了復興的最後一線希望。

洪昇與妻子黃蕙是親表兄妹關係，從小青梅竹馬，婚後伉儷情深，特別是在三次「家難」過程中，夫妻相濡以沫，共度了多少艱辛歲月。洪昇有兩個親妹妹，兄妹們從小在杭州西溪的「洪園」中，度過了許多吟詩作畫，聯句酬唱的美好日子。洪家的女子可謂「千紅一哭」、「萬豔同悲」，兩個妹妹出嫁後，由於可以想見的原因，都年輕輕地就悲慘死去了，洪昇爲痛惜妹妹的慘死，不知灑下多少辛酸的眼淚。

從以上考證的事實不難看出，《紅樓夢》的悲涼故事，實際上就是洪昇對自己遭逢的「家難」的忠實記載。《紅樓夢》故事同洪家的破家經歷完全吻合，而同曹家的經歷則對不上號。《紅樓夢》「作者自云」明確指出，創作此書的目的，一是把自己「不肖」、「荒唐」之罪，「編述一記」，「告普天下人」；二是記載「當日女子」的事跡，以顯得自己家「閨閣中歷歷有人」，使之不被「湮沒無考」。對照洪昇的經歷，這兩個創作目的不是完全有充分理由麼？

土默熱先生的系列論文中，有關這方面的考證文章最多，考證得也最細緻。如〈洪昇初創《紅樓夢》考證〉、〈洪昇初創《紅樓夢》蹤跡〉、〈三秋輓歌〉、〈《紅樓夢》主題新論〉、〈紅樓愛恨情緣考〉、〈《紅樓夢》創作過程六論〉等。

四、《紅樓夢》「閨閣昭傳」創作目的與洪昇的「閨友閨情」

《紅樓夢》作者開篇就交代，創作這本書的目的，是爲了記錄當日的「閨友閨情」，是爲了使當日心愛的姐妹們得以「閨閣昭傳」。作者要「昭傳」的不是一個或少數幾個女子，而是「一干女子」，用通俗的話說，是一大幫女子。事實也是這樣，書中僅「正冊」、「副冊」、「又副冊」就記錄了三十六個女子，更何況還有不入冊的眾多女子！任何一個高明的作家，要想寫好這麼多活潑可愛、活靈活現的青年女子，沒有生活原型是不可能的，沒有同生活原型的長期密切接觸也是不可能的。

土默熱先生指出，曹雪芹是個獨生子，遺腹子，沒有親姐妹，也沒有證據證明有眾多的表姐妹，即使有少數幾個遠親姐妹，他同這些女子也沒有一起長期共同生活的可能，從這一點推論，曹雪芹不具備創作《紅樓夢》的基本條件。而洪昇作爲一個「百年望族」的承重孫，作爲一個風華絕代的翩翩佳公子，青少年時期確實同一大幫同年齡段的、有著很高文化素養的姐妹們有過美好的生活經歷，這種獨特的生活經歷，既是洪昇創作《紅樓夢》的生活基礎，也是洪昇創作《紅樓夢》的初始動因，從一定意義上說，還是洪昇《紅樓夢》作者身分的有力證據。

除上文提到的洪昇妻子和兩個親妹妹之外，土默熱先生以其淵博的歷史知識和古典文學功底，考證出《紅樓夢》書中「金陵十二釵」「正冊」的人物原型，就是清初活躍在杭州文壇上的「蕉園詩社」「前五子」、「後七子」——十二個活生生的青年女詩人！這些女詩人都出生在名門望族，具有良好的文化修養；她們的家族都是明朝的「望族」，在清初均處於風雨飄搖的困境；她們的家庭生活和個人婚姻生活都非常不幸，落得「千紅一哭」的共同悲劇下場！這些女詩人與洪昇都是親姐妹或表姐妹關係，從小一起長大，一起吟詩作畫，一起遊山玩水，結下了深厚的情誼。

在中國女性文學史上，她們是第一個公開結社的女性文學團體，她們是第一個衝破世俗禁錮公然踏青踏雪、招搖過市的開放女性組織。據土先生考證，她們在結社期間，每個人都爲自己取了詩人的別號，並公開出版過個人詩集。她們還不顧社會上的世俗禁區和偏見，公然集體評點湯顯祖的《牡丹亭》！她們經常和表哥洪昇、洪昌等人，一起在西溪的洪園、竹窗、柴門、花塢、山堂、水閣中遊玩，春歌桃花，夏詠芙蓉，秋頌蘆花，冬贊雪花，聯袂尋梅賞菊，一起分韻賦詩。她們一起遊玩的這些地方，在《紅樓夢》中則被寫成了怡紅院、瀟湘館、稻香村、蘅蕪苑、凸碧堂、凹晶館等，構成了「大觀園」的基本格局。

洪昇因「家難」被迫離家出走後遠赴北京謀生，姐妹們也陸續出嫁，由於明末清初那特定的歷史和時代原因，她們婚後都十分不幸，有的因爲婚姻問題青年早死，有的因爲家庭破產痛苦掙扎，有的因爲官府抄家妻離子散，總之，這些聰明美麗的女詩人都沒有逃脫悲劇命運！二十年後，洪昇返回故鄉，重新安葬了自己的弟弟妹妹，在祭奠儀式上，洪昇痛哭失聲，連續寫了六首感天動地的悼亡詩！

土默熱先生這方面的考證文章很多，主要見〈大觀園詩社與蕉園詩社〉、〈妙玉出家與徐燦禮佛〉等文章。土先生進行了以上考證後指出，《紅樓夢》作者「記述當日閨友閨情」必須同時具備五方面條件：一是作者必須有這麼多在一個共同故園生活的姐妹爲原型；二是姐妹們必須普遍具備很高的文化素養，並曾經結成文學團體；三是作者與姐妹們必須有共同的生活經歷和深厚的感情基礎；四是姐妹們的命運普遍不幸，具有共同進入所謂「薄命司」的悲劇命運；五是作者必須具有爲姐妹們「閨閣昭傳」的強烈願望。這五個方面缺一不可。在中國歷史上，這麼多真實的並與這五方面條件完全契合的青年女性人群，幾乎是絕無僅有的！只有洪昇和他的姐妹們，具備《紅樓夢》人物原型的條件，只有洪昇，具備作者的資格！

五、「大荒山、無稽崖、青埂峰」考證

斷定洪昇是《紅樓夢》的初創者，那塊「自怨自歎」的石頭，簡單地把《紅樓夢》內容同洪昇人生經歷對號入座是不夠的，還必須解決作者爲什麼把自己比做石頭，並放置在「大荒山無稽崖青埂峰」下，以證明《紅樓夢》的作者確實是「這一個」而非「另一個」。否則，封建社會中破家的紈絝子弟多矣，怎麼能說只有洪昇才是《紅樓夢》的初創者？讀了土默熱先生的〈「大荒山無稽崖青埂峰」新證〉、〈《紅樓夢》詩詞的離愁情結〉、〈洪昇初創《紅樓夢》考證〉等論文後，我們會有眼前一亮的感覺：「大荒山無稽崖青埂峰」下的那塊「石頭」，絕無是其他人的可能，只能是遭逢苦難後到盤山逃禪的洪昇！

據土默熱先生考證，康熙二十九年春，洪昇因「聚演《長生殿》」，「斷送功名到白頭，遭遇了「斥革下獄」之難後，滿腔悲憤，萬念俱灰，騎著一頭毛驢來到京東四十里的盤

山，去投奔自己的老朋友，盤山青溝禪院的智樸和尚，傾訴委曲，並通過「逃禪」去尋求心理解脫。盤山的智樸和尚著有《盤山志》，根據這本志書的記載，這裡就是「大荒山無稽崖青埂峰」！

盤山有「盤古寺」（被乾隆皇帝誤寫爲「盤谷寺」）相傳是盤古開天闢地的「大荒山」；盤山還有「女媧廟」，相傳是「媧皇」煉五色石「補天」的地方，山中著名的「搖動石」，傳說就是「媧皇」煉後未用的一塊。盤山有個砂嶺，在明代大文人曹能始的遊記中，砂嶺地勢險峻，而洪昇到此發現，砂嶺乃入山坦途，遂向僧衆發問，僧人告之：砂嶺原來確實險峻，是後來僧衆感到入山不便，聚衆鑿平，闢爲坦途的。洪昇遂把砂嶺稱爲「無稽」的懸崖。至於青埂峰，說來更是離奇，就是洪昇所投奔的盤山「青溝寺」的諧音。何以寺廟稱爲「峰」呢？原來另有極爲可信的過硬理由。康熙皇帝曾到盤山遊歷，在青溝寺談禪吟詩，心情大爲高興，御筆親書「戶外一峰」四字，賜給青溝和尚。從此文人雅士都稱青溝寺爲「青溝峰」。

盤山後來不太有名了，但在乾隆朝以前，盤山是天下「四大名山」之一，盤山的掌故文人學子都耳熟能詳。後來隨著盤山地位的衰落，這些掌故逐漸湮沒無聞了。但《盤山志》有詳細記載，清初文人的文章中也多有記載。《紅樓夢》中使用這些掌故，進一步證實了《紅樓夢》的初創者，就是到盤山逃禪的洪昇。土默熱先生推斷，洪昇在盤山「逃禪」期間，坐在風動石下撫今追昔，正是產生《紅樓夢》創作衝動的最佳時間地點。以「大荒山無稽崖青埂峰」下那塊「媧皇」煉而未用於「補天」的「五彩石」自況，也正是洪昇被「革去功名」後必然產生的心理反應。《紅樓夢》「開卷第一回」就寫石頭的故事，並說「試譴愚衷」的時間是「奈何天、傷懷日、寂寥時」，寫作時正處在「愧則有餘，悔又無益之大無可如何之際」，充分證明了小說創作的醞釀之初，是在康熙二十九年的盤山。

土默熱先生對《紅樓夢》書中的詩詞經過精心解讀，發現其中有明顯的「離愁」情結，其中以黛玉詩最爲濃郁，經常出現「雁斷」、「蛩鳴」、「砧聲」、「秋聲」、「遊子」、「離人」等古詩中描寫「離愁」的常用典故。其他如湘雲、探春、寶釵乃至寶玉的詩，也不時有「離愁別恨」表現出來，流露一些思親思鄉的情緒。黛玉父母雙亡，少小離家，「湘江舊跡已模糊」，也無親可思。其他女兒和寶玉，就更談不上有什麼理由抒發「離愁別緒」了。

曹雪芹完全沒有在書中流露「離愁」的理由，他自小離開南京，南京也談不上是他的「鄉」，所以無由產生鄉愁；曹雪芹未聞有同父母長期離別的經歷，所以更無由產生「思親」之愁。其實這種「離愁」正是作者洪昇的真實情緒流露。洪昇因「天倫之變」被迫離鄉離家，在燕京漂泊二十多年，期間自己和家庭都多災多難，思親思鄉的「離愁別緒」，無時無刻不縈繞他的心頭。洪昇存世的大量詩作，其中以描寫離愁的詩數量最多，也最真摯感人。在「大荒山無稽崖青埂峰」醞釀創作《紅樓夢》期間，應該是洪昇一生「離愁」最濃烈的時間，下山後洪昇就舉家南返了。因此，《紅樓夢》詩詞表現出與作品中人物不協調的

「離愁」，就毫不奇怪了。

六、「空空道人（情僧）」、「東魯孔梅溪」、「吳玉峰」訪真

解決了「大荒山無稽崖青埂峰」及其山下的「石頭」之後，仍必須相應解決《紅樓夢》中提及的爲小說「抄錄問世」的「空空道人」和爲該書題名《風月寶鑑》的「東魯孔梅溪」。在這個傳統紅學不解之謎方面，更見土默熱先生的考證功力之深。先生的論文〈「空空道人」考證〉、〈「東魯孔梅溪」、「吳玉峰」考證〉、〈《紅樓夢》版本源流及著作權問題〉等，不僅圓滿地探究到與《紅樓夢》相關的兩個重要人物的原型來歷，而且令人信服地合理解讀了《紅樓夢》的「開卷第一回」。

土默熱先生以充分的證據，證明《紅樓夢》書中的改名爲「情僧」的「空空道人」，就是洪昇的老朋友——盤山青溝寺（青埂峰）的智樸大師。智樸和尚俗姓張，十五歲出家，三十五歲結廬盤山，法名「拙庵」，人們俗稱他「拙上人」、「拙和尚」。智樸和尚文學功底深厚，不僅同當朝大臣王士禛、宋犖等著名文人交往甚厚，連康熙皇帝也對他十分賞識，與著名權臣文士時相酬唱，是個名副其實的「情僧」。令人詫異的是，他居然還真的有「道人」的名分。「開府江南」的著名詩人宋犖，就稱他爲「拙道人」，當朝刑部尚書、詩壇領袖王士禛，也曾爲他刊刻的道家經典《道德經》作序。他的名字中的「樸」、「拙」二字，正應是「空空」二字的來歷。

土默熱先生推斷，《紅樓夢》書中記載的，空空道人「訪道求仙」，與「石頭」一番對話之後，把「石頭」所寫的故事「抄錄回來，問世傳奇」，正是康熙四十一年，「拙道人」到「江南掃塔」期間的真實經歷。拙道人在江南期間，普遍拜會了在京結識的老朋友朱彝尊、宋犖等人，還在蘇州滄浪亭舉辦了酬唱詩會。此時，正是洪昇經過十年辛苦，創作《紅樓夢》剛剛殺青之際，以他們的關係，委託慣爲他人刊刻書籍的「拙道人」，爲《紅樓夢》「問世傳奇」，是合情合理的。「拙道人」回京後，老朋友王士禛在寫給他的信中，居然稱他爲「淨金聖歎」，說明他正在評點一部文學作品準備「問世傳奇」，此書應該就是從洪昇處「從頭至尾抄錄回來」的《紅樓夢》。

對爲《紅樓夢》題名《風月寶鑑》的「東魯孔梅溪」，土默熱先生的考證更是令人嘖嘖稱奇！他認爲「東魯孔梅溪」應是康熙朝刑部尚書，詩壇領袖王士禛，也就是洪昇的老師、智樸和尚的老朋友、大名鼎鼎的王漁洋！王士禛祖籍東魯；曾任「司寇」之職，與孔子同；「梅溪」是宋代著名文人王十朋的號，代表王姓。三句話合起來，就是「山東王司寇」，因此，《紅樓夢》書中稱他爲「東魯孔梅溪」，雖然隱晦，但很貼切。以王士禛的閱歷交往，「拙道人」求他爲洪昇的作品題名，他應該不會拒絕；題名《風月寶鑑》，顯示該書的教化意義，也符合他的身分。

爲「空空道人」抄錄回來的小說題名《紅樓夢》的吳玉峰，書中記載是直道其名，並未隱晦。他就是撰寫《圍爐詩話》的著名文人吳喬。吳喬，又名吳殳，字修齡，號玉峰。詩宗西昆豔體，爲人狂放不羈，篤信情憚，曾爲清初南黨領袖徐乾學的子弟講過詩，並據此撰寫成著名的《圍爐詩話》。由他題名《紅樓夢》，展示該書的俗豔風格，是再恰當不過的。

根據以上考證，土默熱先生推斷，《紅樓夢》「開卷第一回」那大段關於此書「出處」的文字，實際上應是兩篇序言，四個題名的綜合。「作者自云」後的一段話，是洪昇的自序。「空空道人」同「石兄」的對話，是「抄錄問世」者盤山智樸和尚的序言。四個題名《石頭記》、《情僧錄》、《紅樓夢》、《風月寶鑑》的題名者，分別是洪昇自己和智樸、吳喬、王士禛。

七、秦可卿的象徵意義及「意淫」與「愛紅毛病」診斷

紅學界最熱鬧、也是歧義最多的領域，就是對「秦可卿」的研究。作者讓這個人物，既兼具釵黛的形象，又讓她爲寶玉導淫；既指責她是「敗家的根本」，又讓她託付賈家後事。對秦可卿的聚訟中，目前還沒有一種令人信服的說法。土默熱先生通過對《長生殿》和《紅樓夢》的比較研究，另闢蹊徑，提出秦可卿只是象徵性人物的說法，認爲在她的身上，象徵著《紅樓夢》脫胎於《長生殿》，也象徵著作者自己因醉心楊妃而「敗家」的慘痛經歷。

土默熱先生認爲，《紅樓夢》中寶玉、寶釵、黛玉三個主角的名字，都來源於《長生殿》中的「天寶明皇、玉環妃子」，所以秦可卿兼具釵黛的形象。洪昇的言情創作生涯，開端在《長生殿》，成名在《長生殿》，肇禍也在《長生殿》，所以《紅樓夢》書中讓秦可卿

象徵性地引導寶玉「領略風月滋味」，讓「警幻仙姑」稱寶玉爲「天下古今第一大淫人」，讓「擅風情、秉月貌」成了「敗家的根本」。秦可卿出殯時，讓北靜王「路祭」，並稱讚寶玉，是因爲洪昇創作《長生殿》，是在「莊恭親王」世子的慫恿下進行的，洪昇被禍後，世子曾加慰問，史有記載。

至於爲何讓秦可卿死後囑託賈家後事，土默熱先生認爲，《紅樓夢》初稿中，秦可卿與元妃應爲一人，是從《長生殿》中「楊妃」轉化來的人物。所以作者讓她「縊死」，死後讓她以皇家禮儀出殯。但這樣描寫有干涉朝廷之嫌，所以修改時把元妃處理成主人公的姐姐；讓秦可卿變成了東府的媳婦，致使元妃和秦可卿兩人的死因都不明不白，引起諸多猜測。但作者在對東府的描寫中，還不時閃過隱寫皇家的痕跡，如「除夕祭宗祠」、「烏進孝進租」等，都是皇家體制，決非公侯勳貴之家的事情。在愚人賈瑞身上，作者讓他取表字「天祥」，讓他「正照風月鑑」而死，也隱約表達著作者對因《長生殿》致禍而產生的對朝廷的強烈憤恨和詛咒！《紅樓夢》初稿中，元妃也是象徵性人物，縊死的是元妃，囑託後事的也是元妃，脫胎於《長生殿》的痕跡應該更爲明顯。

土默熱先生對《紅樓夢》中使用的「意淫」、「愛紅毛病」等特殊的不近情理的專用語，也進行了獨到而恰當的解釋。所謂「意淫」，就是言情文學創作或演出時作者的心理，既要表達至高無上的「情」，筆下又不能涉於淫亂，更不能爲言情而實踐「皮膚濫淫」。所謂「愛紅毛病」，就是隱指言情傳奇創作演出，因爲當時的戲劇界，表現男女情愛成風，傳奇作者和優伶，都有吃「女人口上胭脂」的通俗說法。《紅樓夢》中醒目地使用這兩個特殊詞語，無非也是試圖表示，《紅樓夢》脫胎於《長生殿》，《紅樓夢》作者是個在傳奇創作中成就很高的「天下古今第一大淫人」！

八、《紅樓夢》與南明小朝廷關係之考證

土默熱先生對《紅樓夢》中一些非常奇怪的寫作內容和手法，一度也感到十分困惑。例如，書中主人公賈寶玉，爲什麼一定要寫成「甄賈」兩個，並且要一個在「長安大都」、一個在南京？書中元妃的判詞爲什麼研究了幾十年，至今無人能夠讀懂？釵黛二人在太虛幻境爲什麼要合用一幅圖畫，合用一首判詞？土默熱先生感到，這些長期以來在紅學界幾乎成爲死結的問題，按照常規的思路似乎永遠也無法解決，在曹雪芹家庭找不到答案，在洪昇家庭也找不到答案。必須另闢蹊徑，方可取得研究上的突破。

由於土默熱先生是明清史專家，所以對明清易代時期的歷史特別熟悉。土默熱先生通過大量的比較研究，發現「乙酉事變」（即清軍下江南，南明小朝廷滅亡，這一年是一六四五年，即乙酉年，上一年便是甲申事變，李自成進北京，崇禎皇帝吊死煤山，明朝滅亡）後，江南士大夫階層對清政權多抱不合作態度，普遍持不食周粟的「遺民」思想。這些知識分子不僅寫下大量揭露清軍殘暴的作品，也寫下大量探討南明政權因爲「風雲氣少，兒女情多」，導致快速滅亡教訓的著作。在這一時期，文人們對金陵城內「秦淮八豔」等著名詩妓

與「江南四公子」等著名才子悲歡離合的故事情有獨鍾，往往借才子佳人題材來表現改朝換代的深刻歷史教訓。與洪昇齊名的孔尚任所創作的《桃花扇》，便屬於此類作品；洪昇本人的代表作《長生殿》，表面上是寫唐朝安史之亂，骨子裡也是感歎明清興亡！那麼，《紅樓夢》在創作的某一時期，是否也可能是借香豔故事寫明清興亡感歎呢？

土默熱先生經過精心考證，終於發現，《紅樓夢》書中一系列不可理解的內容，放在南明背景下面去研究，都能夠得出十分合理並有充分說服力的結論。例如，書中之所以讓寶玉「口中銜玉」而生，並且刻意設計了「真假」兩個寶玉，正是按照南明時期在北京和南京先後發生的兩樁「真假太子」案而創作的。書中元春的判詞「二十年來辨是非，榴花開處照宮闈，三春爭及初春景，虎兕相逢大夢歸」，套用的是南明時期著名少年抗清義士夏完淳的詩：「二十年來事已非，不開畫閣鎖芳菲，那堪兩院無人到，獨對三春有燕飛。」元春本身也是按照南明時期的「真假元妃（童妃）」案創作的。「虎兕相逢」是借用吳梅村的詩，代指清朝軍隊，此時「大夢歸」說明是死於清軍下江南這一特定時期。元春生在「大年初一」，用的是孔子《春秋》的「春王正月」熟典，代指南明皇帝，「三春去後諸芳盡」，正是說魯王、唐王、桂王三個南明政權先後覆亡後，抗清力量逐漸凋零的局面。這些證據說明，《紅樓夢》創作初期，確實是一部表達南明興亡感歎的作品，只是後來作者把作品內容和主題改了，由主要寫「國恨」改爲主要寫「家難」，但這些描寫仍保留下來，所以成了無人可以讀懂的「死結」。

土默熱先生以其深厚的古典文學功底，發現《紅樓夢》中好多詩詞並非作者原創，而是按照南明時期的妓女才子詩仿作的。例如，書中姐妹們分韻吟詠的〈菊花詩〉，原來是仿冒的董小宛、冒辟疆夫婦和他們的朋友楊龍友、梁湛至、鄭超宗聚集在一起酬和的〈菊花詩〉。《紅樓夢》中姐妹們分韻所作的〈海棠詩〉，原來也是仿冒的柳如是、謝三賓、程松圓等人聚眾酬唱的〈海棠詩〉。這些《紅樓夢》詩的原型的發現，更證實了《紅樓夢》創作初期的南明背景。

土默熱先生經過長期比較研究，發現《紅樓夢》中的「木石前盟」和「金玉良緣」愛情婚姻糾葛，初始時期是按照南明時期著名才妓柳如是，與著名抗清義士陳子龍和著名官僚文人錢謙益之間的「三角」愛情婚姻糾葛創作的。「紅樓」是柳如是與陳子龍相愛並同居的場所，「絳雲」是柳如是與錢謙益婚後居住的藏書樓名稱，《紅樓夢》書中連居室名稱都是按照柳陳錢三人的生活軌跡命名的。不僅如此，就連《紅樓夢》這個「總其全部」的書名，都來自於陳子龍與柳如是同居時所寫下的一首題目爲〈春日早起〉的詩：「獨起憑欄對曉風，滿溪春水小橋東。始知昨夜《紅樓夢》，身在桃花萬樹中。」陳子龍與吳喬不僅共同詩宗西昆體，而且同是幾社成員，私交甚密，吳喬對陳子龍的詩詞文章極爲熟悉。由這個吳玉峰（吳喬）題名《紅樓夢》，也正面回答了《紅樓夢》作品的南明背景和陳柳原型。

土默熱先生根據《紅樓夢》的南明背景，對書中黛玉的〈葬花詞〉進行了精闢分析：〈葬花詞〉中，流露出濃烈的美人遲暮、漂泊無歸情感以及對過去「香巢」、「燕子」的綣念之情，書中的林黛玉作爲一個僅僅十三歲的閨中少女，無論如何是不應當有此經歷及感情的。正確的解釋只能是，這是表現柳如是與情人陳子龍生離死別後抒發內心感受的一首詩。「三月香巢已築成，樑間燕子太無情」，「卻不料人去樑空巢也傾」，說的是在家庭的干預下，陳子龍與柳如是無奈分手，同居的「小紅樓」一片蕭索寂寞的場景。「一年三百六十日，風刀霜劍嚴相逼」，說的是陳柳分手後，柳如是受盡謝三賓等無恥官僚逼迫和李待問等昔日情人背叛後孤苦無依心情的真實流露。「天盡頭，何處有香丘？」「質本潔來還潔去，強似汙淖陷渠溝，」則是表達柳如是堅持氣節，不隨流俗，不屈服壓力，潔身自好的堅強性格。

土默熱先生在對《紅樓夢》的南明背景考證分析後指出：《紅樓夢》絕無可能是曹雪芹創作的！一是時間不對，曹雪芹生活在乾隆中葉，這一時期文網嚴密，寫南明題材是禁區，再加上時間已過了一百多年，事過境遷，文人們也沒有感歎改朝換代的思想基礎；二是身分不對，曹雪芹家是旗人，是清政權的創業者和受益者，不應該也不可能去表現懷念南明的思想感情。《紅樓夢》書中的南明背景是證據確鑿的，不容否定，那麼，只能由此得出曹雪芹不是《紅樓夢》作者的結論！而洪昇所處的那個時代，由於清政權建立伊始，戰事頻繁，朝廷又忙於籠絡江南士大夫人心，所以文網相對寬鬆，寫南明題材文學作品成爲一種社會時髦，《紅樓夢》產生於這一時期，是應運而生的，是順理成章的。

由此，土默熱先生進一步提出，中國古典文學史必須重寫！中國古典文學的顛峰在明末清初，《三國演義》、《水滸傳》、《西遊記》、《金瓶梅》、《牡丹亭》等的創作時間雖然早於明末清初，但全部是這一時期的文人重新改寫評點後方大規模流傳的；《聊齋志異》、《桃花扇》、《長生殿》、《紅樓夢》等全是這一時期的文人創作的。當今的中國文學史，把《紅樓夢》放在乾隆中葉，並因此把中國古典文學的高峰定爲乾隆中葉，這是很牽強的，也是違背文學發展規律的；乾隆中葉那種正統刻板的文學氛圍，根本就不是中國古典文學產生高峰的恰當時機！恢復《紅樓夢》產生的正確時代背景、作者身分、作品宗旨，對於正確理解中國古典文學的發展歷程，是至關重要的。

九、洪昇與曹寅的關係及《紅樓夢》問世過程研究

《紅樓夢》書中在列舉了「石兄」、「空空道人（情僧）」、「吳玉峰」、「東魯孔梅溪」四人名字之後，用了一個「後」字，交代曹雪芹「在悼紅軒中披閱十載，增刪五次，撰成目錄，分出章回，另題一名曰《金陵十二釵》」。有證據表明，《紅樓夢》的確是從曹雪芹手傳抄出去的。對此，土默熱先生也進行了詳盡的考證分析。

據土默熱先生考證，洪昇同曹雪芹的爺爺曹寅，既是同時代人，又是好朋友。二人都雅好傳奇創作，文學修養都是當時一流人物，所以惺惺相惜，互相推重。洪昇曾爲曹寅的傳奇《太平樂事》作序，甚爲激賞。曹寅曾花費鉅資，在江寧織造府「暢演三日」《長生殿》，以上賓禮節招待洪昇。洪昇到南京時，曹寅親自到「江關」迎接。洪昇隨身攜帶「行卷」而

來，曹寅讀後大受感動，賦詩一首：

惆悵江關白髮生，斷雲零雁各淒清。
稱心歲月荒唐過，垂老著書恐懼成。
禮法誰曾輕阮籍，窮愁天亦厚虞卿。
縱橫捭闔人間世，只此能消萬古情。

土默熱先生分析此詩後認爲，洪昇「行卷」中裝的、曹寅拜讀的應是《紅樓夢》初創書稿。洪昇在恐懼心情下「垂老之年」寫成的、描寫「稱心歲月荒唐過」事跡的作品，只能是《紅樓夢》。曹寅自稱「縱橫捭闔人」，答應爲「行卷」問世，並以此來表達二人的「萬古情」，說明洪昇是攜書稿來南京，求曹寅刊刻問世的。曹寅經常爲江南貧困文人刊刻書稿，史有明載。洪昇拜託曹寅刊刻《紅樓夢》，是情理之中的事情。

可惜的是，歸途中，洪昇就不幸墜水淹死了。曹寅晚期也面臨重重不如意事，無心刊刻如此卷帙浩繁的作品，不久也病死了。隨後曹家被抄，家業中落，無人也無能力刊刻《紅樓夢》，書稿只能隨著曹家還京而流落北京。過了一個甲子時間，曹雪芹在窮極無聊之際，翻出了《紅樓夢》書稿。閱讀之後，引起了內心強烈共鳴。於是開始了「披閱十載、增刪五次」的過程，並陸續傳抄開來。

根據以上推理分析，土默熱先生判斷，《紅樓夢》的不同版本，源流應該有兩個：一個是「空空道人」智樸「傳抄問世」的書名爲《紅樓夢》的版本，一個是曹雪芹「披閱增刪」的書名爲《石頭記》的版本。這同周春記載的，程本問世前，有人同時買到兩本「內容微有異同」的書，一是八十回本《石頭記》，一是一百二十回本《紅樓夢》，是完全一致的。這也很好地解釋了紅學領域一個突出的矛盾：爲什麼早期紅學資料記載的書名都是《紅樓夢》，而至今發現的早期抄本，書名幾乎都是《石頭記》。

十、對新紅學異化的檢討

土默熱先生在另闢蹊徑研究《紅樓夢》的過程中，對新舊紅學的主要代表人物的文章，也進行了系統的分析和評論。先生認爲，胡適大師把實證方法和樸學結合起來，用於《紅樓夢》考證，方法是科學的，比起舊紅學的附會方法，確實是一大進步。但遺憾的是，胡適先生僅僅抓住《紅樓夢》書中一個曹雪芹名字就「大膽假設」，把書中列在曹雪芹前邊的「石兄」、「空空道人」、「東魯孔梅溪」等名字拋開，然後戴著有色眼鏡去翻閱曹家的陳年老賬，進行所謂的「小心考證」。對史料記載曹家的內容，採取實用主義態度，有利於「大膽假設」的就採信，不利的就置之不理，做學問的態度也有欠嚴謹。

土默熱先生指出，當胡適先生的考證結論——《紅樓夢》是曹雪芹的「自敘傳」遇到嚴峻挑戰，可以說基本被推翻之後，篤信新紅學的諸多學者，不是採取科學的態度重新研究，而是採用在胡適先生現成結論上「打補丁」的方法，試圖彌補「胡說」的破綻。他們始終在胡適先生假設的「曹家店」中打轉轉，有人說曹家經歷過「二次復興」，有人說《紅樓夢》作者是曹雪芹的老子曹頫，有人說作者是什麼「曹竹村」，還有人說是什麼曹家父子夫妻「集體創作」，等等，不一而足。但人們看到這些「補丁」上，都打著「紅學死結」的印記，不免哈哈大笑，一哄而散。

土默熱先生大聲疾呼：要警惕新舊紅學合流的趨勢！新紅學在異化，舊紅學在蛻化，新舊紅學確有並軌的跡象。自命新紅學傳人的一些學者，潑掉了胡適先生的「嬰兒」，卻保留並弄渾了胡適先生的「洗澡水」。他們固守著胡適先生的現成結論，卻拋棄了「胡說」的考證方法。舊紅學也拋棄了蔡元培先生按正史嚴肅索隱的治學方法，轉而用稗史、野史乃至民間傳說進行荒唐的「附會」。現在流行的所謂「探佚」派，就是新舊紅學合流的產物，是在使用比舊紅學更「笨伯」的「猜笨謎」方法，去做無須任何根據支持的「探佚」，居然搞出了什麼「秦可卿是廢太子的女兒」，「曹雪芹與皇后合謀毒死雍正」，「黛玉嫁給北靜王后投水而死」，等等荒謬絕倫的「研究」成果！

土默熱先生提醒，近年來文藝界興起了一股戲說清宮秘史的歪風，尤其是對所謂「雍正奪嫡」的戲說，簡直到了枉顧歷史、隨意編造渲染的瘋狂程度。《紅樓夢》研究有與這股歪風交織互動的跡象。近年來的好多紅學論文，研究的注目點都放在了曹頫與雍正的關係上，什麼曹寅是「太子黨」的人，曹家爲「塞思黑」藏金獅子，曹雪芹參與了乾隆初的宮廷政變等等。電視劇《紅樓夢》、《紀曉嵐》中，也大量出現《紅樓夢》與宮廷黑幕交織在一起的描寫。這些胡編亂造，容易起到搞亂學術、誤導青年的不良後果，不能不引起學術界的警惕。

土默熱先生檢討分析新紅學的研究成果，散見於先生的各個考證文章中。土默熱先生對新紅學異化的檢討分析，雖然顯得文筆辛辣刺激一些，爲當今占據紅壇的權威們難於接受，但筆者認爲，這對紅學界現狀不啻一劑苦口良藥。紅界同仁在閱讀土默熱先生考證文章的同時，不可不認真讀一下這些警策文章，如能驚出一身冷汗才好。

土默熱紅學研究自述

我是個教書匠，五十年來，一直在大學教歷史，重點是明清史。既然教中國歷史，不可避免要學習中國古典文學。中國歷史上，學術界一直有文史不分的傳統，我當然不能免俗。

通過長期對《紅樓夢》文本的研讀和對當今紅學巨匠解讀《紅樓夢》文章的閱讀，我產生了強烈的疑問：當今中國紅學界自稱紅學是「顯學」，但細品起來，這個「顯學」並不「顯」，反倒是特別「隱」，特別亂，特別彆扭！把持主流紅學的那些權威們，總是把《紅樓夢》的內容同戲說的「清宮穢史」攪在一起，把曹雪芹創作《紅樓夢》同宮廷政治陰謀聯繫起來，使每個嚴肅的學者閱讀之後都有一種「吃了蒼蠅」的感覺。如果《紅樓夢》真的是這樣一本污七八糟的書，它還有那麼偉大麼?還值得把它擡到中國古典文學峰巔的位置麼?

問題還遠不止於此，所謂的「正統紅學體系」是那麼捉襟見肘，千瘡百孔，在一些最基本和最關鍵的問題上，不是語焉不詳，就是留下「死結」。比如《紅樓夢》是否有反滿思想問題，這是研究《紅樓夢》的一個絕大問題，既關係到對《紅樓夢》主題思想的正確理解，又關係到對《紅樓夢》成書年代及作者身分的正確判定，不可不搞清楚。但就在這個關鍵問題上，紅學界卻犯了集體失憶症！考證派根據曹雪芹的「旗籍」而加以否定，但這是因果倒置的方法，在邏輯上說不通；索隱派承認《紅樓夢》反滿，但又找不到產生反滿思想的原因，這是知其然而不知其所以然的附會，完全經不起嚴格推敲。如果一個學術體系是那麼經不起推敲，這個體系是否在根本上出了問題？

當然，紅學界也不乏頭腦清醒的嚴肅學者，劉夢溪先生在《《紅樓夢》與百年中國》一書中，就曾悲觀地指出：「最能體現紅學樹義的兩個紅學派別，索隱派終結了，考證派式微了，剩下的是一個個百思不得其解的謎團，滾來滾去，都變成了死結。」一門所謂的「顯學」，全部成了死結，不僅談不到「顯」，連是否能稱爲「學」似乎都成了問題，這是百年紅學多麼大的悲哀！那麼如何走出當今紅學的困境呢？劉夢溪先生認爲：「在新材料發現之前，紅學的困局難以改變。」也就是說，沿著原來胡適先生開闢的《紅樓夢》研究之路繼續走下去，看不到任何前途和光明，只有另選道路，另起爐竈，通過對「新材料的發現」，才能走出困局。

我就是下定了拋棄「胡家莊」，甩掉「曹家店」的決心而另起爐竈的。把《紅樓夢》研究歸結爲「三大基本問題」和「三大關鍵問題」，不帶任何成見，開始全新研究的。所謂三大基本問題，就是《紅樓夢》的作者（書中那個深自懺悔的「我」）、女兒（書中那些鶯鶯燕燕的姐妹們）和大觀園（書中那座美輪美奐的園林）的原型問題。所謂三大關鍵問題，就是書中究竟有沒有反滿思想？五個「題名者」是否實有其人？該書創作傳抄同曹雪芹究竟是什麼關係？

這些問題時刻困擾著我，使我臥不安寢，食不甘味。一個偶然的機會，我在備課明清文學史時，把《長生殿》和《桃花扇》找來重讀。細讀慢品之下，突然產生一個想法：《長生殿》與《紅樓夢》雖然題材和體裁不同，但作品的主題思想、故事結構、人物性格、神化系統、悲劇結局都是那麼的相似！這是爲什麼？只有兩種可能，或者是後者刻意模仿，或者作者根本就是一個人。

爲此，我下了很大功夫，專題研究《長生殿》作者洪昇的生平。研究之下，我發現，洪昇出生在一個「百年望族」家庭，由於改朝換代的原因，造成家族沒落；又由於家庭內部的矛盾，造成「子孫流散」的悲劇，最終「落一片白茫茫大地真乾淨」！洪昇年輕時，生活優裕，受教育良好，紈絝作派又養成了「情種」性格；中年時，洪昇夫妻從家庭出走後，後半生在北京過著極端貧困潦倒的生活，但傲岸瀟灑如故。又由於在國喪期間尋歡作樂，被朝廷革去國子監生資格，徹底斷送了仕途。這一切，同《紅樓夢》開篇「作者自云」交代的作者創作此書的思想基礎完全相同。根據以上考據分析，我寫出了本書第一篇論文〈洪昇初創《紅樓夢》考證〉。這是我研究《紅樓夢》的第一步，也是基礎的一步。這一步另闢蹊徑，在「曹家店」之外找到了《紅樓夢》的真正作者，解開了《紅樓夢》研究第一個基本問題。

其後，我集中精力，轉入對《紅樓夢》書中「金陵十二釵」原型的考證。開始，我一直認爲，洪昇的那個爲丈夫幾乎還了一輩子眼淚的妻子黃蕙，和洪昇的兩個青年早逝的聰明美麗的妹妹，就是書中十二釵的原型。但研究愈深入，愈感到難以自圓其說，書中那麼多活靈活現的姐妹，如果只有三個生活原型，任何作家都很難創作出來一個號稱「十二釵」的女性群體，即使運用什麼「分身法」勉強寫出，也不會像《紅樓夢》書中描寫的那樣活靈活現！

爲此，我特意翻閱了各種涉及清初歷史的杭州史志，終於找到了「十二釵」的全部原型——「蕉園詩社」的「前五子」和「後七子」——洪昇的十二個才女姐妹！這些女兒，曾結成中國歷史上第一個真正意義上的女子詩社，她們爲自己取過詩人的別號，出版過個人詩集，確實是一群才氣縱橫的女兒。她們的命運又同屬於「千紅一哭，萬豔同悲」，不是青年早逝，就是痛苦終生，與《紅樓夢》「薄命司」中的「十二釵」命運完全吻合！在此基礎上，我寫出了論文〈大觀園詩社和蕉園詩社〉，在社會上引起了強烈的反響。這是我研究《紅樓夢》邁出的第二步，也是關鍵的一步！這一步破解了正統紅學百年來百思不得其解的曹雪芹身邊無姐妹原型的困惑，基本解決了《紅樓夢》研究的第二個基本問題。

其後，我的研究重點開始轉入對《紅樓夢》大觀園原型的考證。大觀園在《紅樓夢》書中，既像天堂一般美麗，也確實是寶玉與姐妹們一群青年男女心中的天堂，任何作者憑空杜撰都是不可能寫出來的。如果洪昇是《紅樓夢》的作者，「蕉園姐妹」是紅樓女兒的原型，大觀園必然是洪昇與姐妹們兒時共同的故園。

帶著這個推論，我先後五次南下杭州，專程考察洪昇的故鄉——杭州著名的濕地公園——西溪。結果完全證實了我的推論：洪昇的故園洪園就是怡紅院原型，洪昇老朋友高士奇接待康熙南巡的「竹窗」就是瀟湘館的原型，「蕉園姐妹」柴靜儀的「柴門」就是稻香村的原型，千年以來鮮花香草遍地的「花塢」就是蘅蕪苑的原型，蘆花如雪的「秋雪庵」就是蘆雪庵的原型，如此等等，《紅樓夢》大觀園中所描寫的所有景點，在洪昇的故鄉西溪都找到了恰當而決不牽強的原型！在此基礎上，我繪製了「大觀園原型示意圖」，撰寫了《大觀園導覽圖》等論文，引起石破天驚般的強烈反響。這是我研究《紅樓夢》邁出的第三步，也是決定性的一步！這一步推翻了以往紅學界對大觀園原型的種種附會，基本上解決了《紅樓夢》研究的第三個基本問題。

我認爲，破解《紅樓夢》之謎的關鍵，就是作者「石頭」是誰，十二釵姐妹是誰，大觀園原型在哪裡，這三個至關重要的基礎問題。我研究《紅樓夢》邁出的三大步，不僅破解了三大基礎問題的原型，還清楚地解釋了三個問題之間的關係：他們就是作者洪昇、洪昇鍾愛的姐妹和洪昇兒時的故園。《紅樓夢》研究三個基本問題的破解不是孤立的，而是形成了三位一體、互相支持驗證的完整體系。大觀園是作者兒時的「天堂」，姐妹們是作者青少年時的玩伴，作者洪昇就是把自己親身經歷的三次「家難」作爲經線，把自己昔日同姐妹們一起的親密感情經歷作爲緯線，縱橫交織地放在杭州西溪這個大觀園原型之中，演繹了千古絕唱的《紅樓夢》故事！作爲一個作家，用親身經歷爲線索，用自己姐妹爲原型，用自己故園爲背景，創作一部文學作品，還有比這更順理成章的解釋嗎？

除了以上所邁出的三大步，解決了《紅樓夢》研究的三大基本問題之外，我的《紅樓夢》研究還邁出了三小步，解決了《紅樓夢》研究中的三個關鍵問題。第一小步是解決關於「大荒山無稽崖青埂峰」和《紅樓夢》五個題名者的考證問題。這是一項非常艱巨的考證，雖然是一小步，但花費的精力可不小！

經過精心考證，證明京東第一名山「盤山」的「青溝峰」，就是《紅樓夢》交代的大荒山無稽崖青埂峰的原型，書中古怪的山名來源於康熙皇帝爲這裡御書的「盤古寺」、「戶外一峰」匾額。康熙二十八年，洪昇在遭受人生重大打擊之後，曾到這裡「逃禪」，《紅樓夢》的創作，就是洪昇在「愧則有餘，悔又無益之大無可如何之時」的心境下，在這裡開始構思的，所以《紅樓夢》開篇就交代作書的「石頭」和傳抄問世的「空空道人」在這裡對話。「空空道人」也就是「情僧」的原型，就是盤山青溝寺住持、洪昇的老朋友拙和尙，也叫拙道人，確實具有僧道二重身分。「東魯孔梅溪」的原型，是洪昇的老師、當時詩壇領袖王漁洋；「吳玉峰」的原型是洪昇的忘年交、著名西昆體詩人吳修齡；「棠村」的原型便是曾經爲洪昇作品撰寫過序言的當朝宰相、著名詩人梁清標！這一系列人物及其與洪昇的特殊關係，更加印證了洪昇的《紅樓夢》作者地位！

第二小步是解決關於《紅樓夢》與南明小朝廷關係之考證問題。這一步雖然小，但對於正確理解《紅樓夢》的主題和宗旨，對於揭開《紅樓夢》書中一直難以解釋的「反滿思想」謎團，是至關重要的！《紅樓夢》書中隱約表現了強烈的「悼明反清」意識，這一點過去索隱紅學看清了但找不到原因，考證紅學因爲說不清原因而採取鴕鳥政策。我經過精心考證，證實洪昇是個具有強烈「遺民」思想的文學家，《紅樓夢》創作初期，同《桃花扇》一樣，是一部以南明時期「秦淮名妓」柳如是與江南才子陳子龍、錢謙益的三角愛情婚姻糾葛爲主線，間接表達明清改朝換代興亡感歎的作品。

書中關於「甄賈寶玉」和「元妃」的奇怪描寫，就是根據南明時期的「真假太子案」和「童妃案」創作的。書中黛玉的〈葬花詞〉，描寫的是柳如是在與陳子龍分手後，在西子湖畔漂泊無依時的痛苦心情。書中姐妹們所作的〈菊花詩〉、〈海棠詩〉，都是按照南明時期秦淮名妓董小宛、柳如是、李香君等人的原詩仿作的。《紅樓夢》這個書名，直接來自陳子龍與柳如是同居時所作的一首表達快樂心情的詩〈春日早起〉。不過洪昇後來把《紅樓夢》改寫爲以自己和姐妹們親身經歷爲主要內容的小說，但原來描寫改朝換代的內容未刪除乾淨，客觀造成《紅樓夢》明寫「家難」、暗寫「國仇」的效果，比如書中元妃的判詞，本來是仿照抗清少年英雄夏完淳的詩撰寫的，但改編後判詞未改，造成今天的讀者難以理解。正確分析判斷《紅樓夢》的這段創作歷程，對於正確理解《紅樓夢》的主題思想，至關重要！

第三小步是解決關於《紅樓夢》成書過程的研究問題。《紅樓夢》確實是乾隆中葉從曹雪芹手中傳抄出去的，但曹雪芹不是《紅樓夢》的作者，確實如書中交代，只是個「披閱增刪者」。曹雪芹同洪昇生活的時間相隔一個甲子左右，生活地點也相隔千里之外，二者之間還真的能夠有什麼密切關係麼？經過我的不懈努力，終於用事實證明了這一點。

洪昇與曹雪芹的祖父曹寅私交甚篤，在六十歲那年，應曹寅約請，帶著《紅樓夢》手稿「行卷」來到南京織造府，在這裡「暢演」了三夜《長生殿》。曹寅看了洪昇的「行卷」後，大受感動，答應爲老朋友的作品出版問世，有曹寅〈贈洪昉思〉詩爲證。洪昇歸途中酒醉落水而死，手稿從此落在曹家。曹寅沒有完成老朋友的心願也病死了，後來曹家被抄，舉家返回北京。

一個甲子後，曹雪芹翻出了洪昇的手稿，閱讀之下感到與自己家事跡類似，產生共鳴，於是開始五次「披閱增刪」，傳抄問世。《紅樓夢》開篇交代的作品作者、抄閱者、增刪者，說的都是真實可信的。裕瑞《棗窗閑筆》的記載，也是客觀真實的。以上考證研究，清楚地解釋了《紅樓夢》成書過程之謎，回答了以往《紅樓夢》研究中的關鍵死結！

我的《紅樓夢》研究解決的「三大基本問題」和「三大關鍵問題」，構成了一個完全有別於傳統紅學的全新的紅學體系，這個體系應該說是完整的、嚴密的，不僅三大基本問題是三位一體的關係，三個關鍵問題也同三大基本問題構成了一個和諧融洽的整體，並從三個側面進一步支持了洪昇的著作權。有的朋友戲稱我這套全新的紅學體系爲「土默熱紅學」，其實這麼稱呼也是可以的，用獨立研究者的名字爲一個新的學說命名，乃學術界慣例，並非我好大喜功，有意誇耀自己。

「土默熱紅學」體系並非對以往紅學體系的修補，而是對《紅樓夢》進行了全新的解讀。根據這個新的學說，我們可以看出：《紅樓夢》描寫的是一場改朝換代時期的歷史悲劇，是一場江山淪亡後的民族悲劇，是一場封建大家族凋零的天倫悲劇，是一場封建士大夫沈淪的人生悲劇，是一場知識女性毀滅的命運悲劇！什麼是悲劇？悲劇就是把人生最美好的東西打碎了給你看，《紅樓夢》正是這樣一部偉大的悲劇！如此解讀《紅樓夢》的主旨，是否比當今主流紅學的解讀更正大，更乾淨，更輝煌！

對我的以上研究，有些朋友擔心，這是否舊瓶裝新酒，是否仍舊走索隱紅學的舊路？我不這樣認爲。看當年蔡元培與胡適的論戰，對「索隱紅學」的定義是，把一大堆互相之間決不相干的史料，同《紅樓夢》作品去附會比較。我的研究所採用的史料，確實是一大堆，但互相之間決不是不相干，而是圍繞作者洪昇，構成了一個和諧統一的整體，互相之間彼此印證，彼此銜接，彼此支持，構成了一個相對完整的證據體系，與以往的紅學索隱有著質的不同。更何況，對索隱方法也未可全盤否定，在我國的傳統「樸學」中，索隱本身就是最常用的重要方法，無可厚非。一定意義上說，索隱也是考證，考證也用索隱方法，胡適先生關於曹家「接駕四次」的研究，使用的不是索隱方法是什麼？

從我研究《紅樓夢》走過的「三大步」和「三小步」綜合看，基本解決了當今紅學界懸而未解的全部重大問題。這些問題的澄清，對於正確解讀《紅樓夢》一書的思想內容，清除以往對《紅樓夢》與清宮穢史的附會，是有著現實意義的。對於重新編寫中國文學史，正確判定中國古典文學的高峰，改變以往把「高峰」設定在乾隆中葉的彆扭判斷，是有著歷史意義的。當然，本書的出版，還只是《紅樓夢》研究邁出的新的第一步，紅學待解決的問題還很多，本書中的很多問題還缺乏直接證據支持，需要進一步補充考證。但我相信，通過本書引起全國更多的紅學專家的群體研究，對於儘快破解《紅樓夢》公案，把紅學引向康莊坦途，會有一定的作用。最起碼比我一個人踽踽獨行、孤軍奮戰要好得多。

書中錯謬之處在所難免，誠懇歡迎紅學專家和《紅樓夢》愛好者批評指正。

二　《紅樓夢》作者洪昇考證

洪昇初創《紅樓夢》考證

《紅樓夢》的作者是誰？作者筆下那個「懷金悼玉」的「情種」、那塊「寂寥傷懷」的石頭又是誰？當今紅學界公認是胡適先生「考證」出來的曹雪芹。但考據派也有幾條死胡同走不通，例如，曹雪芹是否就是曹頫上康熙皇帝奏摺中說的那個「臣嫂馬氏」的遺腹子？是否是曹氏族譜中的那個曾「官州同」的曹天佑？曹雪芹未曾經歷過江南的「風月繁華」，如何寫得出「自敍」性質的豪族生活？曹雪芹不具備「公子」、「紅妝」式的愛情生活，如何寫得出刻骨銘心的「金玉良緣」和「木石前盟」？

面對這些「紅學」（實爲「曹」學）的死結，一些「治紅」學者開始向曹雪芹以外另尋《紅樓夢》作者，戴不凡先生推論是曹荃之子、雪芹之叔「竹村」，張放先生推論是敦誠、敦敏兄弟的「小叔父」「墨香」，顯然，這些推論仍圍繞著胡適先生的「考證」思路兜圈子，沒有跳出「曹家店」，且證據單薄，不足以服人，爲「紅學」界多數學者所拒絕。

筆者經過十幾年的細心搜羅、反覆考證，發現《紅樓夢》一書初創年代比曹雪芹生活的雍乾時代要早得多，簡言之是康熙年間的作品，是曹雪芹的「爺爺」曹寅生活的那個年代的作品。《紅樓夢》書中開始交代的「後曹雪芹在悼紅軒中披閱十載、增刪五次」說的是大實話。這個「後」字後了兩代人之遙。謂予不信，待筆者從頭娓娓道來。

一、《紅樓夢》與《長生殿》

兩部「懷金悼玉」的「情種」力作，疑似出自一人之手筆

《長生殿》是清初戲劇名著之一。作者洪昇，字昉思，號稗畦、稗村，又號南屏樵者（一六四五—一七〇四）。浙江錢塘（今杭州）人。洪昇於康熙十二年（一六七三）開始創作《長生殿》，於康熙二十七年（一六八八）定稿，歷十餘年，三易其稿。《長生殿》的核心內容是描寫唐明皇李隆基與貴妃楊玉環的愛情生活，襯之以「安史之亂」的社會背景，輔之以夢幻與現實交織的創作手法，歌頌了李楊間生死不渝的忠貞愛情，也鞭笞了宮廷腐敗、奸相弄權和藩鎮割據之害，深刻流露了作者的興亡感恨。

凡熟讀過《紅樓夢》的文人，倘靜下心來，不抱任何偏見或成見，再去細讀《長生殿》，便不難發現，兩部「言情」大作間，存在著千絲萬縷的聯繫，很多方面如出一轍。

首先，兩部作品的「言情」主題一致。《紅樓夢》一開始，作者便借「空空道人」之口，稱此書「大旨言情」，第五回「曲演《紅樓夢》」時，第一首曲子便是「開闢鴻蒙，誰為情種？都只為風月情濃。」作者試遣的「愚衷」便是「演出這懷金悼玉的《紅樓夢》」。不論認為《紅樓夢》是政治小說的學者也好，認為是反滿悼明小說的學者也好，乃至認為是

描寫階級鬥爭小說的學者也好，都不能否認《紅樓夢》的言情主旨，不能否認「木石前盟」「金玉良緣」是作品的主線。

《長生殿》主要是依據白居易之《長恨歌》創作的愛情悲劇，謳歌了唐明皇和楊玉環嚮往「恩情美滿，地久天長」的美好愛情，展示了純真濃烈的愛情可以生死不渝的善良願望。作品一開頭，便唱出了「今古情場，問誰個真心到底?但果有精誠不散，終成連理。萬里何愁南共北，兩心哪論生和死。笑人間兒女悵緣慳，無情耳」。「看盡忠子孝，總由情至」，「借太真外傳譜新詞，情而已」。作品結尾，仍照應開頭，寫出了「神仙本是多情種」，「情根歷劫無生死」，「塵緣倥傯，仞利有天情共永」。兩部作品所寫之情有一個共同點，即都是「意淫」之情，作者不願筆涉淫亂，《紅樓夢》作者聲稱反對「淫穢汙臭，荼毒筆墨，壞人子弟」的「風月筆墨」。《長生殿》的作者也聲稱對《天寶遺事》、《楊妃全傳》中「一涉穢跡，恐妨風教」之事「絕不闌入」、「概置不錄」。

其次，兩部作品描寫的愛情發展過程和悲劇結局一致。《紅樓夢》中的寶玉，在深愛著「世外仙姝」表妹黛玉的同時，還不時暗戀著「山中高士」寶姐姐和「湘江」「楚雲」湘雲妹妹，經歷一段「見了姐姐就把妹妹忘了」的過程之後，在「訴肺腑心迷活寶玉」，二人海誓山盟後，愛情轉入忠貞專一。

《長生殿》中李楊的愛情歷程與《紅樓夢》中寶黛愛情歷程如出一轍，唐明皇李隆基在深愛著「太真妃子」的同時，還與「梅妃」、「虢國夫人」等保持著愛戀之情，二人之間也曾發生齟齬，及至「七月七日長生殿，夜半無人私語時」，二人對「牛女」立誓願生生世世為夫妻後，愛情進入了生死不渝的階段。

兩部作品描寫的愛情結局的悲劇性亦是一致的。唐明皇在馬嵬坡「驚變」無奈「埋玉」，縊死了愛妃楊玉環，結束了「生」之愛，又開始了「死」之戀。《紅樓夢》中寶黛「生之戀」是無疑的，八十回後的情節是否為作者原意，紅學界有爭議，是否會有「太虛幻境」中的「死」之戀，便不得而知了。但從作者在前八十回所布格局來看，可見端倪。

第三，兩部作品描寫的主人公性格特徵一致。且不說唐明皇和賈寶玉「見了姐姐就忘了妹妹」、「憐香惜玉」及「意淫」的性格相仿，楊玉環與林黛玉的形象和性格簡直是一個模子塑造的。《長生殿》中的楊玉環，是洪昇寄予無限同情的悲劇人物。她的「前身原是蓬萊玉妃」。她的性格特徵是嬌、慧、妒。她溫柔豔麗，嬌媚過人，使「六宮粉黛無顏色」；她才智過人，聰慧無比，夢入月宮聞得仙樂，醒來便製成「霓裳羽衣曲」譜；當然她性格特徵的最突出之處是「妒」，「釵鈿定情」之後，當她發現明皇與虢國夫人關係曖昧，又與梅妃重好時，一往情深的愛情便轉為深深的嫉妒與痛苦，正由於這種情與妒的作用，才使明皇與她在長生殿中「七夕」「盟誓」。「密誓」後她更加鍾情，生死不渝，感動天地。

《紅樓夢》中的黛玉，當然是作者筆下最具同情的悲劇人物。她的前身是西方靈河岸上三生石畔的「絳珠仙子」，亦稱「瀟湘妃子」。她的嬌、慧、妒的性格特徵與楊玉環一般無二。她的美麗「冠壓群芳」，她「魁奪菊花詩」，會識譜能撫琴，「葬花」一曲感天動地。

她最突出的性格特徵也是「妒」，當她發現寶釵的「金鎖」和湘雲的「金麒麟」與寶玉之「玉」構成的「金玉良緣」象徵後，對寶玉反覆進行「冷香」、「暖香」式的譏諷與規勸，也正由於「多情女情重愈斟情」，方使寶玉與她迷了心性般地「訴肺腑」，裝瘋賣傻般地要砸「西洋自行船」。二人盟誓後她亦如楊玉環般更加鍾情，直至「淚盡而逝」。

以「妒」寫情，是《長生殿》與《紅樓夢》兩部作品女主人公的最明顯的特點。由於楊玉環之妒，唐明皇稱讚這是「情深妒亦真」；由於林黛玉之妒，「脂批」認爲「未形猜妒情猶淺，肯露嬌嗔愛始真」。楊玉環和林黛玉共同的嬌嗔之妒，非同一作者很難寫得形似神亦似。

第四，兩部作品虛實結合的寫作手法一致。《紅樓夢》爲了情節描寫的需要，採取寫「夢」寫「幻」與「循蹤躡跡」「不敢穿鑿」的虛實相結合的手法，在天上創作出一個「太虛幻境」和茫茫大士、渺渺真人（「真人」爲道士，「大士」爲僧人，「跛足道士」與「癩頭和尚」應爲「茫茫」、「渺渺」之幻身）以及「警幻仙姑」等；在人間創作出一個「大觀園」作爲「兒女私情」的樂園，寫寶黛二人爲「神瑛侍者」、「絳珠仙子」歷劫；這一點與《長生殿》幾乎有剿襲之嫌。《長生殿》在明皇與玉環生愛與死戀過程中，「夢」與「幻」的情節占了很大篇幅，在現實愛情生活描寫中，則「止按白居易《長恨歌》、陳鴻《長恨歌傳》爲之」，「及《天寶遺事》諸書，既不便刪削，故概置不錄焉」。作者在天上也創作出了「月宮」和「蓬島仙山」，借用了「牛郎」、「織女」二位仙人，創作出道士楊通幽及織女侍兒仙女「引情」撮合。在地上，作者也借用了「華清池」、「長生殿」作爲「定情」、「盟誓」的場所。寫明皇、玉環爲「孔升真人」、「蓬萊仙子」遣住人間。

特別値得注意的是，在這些描寫中，「太虛」與「月宮」，「幻境」與「蓬島」，「牛女」與「大士真人」，「大觀園」與「華清池」「長生殿」的意義相通或相近。《紅樓夢》中描寫了「金陵十二釵」冊子，《長生殿》中亦有「一本宮嬪冊，歷朝妃后編」。《紅樓夢》描寫寶玉「神遊太虛境」時，遇到「萬丈迷津」，「迷津內水響如雷，竟有許多夜叉、海鬼將寶玉拖將下去」，寶玉一驚而醒。《長生殿》描寫明皇夢尋楊玉環時，也遇到了「曲江池」上「驚濤沸騰」，「大水中間又湧出一個怪物，豬首龍身，舞爪張牙，奔突而來」欲拖明皇下水，明皇夢中高呼「唬殺我也」，因驚嚇而醒。這二個情節明顯存在因襲的痕跡。

我們還應注意到，明末清初，傳奇界流行奇幻式的情節構思方式，湯顯祖的「臨川四夢」，「因情成夢，因夢成戲」，對後來作品影響極大。吳偉業的《秣陵春》傳奇中，徐適與黃展娘相識於玉杯和寶鏡的幻影之中，展娘的魂魄離開真身半載有餘，追隨徐適冥間遊蕩，最後又回到陽世，與真身復合。當時文壇盛行「夢」和「戲」一致的觀點，如趙士麟評《江花夢》傳奇時就曾說：「夢之爲言幻也，劇之爲言戲也，即幻也，夢與戲有二乎哉」？「列公不以戲爲戲，而以爲天下事唯戲最爲真；不以夢爲夢，而以爲天下事唯夢最爲實。故能識夢也，戲也，幻也，能形諸詠歌也」。夢就是戲，就是幻，也就是最真最實，這種創作觀念在明末清初最爲流行，到清中葉的乾隆朝，便不甚流行了。《長生殿》被時人目爲「一部鬧熱的《牡丹亭》」，《紅樓夢》也是「因情成夢，因夢成戲」的作品，它們的創作背景，皆應是清初而非清中葉。

第五，兩部作品的語言風格相近，《紅樓夢》中的主人公名稱，疑似出自《長生殿》。《長生殿》中明皇太真「前宵枕邊聞香氣」，《紅樓夢》中寶黛「意綿綿靜日玉生香」；《長生殿》中「鸚哥弄巧言，把愁人故相騙」，《紅樓夢》中黛玉之鸚哥也屢次「巧言」騙人；《長生殿》中楊玉環「眉黛顰，啼痕滲，芳心惱，晨餐未進過清早，千金玉體輕傷了」，《紅樓夢》中黛玉「滴不盡相思血淚拋紅豆」，「咽不下玉粒金蓴咽滿喉」；《長生殿》中明皇陪錯，「情雙好，情雙好，縱百歲，猶嫌少」，「總朕錯，總朕錯，請莫惱，請莫惱」，《紅樓夢》中寶玉陪不是，千妹妹萬妹妹地勸哄；《長生殿》中有個「王嬤嬤」，《紅樓夢》中不乏「李嬤嬤」，「趙嬤嬤」；《長生殿》中「芳香四散襲人裙」，《紅樓夢》中「花氣襲人知晝暖」；《長生殿》中夜雨制曲「雨淋鈴」，《紅樓夢》中瀟湘館「風雨夕悶制風雨詞」；《長生殿》中「天將離恨補，海把怨愁填」，「千秋萬古證奇緣」，《紅樓夢》中「引愁金女、度恨菩提」，「有奇緣」、「無奇緣」；《長生殿》中有「紅牆外」「悄悄冥冥」聽簫，《紅樓夢》中寫「凹晶館」隔水嗚嗚咽咽聞笛；《長生殿》中「神仙本是多情種」，「只怕無情種」，《紅樓夢》中「開闢鴻蒙，誰爲情種？」凡此種種，不一而足，《長生殿》與《紅樓夢》描寫中用語遣詞、語言風格是十分相近的。但因《長生殿》是傳奇劇本，《紅樓夢》是「假語村言」的白話小說，文白程度及遣詞用語的受限制程度不同，這些雷同之處不易發覺，但只要細讀慢品，不難品出相同的味道。就連脂硯齋也感覺到了小說的很多手法是戲劇寫法，如寶玉爲麝玉篦頭，對鏡見晴雯摔簾子的情節，脂批便認爲是傳奇手法。此類場景書中很多，可見《紅樓夢》作者應十分熟悉當時雜劇傳奇寫作。洪昇是著名的傳奇作家，著作等身，曹雪芹則未聞寫過什麼雜劇傳奇。

更應引起注意的是，《紅樓夢》中主人公名稱很可能來源於《長生殿》。《紅樓夢》中的三個主角寶玉、寶釵、黛玉，「金玉良緣」共一個「寶」字，「木石前盟」共一個「玉」字，其出處疑似明皇玉環訂情、盟誓、埋玉、改葬、補恨過程中屢屢出現的「金釵」和「鈿盒」。「金釵」爲「金」，「鈿盒」爲玉，這在《長生殿》中是清楚的，「釵鈿」亦是《長生殿》全劇的主線。劇中常稱玉環爲「玉人」、「玉妃」，玉環「顰眉淚眼」、「眉黛顰、啼痕滲」似與黛玉之「黛」字及號「顰顰」不無關聯。寶釵「體豐怯熱」正是楊玉環的特徵，「楊妃撲彩蝶」一段明確地把寶釵比喻爲楊玉環；寶釵聽寶玉嘲笑她像楊玉環，自己也氣憤地說沒有一個楊國忠那樣的哥哥。「金玉良緣」的提法，似據此提出；「木石前盟」之說法，亦似受《長生殿》之三十二齣「木人下淚」描寫的影響；除人名外，《紅樓夢》中屢用之「南京」、「西京」之地名，見之於《長生殿》之四十一齣；「天香」樓之樓名，見之於第五十齣；《紅樓夢》中有東、南、西、北四王，《長生殿》中安祿山則被封爲「東平郡王」；《紅樓夢》第二十七回寶玉說的「楊太真沈香亭之木芍藥，端正樓之相思樹」一語，非極熟悉《長生殿》傳奇稿本之人，是寫不出的。《紅樓夢》這個「總其全部」之書名，在

《長生殿》中亦見蹤跡，第十四齣之「人散曲終紅樓靜」，是否爲其出處，値得懷疑。《紅樓夢》最終是寫的「人散曲終」的故事，應是事實。

古往今來，寫情寫淫的小說及戲曲多了，較著名的如《金瓶梅》、《西廂記》、《牡丹亭》等，對《紅樓夢》之創作均有影響，《紅樓夢》中也大量引用這些言情戲劇的詞曲，這一點「紅學界」早有公認。但《紅樓夢》與《長生殿》如此之一致和雷同，確是其他小說戲曲不可同日而語的。倘說曹雪芹因是受《長生殿》之影響而作《紅樓夢》，那麼《紅樓夢》爲何不與《西廂記》、《牡丹亭》雷同？一部創作的小說從主題、人物、手法、風格乃至遣詞用語都大量模仿另一部作品，是不可思議的。最有可能的結論是，《紅樓夢》與《長生殿》出自同一作者之手。《長生殿》的作者爲洪昇不存疑議，曹雪芹是雍乾時代的人，不會寫出康熙朝早已傳演天下的《長生殿》，那麼，只能說《紅樓夢》成書比雍乾時代早得多，實出於康熙朝洪昇之手筆。這就難怪曹雪芹自承是「後」於「悼紅軒」中「披閱增刪」的了。

是否有證據來證明這一點呢？

二、「可憐一曲長生殿，斷送功名到白頭」「獨留一石」、「無材補天」，疑似洪昇被斥革後的憤語

《紅樓夢》第一回開篇即云：「原來女媧氏煉石補天之時，於大荒山無稽崖煉成高經

十二丈，方經二十四丈頑石三萬六千五百零一塊。媧皇只用了三萬六千五百塊，只單單的剩了一塊未用，便棄在此山青埂峰下。誰知此石自經磨練之後，靈性已通，因見眾石俱得補天，獨自己無材，不堪入選，遂自怨自歎，日夜悲號慚愧。」頑石「幻形入世」結束後，石上刻有「歷經離合悲歡、炎涼世態」的一段故事，後面又有一偈云：「無材可去補蒼天，枉入紅塵若許年，此係身前身後事，倩誰記去作奇傳。」

《紅樓夢》的作者不會真的相信女媧煉石補天會遺棄一塊什麼頑石，在封建社會，「補天」即寓士大夫階層「出仕」、「治國」之願望，「補天石」亦即士大夫自況之譬喻。「獨留一石未用」是什麼樣的人應發出的感慨呢？落第舉子不會發此感慨，落第者多矣，談何「獨留一石」？逸民隱士亦不會發此感慨，他們可能自譬頑石，但不會嚮往「補天」，而願遁入山林，更不會因「無材補天」而「自怨自歎」，說什麼「枉入紅塵」。發此浩歎者，必是一個如《紅樓夢》中所說「跌過筋斗之人」。曹雪芹本人談不到「跌過筋斗」，家庭被抄時年紀尚小，亦非「造釁開端」之人，長成後家已敗落，亦未聞有科舉落第之事，所以很難設想會發出「無材補天」之歎。洪昇卻完全有慨歎「無材補天」，「枉入紅塵」之充分理由。

康熙二十八年（一六八九）八月間，發生了一起歷史上影響極大的文字獄。國子監生洪昇集士人名流在家裡演唱《長生殿》。當時「明珠黨」與「南黨」之間紛爭激烈，洪昇因與「南黨」親善，故「明珠黨」人藉口佟皇后喪期未滿而彈劾洪昇。康熙帝一怒之下，捕其入獄，革除其國子監生籍，永遠阻斷了洪昇的仕進之路。時人慨歎此事說：「可憐一曲長生殿，斷送功名到白頭！」這個洪昇，不是有慨歎「媧皇」「只單單的剩了一塊未用」的頑石的充分理由麼？

洪昇被革去功名後，受盡白眼揶揄。真稱得上《紅樓夢》作者所寫的「奈何天，傷懷日，寂寥時」，「愧則有餘，悔則無益之大無可如何之日」，此時的洪昇如「試遣愚衷」，自譬「無材補天」的頑石，去寫「身前身後」之事，終成《紅樓夢》絕唱，是否比曹雪芹理由更充分呢？此時的洪昇，在功名絕望的前提下，借書中寶玉之口，拒絕「仕途經濟」，大罵「祿蠹國賊」，是否比曹雪芹更合情理呢？據考證，清代「國子監」內，確有一塊大石鼓，石上刻滿無人能識之古文字。此石來歷久矣，據傳是周宣王時所刻，石上文字爲史籀所書，記載的是周宣王田獵事跡。韓愈、蘇軾、李東陽等許多著名詩人都曾題詠過此石。多數題詠者不知此石之來歷及石上文字內容，有的文人則認爲是女媧所遺之「補天石」，明代詩人黃輝的〈石鼓歌〉中，就有「彷彿媧皇五色墜，錯落星辰尚堪摘」的詩句。洪昇的國子監生生涯長達二十六年，以此頑石自譬，並在《紅樓夢》中借喻爲女媧「獨留」「未用」之石，應是信手拈來的神來之筆，此書初名《石頭記》應是淵源有自。

洪昇是否具備創作《紅樓夢》的資質呢？清順治二年（一六四五）七月初一，洪昇出生在錢塘一個書香門第，世宦之家。洪昇之高祖洪椿曾任明朝都察院右都御史，父親洪起鮫在清初也曾出仕。母親黃氏是當時著名學者，後來官至文華殿大學士兼吏部尚書黃幾的女兒，有很好的修養。洪家世代習文、藏書很多，有「學海」之稱。正可謂《紅樓夢》中所說的「昌明隆盛之邦，詩禮簪纓之族，花柳繁華地，溫柔富貴鄉」。洪昇從小受過良好的家庭薰陶與教育，又曾先後師從於陸繁弨、沈謙、毛先舒等著名學者，陸繁弨是當時駢文大家，沈謙擅長詩曲，毛先舒兼善填詞又通音律。這些人均為當時文壇大家，且均抱亡國之痛，不肯仕清。他們對洪昇一生影響深刻應無疑義。

洪昇幼時詩名已著、長成後才華橫溢，與當時著名文士朱彝尊、毛奇齡、吳儀一、查慎行、李式玉、吳雯、趙執信等交誼深厚，時相唱和。讓我們先看一首朱彝尊的「酬洪昇」詩：「金台酒坐擘紅箋，雲散星離又十年。海內詩家洪玉父，禁中樂府柳屯田。梧桐夜語詞凄絕，薏苡明珠謗偶然。白髮相逢豈容易，津頭且纜下河船。」此詩作於康熙四十年（一七〇一），是洪昇南歸後故友相見時所作。詩中不僅稱頌了洪昇的文學才能，也對洪昇遭文字獄寄予無限同情。詩中「梧桐夜雨詞凄絕」顯然是指《長生殿》，那麼，「薏苡明珠謗偶然」指的又是什麼呢?是《紅樓夢》創作麼?洪昇青春年少時，生活優裕，以才情自負，形成了清高孤傲的性格。脫俗不羈，好譏呵權貴。交友宴集，常白眼踞坐，指古摘今，雖然使聞者折服，卻也常取憎於當時。《紅樓夢》書中也顯示，作者精擅詩詞、兼通繪畫音律，善寫駢文。洪昇這樣一個才華橫溢，又有異端思想的「情種」，可說最具創作《紅樓夢》的資質，而曹雪芹兼具這些素質的證據，似顯不足。

洪昇慘遭「天倫」之變，也是創作《紅樓夢》動因之一。康熙七年（一六六八），二十四歲的洪昇，懷抱濟世安民的理想進京科考，謀取功名，結果落第，第二年返歸錢塘。由於別人的挑撥離間，不容於父親和繼母，被迫析居，失去了優裕的生活條件，不得已於康熙十三年（一六七四）再次入京，開始了長達二十六年的國子監生生涯。這期間，洪昇不曾做得一官半職，生活艱苦清貧，體遍世態炎涼。

當時詩人陳玗的〈寄洪昉思都門四首〉云：「我憶長安客，飄零寄此身，賣文供貰酒，旅食轉依人」，反映了洪昇的困苦生活。王士禛在《香祖筆記》中也說：洪昇「遭家難，流遇困窮，備極坎壈」。洪昇確曾經歷過「風月繁華」，二十五歲後陷入「茅椽蓬牖、瓦竈繩床」的困苦生活。這應是《紅樓夢》中慨歎已往「上賴天恩、下承祖德，錦衣紈袴之時，飫甘饜美之日，背父母教育之恩，負師兄規訓之德，以至今日一事無成、半生潦倒之罪」的最可信的寫真，「富貴不知樂業，貧困難耐淒涼」亦應是洪昇貧窮時心境的真實反映。

洪昇自己在〈客中秋望〉詩中曾說：「非關遊子澹忘歸，南望鄉園意總違；三載無家拋骨肉，一身多難遠庭幃」。在〈蒙山道中〉說：「坎壈何時盡，漂零轉自傷。一身還故國，八口寄他鄉。」可與《紅樓夢》中的有關部分對照看。曹家遭變時，雪芹僅十三歲（一說四歲），洪昇遭天倫之變時，年已二十五歲，遭功名斥革時，年已四十五歲。曹洪相較，誰最有資格寫繁華和困苦生活的強烈對比，應無異議。洪昇長期生活在北京，熟悉「北人」的「假語村言」，並用此寫《紅樓夢》亦是具備條件的。

康熙十八年（一六七九），洪昇的父親洪起鮫，遭人誣陷，被抄家並發配黑龍江之寧古塔。洪昇奔走於顯貴間求情，又急待南歸侍父北行，經歷了又一次人生災難，後洪父雖遇赦得免，但家道中落，已是「末世」了。綜洪昇一生，父被發配，已被斥革，由富貴轉爲貧窮，加之「天倫」慘變，其心情抑鬱憤懣可知，難怪在《紅樓夢》書中，他皮裡陽秋地表面上寫「君明臣賢、父慈子孝」，而內容中則君昏臣庸、父不慈、子不肖了，也難怪所謂的「贊寶玉」詩寫出「天下無能第一，古今不肖無雙」等反面敷粉的憤慨語了。曹雪芹長成後，未直接遭受君王和重臣的打擊，亦未聞與家庭關係何等情況，斷言曹氏寫《紅樓夢》，遠不如洪氏理由充分。

三、「可歎停機德，堪憐詠絮才」

大觀園中的感情糾葛疑似洪昇與愛妻黃蕙「閨友閨情」的自敘

愛情生活及親情糾葛，不似一般社會生活，《紅樓夢》中刻骨銘心的愛情，純潔真摯的手足閨情，矛盾複雜的家庭親情，非親身經歷過如此生活者，是寫不出來的，「照貓畫虎」者形似神也不似。曹雪芹「錦衣紈絝」時年紀尚小，不會有什麼愛情，及至長成後，爲貧窮所累，亦斷不會有書中的愛情生活，迄今所有考證，亦不聞曹氏夫妻生活、兄弟姊妹之間及父母子女之間的感情生活如何。而《紅樓夢》中這方面的一切，大致均可在洪家及其兩代姻親黃家找到合情合理的背景。

洪昇娶妻黃蕙，乃康熙朝文華殿大學士兼吏部尚書黃幾的孫女，洪昇母親黃氏的「娘家侄女」，與洪昇是嫡親的表兄妹關係。黃蕙之父母情況未考據清楚，但在《清史稿》黃幾傳中可見端倪：康熙七年（一六六八）「給事中王曰溫劾故庶吉士王彥即幾子黃彥博，欺妄應罷黜。幾以彥與彥博姓名不同，且彥博死已久，疏辯得免。尋以遷葬乞假歸，而論者猶不已」。黃幾的曾任庶吉士且久已故去的兒子黃彥博就是黃蕙的父親。這與《紅樓夢》中黛玉與寶釵的父親均早逝是一致的。婚後黃蕙的母親是否在世亦無考，而《紅樓夢》書中寶釵之母薛姨媽健在似可參考。

黃蕙由於家庭薰陶，具有良好的文學修養，並精通音律，雅好詞曲，夫妻之間品味相投，時相唱和，感情甚篤。洪昇的妹妹情況當與「賈府三豔」情況相類，聰明賢淑自不待言。覆巢之下無完卵，洪起鮫被充軍後，其「原應歎息」、「千紅一哭」、「萬豔同悲」的命運可知。洪昇對女子情有獨鍾，「女兒是水做的骨肉」，「見了女兒便覺得清爽」，完全可能出自洪昇之口。考洪昇一生所作傳奇雜劇，除《長生殿》對女人寄予極大同情外，《四嬋娟》雜劇也謳歌了謝道蘊、衛茂漪、李易安、管仲姬四個聰慧溫情的名媛。《紅樓夢》中寫「天下精華」獨鍾情於女子，「老天、老天，你多少精華靈秀，生出這些人上之人來」！應有思想基礎。《紅樓夢》中大觀園諸多次結社吟詞聯句，係洪昇夫婦酬唱及閨友酬唱，似應可信。

以黃蕙的家庭薰陶和個人修養，應兼具「停機德」和「詠絮才」。這就涉及到「釵黛合一」這個命題了。筆者以為，寶釵和黛玉均應以黃蕙為原型。在「太虛幻境」之「《紅樓夢》」曲子中釵黛同用一畫一曲，在命名上，寶釵黛三人同出《長生殿》訂情之「釵鈿」，特別值得注意的是，寶玉之「玉」與寶釵「金鎖」適成「一對」，上面均刻有八個字。「玉」上爲「莫失莫忘，仙壽恒昌」，鎖上爲「不離不棄，芳齡永繼」，其意義除表明爲「長命鎖」之意外，是否與脫胎《長生殿》有關係呢？是否是「不離」《長生殿》創作本意，「莫失」《長生殿》創作主旨之意呢？

在人物刻畫上，釵黛二人均德才兼備；《紅樓夢》第四十二回「蘅蕪君蘭言解疑癖，瀟湘子雅謔補餘香」中，釵黛二人「合而爲一」，「釵、玉名雖二個，人卻一身，此幻筆也」。這些看法爲「紅學」界很多學者認同。「釵黛合一」說最大的障礙在於對〈紅樓夢曲子〉「終身誤」的理解。「都道是金玉良緣，俺只念木石前盟。空對著，山中高士晶瑩雪，終不忘，世外仙姝寂寞林。歎人間，美中不足今方信：縱然是齊眉舉案，到底意難平。」傳統「紅學」均認爲此曲表示黛死釵嫁，寶玉心目中釵黛對立意難平。倘按「釵黛合一」說，此曲亦可解，可能更貼切些。試想，洪昇黃蕙之婚姻，世人皆認爲是金玉良緣，但「美中不足」，前程無望，生活艱辛，以至黃蕙終日以淚洗面，這哪是什麼「金玉良緣」，只能是「木石姻緣」（草民姻緣），雖然和心愛之人結婚了（齊眉舉案），但意中仍然難平！這時誰再說「金玉良緣」，洪昇聽起來如同嘲諷斥罵，所以書中寶玉夢中喝罵：和尚道士的話如何信得！什麼「金玉良緣」，我偏說「木石姻緣」！

洪昇用「幻筆」把黃蕙「一分爲二」，意圖何在呢？一是人物形象刻畫的需要，唐明皇與賈寶玉二個「情種」的行徑寫來應是輕車熟路，如不將釵黛分開寫，何來《紅樓夢》中「虢國夫人」及「梅妃」之形象？二是現實生活的真實寫照，「循蹤躡跡」地寫實需要。試思洪昇婚後至遭天倫之變前，黃蕙應是一個以「停機德」形象出現的少婦，深得一家上下人等的歡心，娘家和夫家均優裕的生活也使她有足夠的金錢去籠絡人心，不時勸夫走「仕途經濟」之路，「留意於孔孟之道」亦是情理中的事。「好風憑藉力，送我上青雲」，盼夫婿青雲紫蟒，作爲一個封建淑女，應是情理中事。

洪昇遭家庭變故後，特別是功名被革去，終生「於國於家無望」後，黃蕙其時祖父已逝，娘家已南遷，與夫君同受困苦生活煎熬，雖仍具「詠絮才」，但終日以淚洗面，「焦首朝朝還暮暮，煎心日日復年年」，似是必然之事，此時倘再說「混帳話」，勸夫功名，不僅無益，且是罵夫諷夫害夫了。所以，筆者認爲，《紅樓夢》中的寶釵是前一個黃蕙，是洪昇追求功名，錦衣紈綺時的黃蕙；黛玉是後一個黃蕙，是洪昇窮困潦倒且終生功名無望時的黃蕙。「可憐運退金失色，堪歎時乖玉不光」，金失色而爲朽木，玉不光而爲頑石，「金玉良緣」變成了「木石姻緣」。

還有一個「湘雲」，如看成是婚前的黃蕙，也是不無可能的。婚前一片天真爛漫，「咬舌子」呼「愛哥哥」都不似杜撰之筆。釵黛湘三人與寶玉均爲姑姨表親，用幻筆如此寫來，不是順理成章的事嗎？湘雲有一「金麒麟」，與寶玉之「玉」亦有「金玉良緣」之讖，這樣描寫不會全無用意。湘雲「繈褓之間父母違」，寄住於叔叔嬸嬸家，以貴小姐之身分，卻針粥活繁重，談起生活來，眼圈便紅了。由此似可推斷，黃蕙在父死後，應是寄住在叔叔家，頗遭了一些罪，原指望嫁了洪昇這樣的「才貌仙郎」會改變人生命運，博得「地久天長」的富貴，（與「不離不棄、芳齡永繼」聯繫起來看，不是更耐人尋味嗎？）但由於「才貌仙郎」天倫慘變，功名革退，終究還是「雲散高唐，水涸湘江」。

這樣推論，如何理解「若說沒奇緣，今生偏又遇到他，若說有奇緣，如何心事終虛化」這一句讖語呢？其實，「遇著他」，指的就是「嫁了他」，女子擇婿，遇也。「終虛化」不是指沒嫁成，而是「心事」虛化。什麼「心事」呢，「好風憑藉力，送我上青雲」，「廝配個才貌仙郎、博得個地久天長」。夫貴妻榮這樣的心事「虛化」了！至洪昇陷於貧困終生功名無望以後，自然夫妻連富貴的「心事」都沒有了，黛玉也不會說「混帳話」了。

特別值得注意的是，《紅樓夢》對黛玉寄人籬下，「一年三百六十日，風刀霜劍嚴相逼」的內心痛苦之描寫，無真實生活，實難筆下如此傳神，洪昇和黃蕙是否有一段寄人籬下的生活呢？答案是肯定的，洪昇自己在〈後江行雜詩四首〉中說：「依人空老大，乞食愧英雄」。黃蕙的祖父黃幾，歷任康熙朝禮部、戶部、吏部尚書，拿現在的話說，就是連任教育部長、財政部長和組織人事部長，位高權重，可想而知。黃幾於康熙二十二年（一六八三）因年老體衰乞休，「許以原官致仕」，回錢塘原籍。康熙二十五年（一六八六）卒。康熙十三年（一六七四）因「天倫」之變，洪昇被迫入京做國子監生時，黃幾恰在京任要職。洪昇以嫡親外孫兼孫女婿的身分，投靠外祖父，當非分外之事，從康熙十三年至康熙二十二年，近十年時間，洪昇夫婦應是寄人籬下。陳玗詩中說的「旅食轉依人」應指此事。

雖是兩代姻親，又有外祖父疼愛，但終非己家，諸多不便，亦在情理中。洪昇在國子監中，學習交友，唱和優遊，卻苦了黃蕙，遭娘家人「白眼」，甚至聽「下人」閒話，都是無可奈何的事。以黃蕙之德之才，唱出一首「葬花辭」，實應是內心痛苦所必發之音。《紅樓夢》中的湘雲遭際應爲黃蕙婚前遭際，寶釵、黛玉遭際應爲黃蕙夫婦婚後兩個階段的不同遭際。寶、釵同「寶」，名字前同後不同；寶、黛同「玉」，名字後同前不同；寶、湘名字雖也同「金」，但名字前後均不同。如此命名應是事出有因，恰與洪昇夫婦婚前婚後三個階段生活經歷吻合。黛玉之號「瀟湘妃子」，亦應是婚後少婦之雅號，試想，一個待字閨中之少女，誰能樂承一個「妃子」稱呼？《紅樓夢》中探春抽籤得一「王妃」兆，還紅著臉說是男人的混話，更何況黛玉！

對《紅樓夢》中「老祖宗」賈母，一遇不遂心事，便欲「回南」，子孫聽到「回南」之語，如雷轟頂，忙不迭賠罪哄老太太回心轉意，是何原因呢？如所寫爲曹家事，雪芹一代已無「南」可回，子孫亦不必惶急。只有洪昇身歷之事，才可自圓其說。

筆者一直懷疑，「老祖宗」賈母應是位高權重、年老體衰的黃幾的化身，雖有男女之別，但按「幻筆」，真真假假，非不可能。黃幾任吏部尙書後，幾次以年老體衰爲由，申請致仕返籍。他的籍在錢塘，正是所謂的「南」。《紅樓夢》中所寫「老祖宗」欲「回南」事，應影此事。一旦致仕，失去權柄，家人焉得不急？「一損俱損，一榮俱榮」，大樹一倒，猢猻立散，難怪子孫生怕「老祖宗」「回南」，一聞此語，如孫大聖聞「緊箍咒」，打心眼裡向外害怕了。這裡也說明了《紅樓夢》中另一個情節的原因：有人問，不論書中賈家還是作者曹家，都不可能爲賈雨村「輕輕謀得應天府尹」這樣一個要職。只有洪家托黃幾方可謀得，黃幾任吏部尚書兼大學士，謀此職安插人當然是輕而易舉之事了。

洪昇當年因何事不容於父親和繼母，今天已無可考究了。但我們從《紅樓夢》中似可找到線索。第三十三回「手足眈眈小動唇舌，不肖種種大承笞撻」，說的是因同父異母弟賈環搬弄是非，寶玉挨了父親一頓狠打。書中對賈環之母趙姨娘寫得十分不堪，對賈環形象亦寫得十分猥瑣，似不無原因。是否是洪昇的「庶出」兄弟挑撥離間，造成父子反目，不容於繼母，於此可見一端。

研究這些，切忌對號入座。《紅樓夢》畢竟是小說，不可能逐一對應，只要大致相當即應認定，須知「假作真時真亦假，無爲有處有還無」，倘一一對應，就不是把「真事隱去」，用「假語村言」敷衍的《紅樓夢》小說了。

四、「箕裘頽墮皆從敬，造釁開端實在寧」

東府穢跡疑似洪昇對明珠一族及清初政要的惡意詛咒

紅學界有一個至今不得要領的死結，就是曹雪芹「自敘」其織造府生活，似乎過於不留情面，寫東府「扒灰」、「養小叔子」，除了「門前石頭獅子」無乾淨之地。爲尊者親者諱，乃人之常情，尤其是封建文人，受孔子薰陶，豈能不諳此理？曹雪芹這麼寫，如對家庭無切齒之恨，實無理由。連畸笏叟都感覺太過，「命」雪芹刪去「秦可卿淫喪天香樓」一節。如果是洪昇撰《紅樓夢》，此事就迎刃而解了。

乾隆閱《紅樓夢》後，認爲「乃明珠家事也」，應不會是空穴來風，無由妄斷。明珠家穢事及明珠之子納蘭成德爲「情種」事，康乾時代應廣爲流傳，洪昇這樣寫，乾隆皇帝這樣說，根據大概在此。筆者認爲，洪昇筆下，「榮國府」寫的是己家與黃家事，而東府寫的卻是「明珠家事」。洪昇是用「幻筆」寫出了榮寧二府，真中有假，假中有真。所謂「江南甄家」，只不過是個影子罷了，亦提醒讀者，此中有江南洪家之事。洪昇父子兩代，因「明珠黨」人誣陷，連遭革除功名，抄家充軍之難，無怪乎對明珠一族恨之入骨，詛咒之不留情面了。

明珠，字端範，那拉氏，滿洲正黃旗人。康熙朝前期蒙寵信優沃，位高權重，曾任刑部、吏部尚書，武英殿大學士，太子太傅、太子太師等要職。明珠與余國柱、佛倫等組成「明珠黨」，把持朝政、賣官鬻爵、納私受賄、排斥異己，幹了不少令世人側目切齒的壞事。康熙二十七年，由於于成龍等正直之臣參奏，明珠雖未被罷官處分，但至死前的二十多年，卻賦閑在家，未被「柄用」。這與《紅樓夢》中那個賈珍，雖賦閑在家，仍能呼風喚雨的形象，是相似的。

明珠之子納蘭成德（一六五五—一六八五），字容若，號楞伽山人。小洪昇十歲，與洪昇應是一代人。納蘭成德工詞，在清初蔚然大家。其詞婉約纏綿，多為「言情」之作，可謂一個「情種」。成德原配妻子盧氏，是時任兩廣總督、兵部尚書、都察院右副都御史盧興祖之女。夫妻恩愛但好景不長，盧氏於康熙十六年成德二十三歲時病故。納蘭詞中的悼亡詞，均為悼盧氏所作，淒切感人，十分真摯。從納蘭詞中還可看到，成德一生中與女性感情糾葛不斷，戀愛之人不在少數，此「情種」有「皮膚濫淫之輩」嫌疑。

《紅樓夢》書中，洪昇是用賈蓉、秦可卿、秦鍾這三個形象去寫成德夫婦的。書中所斥責的「皮膚濫淫之輩」，當然是指珍蓉父子及可卿秦鍾姊弟。秦鍾二字，明顯是「情種」諧音，秦鍾在書中無甚實際故事，不過是「情種」的影子罷了。賈珍與兒媳私通導致可卿「淫喪天香樓」，珍蓉父子與尤氏姊妹「聚麀」而喪盡廉恥，這些事能否坐實在明珠父子身上不得而知。但成德之原配夫人早逝，成德任三等至一等侍衛，卻與「秦可卿死封龍禁尉」遙相呼應，不由人不疑惑。

康熙二十四年（一六八五）五月己丑，納蘭成德因病早夭，年僅三十一歲，正所謂「享強壽」之年。從病到逝，僅幾天時間，病因不詳。成德生前「肆力經濟之學，熟讀通鑒及古人文辭」。成德死時，其父明珠哭之慟愈乎常人，見於徐乾學所寫之「神道碑文」及「墓誌銘」中。筆者懷疑，《紅樓夢》中「秦可卿淫喪天香樓」、「秦鯨卿夭逝黃泉路」，寶玉在寧府午睡見「世事洞明皆學問，人情練達即文章」聯及對可卿房間不堪入目的陳設描寫，以及可卿死後眾人都感到「納罕」，賈珍如喪考妣般地痛哭，均應是影射這些事情，不過真真假假、虛虛實實罷了。把明珠哭子寫成哭媳，顯然是惡意詛咒。明珠是否爲早夭之兒子、兒媳搞過風光的「大出殯」，歷史無考。但以太傅之財力與痛子之情，「大出殯」等場景完全可能是寫實。

成德任侍衛期間，深得康熙帝的賞識，「上親書唐賈至七言律賜之」。康熙帝親自書寫賜給成德的這首賈至詩是〈早朝大明宮〉（見《千家詩》），詩本身倒沒什麼，不過一首拍皇帝馬屁的律詩而已。值得注意的是這首詩的作者姓賈。康熙賜成德御筆親書詩一事，明珠父子以此爲榮自不待言，當時士大夫階層也都知道此事，徐乾學就曾把這件事寫入了成德的墓誌銘和神道碑文。可以設想，洪昇應知道此事，這也應是洪昇把榮寧二府設計成賈姓的重要原因之一吧。當然，這個賈姓，在作者筆下，含有真真假假之意，但不能排除康熙賜詩之來歷。二者兼而有之，更顯作者功力。

明珠之祖父金台什，有一個妹妹嫁給了清太祖努爾哈赤，生清太宗皇太極。這應是《紅樓夢》中，寫賈家出了「元妃」所本。但金台什兄妹之事，至康熙朝年代久遠，不易實寫，洪昇便借用了多爾袞與「元妃」的故事。據《清史稿》載，多爾袞之王妃博爾濟吉特氏，死後被封爲「敬孝忠恭正宮元妃」。多爾袞雖未做皇帝，死後曾被追封爲「成皇帝」。「元妃」畢竟不是什麼正宗皇妃，有褒貶寓於其中。清初，「太后下嫁攝政王」之說流傳民間，正所謂「養小叔子」；多爾袞害死肅親王豪格後，納肅王「福晉」爲「側福晉」，肅王豪格是皇太極之子，多爾袞之親侄，納「福晉」之行爲正是「扒灰」醜行。《紅樓夢》借焦大之口，罵遍了清初政要，可見洪昇銜怨之深。

洪昇之所以要寫「元妃」，其目的無非是借「省親」事寫大觀園，爲眾兒女創造一個美麗的活動空間。另外也許還有一個用意，即隱寫康熙帝籠絡江南士子，徵召「博學鴻詞」之事。康熙十七年（一六七八）正月，爲籠絡江南大批心懷異志，不肯出仕的士人，康熙帝頒發詔書，徵召「博學鴻詞」，次年三月，各地薦舉的名士一百四十三人，在體仁殿考試辭賦，史稱「己未詞科」，應試前先由康熙帝賜宴，給卷作詩二十韻，取名士朱彝尊、湯斌等五十人，俱入翰林院。試看《紅樓夢》中之「元妃」，省親時在園中命寶玉及諸姊妹作詩，並品評高下，似影此事。元妃省親絕不會是借省親寫康熙南巡。洪昇以劫後餘生，驚弓之鳥，在「文字獄」森嚴的年代，怎敢明寫「當今」皇帝？由此可見，蔡元培先生「索隱」之諸事諸人，雖未必全對，但亦非空穴來風。《紅樓夢》本來有謎可猜，有隱可索，「猜笨謎」般「索隱」亦無可厚非。胡適先生斷定曹雪芹係曹寅之後，根本無證據支持，談不上「考證」，實質也只不過是「猜笨謎」般地推論罷了。「紅學界」爲《紅樓夢》所寫之家庭究竟是「滿」是「漢」，大觀園女兒是「大腳」還是「小腳」爭論了近百年，實際上，洪昇筆下，滿中有漢，漢中有滿，正所謂「假作真時真亦假，無爲有處有還無」。

五、「醒聽北人語，夢聽南人歌」

「好了歌解」「姽嫿詞」等疑似洪昇的興亡感歎及反滿思想流露

《紅樓夢》一開始作者便聲明了此書不敢「干涉朝廷」，「君賢臣良，父慈子孝」「實非他書可比」。實際上呢，君昏臣奸，父不慈子不肖，溢於筆端，實屬「皮裡陽秋空黑黃」。「螃蟹詠」一詩，連脂批都感覺諷刺世人過毒。洪昇生活在清初，其時滿清政權尚未鞏固，士大夫階層尤其是江南士子，反滿思想和興亡感歎還不時流露。王夫之、毛先舒、魏禧、朱彝尊、屈大均、吳兆騫、王士禛等文人，當時都有大量悼念前朝感歎興亡的詩作。洪昇同時之大戲劇家孔尚任所寫《桃花扇》，便是弔南明小朝廷之作。洪昇之代表作《長生殿》，實質上也是通過寫「安史之亂」，隱寫興亡之慨的。劇中借楊通幽之口唱道：

唱不盡興亡夢幻，彈不盡悲傷感歎，大古裡淒涼滿眼對江山。
我只待撥繁弦傳幽怨，翻別調寫愁煩，慢慢的把天寶當年遺事彈。

這不正是借「安史之亂」在感歎明清易代麼！從我們今天能讀到的洪昇詩作亦可明顯看出洪昇的弔前朝感興亡之思想。這裡僅舉二例：

康熙二十年（一六八一）年二月，洪昇赴清東陵送葬，途經明十三陵，寫下了二首京東雜感：

其一：

勝國巡遊地，孤城有廢空。周垣春草外，園殿夕陽中。

狐骨沙翻雪，鴟蹲樹嘯風。唯餘舊村落，雞犬似新豐。

其二：

霧隱前山燒，林開小市燈。軟沙平受月，春水細流冰。
遠望窮高下，孤懷感廢興。白頭遺老在，指點十三陵。

這樣一個從骨子裡就具有弔前朝感興亡思想的江南士子，尤其在遭受人生重大挫折之後，在其作品裡不寫入興亡感慨，應是咄咄怪事！

洪昇在漂泊生活中，曾寫下一首不爲人注意的小詩：

夜夜賈舡裡，思鄉愁奈何。醒聽北人語，夢聽南人歌。

好一個「醒聽北人語，夢聽南人歌」！其中不僅流露了洪昇對「南人」的思戀及對「北人」現實的感慨，亦流露了洪昇用「假語村言」創作《紅樓夢》之可能。筆者懷疑，所謂「南人歌」，即指《長生殿》，《長生殿》是供演唱的傳奇作品，又是根據《長恨歌》創作的，稱「南人歌」是恰當的；所謂「北人語」，指的應是《紅樓夢》，《紅樓夢》就是用「北人語」即「假語村言」創作的白話小說，使用的是地道的「京片子」，稱「北人語」也是合理的。《長生殿》與《紅樓夢》，是作者最爲得意的兩部代表作，作者日思夜想、念念不忘是必然的。

讓我們回到對《紅樓夢》作品的分析。書中第一回，跛足道人口念〈好了歌〉後，甄士隱「心中早已徹悟」，隨口解注〈好了歌〉，說出了一首〈好了歌解〉：

陋室空堂，當年笏滿床；衰草枯楊，曾為歌舞場；蛛絲兒結滿雕樑，綠紗今又糊在蓬窗上。說甚麼脂正濃、粉正香，如何兩鬢又成霜？昨日黃土隴頭埋白骨，今宵紅綃帳底臥鴛鴦。金滿箱、銀滿箱，轉眼乞丐人皆謗；正歎他人命不長，那知自己歸來喪？訓有方，保不定日後作強梁。擇膏粱，誰承望流落在煙花巷！因嫌紗帽小，致使鎖枷扛；昨憐破襖寒，今嫌紫蟒長；亂烘烘你方唱罷我登場，反認他鄉是故鄉；甚荒唐，到頭來都是為他人作嫁衣裳。

對這首〈好了歌解〉，紅學界有人認為同〈好了歌〉一樣，是感歎「色空空色」之作，也有人認為，其中每句話都隱紅樓女兒和其他人物的命運，但索解十分牽強。

筆者以為，〈好了歌解〉恰恰是作者感歎歷史興亡，明清更替的力作。請看：當年「笏滿床」的歌舞升平之官邸，今已成了「衰草枯楊」掩映下的「陋室空堂」；結滿「蛛絲」的前朝顯貴府宅，今又糊上了本朝新貴的「綠紗窗」；前朝「訓有方」的士子今已流落為綠林強梁一流，前朝「擇膏粱」的豪門佳麗，今已被賣入了「煙花柳巷」；昨天還嫌官小，今天已入牢房，昨天還是窮酸，今天已披「紫蟒」。結合「《紅樓夢》曲」之收尾「飛鳥各投林」看，「爲官的」、「富貴的」、「有恩的」、「無情的」、「看破的」、「癡迷的」，社會各界均經歷了朝代更迭之洗禮，算了總帳。這不恰恰是朝代更替的最真實的寫照嗎！特別是「亂烘烘你方唱罷我登場」，不正是說前朝已亡，新朝剛建嗎？「反認他鄉是故鄉」，不是說滿人從關外入主中原並作久遠統治之舉嗎！「到頭來都是爲他人作嫁衣裳」，說的是前朝爲滿清作了「嫁衣裳」，你「滿清」最終不也只能爲他人「作嫁衣裳」嗎？蔡元培先生曾認爲，書中甄士隱家三月十五被葫蘆廟炸供之火焚爲平地，實隱甲申三月北京失守，明朝覆亡。甄士隱此時作「好了歌解」不是更耐人尋味嗎？筆者一直以爲，《紅樓夢》所寫「食盡鳥投林，落一片白茫茫大地真乾淨」，並非一家一族之衰亡星散，而是整個一個朝代的覆亡。一家一族衰亡「百足之蟲，死而不僵」，談何「白茫茫大地」？只有一個朝代覆亡了，該朝代的一切，才成「白茫茫大地真乾淨」！故書中小紅等僕婢反覆說「千里搭涼棚，沒有不散的筵席」，「好像有幾百年熬煎似的」等語，明指家族、暗寓朝代，其諷寓清晰可見！

由此聯想到《紅樓夢》中所寫「真真國」女孩子所作之詩，其中有「島雲蒸大海，嵐氣接叢林」，「漢南春歷歷，焉得不關心」之句，紅學界索隱派認爲是隱指鄭成功據台灣一事，不無道理。「昨宵朱樓夢，今日水國吟」。鄭成功賜姓朱，言「朱樓夢」甚恰，鄭氏據台灣，不正是「水國吟」嗎？施琅攻台灣是康熙二十二年（一六八三）事，正是洪昇做國子監生時發生的事情，洪昇應是清楚的，康熙在台灣平定後任命的第一個台灣知府，正是因參加了佟皇后喪期內聚演《長生殿》而與洪昇一起受到康熙嚴厲懲處的。洪昇將鄭氏據台灣一事，隱寫入《紅樓夢》，只能說明其弔明反滿之思想傾向。

更應注意的是那首〈姽嫿詞〉。《紅樓夢》書中，賈寶玉以父親所提之「林四娘」題目，作了一首「古風」〈姽嫿詞〉。詞中言「恒王」被「流寇」殺死，「恒王」姬妾以「林四娘」爲首，爲報恒王攻「流寇」而死。紅學界有人據此說作者對農民起義的態度有問題，這真是匪夷所思了。林四娘之事，清初應是廣泛流傳的，與洪昇同時代人蒲松齡，便將《林四娘》寫入了《聊齋志異》，陳維崧《婦人集》，王士禛《池北偶談》也有記載。其內容雖與《紅樓夢》所寫不盡相同，但爲「恒王府」姬妾這一點是相同的。明亡於李自成農民大起義，明清兩代均稱李自成起義軍爲「流寇」。洪昇寫此詞，未必是爲了「污蔑」農民起義軍，似應是揭示究竟是什麼原因使明王朝「落一片白茫茫大地真乾淨」。蒲松齡、陳維崧、王士禛、洪昇爲同時代人，他們在各自作品中不約而同地記述當時的社會傳說，是可能的。曹雪芹倘在乾隆朝撰書，寫入此事的可能性大可懷疑，更何況書中說是個「新題目」，時至乾隆朝，早已時過境遷，談何「新題目」？

認定《紅樓夢》有興亡感歎思想，還有一個佐證。清代前期，很多王公貴族宅邸，仍是明代貴族原有之府邸園林。著名的明珠府、恭王府均是。洪昇之國子監生生涯長達二十六年，對這些府邸及其掌故傳說，應是掌握的。那麼他有無可能，借明代之「杯酒」，澆當代之「塊壘」呢？筆者找到了一個重要證據，即「四大家族」和「國初八公」之來歷。

清代康雍乾三代，可稱「四大家族」或「八公」的於史無證，即便順治朝「顧命」四大臣，因互相矛盾，相繼敗亡，亦不存在「一損俱損，一榮俱榮」之關係。曹雪芹時代江南蘇州、江寧、杭州織造，亦難稱「四大家族」，更何況所有織造世家無人封「公」。那麼「四大家族」和「八公」的提法何來呢？查明史，永樂初年卻有「八公」，即隨朱棣起兵的八位曾封「國公」的武臣，其中張玉、姚廣孝曾被封「榮國公」，王真曾被封「寧國公」，《紅樓夢》中寧榮二府之提法，應是從此信手拈來的。另查明代文人沈榜撰《宛署雜記》，記載了一首薛蕙詩，詩中有這樣一些句子：「春宵明月滿蓬萊，春色先從上苑來」，「此時天子盛遨遊，離宮別院足風流」，「夜夜經過許史家，朝朝遊戲金張宅」，「金張許史鬥驕奢，金燈玉帶剪春紗」，「可憐豪侈誰能似，可憐行樂心無已」。此詩說的是明武宗元宵夜遨遊「金張許史」家，「四大家族」競豪侈接待荒淫皇帝之事。查明史，明武宗一生「南巡北狩」，京中遨遊，皇親貴族競相豪侈接駕。《紅樓夢》中趙嬤嬤對王熙鳳說的王家「接駕四次」，「銀子花得淌海水似的」，「罪過可惜」，當是作者借指此事。否則，此書不敢干涉朝廷，怎麼敢寫當代事？更不敢明寫當今皇帝「罪過可惜」。

「金張許史」四家，確係皆「聯絡有親」，「一損俱損、一榮俱榮」之關係。其中張家，係張皇后之母家張延齡、張鶴齡兄弟之府邸。北京今之「尙勤胡同」，即係原來之「張皇親」胡同。「金張許史」的府邸，均在積水潭一帶，正是明珠府所在地。

《紅樓夢》中造大觀園之「老明公山子野」怪人怪名，似不可解，實際上，他就是造

「李廣花園」的明代太監李廣，「山子」寓李，「野」字意寓「廣」、音寓「閹」。北京恭王府，明代爲「李廣花園」，周汝昌先生早已考證在先，以此再證之。洪昇據此杜撰個「賈史王薛」四大家族是順理成章的。「張皇親」家有延齡、鶴齡二兄弟，借「國舅」之名，當時飛揚跋扈，爲千夫所指，世人側目。「賈史王薛」也均是二兄弟，如「赦政」二賈，「騰勝」二王，「鼎鼐」二史，及「蟠蝌」二人之父，此是偶然麼？王熙鳳不也戲稱賈璉「國舅老爺」麼？

清代並無恩准嬪妃省親事，作者借用的是明代之事。「金張許史」四家在明代中葉即已敗落，至明亡更是灰飛煙滅，洪昇借此預言清代豪族終將「落一片白茫茫大地真乾淨」的下場，確爲神來之筆。這裡還應注意到，以明代「張皇親」家之影子寫當代賈家「榮寧」二府，出「元妃」其人，不是也合乎邏輯麼？《紅樓夢》一開始，作者就聲稱「無朝代年紀可考」，「地域邦國失落無考」，試想，作者筆涉明清兩代，事涉江南北京，「幻筆」所至，如天馬行空，時空界限全部打破，如何考其「年紀」、「地域」？

倘以上推論可成立，這些都不是曹雪芹所能爲且應爲的。曹氏一生屬清代中葉，清政權已穩固，江南士子離心傾向久已不存。曹家世受清王朝「國恩」，屬正白旗「包衣」世家，大清朝的創業者。不論反滿弔明還是感歎興亡，都沒有思想基礎。至於洪昇，這一切都是順理成章，勢在必然的事情。

六、名流咸集織造府，暢演三日《長生殿》

對《紅樓夢》「題書」人及「披閱增刪」者的推測

《紅樓夢》一書，曾經曹雪芹「披閱十載，增刪五次」，對這一點不應懷疑，因書中明文寫著，且曹氏「披閱增刪」後，此書方「傳抄」問世。乾隆朝之前，並不聞有此書蹤跡，這是什麼原因呢？洪氏之手稿又是怎麼流落曹氏之手的呢？這方面，既無史書記載，又無稗史野聞，只能作一些無根據但符合情理的推測了。

康熙四十三年（一七〇四），洪昇應江南提督張雲翼之約赴松江。時任江寧織造的曹寅，盛情邀洪昇赴江寧（今南京），演《長生殿》三晝夜。爲此盛事，曹寅遍邀江南名流，聚會織造府。時人金埴在《巾箱說》中記載：

曹寅「乃集江南北名士爲高會，獨讓昉思居上座，置《長生殿》本於其席，又自置一本於席。每優人演出一折，公與昉思讎對其本，以合節奏。凡三晝夜始闋。兩公（按：指張雲翼和曹寅）並極盡其興賞之豪華，以互相引重，且出上幣兼金賸行。長安傳爲盛事，士林榮之。」

演出後，洪昇返家途經烏鎮，酒後登舟墮水死，正如金埴輓洪昇誄文所說：「陸海潘江，落文星於水府；風魂雪魄，赴曲宴於晶宮」，一代文星，就這樣隕落了。

洪昇創作《紅樓夢》當在被斥革功名之後，即康熙二十八年（一六八九）至康熙四十三年（一七〇四）之間。全書是否寫完，無從判斷。以曹寅與洪昇之關係，向洪昇借閱《紅樓夢》手稿是完全可能的。亦可能是曹寅答應洪昇爲其刻版刊印，洪昇自己實無此能力。洪昇返家途中墮水死，無從向曹寅索回手稿，自此手稿流落曹家，二年後曹寅也一命嗚呼了，曹家隨後衰敗，無人再對《紅樓夢》手稿感興趣。一直傳至雪芹，經雪芹「披閱增刪」後傳抄問世，應是合乎邏輯的。筆者在網路上曾見到富振華先生所寫的一篇文章題目〈雍正抄家抄出了《紅樓夢》〉，惜未見文章內容。如按筆者推論，這種可能是有的。同時也說明，此書絕非曹雪芹原作，只不過是對洪昇原作「披閱增刪」罷了。

《紅樓夢》開篇所述之「石頭」、「空空道人」、「情僧」，均應是洪昇夫子自道。那麼，那個題《風月寶鑑》的「東魯孔梅溪」和題《紅樓夢》的「吳玉峰」又是誰呢？筆者推斷，「東魯孔梅溪」應是與洪昇齊名的《桃花扇》作者孔尚任。孔尚任乃孔子後裔，稱「東魯」人姓孔是毫無疑問的。「梅溪」之名（或字、號）又從何來呢？據筆者考證，「梅溪」實是南宋詩人史達祖之號。康熙年間，由於「浙西詩派」的倡導，包括史達祖在內的南宋詞人甚爲當時文壇所推崇。孔尚任幾乎傾終生之力，寫弔南明的《桃花扇》，南宋南明，同爲偏安之小朝廷。洪昇用史達祖之號代指孔尚任，雖隱晦一些，但還是恰當的。洪昇做國子監生時，孔尚任時任國子監博士，與洪昇交往是情理中事。洪昇返回江南家鄉後，孔尚任也曾受命赴淮揚浚河，其間二人有無交往，不敢妄斷。以二人之名聲相若，志趣相投，惺惺相惜，爲洪昇題一書名，應屬可信。

吳玉峰筆者懷疑就是爲《長生殿》「評點」、「更定」的吳舒鳧（名儀一，又名人），此公評點文字，最得洪昇之心，洪昇在《長生殿》例言中說：「其論文發予意所涵蘊者實多」。《紅樓夢》中「假作真時真亦假，無爲有處有還無」就是出於吳儀一評點《長生殿》之批文。此公題名《紅樓夢》，可能性最大，也最有可能被洪昇稱爲「總其全部」之書名。

洪昇原作書名應爲《石頭記》或《情僧錄》，孔梅溪題爲《風月寶鑑》，吳儀一在此基礎上，另題一名爲《紅樓夢》，除出處在洪昇所作《長生殿》中有典可據外，「紅」寓「洪」，「樓」寓升，升者高也，樓也，紅樓之夢亦即洪昇之夢，題名可謂寓意深刻。至於爲何不似曹雪芹一樣直書真名，竟連字、號也不用，原因不言自明，曹雪芹在當時乃無名之輩，窮困潦倒也無甚大顧忌；洪昇、吳儀一、孔尚任均乃名動天下之人，洪昇且曾遭朝廷嚴厲處分，隱去真名，不難理解。但「東魯孔」、「吳」兩個地名兼人名，還是透露了一些資訊。

脂本中批語除脂硯齋，畸笏叟屬名外，還有二人，即「梅溪」和「棠村」，如「梅溪」爲「孔梅溪」即孔尚任，那麼「棠村」又是誰呢？胡適先生推斷爲雪芹之弟「曹棠村」，根據是脂批：「雪芹舊有《風月寶鑑》之書，乃其弟棠村序也。今棠村已逝，余睹新懷舊，故仍因之。」

查曹氏族譜，「曹天佑」一代，無兄弟記載，從旁證也考據不出雪芹有個叫「棠村」的弟弟。所謂雪芹之弟一說，實無證據。如此書爲洪昇所作，「棠村」便有了，他就是曾任內閣大學士，文聲著於當時的大名鼎鼎的「棠村首相」梁清標。梁清標（一六二〇—一六九一）字玉立，號蒼岩，又號蕉林，棠村，直隸真定人，曾歷任兵、禮、刑、戶部尚書，保和殿大學士。身處顯宦，風雅好文，著有《蕉林詩集》、《棠村詞》。

棠村與洪昇交往密切，洪昇在《長生殿》序中，曾明寫「棠村首相」稱「此劇是一本鬧熱之《牡丹亭》」，於此可見。棠村如係梁清標，如何理解脂批所說的「其弟」呢？我們知道，舊時代文人爲友人書作序，往往屬名爲「愚弟」某某或「弟」某某，此乃謙詞，不可當真作「弟弟」看。如果似脂批所說，「雪芹舊有《風月寶鑑》之書，」「舊有」非舊作，只是擁有；「舊」亦應是時間較久之意。該書序言如屬名「弟棠村識」，脂硯齋不明就裡，見此書之序，寫出「其弟棠村」，是完全可能的。「棠村首相」梁清標逝於康熙三十年，其時《紅樓夢》尚在初創階段，書名可能暫定爲孔梅溪所題之《風月寶鑑》，棠村所作之序，應該是在這個階段。後《紅樓夢》幾易其稿，但洪昇始終保留棠村之序，其情其意不言自明。

至於曹雪芹，脂硯齋，畸笏叟等人，均屬乾隆朝之「披閱增刪」者或批書者，他們是誰，紅學界考證文章車載斗量，本文不願拾人牙慧，不再贅述。今傳世之《紅樓夢》，不論脂本還是程本，均是曹雪芹「披閱增刪」後的面目。原書面目已不可知，但據洪昇一生事跡印證反推，應無大變動。雪芹「增刪」了哪些內容，可從《紅樓夢》內容及文字風格中去推斷，筆者擬另文研究。

雪芹披閱增刪《紅樓夢》的功過，有待諸君努力探索，筆者力有不逮，不擬涉足了。但有一點懷疑姑列於此，《紅樓夢》後四十回，程偉元於「鼓擔」上搜羅到的殘稿，疑是雪芹所增補，並非高鶚之作。洪昇大概只寫了八十回。洪昇寫此書用的是「幻筆」，寫「可卿」

及「老太妃」死，可卿托夢即寓元妃死，寫「惑奸讒抄檢大觀園」和種種「悲涼之氣、遍佈華林」即寓家已敗；寫「姽嫿詞」即寓國已亡，「落了白茫茫大地」，寫「芙蓉誄」明誄晴雯，實誄黛玉，即寓「千紅一哭」，「萬豔同悲」，諸女子風流雲散。第七十六回妙玉在續黛湘聯句時，曾說一段發人深省的話：「如今收結，到底還該歸到本來面目上去。若只管丟了真情真事且去搜奇撿怪，一則失去了咱們的閨閣面目，二則也與題目無涉了。」請看，這不是作者欲結此書之意嗎？倘接著再往下寫什麼「調包計」，或皇家「緹騎」抄家，則絕非「幻筆」，且是「續貂」之筆了。那麼有沒有可能寫「流寇」進京，王朝灰飛煙滅，也不可能，這樣寫最易歸束「百足之蟲，死而不僵」之局，但有「干涉朝廷」之嫌，且「地域邦國」年代均可考，也不是「幻筆」了。

雪芹補敘後四十回，因種種複雜心理，生前並未附驥流傳，那個確由曹雪芹題名為《金陵十二釵》的本子從未見傳世，便從側面說明了這一點。雪芹死後流入「鼓擔」，為程偉元所得，殘損之處並經高鶚「補足」，始得問世。如此推論諸君以為然否？

綜上所述，筆者以為，《紅樓夢》是一首寫「情」、「恨」、「悔」的輓歌，用「芙蓉誄」結輓歌，再合適不過。作者洪昇，在該書中抒發了與愛妻及閨友之情，表達了興亡感懷和對「祿蠹國賊」之恨，也一定程度上流露了自己負師兄規訓、天恩祖德之悔。這三種情感集於一身者，有清一代，洪昇一人而已，曹雪芹是沒資格的。

歷來「治紅」文章，均分為「考據」、「索隱」、「評點」三派。寫罷本文，擱筆細思，「考據」有之，「索隱」有之，「評點」亦有之。但很難歸入哪一流派，非驢非馬，姑算一個「紅學」怪胎，立此存照吧。

注：本文是筆者早期考證文章之一，其中關於補天石的推論，關於吳玉峰和東魯孔梅溪的猜測，已在後期文章中自行做了修正，敬請讀者注意。

附：主要參考書目：

《紅樓夢》 齊魯書社 一九九四年版
《紅樓夢鑒賞詞典》 上海古籍出版社 一九八八年版
《長生殿》 花山文藝出版社 一九九七年版
《宛署雜記》 北京古籍出版社 一九八三年版
《元明清詞鑒賞詞典》 上海辭書出版社 一九九九年版
《中國文學大詞典》 上海辭書出版社 一九九五年版
《納蘭詞箋注》 上海古籍出版社 一九九六年版
《中國通史》 人民出版社 一九五四年版
《中國古代戲曲精典叢書明清雜劇卷》 華夏出版社 二〇〇〇年版
《清史稿》《清史列傳》 上海古籍出版社 一九九〇年版

洪昇初創《紅樓夢》蹤跡

筆者通過精心考證，推斷清朝康熙年間以「南洪北孔」著稱的大文學家洪昇是《紅樓夢》的初創者。爲此，筆者曾寫出系列文章加以論證。近來，經過筆者悉心搜求，小心剝剔，又發現了一系列洪昇「著書」的蛛絲馬跡，現羅列分析如下，以就教於諸紅壇同仁：

一、「大觀園」的出處

《紅樓夢》中的「大觀園」，是寶玉和眾姊妹們居住遊玩的樂園，是他們心目中聖潔的天堂。關於作者構思「大觀園」的原型，紅學界見仁見智，始終沒有一個令人信服的考證結論。馮其庸老先生力主「江寧織造」府的「西園」即後來的「隋園」說，周汝昌先生堅持其不厭其煩考證出來的「恭王府」花園即原來的和珅府花園說，還有「圓明園」說等等。不過這些說法有一個共同的致命缺陷，就是他們認定的作者曹雪芹並未在此生活過，甚至有沒有親自目睹過的可能性，都大可懷疑。那麼，曹雪芹怎麼可能維妙維肖地寫出一個他不曾經歷過的地方的景致呢？紅學界拾胡適先生之牙慧，愛挖苦「索隱派」「猜笨謎」，但這幾位老先生的「謎」猜得比「索隱派」還「笨」，實有五十步笑百步之嫌。

筆者考證出的洪昇初創《紅樓夢》說，對「大觀園」的原型，卻有十分令人信服的出處。洪昇在遭遇「家難」被逐出家門之前，在錢塘的洪府宅後，確有一塊爲孩子們提供的樂園！洪昇後來曾多次寫詩，回憶當年在園中無憂無慮盡情歡樂的往事。這片園子的具體形象今天已不可考了，但從洪昇的詩中，還依稀可見園子的概貌：園中有太湖石堆砌的假山，池中開放著嬌美的睡蓮，鳥兒在樹上婉轉，蜂兒在花叢穿行，他常與弟弟圍繞著假山玩騎竹馬的遊戲，水榭亭畔不時傳來妹妹們歡快的琴聲。洪昇童年的這片樂土，不正是「大觀園」最好的原型麼？

在洪昇詩集《嘯月樓集》卷一中，有一首寫給妻子黃蕙的詩，題爲〈寄內〉，詩的上半闋說道：「少小屬兄弟，編荆日遊憩。素手始扶床，玄髮未挽髻。」這是一幅多麼美妙的青梅竹馬圖！《紅樓夢》書中對「鶯兒」在大觀園中編花冠場景的描寫，應是這段幸福生活的真實寫照。

洪昇的妻子黃蕙，字蘭次，是清初大學士黃幾的孫女，庶吉士黃彥博的女兒，與洪昇是親表兄妹關係。黃幾在北京做官的前期，其家庭並未從行，而是仍留居錢塘。洪黃兩家同城居住，又是兩代表親，關係可謂過從甚密。洪昇的表妹甚多，在洪昇的詩作中我們可以知道，除黃蕙外，黃幾還有爲數衆多的孫女；除黃家外，洪昇還有錢姓、翁姓、康姓、林姓表兄弟姐妹。洪昇有兩個親弟弟，兩個親妹妹，再加上這些表兄弟姐妹，洪家後花園中的賞心樂事之多，就可想而知了。

從洪昇詩作中我們還可知道，洪昇的這些兄弟姐妹們，都有良好的文學修養，精通琴棋書畫，按洪昇的說法，他們都是「霜管花生豔，雲箋玉不如」的才子才女，洪昇終生都十分懷念和佩服他的那些充滿靈性和才氣的妹妹們；這些少男少女聚在美麗的洪家園子中，在那個時代，其活動內容必然是聯詩、填詞、撫琴、作畫、燈謎、酒令等文人雅士的愛好；這些少男少女們在一起生活遊戲，產生感情上的碰撞和糾葛，也是必然之事，洪昇與黃蕙，洪昇的表弟錢杏山和表妹林亞清，都是在青梅竹馬中因情生愛，結爲夫妻的，有前後兩首〈同心曲〉爲證；洪昇的妹妹們都陷於「紅顏薄命」的悲慘境遇，「家難」後的黃蕙隨同夫婿顛沛流離，生活極端貧困，洪昇之父洪起鮫被誣陷遭「充軍」「破家」後，女兒們的命運可想而知，在康熙三十年洪昇返家江南時，他的兩個妹妹都早已悲慘地亡故了，正可謂「千紅一哭，萬豔同悲」。

這些洪昇詩作中披露的青少年時代生活，與《紅樓夢》中對大觀園生活的描寫完全一致；洪昇詩作中表達的對家族命運和姐妹遭際的悲戚感情，也與《紅樓夢》所展示的「懷金悼玉」的悲情如出一轍。

可能有人會懷疑：洪家雖是「東南望族」，但清初並沒有人做大官，家庭的後花園能有《紅樓夢》中之大觀園的氣魄麼？洪家的生活能有「白玉爲堂金作馬」般的豪華麼？產生這種疑問是對錢塘洪氏缺乏了解的緣故。洪昇祖籍江西鄱陽，南宋初年，朝廷派洪皓爲使節，出使金國，金國背信棄義，將他作爲人質，扣押了十五年之久。洪皓以漢時蘇武自勵，誓死不屈，終於得到放還。宋廷有感於他的氣節，賜官徽猷閣直學士，「魏國忠宣公」，並賜第錢塘葛嶺。

請注意「葛嶺」這個地址，正是《紅樓夢》透露的「芳園築向帝城西」的地址。「帝城」者，南宋之帝城杭州也。這位洪皓就是錢塘洪氏家族的始祖。他的三個兒子洪適（景伯）、洪遵（景嚴）、洪邁（景盧）先後都成了進士，正所謂「三洪學士」之世胄。明代是洪氏家族的又一個黃金時代。

洪昇的六世祖洪鐘，是明憲宗成化十一年（一四七五）進士，累官至太子太保、刑部尚書兼都察院左都御史。洪鐘有二子：長子洪澄，明武宗正德五年（一五一〇）舉人，官中書舍人；次子洪濤，以父蔭授南京都察院都事。「澄濤」二人，大概正是《紅樓夢》中「寧榮二公」賈源賈演的原型。

「澄濤」二人至洪昇出生的清順治二年，正「百年」之數，與《紅樓夢》描寫的「赫赫揚揚，已歷百年」一致；從「澄濤二公」到洪昇，與《紅樓夢》書中所寫的輩分亦復相同。洪澄之子洪椿，曾任福建政和知縣，贈都察院右都御史，他就是洪昇的高祖。洪椿有二子，次子洪瞻祖，萬曆戊戌進士，官都察院右都御史，贈少保兵部尚書。洪昇的祖父不見文獻記載。洪昇的父親洪起鮫，字武衛，生於明天啓七年（一六二七），入清之後，曾「以例授官」，曾任何職，今已無考，但任職時間不長即「歸老」田園，與清廷持不合作態度，卻是事實，因此終於被誣陷「發配充軍」，導致洪氏家族最終「破家」。

洪家從南宋「賜第」起，居家錢塘，已有近五百年歷史；從「澄濤」二公起，也有「百年」以上，正可謂「百足之蟲」。黃幾以官居「大學士」備位宰相之尊，子孫兩代皆與洪氏結親，在那講究「門當戶對」的時代，洪家家族之豪、地位之尊，可以想見。這個「百足之蟲」的名門大族，清初正處於「死而不僵」的「末世」境地，「外面架子未倒，內囊卻漸漸盡上來了」。擁有豪華的宅邸和花園是情理中應有之事，但逐漸支撐不住豪華生活的龐大開支，也是必然的。至洪昇的父親一代，終於因「抄家」而徹底破產了。

洪家在沒落的過程中，本來對「承重」之子孫洪昇寄予莫大的希望，希圖靠洪昇走「仕途經濟」之路而重振家族，但由於洪昇一生只醉心於「釵環脂粉」之類的「言情」文學，失望加上憤怒，終於導致了「家難」的發生，洪昇被趕出了家門，其家庭也最終無可奈何地破產了！《紅樓夢》第五回中「榮寧二公」對「警幻仙姑」的囑託，以及寶玉最終「沒悟」，說的就是洪家的沒落史。

二、「元妃省親」的來由

洪家沒有出過「皇后」、「王妃」，洪昇之所以在《紅樓夢》中杜撰出一個「元妃」，並寫她在「大觀園」中「省親」，有著深刻的原因和不可告人的用意。筆者曾推斷，洪昇筆下的「元妃」，並不是什麼「皇妃」，而是隱指康熙皇帝。

康熙皇帝名玄燁，按清朝的避諱法，「玄」字應寫作「元」，「元妃」即「玄妃」。康熙的皇后佟氏於康熙二十八年「冊封」後旋即死去，正所謂「虎兔相逢大夢歸」；佟氏冊封前，由於當時的三個「皇妃」激烈爭奪入主「中宮」，康熙皇帝遲遲下不了決心，造成「中宮」長期虛位，正所謂「三春爭及初春景」。洪昇之所以要寫「元妃」，就是要在《紅樓夢》中，與康熙皇帝辯論「二十年來是與非」，即自己因「國喪」期間「聚演」《長生殿》而被「斥革」的是非！（**注：筆者對「二十年來辨是非」、「虎兕相逢大夢歸」的考證，轉為南明小朝廷，有夏完淳詩為證。這裡闡述的觀點已放棄。**）

筆者曾推斷洪昇在《紅樓夢》中寫「元妃省親」是隱寫康熙皇帝招考「博學鴻詞」，現在看理由不是很充分。康熙招考「博學鴻詞」時，洪昇在京師雖然名氣很大，但畢竟過於年輕，還背負著「不肖」惡名，無人推薦，無緣參加考試。但在康熙八年（一六六九），康熙皇帝親至「國子監」「祭孔」時，洪昇卻有一次面見皇帝的經歷。據《清聖祖實錄》記載，這年四月，「上幸太學，親釋奠畢，駕幸彝倫堂。衍聖公孔毓圻，率祭酒、司業、學官、五經博士、五氏子孫、各監生恭進謝表，賜衍聖公、祭酒以下等官宴於禮部，並賜袍服。助教監生等賜銀兩有差」。此時洪昇正是國子監生，隨衍聖公孔毓圻等拜過皇帝，領了恩賞銀子；第二天，又隨衍聖公等赴闕拜謝皇帝。在此期間，洪昇詩興大發，作〈擬元日早朝應制〉，〈恭逢皇上視學、釋奠先聖、敬賦四十韻〉以及〈太和門早朝四首〉、〈午門頒御賜恭記三首〉等詩。詩中有「鳳闕開雲際，龍旗出霧中」；「微臣沾惠露，抽筆頌年豐」的詩句，與《紅樓夢》中黛玉「應制詩」中「盛世無饑餒，何許耕織忙」的詩句，可謂異曲同工。

《紅樓夢》中的大觀園不是國子監，洪昇把康熙「祭孔」隱寫進大觀園中，也不能排除有隱寫康熙「南巡」的因素。康熙前四次「南巡」，都是洪昇生前的事情。洪家雖然沒有接過駕，但洪昇對接駕之事，是很清楚的。洪昇的好朋友兼同鄉高士奇（澹人）就曾在杭州的「西溪山莊」接駕一次，康熙曾爲高士奇親題「竹窗」匾額。「竹窗」字樣在《紅樓夢》中難道沒有似曾相識的感覺麼？另外，康熙「南巡」，每次都在揚州盤桓，「兩淮巡鹽御史」和揚州各大鹽商，都曾爲皇帝「巡幸」揚州而大興土木，修建極爲豪華的園林行宮。其中鄭氏三兄弟的「影園」、「嘉樹園」、「休園」，馬氏兄弟的「小玲瓏山館」，程氏的「篠園」，江氏的「康山草堂」等，都堪稱人間仙境，集一時繁華之盛。康熙「南巡」時，「淩晨望淮郡，列鼎香煙浮」，兩淮「眾鹽商預備御花園行宮」，演戲擺宴，「行宮寶塔上燈如龍，五色彩子鋪陳，古董詩畫無計其數，月夜如畫。」在「康乾盛世」，天下最豪華的園林不在蘇州，不在杭州，而在今天並不著名的揚州。《揚州畫舫錄》就曾詳細地記錄過揚州園林的豪華奢侈。

洪昇「避家難」遷居燕京後，幾乎每年都來往於南北之間，多數行程都途經揚州。據考證，康熙二十五年和康熙二十七年，洪昇途經揚州時，都住在「行驂」裡，並且住了較長的時間，爲朋友審定詩稿。史載揚州鹽商們當時對演出《長生殿》傳奇都如醉如癡，曾有個鹽商僅置備「行頭」就耗費白銀四十萬兩！洪昇抵達揚州，附庸風雅的鹽商們當不會令其寂寞，洪昇對鹽商們所建的行宮花園亦應遊覽無遺。康熙「南巡」時紙迷金醉的奢華場景，洪昇儘管當時未曾親歷親見，但事後確曾親歷親聞，完全有可能在《紅樓夢》中寫出。親歷過這些揚州豪華園林，也應是洪昇構思大觀園景觀的參照物。須知《紅樓夢》是小說，按照文學創作的「三一律」，洪昇完全可能這麼寫，也只能這麼寫，否則，南一筆北一描，則不成其爲文章矣。

三、「於國於家無望」探微

《紅樓夢》中的主人公賈寶玉，是個「於國於家無望」的「紈絝膏粱」，從他一出場的那兩首「西江月」中，作者便對他下了這樣的肯定性判語。這個判語絕不是一般的調侃之語或激憤之語，而是有特定所指的。「西江月」中說他「富貴不知樂業，貧窮難耐凄涼」，說他「潦倒不通庶務，愚頑怕讀文章」，說他「行爲偏僻性乖張，哪管世人誹謗」，說他「天下無能第一，古今不肖無雙」等等，都有著特定的含義。

洪昇因「國喪」期間聚演《長生殿》被革去了功名，可謂「於國無望」；又因耽於「風雲月露」不務正業被逐出了家庭，可謂「於家無望」。與親生父母反目，可謂標準的「不肖」，生活窮愁潦倒，可謂典型的「無能」。一生慣於「白眼踞坐」，可謂頑固的「行爲偏僻」；終身沈溺「言情文章」，可謂鐵杆的「愚頑乖張」。洪昇的這些生活經歷，筆者在以前的文章中已作過詳細考證，這裡不再重複。僅就洪昇與家庭的微妙關係，再作一點深入的探討。

洪昇《嘯月樓集》卷三中，有一首〈送錢石臣北上，兼憶舍弟殷仲〉詩，詩中沈痛地說：「多少傷心淚，吞聲不敢言。」《稗畦集》中〈天涯〉詩中也說道：「吞聲不敢道，總付斷腸歌。」洪昇詩中此類表達滿腹委屈又只能忍氣吞聲心情的詩句俯拾皆是，什麼事情令洪昇「傷心」「斷腸」呢？又為什麼「不敢道」「不敢言」只能「吞聲」，打掉了牙往肚子裡咽呢？顯然指的是所謂的「家難」，即自己不容於父母，被逐出家門一事。須知在封建禮教統治人們思想的時代，子女如果失歡於父母，不論何種原因，都被視為「不孝」，被父母逐出家庭，等於宣佈斷絕父子母子關係，更被世人視為「不肖」逆子，在人前終身擡不起頭來，這怎麼能不令洪昇傷心欲絕呢？既使父母真的有不對的地方，按照「為尊者諱」的封建禮教，子女也絕對不可以同父母爭辯，更不可以向外人說父母的過失，為自己洗刷清白，這又怎麼能不讓洪昇一生保持「低調」、違心地採取「吞聲」的態度呢？

究竟是什麼原因使洪昇遭遇了如此深重的「家難」呢？最主要的原因，還是洪昇自己耽於「風雲月露」、醉心「花箋彩紙」，以至以「望族」、「世胄」、「累葉清華」著稱的錢塘洪家，處於繼業無人的絕望境地。

洪家在明代從「澄濤」二公到洪昇的父親洪起鮫，「赫赫揚揚，已歷百年」，但到了清初，已是「末世」光景，「外面架子未倒，內囊裡卻漸漸盡上來了。」洪家把「家道振興」

的希望，深深地寄託在洪昇身上，但洪昇卻「不通庶務」，「怕讀文章」，一心去搞《長生殿》等「言情」傳奇創作。「秉風情，擅月貌，便是敗家的根本」。加之洪昇生性固執偏僻，屢教不改，父母失望之餘，必然是憤怒，洪昇被逐出家庭就勢在必然了。須知在封建社會，雖然大家都知道「君子之澤，五世而斬」的道理，但一個「累世」以「望族」著稱的大家庭，敗在哪一代的手裡，這一代便是家族的罪人！所以洪昇屢屢在詩中表達「我罪誅無赦，親恩報敢忘」，「皇天無私惡，傷哉自作孽」的愧悔心情。初創《紅樓夢》，把自己之「不肖」「編述一記，以普告天下人」，正是洪昇的創作目的之一。

導致洪昇家庭矛盾總爆發，洪昇夫妻被逐出家庭的導火索，是有人挑撥離間。洪昇在〈行役〉詩中，以「避繳者」自喻，其意中自當有「施繳者」在。所謂「施繳者」即挑撥離間的人。此「施繳者」，似是洪昇父親的姬妾，即洪昇的庶母。在清初的錢塘詩中，有數首賀洪武衛（洪起鮫字）納妾詩：洪昇自己詩中也有「同父三昆弟」之句，特言「同父」，則三人非同母可知。聯繫到《紅樓夢》中的「趙姨娘」和「賈環」母子對寶玉的所作所爲，事情就很清楚了。

紅學界推測「古時真本」《紅樓夢》中，描寫賈府敗亡前後，寶玉「流蕩日甚」，這卻是洪昇被逐出家庭前後顛沛流離生活的真實寫照。

康熙十年，洪昇有一次長時間的「出遊」，他先到嚴州，返杭後又遊越中，秋天再從杭州去開封。這次「出遊」很奇怪，路線既缺乏計劃性，行蹤也飄忽不定，好像沒有目的的亂走。這就使人不得不懷疑，是不是家庭出了什麼問題，使他不得安生，這才東一頭西一頭地亂走亂撞？到了下一年，情況仍沒有改變，他還是不停腳地東遊西蕩。春天到了蕪湖，又從那裡前往大梁，好像是爲了在那裡謀個職業。他在客舍裡住了好多天，似乎不得要領。在窮愁情緒中寫了一首〈客夜書感〉：「寂寞梁園客，秋來百感生。依人甘漏巷，寄食厭荒城。」在〈行役〉詩中他又哀歎：「一歲四行役，棲棲何太勞；冥冥避繳者，失侶又哀號。」足見洪昇此時已被逐出了家庭，悽惶中急於爲妻兒找個安頓之所，爲自己尋個謀生的職業，所以才如此惶急地東遊西竄。洪昇從被逐出家庭後，幾近三十年時間，爲了謀生，幾乎每年都被迫奔走南北，投親靠友，尋求幫助。他有一首〈壬子除夕〉詩，說的就是飄泊中的悽惶心情：「一歲已除夕，孤燈四壁間。到家翻似客，有婦卻如鰥。柏葉誰能醉，荆花不可攀。夢魂尋覓處，大雪滿燕關。」

洪昇因「不肖」原因可能是被父母逐出家庭的，也有可能是自己「棄家出走」的，或者二者兼而有之。「清官難斷家務事」，世界上最說不清的是家務事，我們只能從洪昇自己的作品中略窺一二。

洪昇離開家庭後，始終以「古孝子」自居。什麼是「古孝子」呢？就是大舜說的「小杖則受，大杖則走」，「不陷父母於不義」。意思是，如果父母打得輕，你就心甘情願地承受；如果因一時激怒打得過重，有性命之慮，你就逃跑吧，以免父母事後追悔莫及。洪昇的朋友陳訏也說他「大杖愁雞肋，飄然跳此身。」這些詩文足可證明，洪昇是在父母將要對他施以「大杖」，有性命之憂的時候，無奈逃出家庭的。所以，剛剛逃出之際，由於實屬倉皇之舉，生活完全無著落，不得不東遊西蕩，急於尋找覓食居家之地，遂有上文所述無目的亂走的奇怪舉動。聯繫到《紅樓夢》中寶玉被父親大加「笞撻」，正是對「小杖則受」的描寫；再聯想到賈政宣稱：「不如拿繩子勒死他，以免他將來鬧到弒父弒君的程度」，下次寶玉倘再挨打，則絕對有性命之憂。寶玉怎麼辦呢？也只有「大杖則走」一條路了。紅學界公認的寶玉最終棄家出走的結局，在原作者洪昇身上，得到完全的認證。

洪昇對父母的感情是複雜的。他在「家難」問題上，對父母不無微詞，但始終不肯明確說出來，總是說自己「有罪」、「不肖」。在〈北發有感〉詩中，他痛切地述說了自己的愧悔心情：「聚鐵六州難鑄錯，白頭終夜哭縱橫」。隨著洪昇飄流日久，他的感歎骨肉分離、思親思鄉之心，愈來愈強烈。從現在流傳下來的洪昇詩詞看，大部分是思親思鄉之作，可謂字字血、聲聲淚！如〈丁卯除日客舍作〉中說：「白頭堂上思遊子，黃口天涯憶病翁。底事飄零久離別，每當除夕恨無窮。」

洪昇「客燕地」後，幾乎每年都「回南」一次，探視父母，但因不得父母原諒，回杭州卻不能回家中居住，多數時間是寄住朋友家。但洪昇還是親眼目睹了這個「百足之蟲」式的「望族」，終於無可奈何地、一步一步地敗落了。「哭弟悲無已，重經兩妹亡。」「爲兄年老大，稠疊遇悲傷」。正可謂「千紅一哭，萬豔同悲」！聯想到當年自己和弟弟妹妹們在花園中無憂無慮地嬉戲玩耍的幸福時光，對比今日親人生離死別、星流雲散，家園一派荒疏蕭條的悲涼景象，感歎自己老大無成、「於國於家無望」的人生際遇，洪昇悲從中來，以自己和家庭的真人真事爲題材，開始創作「懷金悼玉的《紅樓夢》」，不是最合理的推斷麼！

四、寶釵、黛玉姓名發隱

筆者前文已詳加考證，《紅樓夢》中的寶釵、黛玉二人之原型，實爲洪昇的妻子黃蕙，同時，二人身上也隱寫著作者自己的影子。寶釵、黛玉二人都過著寄人籬下的生活，與寶玉都是表兄妹（姊弟）關係，書中黛玉的父親「林如海」與現實生活中洪昇的父親「洪起鮫」，名字上有「鮫龍出海」之意義上的關聯。除此之外，洪昇實際生活中，還有好多有意思的人和事，與寶釵、黛玉直接相關。

相信讀者們對《紅樓夢》中所寫的王夫人「抄檢大觀園」時，以園中流傳「生日相同爲夫妻」爲由，驅趕了幾個丫頭，造成了人間悲劇一事，應當印象深刻。「生日相同爲夫妻」這一少男少女們美好的憧憬，在洪昇的人生閱歷中，曾親自經歷了兩次！一次是洪昇自己的婚姻生活。洪昇出生於順治二年七月初一日子夜，妻子黃蕙出生於同年同月初二日的凌晨，按照中國古代的「時辰」計算法，二人可算作生日相同。他們結婚時，包括洪昇的老師陸繁弨、毛先舒在內的諸多友人，「爲賦〈同心曲〉」以祝賀。陸繁弨在〈同心曲〉序中說：「兩家親誼，舊本蔦蘿。二姓聯姻，複稱婚媾。婿即賢甥，仍從舅號；侄爲新婦，並是姑稱。」「又乃芙蓉芍藥，譽滿士林；柳絮椒花，聲標珠閣。衡山侯之遺內，不必倩人；顧家婦之笞夫，豈煩代構？可謂逢年化玉，入掌成珠者矣。」這些膾炙人口的駢儷佳句，在當地傳爲美談，被記載在《杭州坊巷志》中。

無獨有偶，洪昇的表弟錢杏山和表妹林亞清，「亦中表結姻者也。錢長林三歲，俱五月十一日生。」「稗畦爲作〈後同生曲〉，藝林傳爲佳話。」洪、黃、錢、林四人小時均爲洪家後花園中「遊憩」的常客，當時是否有「生日相同爲夫妻」的兒時之笑談，可以想見；洪昇是否爲此而受到母親責備，不得而知。

値得注意的是，洪昇的這個表妹林亞清。據《國朝杭郡詩輯》記載「林以寧，字亞清，錢塘人。進士綸女，御史錢肇修室。」「亞清能詩，能畫梅竹，且善爲駢四儷六之文。」「自命卓卓，絕不似閨閣中語。從宦河陽，退食消閒，焚香相對，鸞酬鳳唱，傳播藝林，以爲佳話。」

林亞清一生詩作甚豐，所著有《墨莊詩鈔》、《鳳簫樓集》、《墨莊文集》、《墨莊詩餘》等。洪昇是否與這個姓林的表妹鬧過戀愛，只有天知道了。但他與錢、林夫婦之間，一生過從甚密，卻在洪昇的大量詩作中可以印證。林亞清一生酷嗜墨子和老莊，與《紅樓夢》中對寶玉「悟禪機」的情節描寫，應不無關聯。筆者懷疑，《紅樓夢》中的林黛玉身上，似乎有林亞清的影子；不僅僅是姓氏相同的緣故，性格、特長、愛好等等，也可一一參照。這裡不是說林亞清就是林黛玉的原型，但作者把自己所熟悉的人和事，寫在另一個人身上，這在小說創作中，是常有的事。

考證洪昇的人生軌跡，筆者發現，《紅樓夢》中薛寶釵姓名的來歷，也很有意思。康熙二十二年（一六八三）二月，三十九歲的洪昇，往遊蘇州，謁江蘇巡撫余國柱。以所獲饋贈，娶妾鄧氏。旋即攜之歸燕。友人賀洪昇納妾詩很多，其中吳闡思的兩首絕句爲：「嶺嶠雲深雁羽回，江干風雨一帆開。那如高坐金閶館，新得佳人薛夜來。」「莫愁嬌小愛新妝，公子傾囊七寶裝，一曲清哥一杯酒，多君猶記舊高陽。」從詩中可以看出，鄧氏十分嬌小可愛，又有一副特別好的歌喉。以「薛夜來」喻鄧氏，「薛夜來」是著名的秦淮歌妓，可知鄧氏擅歌。也由於「薛夜來」的典故，洪昇把鄧氏昵稱「雪兒」，屢見於洪昇的詩詞作品中。

自洪昇納妾之後，洪家的生活活躍異常，抒解了不少窮困中的憂愁。洪昇的朋友蔣景祁贈詩道：「丈夫工顧曲，霓裳按圖新。大婦調冰弦，小婦囀朱唇。不道曲更苦，斯樂誠天真。」方象瑛也調侃說：「吳娃生小學新省，玉笛銀箏百囀鶯。莫笑錢塘窮措大，淺斟低唱不勝情。」由詩中可見，洪昇此時正在從事《長生殿》創作，夫妻三人的創作分工是：洪昇作曲，黃蕙調弦伴奏，「雪兒」按律高歌，一幅其樂融融的家庭賞心樂事圖！應該承認，《長生殿》之所以能作到音律嚴謹，「唇吻間不差毫釐，」黃蕙與鄧氏「雪兒」二人，是功不可沒的。《紅樓夢》中的薛寶釵，姓薛，以雪喻其「冷美人」的性格，到賈府寄住「梨香院」，不能不令人聯想與鄧氏「雪兒」是否有連帶關係。但寶釵的原型不是做妾的鄧氏，然洪昇在創作寶釵這一形象時，最起碼心中曾閃過鄧氏「雪兒」的身影，否則無法解釋作者爲寶釵設計的姓名和形象。

五、洪昇困苦生活尋蹤

《紅樓夢》的作者，前後半生的生活經歷了巨大的反差：前半生過的是「詩禮繁華」但「荒唐」胡鬧的紈絝子弟生活，後半生過的是「茆椽蓬牖，瓦竈繩床」並在極其困苦中艱辛寫作的潦倒文人生活。筆者推斷，這個作者就是洪昇。對他的前半生，筆者已有詳盡考證；對他的後半生生活，有必要再作進一步的探尋，以挖掘洪昇創作《紅樓夢》的緣起和過程。

洪昇被逐出家庭或棄家出走後，夫妻二人在武康寄居了一年左右時間，困頓不堪，無奈於康熙十七年攜家北上「客燕台」，開始了長時間的北京生活。在京期間，前期是筆者曾推斷投靠外祖父黃幾，後期黃幾「致仕」回南後，被迫獨立生活。以洪昇的性格在投靠親戚期間，也不會低三下四地過寄食生活。自抵京後，洪昇主要「以賣文爲活，貧甚，而傲岸如故。」在那個時代，所謂「賣文」，主要是寫「墓誌銘」、「神道碑」等「歌頌」死人的文章，換幾個小錢買米而已。李孚青〈招洪稗村〉詩中說他「遊時信帶轟碑命，貧日常揮諛墓文」；胡會恩〈贈洪昉思〉詩中也說他「朱門難索作碑錢」。洪昇擅駢文，寫「諛墓文」當不成問題。但這種「文章」本來就不值幾個錢，加之「朱門」還常常賴帳，洪昇夫婦生活之艱辛，就可想而之了。

洪昇的好朋友吳雯說他「長安薪米等珠桂，有時煙火寒朝昏。」洪昇自己在詩中也透露，最困難時已到了「八口命如絲」的地步！洪昇有兩個女兒，小女兒就是在這種極度困苦生活中凍餓而死的，死時已是八歲！洪昇鍾愛此女，傷悼之情，數年不衰。他曾作詩回憶小女「生小偏聰慧，消愁最喜儂。愛拈爺筆墨，閑學母裁縫。」在《稗畦集》中，有一系列洪昇「哭亡女」詩。其中有：「吾女真亡歿，終無見汝期。一身方抱疾，千里負含悲。」「死生成永別，漂泊未歸來。」「月黑愁邸叫，風隱鬼火吹。大江南北斷，魂魄夢中疑。」這些沈痛的詩句，表達了洪昇困頓生活中又痛失愛女的心情。

洪昇爲了一家妻兒老小的生活，僅靠「賣文」是活不下去的，不得已還得含羞奔走豪門，乞求援手。他先後入幕李孚青，遊說梁清標，吹捧徐乾學，奔走佘國柱等清初政要，以謀升斗之資。他在〈北發有感〉詩中說：「非商非宦兩無營，底事飄蓬又北征。妻凍兒饑相促迫，猿驚鶴怨負平生。羞從幕下裾還曳，浪說門前屐倒迎。聚鐵六州難鑄錯，白頭終夜哭縱橫。」這裡最堪注意的是「羞從幕下裾還曳，浪說門前屐倒迎」二句。在豪門家裡，低三下四求人，衣裾因跪著被別人踩壓都不敢使勁「曳」，受盡了屈辱；但回到家裡，還得強顏歡笑，說自己受到了「禮賢下士」式的歡迎。洪昇滴血的心，可見一斑。

洪昇在康熙二十八年，因「國喪」期間「聚演《長生殿》」被「革去功名」後，面臨的確是「一年三百六十日，風刀霜劍嚴相逼」的悲慘局面，在京中勢已不可再居。據李天馥〈容齋千首詩・送洪昉思歸里〉詩中所說，洪昇在被「斥革」之後，「在京師備遭揶揄白眼」，不得不狼狽出京，逃回故里。《紅樓夢》中黛玉的悽楚之作「儂今葬花人笑癡，他年葬儂知是誰？」與洪昇此時所作「不知他日西陵路，誰弔春風柳七郎？」確有異曲同工之妙！

洪昇攜家返回杭州後，並未立即得到父母的原諒。雖然他的家庭由於父親被「讁戍」，「風雨忽飄搖，舊巢已半頹；」雖然他的一個弟弟、兩個妹妹都已先他夭亡，但父母還是不能容他回舊居居住。他先是在西湖畔的孤山，築「稗畦草堂」，「以爲吟嘯之地」（**洪昇女洪之則語**），後來大概是因爲父母去世，家庭矛盾終於化解了。洪昇一生，沒有得到父母的原諒，可見「家難」之深重。

六、賈寶玉「出世」思想探幽

《紅樓夢》中的主人公賈寶玉，在遭遇一系列人生挫折後，產生了濃厚的「出世」思想；他先是「巢襲《南華莊子因》」，繼之公然宣稱，如果黛玉、襲人死了，他就「做和尚」去。今本後四十回，寶玉果然做了和尚；「原本」後半部分，寶玉究竟是否做了和尚，只有天知道。筆者曾據洪昇的人生經歷，推斷寶玉「悟不了」。但現在詳查洪昇的人生軌跡，卻發現洪昇雖終生並未「出家」，但晚期消極避世的思想十分明顯，在創作《紅樓夢》時，不無寫寶玉「出家」的可能。

康熙二十八年，洪昇遭遇了人生一系列打擊中最慘重的一次打擊：因在佟皇后「國喪」期間「聚演《長生殿》」，被康熙皇帝欽命逮捕下獄，「枷號示眾」，受盡了人格侮辱。雖然不久就被釋放了，但又被革去了「國子監生」的功名，從此，徹底斷絕了洪昇的仕進之路。對於洪昇來說，「仕途經濟」之路，從此永遠關上了大門；父母對自己殷切期望的通過舉業直上青雲、重振家聲，也永遠付諸東流了。羞辱、憤怒、幽怨、絕望，各種心情交織在一起，令洪昇回腸九轉，鎮日彷徨。「忘不了新愁和舊愁，」「展不開的眉頭，挨不明的更漏，」正是洪昇此時心情的真實寫照。萬念俱灰之際，於是就有了洪昇棄家入山「叩淨因」的一段經歷。

康熙二十九年三月，洪昇騎了一頭毛驢，獨自奔向京郊盤山的「青溝禪院」，去晤交往已久的智樸禪師。到禪院後，先後由僧智樸和德風陪同，遊歷「衛公庵」和盤山諸名勝。在此期間，洪昇作詩甚多，智樸、德風和尚和詩也甚多。這些詩今天都流傳了下來，使洪昇的這一段經歷，在世人面前展示得清清楚楚。

洪昇在詩中敘述了自己的悲憤心情和欲求解脫之意。他在〈三月五日宿山下茅舍作〉詩中說：「積歲墜塵網，靈襟坐迷惑。久思訪名僧，人事苦羈勒。」在青溝禪院題詩之二中說：「苦爲塵情累，蹉跎逾半生。譬如蛛做網，吐絲自纏縈。家食不自給，誤入長安城。濩娩從時趨，面熟中憒盈。學殖漸以墜，神志昏如醒。世俗僧兀傲，遂爲禍所嬰。」「冀垂慈悲念，監茲歸依誠。眼膜籍金鎞，回光豁我盲。」德風和尚在答詩中也說：「先生自悔入山遲，正是春光向暮時。策杖尋芳紅爛漫，捫蘿踏翠綠參差。崖邊雲氣晴偏好，樹裡鐘聲晚更宜。此日相攜同眺望，幽懷猶約後來期。」

在洪昇的此間所作其他詩中，也大量表露了「遁世出塵」的念頭，例如，「決計深山獨住，喧囂怕殺浮名，」「始信今古高士，超然不列儒宗，」「似是功名末路心，英雄末路多歸此，」等等。

洪昇在盤山住了「旬日」之後，終於沒有做成和尚，還是無奈地下山還家了。是洪昇禪心不堅定麼？不是。是家庭拖累，是「塵緣未畢」，不得不如此。洪昇在離開盤山時作《留別拙公》詩說明原因：「清泉白石信可戀，妻兒待米難淹留。」家中還有嗷嗷待哺的八口婦孺，洪昇如何能置之不顧，斷然出家呢？不過，「明日風塵下界行，回頭只見青山色」，從此洪昇「向禪」之心終後半生不斷，給人以一種不僧不俗、不僧不道的形象。

這就使人不能不聯想起《紅樓夢》一開始出現的那個「情僧」。這個「情僧」原名「空空道人」，因把「石頭」自述生平的文字「抄錄問世」，導致「因空見色，由色生情，傳情入色，自色悟空」，遂改名為「情僧」，改《石頭記》為《情僧錄》。這個不僧不道又熱衷言情的虛擬形象，正是洪昇為自己勾勒的「自畫像」！《紅樓夢》的創作過程，正是「因空見色，由色生情，傳情入色，自色悟空」的思想轉變過程！最後的歸結還是「空」，所以，洪昇雖然沒有出家，《紅樓夢》的結局，對寶玉歸宿的設計，完全可以寫成因「情極之毒」而「懸崖撒手」，出家做和尚去了。

洪昇離開盤山歸家後，旋即攜家「回南」。筆者推測，洪昇就是從這個時候，開始著手《紅樓夢》創作。因為只有到了這個時候，洪昇的「色」、「空」兩大思想才全部形成，才具有創作《紅樓夢》的全部思想基礎。洪昇所言之「色」，既有「言情」之「色」，又有事親「色難」之「色」，還有風塵碌碌之「色」；洪昇所言之「空」，既有佛家「四大皆空」之「空」，又有王朝更替之天翻地覆的「空」，還有家族衰亡之無可奈何的「空」。這種「色空」思想，是個複雜的混合體，不是單純的「佛家」「色空」思想。這種思想只有洪昇的特定經歷方可生成，不論是曹雪芹還是其他同時代文人，沒有這種特定經歷，因而也就不具備創作《紅樓夢》的思想基礎。

七、〈好了歌解〉尋根

筆者在以前的考證文章中，曾推斷《紅樓夢》中的〈好了歌〉和〈好了歌解〉，是感歎王朝更替、世道盛衰的作品。讀者可能不以爲然，當我們看了洪昇在京期間，見到明朝王孫公子淪落狀況，所寫的一系列詩歌後，便知予言不謬。

洪昇舉家「客燕台」後，看不盡京師的「風月繁華」，但給洪昇留下最深刻印象的，還是朱明王朝那些淪爲乞丐娼優的「龍子龍孫」，同情之感在他心中油然而生，也勾起他對「北征」途中所見到的已成爲敗瓦頹垣的前朝故跡的記憶，不免從心底泛起一股深深的悲哀。於是，他寫出了〈王孫行〉一詩：

「王孫月月盛繁華，寶馬金鞍油壁車。載酒春遊梁孝苑，聞歌夜入富平家。聞歌載酒歡非一，五侯七貴經過密。遙遙彩幄柳邊移，隱隱羅幃花外出。柳暗花明春滿野，王孫遊戲章台下。馬上偏宜紫綺糗，腰間羨殺珊瑚把。去去銀塘日已斜，垂楊繫馬問倡家。可憐鶯囀相思樹，可憐蝶戲合歡花。嫋嫋香風吹宿燕，娟娟新月照驚鴉。故作低眉顰翠黛，輕搖纖指按紅牙。含羞凝睇情無已，王孫行樂長如此。無奈春華不待人，願分嬌愛何辭死。此時歡歌正紛紛，芍藥攀來好贈君。莫言溯寒孤飛雁，寧做巫山一片雲。須臾故國生荒草，墳地朱門賓客少。幾度春光白首新，那堪秋色紅顏老。漁樵滿地聽悲茄，回首孤城亂晚鴉。愁殺東風日暮起，楊花飛盡落誰家。」

這首詩明顯看出受明代大詩人何景明的影響。也與《紅樓夢》中寶玉歌頌林四娘的「古風」屬同一體裁。這首詩不是一般的感懷之作，從洪昇對明朝「王孫」今昔對比所發的感慨中，可以清楚地感覺到他對朱明王朝覆滅的感傷情緒。

如果把這首詩與洪昇大量的其他抒發興亡感慨的詩篇，以及感歎自己這個在明代「世受國恩」的家庭興衰的大量詩篇聯繫起來，對詩中所流露出的情緒就不難理解了。這種情緒與《紅樓夢》中的〈好了歌〉及〈好了歌解〉，所表達的心情是毫無二致的！把這首詩與《紅樓夢》聯繫起來，我們也不難發現，《紅樓夢》中對歌舞昇平生活的描寫，也大量借鑒了朱明「王孫」的生活。

洪昇在京過困頓生活之際，先是感歎朱明王朝「龍子龍孫」們今昔生活的強烈反差，繼之感傷自己人生的巨大落差，不免悲從中來，寫下〈王孫行〉和〈好了歌解〉這樣的詩篇，就是再自然不過的事情了。〈好了歌解〉中所說的昔日朱門富戶，今日雕樑上結滿了蛛絲；昔日窮酸措大，今日偏身著紫蟒；昔日擇膏粱而嫁的貴府千金，今日悲慘地淪落在煙花巷；昔日征歌逐舞的紈絝子弟，今日已寄身於乞丐強梁之列。這些描寫，與〈王孫行〉一脈相承。我們完全有理由說，《紅樓夢》中的〈好了歌解〉，既是感歎王朝更替、社會興亡的作品，也是感歎家庭興衰、六親同運的輓歌！

這裡還有一點值得讀者注意，洪昇的所有詩作中，對北京幾乎都稱爲「長安」，僅有個別時候稱「燕台」；聯想到《紅樓夢》中把北京稱爲「長安大都」，不也可以作爲洪昇初創《紅樓夢》的一個間接證據麼？

八、洪昇初創《紅樓夢》的痕跡

筆者前後寫了十幾萬字的考證洪昇初創《紅樓夢》的文章，但苦於間接證據多而直接證據少，心中惴惴唯恐不足以服人。本文試圖在洪昇生活的軌跡中，探詢一些直接的證據，以證明洪昇確實從事過《紅樓夢》的創作。

除前文所述曹寅的那首〈贈洪昉思〉詩，曾記載洪昇「稱心歲月荒唐過，垂老著書恐懼成」而外，與洪昇生平有關的歷史文獻中，類似的記載還有不少。李天馥在〈送洪昉思歸里〉詩中說：「武陵洪生文太奇，窮年著書人不知。」洪昇此時「窮年」埋頭寫作、又唯恐別人知道的「書」是什麼呢？洪昇一生著作都盡人皆知；「人不知」的「書」，大概只有

《紅樓夢》。

洪昇的好朋友吳綺詩中多有對洪昇的記載，他的記〈南山書屋〉詩中說：「詞堪灑血寧爲難，事到傷心定可傳。」「遊人遺與千鍾酒，高士傳家一卷書。」洪昇以寫「傷心事」可供流傳的書是什麼呢？他「傳家」的「一卷書」又是什麼呢？不可能是《長生殿》，因爲《長生殿》在洪昇生前早已風行天下，不能認定爲「傳家」之作；更何況寫的也不是自己和家庭的「傷心」之事。唯一具備這兩個條件的作品，只有《紅樓夢》。

王澤弘〈寄洪昉思〉詩中，說他「著書家難後，避地數窮時」。洪昇的《長生殿》，初創於「家難」之前，「家難後」所著之書很少有傳世精品，唯有《紅樓夢》可謂傳世之作。王澤弘在另一首〈送洪昉思歸武林〉詩中，還隱隱地說他「晚抱知非歎，追悔多內愧。閉戶日窮經，先探羲文秘」。這個情景很像洪昇已開始了《紅樓夢》的創作。「知非」、「追悔」、「內愧」等詞，正是《紅樓夢》篇首就告訴讀者的。

最有說服力的直接證據是，在康熙四十一年（一七〇二年，壬午），就有了一本《洪上舍傳奇》！此時洪昇尚在世。《曝書亭集》卷二十有一首壬午年〈題《洪上舍傳奇》〉詩：「十日黃梅雨未消，破窗殘燭影芭蕉。還君曲譜難終讀，莫付尊前沈阿翹。」「洪上舍」爲洪昇無疑，洪昇生前就有別人爲之作「傳奇」，是不可思議的，除非是洪昇自己所寫，否則無法解釋。書中「燭影芭蕉」的場景，難以「終讀」的情節，似與《紅樓夢》相同。難道這部傳奇，就是洪昇自己所寫的《紅樓夢》的前身麼？筆者懷疑，洪昇初創《紅樓夢》階段，其作品體裁似是「傳奇」而非小說。否則，何用以後曹雪芹「披閱增刪」時「撰成目錄，分出章回？」中國古代小說都是「章回」體，自有「題目」「章回」；倒是「傳奇」體裁改編爲小說，必須重擬「題目」，另分「章回」。細看今日之《紅樓夢》，盡人皆知有兩個特點：一是書中第五回有大量的「傳奇套曲」，似是原作爲傳奇的遺跡；二是《紅樓夢》的故事情節描寫特別類似於戲劇手法，《紅樓夢》中的每個故事，幾乎不用改編，即可直接搬上舞臺演出，這不是很奇怪的事情麼？如果說小說《紅樓夢》是從傳奇改編而成，則一切均可迎刃而解了。

洪昇生前確曾以自己的真實生活爲題材，創作過兩部傳奇作品，即《回文錦》和《天涯淚》。據當時文獻記載，《天涯淚》寫的是自己漂泊天涯，困苦思親的內容，很感動人，可惜已失傳。《回文錦》即《織錦記》，是假借東漢時的人物，隱寫自己納妾後的生活。故事中的竇濤、蘇蕙（字若蘭）、趙陽臺三個主角，實際上就是洪昇、黃蕙（字蘭次）、鄧氏「雪兒」（在友人的詩作中，有「陽臺」之稱）等妻妾三人。洪昇的這兩部作品，寫的都是自己「家難」後的生活，對「家難」前和「家難」中的生活，倘也寫一部作品，非《紅樓夢》莫屬！莫非這部被別人稱爲《洪上舍傳奇》的作品，就是《紅樓夢》的前身麼？洪昇自己寫自己的作品，不會用「洪上舍」命名；但別人若知道洪昇寫的是自己，則可以這麼稱呼這部作品。

洪昇於康熙三十年攜家返回故里，至康熙四十三年卒。這十多年時間裡，洪昇生活較漂泊時期安定多了，有更充分的時間從事寫作。但奇怪的是，此期間洪昇除一部篇幅很小的雜劇《四嬋娟》外，居然沒有其他作品問世。以洪昇創作之勤奮來說，這是不合常理的。洪昇在此漫長的十幾年裡，一定寫過更大更有分量的作品。從洪昇的詩作中，我們也能感到他在寫著自己的慘痛經歷。他在〈遇劉震修學博感贈〉詩中說：「歧路逢君歎坎懍，一自回顧一淒然」；友人也說他「無限聲情幽咽處，燈窗一讀一淒然」。可見他此時正在和著血淚寫作，寫作的內容又是令洪昇「淒然」的往事「回顧」。

洪昇晚年，十分推崇《邯鄲夢》、《黃粱夢》、《岳陽夢》等以夢為題的作品，這在他為《揚州夢》所寫的序言中可以清楚地看出。難道他此時正在以「夢」為題材辛勤創作麼？此作品是「垂老著書恐懼成」的《紅樓夢》麼？這些蛛絲馬跡所構成的系列證據，雖然仍顯單薄，但比起曹雪芹創作《紅樓夢》的證據，似乎充分多了，也更有說服力。

參考書目：

《洪昇年譜》　章培恒著　上海古跡出版社
《洪昇及〈長生殿〉研究》　孟繁書著　中國戲劇出版社
《明清江南望族》　吳仁安著　上海人民出版社
《鹽商與揚州》　朱正海主編　江蘇古籍出版社
其他前文已列之參考書目，不重注。

《紅樓夢》主題新論

關於《紅樓夢》作品的主題，紅學界迄今不外有以下五種說法：一是反清排滿、表達真摯的民族主義感情論，此說以蔡元培先生爲代表；二是表達封建大家庭衰亡的自然主義作品論，此說以胡適先生爲代表；三是表達奴隸與封建家庭主人之間的階級鬥爭論，此說在大陸是由李希凡先生發端；四是表達封建叛逆思想、民主主義思想萌芽論，持此論者甚多，何其芳先生持之甚力；五是表達小市民的愛情至上主題論，此論濫觴於當今紅學界，無須贅述。以上五種說法，似乎各自有各自的理解和證據，各自有各自的理論和根據，多年來聚訟不休，誰也說服不了誰，似乎還要爭論一萬年也未必能得出結論。

以上五種論點的一個共同弱點，就是都有牽強附會、指鹿爲馬之嫌。文學批評界不同流派的大師們，用中國社會近現代以來產生的各種新思潮，去分析評論產生於中國封建社會「康乾盛世」的文學作品，得出的結論摩登則摩登矣，但卻無論如何說明不了作者的創作動機，也無法得出作品主題的正確結論。

紅學界公認《紅樓夢》的作者是曹雪芹，曹家是「漢軍包衣」出身，大清王朝的受益者，判斷作者持「反滿」立場無疑癡人說夢；作者出身名門貴族，同情弱者丫鬟僕人的觀念或許有之，但作者決不會同情「推動歷史前進動力」的「流寇」，說作者要造封建家庭社會的反，則是無中生有；作者肯定懶於讀四書五經等封建社會的「聖經」，也肯定見過一些自鳴鐘之類的洋玩意，這是當時封建社會公子哥兒的通病，未見哪個紈絝子弟由此產生民主主義思想；作者描寫了主人公與林妹妹、寶姐姐間如火如荼的愛憐感情，但也描寫了他與丫鬟「初試雲雨」，與秦可卿姊弟曖昧淫亂，與香憐玉愛「南風斷袖」，與戲子琪官卿卿我我等齷齪不堪的事情，現代愛情斷不如此，如果把這些所謂「意淫」的表現也看做現代愛情的萌芽或傳統愛情的楷模，賈寶玉肯定不如西門慶摩登。

判斷《紅樓夢》作品的主題，必須把作品放回到它誕生的那個時代，站在作者的身分、閱歷、情感所決定的立場上，用那個時代人們判斷是非曲直的社會通行道德標準去分析，由此及彼，由表及裡，層層剝筍，步步遞進，方能得出正確的結論。這樣研究《紅樓夢》的一個重要前提，就是必須放棄曹雪芹爲《紅樓夢》作者、賈寶玉的原型就是曹雪芹、江寧織造曹家就是書中賈府原型等胡適先生「考證」得出的先入爲主成見，從《紅樓夢》作品中而不是其他附會的「考證」材料中，去分析判斷作者的真實意圖。

其實，從《紅樓夢》「開卷第一回」的「作者自云」中，我們完全可以大致看清作者的身分、閱歷和創作意圖。總的說，作者是通過《紅樓夢》的創作，懺悔自己「不肖」、「無能」，「有運無命，累及爹娘」，造成「赫赫揚揚、已歷百年」的大家庭「落了個白茫茫大地真乾淨」。

首先，作者出生於一個「雖無什麼富貴，但也可稱爲當地望族」的「詩禮簪纓」家庭，前半生過著「錦衣紈絝」、「飴甘饜肥」的生活；後來，由於與作者不無關係的原因，家道中落，墜入了「蓬簷茅舍、瓦竈繩床」的困窘生活，作者前後半生的生活經歷了巨大反差。其次，作者爲家庭中落陷入了深深的自責中，痛悔自己當日「背父母教育之恩，負師兄規訓之德」，像一塊頑石一樣被「棄置無用」，沒有挽家庭大廈之將傾，「以至今日一事無成、半生潦倒」。再次，家庭中雖然自己「不肖」、「無能」，不可救藥，但「閨閣中歷歷有人」，女人都很出色，作者慚愧自己「誠不若彼一干裙釵」。須知，不如裙釵的鬚眉，在封建社會是對大男子的莫大侮辱，孔明爲激怒司馬懿，就曾送給他一套女裝。如此而已。以上勾畫的一幅封建大家庭衰亡圖，無論如何同曹雪芹扯不上干係，曹家的敗落與曹雪芹無關，曹雪芹有什麼理由創作如此一部懺悔書？

從《紅樓夢》作品所描寫的豐富內容看，作者創作此書，不僅要表達自己的懺悔之意，似乎還要曲折表達自己同家庭的微妙關係，辯解一些自己的難言之隱。作者在作品創作中把「真事隱去」，怕別人看懂了自己的真實意圖，但又說「都云作者癡，誰解其中味」？更怕別人看不懂自己的真實意圖。這種矛盾心理的背後，一定是在作者身上背負著有違封建倫理道德的罪名，自己想辯解又怕愈抹愈黑，不辯解又心有不甘，不吐不快。在封建社會，最爲人們所不齒的罪名，無過於「不忠不孝」，而這兩個罪名是最難辯解的。皇帝作爲最高統治者，臣民無論如何是不可指責的；「天下無不是的父母」，也是當時爲人必須遵從的準則。「天地君親師」在當時是無人敢說一個不字的。如果要辯白自己在君父面前所受的委屈，指點君父所犯的過錯，傾訴自己所灑的「一把辛酸淚」，除掉用「曲筆」委婉訴來，還有什麼辦法呢？

作者在《紅樓夢》創作中，對作品人物大致持五種態度：

一是對作者自己的形象、作品的主人公賈寶玉持一種自負、自賞、自憐、自責、自嘲的相當微妙的態度，一方面說他是「混世魔王」，「天下無能第一，古今不肖無雙」，另一方面對他的文學才能、做人處世態度又極盡讚賞，這實際上就表達了作者對自己的矛盾心理。

二是對主人公父母的態度，在正面表現嚴父慈母形象的前提下，對他們處理家庭事物的一些具體行爲也不無微詞：父親賈政端方正直的表面下，迂腐古板、不近人情、治家無能的形象是相當清楚的，與他過從甚密的「詹光、單聘仁」等輩，沒有一個好東西；母親王夫人嚴肅正派的表面下，一付心狠手辣的心腸，躍然紙上，金釧、晴雯等可愛的年輕女性，都死於她的淫威之下。

三是對主人公姐妹們的態度，對心存愛戀的表姐妹寶釵、黛玉、湘雲，都傾注了一腔神情，把她們描寫得如同仙子臨凡，環肥燕瘦，相貌和性格都各有其可愛之處；對親姐妹迎春、探春等，讚頌之下也描寫了她們的缺點，如迎春的懦弱和探春的涼薄等；對表姐兼嫂子的王熙鳳，則濃墨重彩地把她描寫成了亦正亦邪的人物，既是理家的能手，圓通的主婦，又是殺人不見血、貪得無厭的惡魔。總而言之，對女性特別是未婚姐妹讚美多於鞭笞。

四是對賈赦、賈珍、刑夫人、趙姨娘、賈環等家族成員和與他們勾結在一起的王善保家的、秦顯媳婦等傭人的態度，簡直是懷著深仇大恨，把他們描寫得個個心地歹毒、心胸狹窄、齷齪骯髒、人性泯滅、爾虞我詐、勾心鬥角，簡直是地獄中的一群魔鬼。

五是對大觀園中襲人、晴雯、麝月、鴛鴦、司棋、金釧、紫鵑、平兒等丫頭的態度，極盡歌頌和同情之能事，把她們描寫得花團錦簇、聰明伶俐，純潔善良，是非分明，每個形象都各有千秋，對她們的悲慘遭遇，都灑下了一掬同情的淚水。

從以上分析作者對書中人物的描寫態度看，作者顯然是在家庭生活的漩渦中，飽嘗到親情、友情、愛情的甜頭，也吃盡了家庭中「恨不得像烏眼雞一樣你吃了我我吃了你」的苦頭。《紅樓夢》雖然把「真事隱去」，但創作中卻是「追蹤躡跡，不敢稍加穿鑿」的。作者在按自然主義手法描寫這個封建大家庭衰落軌跡的同時，更多的用意是在暴露家庭中父子、兄弟、妯娌、嫡庶、主奴、貧富等各種關係之間的難以調和的矛盾，深刻地揭示了封建大家庭中諸多矛盾交織在一起的綜合症，展示出一個聰明善良的才子如何在矛盾漩渦中沈浮、掙扎、苦悶、毀滅的人生悲劇。

通過以上描寫，作者實際上是委婉地表達了這個封建大家庭敗落的真正原因。這個百年望族家庭，從外面是一時殺不死的，只有從家庭內部「自殺自滅」起來，才能一敗塗地。對這個過程和結論的揭示，也間接回答了作品開篇「作者自云」中提出的問題，爲自己對這個家庭敗落應負的責任進行了無聲的辯解和開脫。無形中等於說，家庭衰落「落一片白茫茫大地」的責任，根本不在於我，也不在於我的姐妹們和丫鬟們，敗家的過程充分說明了誰是真正的罪人！這正是作者感歎「都云作者癡，誰解其中味」的原因所在，也就是說，這才是作者創作《紅樓夢》的真正目的，是《紅樓夢》的主題和宏旨所在。

「百足之蟲」僵死論

《紅樓夢》作者把書中的榮寧二府比喻爲死而不僵的「百足之蟲」，但這個「百足之蟲」最後還是徹底僵死了，「家亡人散各奔騰」，「落一片白茫茫大地真乾淨」！「百足之蟲」究竟是怎麼僵死的？這本來是個不成問題的問題，因爲書中明明白白地寫著，即使是初涉文學的青年，只要多讀幾遍《紅樓夢》，也一定能得出和作者相同的結論。但《紅樓夢》研究領域就是奇怪，這個不成問題的問題，在諸多紅學大師多年精心考證、索隱和探佚下，居然成了大問題！說這些大師們吃飽了撐的實在是有點兒冤枉，大師們半個多世紀皓首窮經，那種執著精神著實令人肅然起敬，本不該給他們那顆蒼老的「愛紅之心」上再添煩惱，但對「百足之蟲」死因的研究，不僅關係對《紅樓夢》內容的正確理解，更關係文學研究治學方法的正誤，茲事體不可謂不大，因此不得不再饒舌幾句，敬企大師們見諒。

關於「百足之蟲」的死因，把紅學界迄今的所有研究成果歸納起來，不過「內因說」和「外因說」兩大派別。所謂「內因說」，就是在《紅樓夢》書中找原因，在《紅樓夢》作者筆下找原因，在書中賈府內部找原因，在作品主人公悲劇性格上找原因；所謂「外因說」，就是在《紅樓夢》書背後隱藏的故事中找原因，在作者下筆的狡獪之處找原因，在書中賈府與府外宮廷矛盾的關係上找原因，在紅樓主人公身家之外的皇帝和王公貴族中找原因。賈府是否被「抄家」，並不是「內因說」和「外因說」分野的關鍵，因爲家庭內部的原因導致「抄家」，還是「內因說」；因爲宮廷爭鬥累及賈府被「抄家」，則屬於「外因說」了。

持「內因說」的學者重在讀原著，因爲作者在書中說得很明白，此書「不敢干涉朝廷」，是「追蹤躡跡」寫自己家的真人真事。在作者筆下，賈府雖然處在「末世」，「安富尊榮者盡多，運籌謀劃者無一」，由於不能「將就節省」，導致「坐吃山空」，「外面架子未倒，內囊卻漸漸盡上來了」。

但這樣一個「百年望族」，「從外部殺來一時是殺不死的」，只有「家庭內部自殺自滅起來，才能一敗塗地」。賈府內部矛盾重重，東西兩府之間、母子婆媳之間、兄弟妯娌之間、嫡庶妻妾之間、主子奴才之間、「有臉兒」的奴才和「沒臉兒」的奴才之間，無時無刻不在「自殺自滅」，「站乾岸兒」、「推倒油瓶不扶」、「引風吹火」、「借刀殺人」，「一個個像烏眼雞，恨不得你吃了我我吃了你」，「不是東風壓倒西風，就是西風壓倒東風」。鬥爭的結果，金釧投井，晴雯冤死，鴛鴦上吊，司棋撞牆，二姐吞金，三姐自刎，夏金桂服毒，多姑娘投繯；寶玉被打，鳳姐吞聲，寶釵避禍，黛玉淚盡，探春遠嫁，迎春虐死，惜春遁世，妙玉遭劫，「悲涼之霧，遍被華林」。這哪裡是對盛世的讚美，簡直是一幅滑向地獄的「窩裡鬥」百醜圖！連丫頭奴才們都意識到：「好像有幾百年熬煎似的」，「千里搭涼棚——沒有不散的筵席」！在抄檢大觀園時，還是帶刺的玫瑰探春說得痛快明白：「外面還沒殺來，就先自殺自滅起來，不用著忙，往後抄家的日子還有呢！」這足以說明，賈府即使最終被抄家，也是「自殺自滅」引起的，根本原因在內不在外。

持「外因說」的學者重在探佚，借助「脂批」透漏的一鱗半爪，透過字面看紙背，從猜測作者筆墨後邊隱含的政治事件找原因。換言之，持「外因說」的學者不是在《紅樓夢》書中的賈府找原因，而是在江寧織造府曹家被抄家的經歷中找原因。他們考證出曹寅父子在宮廷鬥爭中「站錯了隊」，投靠「太子黨」，為「塞思黑」藏過什麼金獅子，收養了「廢太子」的女兒秦可卿，結果在雍正「奪嫡」後，被當作政敵打入「另冊」，因而一敗塗地。

「外因說」對雍正朝宮廷鬥爭的研究，正好迎合了近年社會上「戲說」清朝宮廷的強烈旋風，在讀者中很有市場。「外因說」的一個致命弱點是曹雪芹出生於雍正二年，而上述政爭都是他出生前的事情，曹雪芹不具備「親歷親聞」的條件，因而新紅學的大師們，不是一個勁兒地給曹雪芹長年齡，就是在曹家年長者中另尋作者，推出了「曹頫」說、「脂硯齋說」、「曹竹村說」等等。周汝昌先生大概看出這些學說太不像話，於是另闢蹊徑，獨創了曹家「二次復興說」，認為曹家在雍正初年被抄家後，在乾隆初年又經歷了一次短暫的「風月繁華」，在弘晝政變覆滅後才徹底敗落；曹雪芹在《紅樓夢》中寫的「末世」，是曹家的「二次繁華」。此說圓滿地解決了曹雪芹的年齡問題，但曹家是否真的有「二次復興」卻大成問題，不僅沒有可靠的史料支持，從《紅樓夢》書中描寫的生活場景和繁華時間，也不像發生在「十七間半」房中的「迴光返照」。

從表面上看，「外因說」和「內因說」似乎公說公有理，婆說婆有理，無須認真對待。實則不然，這裡面關係到紅學的大是大非問題，不可不辯解清楚。「外因說」的關鍵是從新紅學的鼻祖胡適先生手裡，繼承了《紅樓夢》作者爲曹雪芹的結論，卻拋棄了胡適先生治學的實證方法，轉而採用索隱派舊紅學的附會方法，把《紅樓夢》同雍正朝宮廷鬥爭的史實和傳聞加以附會。這種附會之「笨伯」程度，比起舊紅學來，更顯得等而下之。

舊紅學的附會，畢竟還同《紅樓夢》的內容有關，尚不脫離紅學的範疇；「外因說」的附會，同《紅樓夢》作品根本不搭界，與曹雪芹搭界也很有限，進入了雍正朝政治研究的範疇。舊紅學的附會，畢竟是用正史的史料附會，尚不失學者的治學風範，「外因說」的附會，卻是用野史、傳聞、猜測來附會，談不上做學問而成了鬧劇。

致力於「外因說」研究的學者，自以爲是繼承了胡適先生未竟的事業，在新紅學的征途上披荆斬棘，開闢新境界。豈不知胡適先生如果泉下有知，一定會氣歪了鼻子。胡適先生考證的結論，斷定《紅樓夢》是一部描寫封建大家族「坐吃山空」的「自然主義作品」，何曾對曹家參與宮廷鬥爭的研究感過興趣？胡適先生最珍惜的是自己「大膽假設，小心求證」的研究方法，對索隱派的「猜笨謎」方法的攻擊不遺餘力，統統斥之爲「笨伯」，胡適先生哪裡想得到，他的徒子徒孫們，穿著比「笨伯」還笨的舊鞋，在他開闢的紅學新路上蜂擁嘈雜，亂成一團！可以說，「外因說」是新舊紅學的混血兒，在「外因說」的血統裡，繼承的不是新舊紅學的優秀基因，而是集中了二者的缺點。就像一個聰明男人同一個漂亮女人結合，生出的孩子，不僅沒有繼承父母的優點，反而把父親醜陋、母親愚蠢的缺點集大成了，這真是胡適先生和蔡元培先生當初都沒有料到的無可奈何的悲劇！

研究《紅樓夢》的正途，必須拋棄「外因說」，回歸「內因說」；必須拋棄對江寧織造府和雍正朝宮廷鬥爭的附會，回到對《紅樓夢》作品的思想、內容、結構、方法的研究上來。一句話，繼承胡適先生的科學方法，但不要迷信胡適先生的現成結論，更不要把附會的「笨伯」方法，嫁接到胡適先生的結論上，製造紅學怪胎。倘若不抱偏見，不戴有色眼睛去細心研讀《紅樓夢》，讀者諸君一定可以發現，《紅樓夢》描寫的內容，同江寧織造曹家沒什麼關係。

《紅樓夢》描寫的主要內容，一是「窩裡鬥」，誰發現了曹家「窩裡鬥」的任何證據？曹寅的後人，三代一脈單傳，根本不存在同居一府的兄弟、妯娌關係；曹顒年輕輕地就死了，曹頫年輕輕地就倒楣了，曹雪芹從小就困苦潦倒，沒有三妻四妾，也不可能出現家庭中的嫡庶矛盾；曹宣和曹顏同織造府有些矛盾，但並非同居織造府，一在南京，一在北京，談何「窩裡鬥」？二是繼業無人，誰發現了曹家有後人不肯讀書，醉心「釵環脂粉」的任何證據？曹雪芹出生時，家就已經敗落了，他不是不務正業、不肯繼業，而是無業可務，無業可繼！三是主人公同姐妹們的愛情和親情，曹雪芹沒有親姐妹，表姐妹有沒有、有多少也無證可稽。

自曹雪芹童年起，江南三大織造曹家、李家、孫家都抄家的抄家，發配的發配，曹雪芹有什麼條件和可能同姐妹們花前月下，卿卿我我？胡適先生當年斷定《紅樓夢》的作者是曹雪芹，研究方法無可厚非，研究結論卻靠不住，他不過是根據脂批，推測元妃省親是隱寫「南巡」，曹家「接駕四次」而已，證據並不充分，尤其是同表現《紅樓夢》主旨的「愛情」、「窩裡鬥」等多數內容不合榫。

筆者考證的洪昇初創《紅樓夢》說，斷定《紅樓夢》就是對洪昇「家難」的記敘，則很好地驗證了「內因說」。

洪家是江南的「百年望族」，清初正處於「末世」裡「死而不僵」的「百足之蟲」狀態；洪家內部矛盾重重，由於長期「窩裡鬥」，終於發生了「家難」，洪昇和二弟被迫離家出走，「家亡人散各奔騰」了；洪昇的兩個親妹妹聰明美麗，眾多表姐妹鶯鶯燕燕，洪昇同姐妹們的關係非常要好，同表妹黃蕙愛得死去活來；洪昇的姐妹們大多命運悲慘，兩個親妹妹都在婚後不幸夭亡，表姐妹也大多六親同運，正可謂「千紅一哭，萬豔同悲」；洪昇從小就迷戀「釵環脂粉」，一輩子「耽擱花箋彩紙」，對「仕途經濟」持消極態度，父親和老師屢次規勸和打罵也不見悔改，洪家正是繼業無人；洪昇前半生生活優裕，後半生極端窮困潦倒，在中年又經歷了父母被發配充軍、自己被逮捕下獄，革去功名的家庭和人生巨變，正可謂經歷過人生「夢幻」，「跌過筋斗」。

洪家這個「百足之蟲」就是在家庭內部的「自殺自滅」中徹底僵死的，同「內因說」完全吻合。洪家的這些真實故事在史料中都有據可查，並非憑空附會，筆者的系列文章對此做過詳細考證，讀者可自行查閱，這裡不再贅述。

《紅樓夢》創作過程六論

筆者研讀《紅樓夢》凡三十年，偶有所得，信手記入手札，日積月累，幾近百萬字。今將近十年中對洪昇初創《紅樓夢》專題所做的部分研讀札記節錄於下，以就教於諸同好。

一、「性格的悲劇」——《紅樓夢魘》與洪昇說「殊途同歸」

筆者很佩服張愛玲先生，她的《紅樓夢魘》一書，幾乎被筆者翻爛了。她讀《紅樓夢》，沒有旁徵博引，沒有雜學旁搜，而是認認真真地讀原文，從對作者創作過程、修改痕跡的精心分析中，尋找「披閱十載、增刪五次」的軌跡，判讀每次修改後文本的原貌。曹雪芹「增刪」了五次，張愛玲也「詳閱」了五回，寫出了針線綿密的「五詳《紅樓夢》」，令人信服地證明《紅樓夢》創作初期是對「寶玉強烈的自貶」，是寫的一個「性格的悲劇，主要人物都是自誤」，作者初創的作品具有「現代化」的「黯淡寫實作風」，而「多次改寫的特點」則是「從現代化改爲傳統化」。

筆者並不是說張愛玲先生也同意洪昇是《紅樓夢》的初創者，在《紅樓夢魘》構思時，筆者的系列考證文章尚未出籠。張愛玲先生一直認爲從初創到五次「披閱增刪」，都是曹雪芹自己的事情。但張愛玲先生分析出的「第一個早本」原貌，與筆者推論出的洪昇初創《紅樓夢》時的形象，確有不謀而合、殊途同歸之妙。倘若張愛玲先生能見到筆者的文章，說不定會同意筆者的結論，因爲曹雪芹的經歷、性格，與「第一個早本」的主人公毫無相通之處，而洪昇的遭遇、思想，與「第一個早本」的主人公完全契合。《紅樓夢》寫的是作者「親歷親聞」的事情，是作者爲了自貶「不肖」、「無能」而「編述一集，告普天下人」，是作者敍述自己「癡情」、「偏僻乖張」等「性格的悲劇」，盼望「都云作者癡，誰解其中味？」這些都在《紅樓夢》開篇明晃晃地寫著，也在洪昇的詩集、劇作中清清楚楚地寫著，決不是無緣無故地生搬硬套、牽強附會。

張愛玲先生「五詳」《紅樓夢》得出關於「第一個早本」的主要結論如下：

其一，早本《紅樓夢》中只有榮府，沒有寧府，也沒有賈赦一支。是描寫賈家「運數該終」，後代不成器，坐吃山空的故事。「把賈家的敗落歸咎於寶玉自身」，對「寶玉強烈的自貶」使寶玉的遭遇不甚值得同情。他在外邊爲包養琪官等「戲子」而與權要爭風吃醋，在學堂中爲與「香憐」、「玉愛」等鬧「南風」、「斷袖」同薛蟠大打出手，與小廝茗煙、丫頭碧痕等不清不白，「家道艱難」後更加「放縱」、「流蕩」，終至一敗塗地。

其二，早本《紅樓夢》中「主要人物都是自誤」：「黛玉一生是聰明所誤，阿鳳是機心所誤，寶釵是博知所誤，湘雲是自愛所誤，襲人是好勝所誤」，因此「此書是個性格的悲劇」。黛玉太聰明了，過於敏感自己傷身體；寶釵無所不知，無所不曉，難以產生純真的感情；湘雲可以有所爲，但爲自愛卻有所不爲；襲人爲恨寶玉不爭氣而屢次以離開相要挾，最後因好勝而弄假成真；鳳姐只是心力消耗過甚，舊病復發而死，「賈璉並未休妻」。

其三，早本《紅樓夢》中賈府沒有獲罪，沒有抄家，敗落後「子孫流散」，守著空蕩蕩的園子過苦日子。由於沒有「江南甄家」，沒有賈珍、賈赦，「一切獲罪的伏線」都沒有，所以家庭敗落後鳳姐還能在大觀園「掃雪拾玉」。不僅沒有爲官府抄家，家庭內部的「抄檢」也沒有，所以今本《紅樓夢》中，在寶釵爲「抄檢」避嫌而搬出大觀園後，仍有居住在園中的描寫，屬於漏網之魚。明義所見並題詠的《紅樓夢》中，沒有任何抄家的內容。

其四，早本《紅樓夢》以描寫寶玉與湘雲從小同住一起開始，以二人共守清貧，白頭偕老結束。開始並不是寫的黛玉進府，與寶玉同住，而是湘雲同寶玉住在一起，有「絳雲軒」名稱爲證。今本《紅樓夢》中亦有襲人同湘雲從小結下深厚友誼的記載，襲人還曾經同湘雲說過「不害羞」的悄悄話，大概是相約「同事一夫」。「因麒麟伏白首雙星」的題目是很早就有的，預示湘雲同寶玉最後的結局。衛若蘭是個後來添寫的人物，早本的「才貌仙郎」指的是寶玉而不是衛若蘭。

其五，早本《紅樓夢》中寶玉最後並沒出家。寶玉兩次「悟禪機」，「二次翻身不出，故一世墮落無成也。」與湘雲偕老，當然不會出家，倘湘雲死後再出家，那是爲湘雲而不是爲黛玉了。「襲人之去，是後部唯一沒有改動過的情節，屹然不移，可以稱爲此書的一個核心。襲人的故事也是作者最獨往獨來的一面。」

張愛玲先生稱讚這「第一個早本」「寫得多麼結實，多麼現代化！」但她沒有做進一步思索：這個「早本」寫的還是曹雪芹經歷的生活麼？還是發生在「江寧織造」曹府裡的故事麼？曹家發生的一切，是「自誤」所致麼？曹家的敗落，是「性格的悲劇」麼？曹雪芹或他的長輩某人，有「強烈自貶」的必要麼？顯然都聯繫不到一起。因此，這「第一個早本」，肯定不是曹雪芹所寫，寫的也決不是「江寧織造」曹家的事情。但用洪昇本人的經歷和洪家的遭際去對照，這個「結實」、「現代化」的「早本」，則完全可以得到合情合理的解釋。

洪昇的一生，是一部典型的「性格悲劇」。他出生在一個在明朝仕宦傳家的「東南望族」，改朝換代後家族「運數當終」，面臨著「末世」危機。家庭對洪昇走「仕途經濟」道路，重振家聲，寄予莫大的希望。但洪昇本人從小耽於「花箋彩紙」、「風雲月露」，熱心創作「言情」傳奇，無心追求舉業，並且「惡勸」，屢教不改，終於與家庭反目。寄居京師後，仍不顧生活困苦，繼續創作並演出《長生殿》，朋友說他「慎勿浪傳君傳之」，結果於康熙二十八年，因「國喪」期間「聚演」《長生殿》，被終生「革去功名」。舉家回南後仍不改舊習，最後在「江寧織造」府「暢演三日」《長生殿》後，歸家途中墜水而死。洪昇總結自己的一生遭遇，屢次承認是「自誤」所致，說自己「聚鐵九州難鑄錯」，辜負了「天恩祖德」，因此，完全有理由寫出《紅樓夢》這部「強烈自貶」的作品。

洪昇有兩個弟弟，兩個妹妹，還有眾多的表弟表妹，他們都是「霜管花生豔」般純潔、

「雲箋玉不如」般美麗的貴族少男少女，洪昇從小和他們生活在自家宅後的一個極其美麗的大園子裡，有著極多的「賞心樂事」，洪昇一生都十分懷念少年時的生活。但洪昇的弟弟妹妹們正可謂「千紅一哭」、「萬豔同悲」，康熙三十年洪昇南歸時，他（她）們都早已年紀輕輕地悲慘死去了，勾起了洪昇心中多少美好又悽楚的思念。洪昇的弟弟妹妹們是否死於「自誤」，人生是否「性格的悲劇」，不得而知。但《紅樓夢》的創作初衷，卻是作者爲了懷念「當日」「親身經歷」的「幾個女子」，這在《紅樓夢》開篇便有明確的交代。

洪昇與表妹黃蕙（黃蘭次）青梅竹馬，「少小屬兄弟，編荊日遊憩；素手始扶床，玄髮未挽髻。」後來又如願結爲夫妻，在困苦生活中白頭偕老。《紅樓夢》中對寶玉與湘雲的描寫，同洪昇夫妻的真實經歷毫無二致。迎春、探春的遭遇，與洪昇的親妹妹大致相同。至於寶釵、黛玉，究竟是洪昇少時愛憐過的表姐表妹，還是創作中黃蕙原型的「分身」，就無從考究了。洪昇屢受人生重大打擊，也多次學道參禪，但終於沒有出家，與《紅樓夢》中描寫寶玉兩次參禪「不悟」，一生「跳不出」的經歷，有異曲同工之妙。

洪昇以「古孝子」自居，棄家出走後，洪家最終敗落了。洪昇的父母也因別人的誣告，被發配充軍，但中途遇赦。洪家的宅邸是宋朝時的皇家「賜第」，明代又屢加改建翻修，其豪闊可知。但在幾次「家難」中，似乎並沒有被官府沒收宅邸，洪昇「回南」時，其父母似乎還守著空蕩蕩的府邸苦苦支撐。這與《紅樓夢》「早本」的描寫，也是相同的。筆者懷疑，作者之所以給「大觀園」起這麼個名字，大概也和宋朝「賜第」有關，「大觀」是宋徽宗的年號，正好借指洪家的宅邸。北宋徽欽二帝是亡國之君，「大觀」是亡國年號，洪昇是明末清初人，北宋和明王朝又都是為女真民族滅掉的；北宋的洪皓和明代的洪昇先祖，又都是朝廷衰亡時的忠貞重臣。為自己家的園子取名「大觀」，有深意存焉。

特別值得注意的是《紅樓夢》中「甄士隱」這個人物，紅學界一般都認為他的經歷是《紅樓夢》的縮影。他出身於「當地望族」，破家後投靠岳家，都與洪昇相同。很有意思是他的名字，居然叫作不可理解的「費」字，當你知道洪昇是母親在兵荒馬亂逃難時，出生於杭州郊外「費」姓農婦家中這一事實後，你就會恍然大悟為什麼取名為「費」了。甄士隱破家是因為「霍啓」、「馮淵」，洪昇一生遭遇的父親「充軍」、自己「斥革」，等國難家難，不正是因「逢冤」而「禍起」麼？甄士隱因「葫蘆廟炸供失火」而燒成「白地」，洪昇父子均因被「誣告」而最終破家；「葫蘆廟」失火後，「接二連三，牽五掛四，將一條街燒得如火焰山一般。」洪昇「國喪」「聚演」《長生殿》獲罪後，也正是「接二連三，牽五掛四」，連累趙執信、翁世庸等一大批官員、文人被下獄罷官、革去功名，幾乎把清初文化精英一網打盡，變成文化「白地」。《紅樓夢》寫甄士隱雖然用的是曲筆，但我們仍然不難看出，他的遭遇與洪昇如出一轍。

洪昇的人生際遇與《紅樓夢》描寫的內容如此契合，大概用巧合是難以解釋的。謂予不信，請您再找出一個如此巧合的人和事來。紅學普遍認同的曹雪芹，既無「情無限」，也缺「恨幾多」，沒經歷過人生的大起大落，又處在「為賦新詩強說愁」的年齡，如何寫得出博大深邃的《紅樓夢》？須知，《紅樓夢》的作者，必須有「識盡愁滋味」閱歷，必須有「欲說還休」的隱痛，並具備「天涼好個秋」的修養意境。這些，洪昇都有，曹雪芹都沒有！「第一個早本」《紅樓夢》，難道就是《洪上舍傳奇》麼？

二、究竟是否自傳體小說——《紅樓夢》研究不能削足適履

《紅樓夢》是一部自傳體小說，這本來不應成爲問題，因爲書中開宗明義便交代得很清楚。從「作者自云」起，書中反覆強調，該書是將自己「背父母教育之恩，負師兄規訓之德，以致今日一事無成、半生潦倒之罪，編述一記，以告普天下人」。書中所寫的幾個女子，是作者「半世親睹親聞的」，作此書的目的是「記述當日閨友閨情」，使其不致「湮滅」。所寫的「離合悲歡興衰際遇」，都是「追蹤躡跡」般的紀實，「不敢稍加穿鑿」而「反失其真傳」。「雖其中大旨談情，亦不過實錄其事。」凡認真讀過《紅樓夢》的人，都不會對以上交代視若無睹。問題是相不相信作者的話。在沒有確實證據的前提下，只要不是心存成見，不戴有色眼鏡，大概不應輕易否定作者的交代。

「新紅學」的開山鼻祖胡適先生，就是相信了作者的交代，才「大膽假設」《紅樓夢》是「忠實」記載「江寧織造」曹家「坐吃山空」、「樹倒猢猻散」的真事，又經過不知是否「小心」地「求證」，得出作者是曹寅之孫曹雪芹、「曹雪芹即是《紅樓夢》開端時那個深自懺悔的『我』」的結論，開了「考證派」的先河。可以說，整個「新紅學」的大廈，就是

建立在「曹雪芹自敍傳」說、《紅樓夢》「是一部自然主義傑作」的基礎之上的。如果「曹雪芹自敍傳」說站不住腳，「新紅學」大廈就將轟然倒塌，決無基礎鑿空，空中樓閣仍然巍然屹立的道理。當代的中國紅壇就這麼怪，「曹雪芹自敍傳」說早已被「考證派」的後裔發現的大量史料所否定，但胡適開闢的「新紅學」道路仍然熙熙攘攘，好不熱鬧，並且容不得別人另闢蹊徑，從胡適的視野範圍跳出去。

自胡適的《紅樓夢考證》發表後，俞平伯、馮其庸、周汝昌等先生確實下了很大的考證功夫，他們發現曹雪芹的年齡有問題，不論是生於康熙五十四年還是雍正二年，曹雪芹都沒有趕上曹家「風月繁華」的年代，而是生活在「舉家食粥酒常賒」的困窘環境。正如魯迅先生所說，賈府裡的焦大不愛林妹妹，比焦大窮困得多的曹雪芹，也絕對不會有在綺羅叢中享盡豔福的可能。更何況曹雪芹與織造曹家的關係本身就是一筆糊塗帳，曹寅逝世時曹雪芹尚未出生，至今也沒有曹雪芹是曹寅的兒子或孫子的可信證據，否定的證據倒有一大堆，也比較可信。這本來應該導出曹雪芹不是《紅樓夢》原作者的結論，從而否定胡適的「大膽假設」，但問題怪就怪在這裡，「新紅學」的主流派不僅不肯順理成章地用自己的考證材料來否定鼻祖的「假設」，反而「又向荒唐演大荒」，採取反科學的態度，在非學術的道路上愈走愈遠。

他們採取削足適履的可笑方法，漫天撒網，試圖彌補上胡適立論基礎的缺位。先是在曹氏家族中尋找可能的對象，連篇累牘地「考證」曹家祖孫三代有什麼人可能創作《紅樓夢》，「曹頫說」、「曹顏說」等相繼問世。但無法自圓其說的是，不論曹家的什麼人，都沒有「雪芹」這個名或字或號，也無法證明他們有過同《紅樓夢》主人公賈寶玉類似的生活經歷。此路不通，只好另覓他途，他們又在曹家的親戚圈中大海撈針，什麼「李鼎說」、「芳卿說」、「脂硯齋說」等又相繼出籠。但他們忘記了文學創作的基本規律，曹雪芹可以憑傳說寫出他們的生活經歷，但無法寫出他們的心理軌跡和生活隱私。總之，「新紅學」的頑固分子們無論如何不肯拋開胡適的「大膽假設」，堅持在「曹家店」中深入「挖掘」，碰得鼻青臉腫也不肯回頭，其志可嘉，其情可憫，其做學問的態度卻不敢恭維。

我們知道，中國的傳統小說大體上分爲「世代累積型」和「獨立創作型」兩類。「累積型」小說是根據民間傳說綜合加工而成的，如《三國演義》、《水滸傳》、《西遊記》等。這類小說絕少生活細節描寫和心理刻畫。「創作型」小說一般是根據作者親歷親聞創作的，如《金瓶梅》、《紅樓夢》、《海上花列傳》等。這類小說的作者沒有生活經歷是絕對寫不出來的。譬如近現代巴金先生的《家》、《春》、《秋》，楊沫女士的《青春之歌》，沒有親身經歷，其創作過程可以想像麼？

爲了自圓其說，「新紅學」家們在無法解釋自相矛盾的困境中，又撈起最後一根救命稻草，把凡是無法解釋的問題，統統以「《紅樓夢》是小說」、「不是信史」，《紅樓夢》寫作是「創作」、不是忠實「記錄」來開脫。他們認爲最重要的證據，便是脂硯齋在批語中所說：「寶玉之爲人，是我輩於書中見而知有此人，實未目曾親睹者」，「余閱此書亦愛其文字耳，實亦不能評出此二人終是何等人物」。但他們又不遺餘力地在曹雪芹的親族圈子中大撒其網，試圖兜出曹雪芹藉以創作的人物原型。他們忘記了自己這種做法本身就是自相矛盾的舉動，既然脂硯齋、曹雪芹這個「披閱增刪」核心圈子的人都不知寶玉其人，又怎麼可能在曹雪芹親族中找到創作原型呢？他們此舉也忘記了「社會存在」的純粹杜撰是絕無可能的。傳統小說《野叟曝言》、現代小說《牛田洋》屬於杜撰，但《紅樓夢》是可與它們爲伍的拙劣作品麼？小說不是紀實，可以想像，甚至可以杜撰。但想像也要有生活基礎，不能憑空想像；杜撰要合情理，不能胡編亂造。

《紅樓夢》是中國文學史上横空出世的巨著，它的問世，「傳統寫法都打破了」，它的創作過程，沒有多少傳統作品可資借鑒，它描寫的人物、情景、心理、矛盾衝突，決不是憑想像可以憑空揑造出來的。沒有刻骨銘心的生活基礎，是寫不出《紅樓夢》的。以「小說」創作爲托詞，否定作者的生活基礎，既是對《紅樓夢》的貶低，也是對《紅樓夢》作者的污蔑。

實際上，跳出「曹家店」，紅學的道路更廣闊。筆者的「洪昇初創《紅樓夢》說」，就可以很好地解釋「新紅學」無法自圓其說的諸多矛盾。洪昇具備創作《紅樓夢》的全部生活基礎，他前半生優裕、後半生潦倒的生活經歷，他與妻子兼表妹黃蕙和眾多姐妹們的感情經歷，他屢遭「家難」、「斥革」的痛苦經歷，他博學多才、著作等身的文學經歷，他結交三教九流、兼具上層和底層眾多朋友的交際經歷，以及他祖上是「赫赫揚揚」的「當地望族」、「聯絡有親」的親族皆地位顯赫的事實，都足以證明，只有他，才是《紅樓夢》的初作者。《紅樓夢》主人公的一切生活基礎，他都具備；《紅樓夢》所描寫的所有主要人物和情節，都能在他的親身經歷中找到原型。這些在筆者的系列文章中已做過詳細的考證和論述，此不贅述。

「洪昇說」還可以很好地解釋「曹家說」、「張侯說」、「明珠說」以及「康熙朝政治說」。洪昇與「江寧織造」曹寅、「張侯」張勇及其子松江提督張雲翼、明珠首相及其子「御前侍衛」著名詞人納蘭成德，都是同時代人，並且過從甚密；洪昇同康熙朝「南黨」、「北黨」政要徐乾學、高士奇、明珠、余國柱等人，有著說不盡的恩恩怨怨；洪昇同康熙朝著名文人朱彝尊、王士禛、孔尚任、吳儀一、趙執信等，也都有著千絲萬縷的關係。既然《紅樓夢》是小說，小說創作過程中，把所見所聞的比較熟悉的人和事，信手拈來，寫入書中某一人物的名下，也是創作的常識。但只有洪昇，才有可能把這些形同風馬牛的人和事寫到一起。其他人無此經歷，也就無此可能，乾隆朝的曹雪芹更不沾邊。

筆者的結論是：《紅樓夢》的確是自傳體小說，但不是曹雪芹或「曹家店」中什麼人的自傳，而是以「南洪北孔」著稱的大文學家洪昇的自傳。胡適先生的「大膽假設」從根本上就假設錯了，所以「新紅學」從鼻祖到後裔不論「求證」得如何「小心」，如何苦心孤詣，都是沙上建塔，畫餅充饑。

削足適履式的關於曹家祖宗八代和九族的繁瑣考證可以休矣。

三、從洪昇逝世到「甲戌本」問世，半個世紀間《紅樓夢》的蹤跡

筆者考證洪昇初創《紅樓夢》的系列文章發表後，好多同好認爲考證綿密，分析透徹，論述清楚，結論可信，有振聾發聵之感。但也有人好心地提出疑問，既然《紅樓夢》是曹雪芹爺爺那一代人的作品，爲什麼從洪昇逝世的一七〇四年，到「甲戌本」問世的一七五四年，半個世紀的漫長時間內，絕不見《紅樓夢》的蹤跡呢？

提出這個問題，是對《紅樓夢》的版本和流傳過程不甚清楚所致。目前傳世的《紅樓夢》各版本中，應該承認「甲戌本」是最早問世的，但沒有任何證據證明「甲戌本」就是《紅樓夢》最早的本子。

「甲戌本」名《石頭記》，現存僅有十六回，無法知道全篇究竟多少回。現在通行的說法是，曹雪芹只寫了《紅樓夢》前八十回。據可靠文獻記載，與八十回本同時流行的還有百回本，百十回本，百二十回本，八十回本也有「全璧本」和殘缺本兩種。因此，現在知道的各「脂本」，都不過是當時各種傳抄本的一種罷了。無法斷定「甲戌本」就是最早的抄本，也無法斷定今天失傳的各種抄本早於還是晚於「甲戌本」。張愛玲先生對此做過詳盡的分析，她推斷的各種「早本」，特別是「第一個早本」，一定早於「甲戌本」，這應是不爭的事實。據記載，《紅樓夢》抄本問世之初，就有南北兩個版本。曾有一位官員，在京時購得一套抄本，到浙江任上後又在當地購得一套不同於京本的抄本，足可證明此抄本不是出於曹雪芹之手。流傳到海外的抄本，與今天所見的各種脂本也出入很大，如日本「三六橋本」便

是。

即使曹雪芹生前拿給明義看的抄本，也不同於今天的「脂本」，那是一個全璧本，八十回後的主要內容有：黛玉病死，婚事不遂；金玉姻緣，終如雲煙；寶玉重回大荒山青埂峰無稽崖下，失去靈氣；王孫零落，紅粉杳然，富貴榮華消歿，一場大夢如煙散去。這些內容有明義的二十首詩爲證。難道曹雪芹拿給明義看的，是一部不是自己創作的《紅樓夢》麼？

這本《紅樓夢》既然是明義從曹雪芹手中借閱的，曹雪芹其時尙未完成「披閱十載」，這本書的創作時間必然早於曹雪芹。與曹雪芹同時稍晚的袁枚，記載曹雪芹所寫的《紅樓夢》是一本寫妓女生活的書，其中「某校書尤豔」。如果相信袁枚的話，那麼不論是今天的脂本還是程本，都不是曹雪芹的作品。書中之所以公然寫上曹雪芹的名字，是因爲寫妓女生活的曹雪芹不會爲森嚴文網關注，故此借用了這個名字。但這不會是洪昇所爲，大概是後世披閱評點者的惡作劇。

在雍正年間問世的《何必西廂》、《兒女英雄傳》的序言中，都有關於《紅樓夢》的記載。可惜因爲「新紅學」界因爲有曹雪芹乾隆年間創作《紅樓夢》的成見在胸，顛倒了因果關係，毫無根據地把這兩篇序言斷定爲「後人僞託」。李綠園的《歧路燈》一書，學術界也公認「脫胎」於《紅樓夢》，反其義而用之。李綠園年齡大於曹雪芹，《歧路燈》的創作時間也早於「新紅學」界公認的《紅樓夢》創作時間，那麼，《歧路燈》怎麼會借鑒《紅樓夢》創作呢？結論只能是《紅樓夢》不是曹雪芹初創的，初創時間遠早於乾隆中葉，在李綠園尚未開筆前，就看到並熟讀過《紅樓夢》。最有意思的是在對待裕瑞《棗窗閑筆》的態度上。關於《棗窗閑筆》的真僞有爭議，但「新紅學」界一些人對裕瑞採取實用主義的態度，卻是不可取的。在證明曹雪芹著作權時，他們氣急敗壞地反覆強調裕瑞及其作品之可靠可信，但對裕瑞在同一書中記載曹雪芹是在「不知爲何人之筆」的前人作品基礎上，以爲感到與自己家「之事跡類同」，「因借題發揮」，「刪改至五次」，「藉以抒發寄託」等內容，卻絕口不談，諱莫如深。這哪裡是學者的胸懷和科學態度。

曹雪芹自己決沒有討要過《紅樓夢》的著作權，他在書中明明白白地寫著，自己只是「披閱增刪」者，而真正的作者是「石兄」，是「情僧」，題名者是「東魯孔梅溪」和「吳玉峰」。紅學大師們眾口一詞說這是作者「故弄狡獪」。曹雪芹把自己的名字明晃晃地寫在書中，「故弄」了什麼「狡獪」？倒是把原作者真實姓名弄得撲朔迷離，有點「故弄狡獪」之嫌了。更何況曹雪芹在書中並沒有把自己的名字同「石兄」等並列，而是在自己名字前加了一個「後」字，清清楚楚地說明自己和他們不是同時的人。曹雪芹也明白記載了他「披閱增刪」的地點叫「悼紅軒」，沒有《紅樓夢》，何來「悼紅軒」？「脂批」也明確記載「雪芹舊有《風月寶鑑》一書」，可見曹雪芹給「悼紅軒」取名並進「軒」「批閱」之前，手中就拿著一本《紅樓夢》。《紅樓夢》本身就證明了該書是曹雪芹之前的某位「倒楣」文人的傑作，無須今人硬把著作權塞給曹雪芹。著作權不能「剝奪」，也不能「賦予」。

筆者推斷洪昇在世時，就有《紅樓夢》的蛛絲馬跡，決不是空穴來風。大名鼎鼎的大文豪朱彝尊寫給洪昇的詩中，說洪昇送給他看的《洪上舍傳奇》一書，有「燭影芭蕉」的生動描寫，其內容「不忍終讀」。洪昇自己的作品，書名不會是《洪上舍傳奇》，朱彝尊說的不會是書名，只能是「洪上舍」即洪昇寫的傳奇，作品的內容是寫自己的事。這本傳奇，應該是《紅樓夢》的「第一個早本」。

洪昇在曹寅府上「聚演三日」《長生殿》時，曹寅看了洪昇的「行卷」，因而寫出了那首〈贈洪昉思〉詩。這在曹寅的詩和詩前說明文字中有明確記載，曹寅詩的真實性是無可懷疑的。

什麼是「行卷」？就是文人行旅中攜帶的書籍，可以是別人的文章，也可以是自己的作品。曹寅看了「行卷」後，說洪昇「稱心歲月荒唐過，垂老著書恐懼成」。意思是洪昇老之將至，在「恐懼」中寫成了一本書，書中記載的內容是自己在「稱心歲月」的「荒唐」生活；這本書記載了洪昇自己「禮法」「輕阮籍」，「窮愁」「厚虞卿」的性格。洪昇「行卷」裡的這部作品，難道不是《紅樓夢》麼？

洪昇把「行卷」帶到曹府做什麼呢？是求曹寅爲他出錢雕版印刷。曹寅經常資助困苦文人出書，史有明載，洪昇這樣做在當時是很正常的。曹寅也痛快地答應了洪昇，「縱橫擺闔人間世，只此能消萬古情。」以二人之間堪稱「萬古」的感情，以「縱橫擺闔」自負的曹寅，慷慨答應爲洪昇作品問世，是情理之中的事情。可惜人算不如天算，洪昇歸家途中就不幸淹死了，他的「行卷」必然落在了曹家。不久，曹寅也病死了，曹家開始衰落了，有誰還去關心出版洪昇的「行卷」呢？洪昇的「行卷」傳到曹雪芹手中，被他「披閱十載，增刪五次」後，傳抄出去，應該不是牽強附會吧。至於在曹雪芹「披閱」前《紅樓夢》原稿會不會有人傳抄出去，後四十回是曹家敗落中還是曹雪芹「披閱」中弄「迷失」了，沒有直接的證據，但已經「無考」的眾多《紅樓夢》異本，似乎並非完全沒有蛛絲馬跡可尋。

從洪昇到曹雪芹，半個世紀中《紅樓夢》的流傳軌跡，應該是比較清楚了。

四、「無立足境」、「傳情入色」——洪昇就是自譬「頑石」的「情僧」

《紅樓夢》第一回在交代此書緣起時，有一段十分可笑、不近情理的描寫：訪道求仙的空空道人，在大荒山無稽崖青埂峰下，見到一塊刻有「親自經歷」「離合悲歡、炎涼世態」「陳跡故事」的大石頭。空空道人看過石上故事，「因空見色，由色生情，傳情入色，自色悟空」，「遂易名爲情僧，改《石頭記》爲《情僧錄》」，並把這個故事「抄錄回來，問世傳奇」。一個「道人」看了石上故事就改身分爲僧人，並且是與佛家思想極度抵觸的「情僧」，在這貌似荒唐的情節後面，就隱含著作者洪昇悲歡離合的人生際遇和《紅樓夢》的創作緣起。

洪昇在遭遇「家難」，夫妻二人被逐出家庭後，因生活無著，不得不「雲遊」各地，投親靠友，乞討借取，維持一家八口人的艱難生活。洪昇的詩中，多次透露自己處於有子不識父，「有婦卻如鰥」的境地，終年遊走天南海北，哀告求助，像個「遊方道士」一樣。這應該是「空空道人」的來歷。那麼，「空空道人」又爲何改名爲「情僧」了呢？這是洪昇一生中最錐心刺骨的一段倒楣遭遇造成的。康熙二十八年，洪昇因國喪期間「聚演」《長生殿》，被「斥革」下獄，經歷了人生最重大的一次打擊。萬念俱灰的心境下，洪昇憤而奔赴京郊的盤山，向佛門尋求解脫，曾想索性遁入空門，了此一生，「不學空門法，真爲負此生。」洪昇雖然終於沒有當成和尙，但他的晚年一直篤信佛法，以「居士」自居，因一生耽於言情作品創作，所以有時自噱爲「情僧」。

洪昇爲什麼終於沒有當成和尙呢？「清泉白石信可戀，妻兒待米難淹留。」生活的困苦和對親人的責任感使洪昇連出家的權利也失去了。洪昇此時有一妻一妾，一家八口。據洪昇詩作透露，他在盤山盤桓時，妻子黃蕙托人給他捎過兩次信。看了信後，他終於沒有「悟」，而是心中留戀著「空門」，身子終歸重回「塵世」。

黃蕙的信中究竟寫的什麼內容，而使洪昇重返「紅塵」呢？恐怕不僅僅是「妻兒待米」這麼簡單。洪昇「家難」後，家庭生活一直十分困窘，何待妻子提醒。真正的原因應該是，妻子採取佛家「棒喝」的辦法，使洪昇如大夢猛醒，終於沒有「悟」。這在《紅樓夢》描寫「寶玉參禪」的情節中可見端倪：寶玉在種種家庭糾紛後，萬念俱灰，寫下了「無可云證，是立足境」的「參禪」「偈語」，家中人都擔心他「移性」「悟了」，獨黛玉說他「悟不了」。黛玉在寶玉的「偈子」後邊又續了兩句，「無立足境，才是乾淨」，寶玉見字如夢初醒，參禪之念一笑作罷。

試想洪昇一心想把盤山佛院作爲「立足境」時，假如妻子黃蕙在信中寫上「無立足境，才是乾淨」的話，洪昇能不如醍醐灌頂，幡然醒悟麼？洪昇此時真是面臨「無立足境」，因「家難」親人容不得，家鄉居不得；因「國喪」朋友遠避，京師難留。此等境遇如何還有閒心優遊山林、悟道參禪？洪昇把這段經歷，以曲筆寫入《紅樓夢》中，也是小說創作的常情。

離開盤山後，洪昇不得已攜妻兒重返闊別已久的家鄉杭州。猶如「經歷了一場夢幻」之後，又回歸了「塵世」的「煩惱」。此時洪昇的一個弟弟，兩個妹妹都英年早逝了，昔日「赫赫揚揚」的洪家宅邸園林一片悲涼之氣。回憶起當年「鐘鳴鼎食」的生活，追念過去和聰明美麗的弟弟妹妹們無憂無慮的美好生活，洪昇怎能不悲從中來。昔日的一切美好都不復存在了，「花柳繁華，溫柔富貴」都如過眼雲煙，洪昇又怎麼能不備感萬念俱空呢？

造成「白茫茫大地真乾淨」結局的原因，很大程度是由於自己「富貴不知樂業，貧窮難耐淒涼」，由於自己「背父母教育之恩，負師兄規訓之德」，洪昇此時大概更痛悔自己「不肖」、「無能」，「自怨自歎」，「悲號慚愧」，欲將這一切，「編述一記，以告普天下人」。

此時的洪昇，奮起如椽大筆，開始《紅樓夢》的創作，是不是最合情合理的推斷呢？洪昇創作《紅樓夢》時的心境，用「滿紙荒唐言，一把辛酸淚！都云作者癡，誰解其中味？」來形容，是不是最貼切呢？洪昇創作《紅樓夢》的過程，不正是「因空見色，由色生情，傳情入色，自色悟空」心理軌跡的真實經歷麼？不正是洪昇由自命的「空空道人」，自譬的「頑石」，而轉向「情僧」的過程麼？如此解釋《紅樓夢》開宗明義的「作者自云」，應該是最合乎情理、接近事實的索隱加考證。

《紅樓夢》寫的是「色」，傳的是「情」，悟的是「空」。這個「色」不是狹義的男女之「色」，而是佛家所說大千世界芸芸眾生世俗生活的廣義之「色」，洪昇希圖通過對「色」的忠實刻畫去「傳情」、「悟空」，即所謂「傳情入色，自色悟空。」這種創作是無法憑想像杜撰的，必須以自己親身的感情經歷作爲創作的故事基礎和感情基調。不僅前面說到《紅樓夢》中描寫「空空道人」變「情僧」時的偈語，寶玉參禪時與黛玉對答的偈語，都應是洪昇夫婦生活中的真實經歷，連同《紅樓夢》中眾多感人至深的詩詞歌賦，也都應是洪昇夫婦酬唱的真實記錄。

多數讀者大概知道，《紅樓夢》書中「悲秋」氣氛甚濃，有的學者認爲《紅樓夢》的基本內容和結構，就是以「三春」對「三秋」。這是爲什麼呢？還是和洪昇的悲慘遭遇有關。洪昇一生屢遭「國難」、「家難」，巧合的是基本都發生在秋季：發生「家難」，被逐出家庭，失去優裕的生活，開始困苦的人生，是秋季的悲劇；父親被誣，發配充軍，洪昇泣血奔走營救，瘦骨支離，面目黧黑地「侍父」充軍，也是在深秋；國喪期間因「聚演」《長生殿》獲罪，被「斥革」下獄，終生革去功名，徹底斷絕仕進之路，還是發生在桂花飄香的中秋。洪昇一生的詩詞套曲，多悲秋之作，在《稗畦集》、《稗畦續集》、《嘯月樓集》中俯拾皆是。洪昇創作《紅樓夢》時，把夫妻二人在歷次秋涼期間的悲傷感情，寫入書中，是情理中的事情。筆者懷疑，《紅樓夢》中寶、黛的好多詩詞散曲，就是直接採用的作者夫妻二人歷年作品。

讀者諸君可以一試，當你心中想著洪昇夫婦遭遇「家難」，被迫離家出走，從富貴頓時墜入貧窮境地時；當你心中想著洪昇因父親被誣告獲罪，痛哭泣血，哀告無門，晝夜顛沛、面目瘦削黧黑地「侍父充軍」時；當你心中想著洪昇被「斥革」下獄，嘗盡百般羞辱，人生之路佈滿荊棘，處於生活絕境時；當你心中想著洪昇愛女因貧病慘死，弟弟在流落困苦中異鄉客死，妹妹們在憂鬱痛苦中無告無助而死，家族死亡相繼、六親同運，而自己又無可奈何時，你再去讀一遍哀婉纏綿的〈題帕三絕〉，讀一遍淒涼沈鬱的「秋窗風雨夕」「悶制」的〈風雨詞〉，讀一遍泣血相思的〈紅豆曲〉，讀一遍悲涼無奈的〈葬花詞〉，讀一遍激憤苦悶的〈芙蓉誄〉，讀一遍「池塘一夜秋風冷」，「況我今當手足情」，「寒塘渡鶴影，冷月葬花魂」，「家亡人散各奔騰」，「把骨肉家園齊來抛閃」等撕心裂肺的詩句，你的心情會同困境中的洪昇夫婦產生怎樣的共鳴？你一定會毫不猶豫地斷定：這就是洪昇夫婦的泣血之作！換第二人，換其他遭遇，換另一種心境，都寫不出《紅樓夢》，當然也寫不出《紅樓夢》中滴血的詞曲。

五、雙峰並峙，雙星同輝——《紅樓夢》與《長生殿》意境、旨趣比較

對於筆者系列考證洪昇初創《紅樓夢》的文章，好多同仁認爲，立意新穎，材料豐富，論證清楚，很有說服力，在紅學領域言人所未言，另闢蹊徑，獨樹一幟，給予較高的評價。但朋友們也擔心，《紅樓夢》和《長生殿》意境和旨趣大相徑庭，可能出自於同一人之手麼？筆者在這裡說一句不怕得罪朋友的話，之所以產生這樣的疑問，是既沒有讀熟《紅樓夢》，也沒有讀懂《長生殿》的結果，如果真的把這兩部煌煌巨著讀透了，疑問自然迎刃而解。

朋友們認爲，《長生殿》歌頌的是帝王妃子們的淫亂生活，結以「大團圓」結局，格調不高；《紅樓夢》是寫封建叛逆，堅持悲劇結局，立意高遠。二者意境不能類比。這有點階級鬥爭文學觀念的遺毒。兩本書描寫的對象和內容雖然不同，但立意是相同的，都是歌頌純真的「情」。在文學分類上，同屬於「言情」作品。

《紅樓夢》作爲「言情」作品自不待言。《長生殿》創作時，在素材取捨方面，作者拋棄了楊太真穢亂宮廷、李太白寫詩捧場等世代流傳的情節，認爲人間「真情」，在「帝王家少有」，因而從讚頌的角度，專寫明皇和楊妃忠貞的愛情，下筆絕不「涉於淫亂」。《長生殿》所寫的「純情」，同《紅樓夢》所表達的「意淫」之情，有異曲同工之妙。

說到作品結局，大概也不能把《長生殿》歸於「大團圓」的「喜劇」、「鬧劇」，而把《紅樓夢》歸於「悲劇」。嚴格說，二者都是出色的「悲劇」。《紅樓夢》是公認的愛情悲劇。《長生殿》中，唐明皇爲愛情失去了江山，失去了皇位，晚年孤苦伶仃，身邊只有一老奴高力士，日裡夢裡，苦苦思念愛妃，以至靈魂上天入地，去追尋愛妃，伴以楊通幽、李龜年、「天寶宮人」悽楚的說唱，這哪裡是什麼「喜劇」？至於說明皇和楊妃在天上又重修舊好的結局，也說不得「大團圓」，其實是「寫夢」「寫幻」文學結構方法的需要。楊妃和明皇來自「蓬萊仙境」，是「蓬萊仙子」和「孔升真人」「造凡歷劫」，紅塵生活結束後又回到原處；寶玉和黛玉來自「太虛幻境」，是「神瑛侍者」和「絳珠仙子」「人間還淚」，「淚盡」後也必然回歸「太虛幻境」。《紅樓夢》沒完，但其結局必然有寶玉黛玉天上重逢的情節，否則無法寫出「警幻情榜」，難道這也算「大團圓」結局麼？兩部作品也談不上誰是「歌頌」誰是「揭露」，誰是「讚美」誰是「鞭笞」。《長生殿》對唐玄宗，「讚美」中有「鞭笞」，說他「占了情場，彌了朝綱」；《紅樓夢》對賈寶玉，同樣是「鞭笞」中有「讚美」，在表達他種種「不肖」、「荒唐」的同時，也謳歌了他的愛情觀。二者的旨趣應無高下之分。

《紅樓夢》的創作，有套用《長生殿》結構方法的明顯痕跡，兩部作品的「言情」主旨相同，「寫幻」手法相同，從天上到人間再回到天上的結構亦相同，男女主人公和主要配角的性格還相同。這麼多的相同之處決不是巧合或借鑒所能解釋通的，如果不是兩個作者後者剿襲前者的話，那麼結論就只有一個：兩部作品的作者是同一個人。

這個人當然不會是曹雪芹，因爲他不可能創作《長生殿》，只有洪昇，具備創作這兩部作品的全部條件和生活基礎。其實，這兩部作品都是受湯顯祖「臨川四夢」的影響而構思創作的，都是清初「言情」作品創作狂潮中的一朵出色的浪花。洪昇一生文學生活深受湯顯祖影響是學術界公認的；明末清初一批大寫「言情」作品的作家，如馮夢龍、李漁、吳偉業、萬樹等，都對洪昇有重大影響或與洪昇有密切往還，對此有案可稽。這些文學傳承關係在曹雪芹身上則無任何根據可以認定。

如果說兩部作品有什麼不同的話，就是作品的體裁和語言風格不同：一個是傳奇，一個是小說；一個是用文言寫就，一個是典型的白話作品，並且是地道的北京方言。其實從明末清初以來，小說和傳奇在概念上已不是嚴格區分的，好多人把小說也稱之爲傳奇，如《天雲山傳奇》等，名爲傳奇，實爲小說，也有人把《紅樓夢》習稱爲《石頭記傳奇》。所謂傳奇，本義爲「非奇不傳」，其「傳」的體裁不一定是戲曲。

洪昇一生多用文言寫作，但這不能否定洪昇能夠用白話創作。洪昇生活在一個文學界大力推崇文章應「明白如話」的時代，又長期生活在京師，對北京方言十分熟悉，完全有可能用這種純粹、特殊的白話方言創作。《紅樓夢》開篇就聲明此書寫作是用「假語村言」這一點很有意思，也發人深思。假如作者是曹雪芹，他家祖居北方，講的本來就是「旗人」通用的北京話（東北方言也是從北京話演變的，對此筆者有專文論述，見〈《紅樓夢》與東北方言〉），不會把這種世代沿用的語言貶稱爲「假語村言」，也無特意聲明之必要。洪昇就不同了，他祖居杭州，世代講越語，又熱衷於文言，雖也熟悉北京方言，用它創作了《紅樓夢》，但他應同當時眾多江南才子一樣，打心眼裡就瞧不起北京方言，認爲它「土」、

「村」。這就是說，洪昇完全有理由、有可能做出「假語村言」的聲明。

《長生殿》和《紅樓夢》最根本的不同，應是洪昇在創作時心境不同，文學水平不同。洪昇初創《長生殿》時，還處在婚前剛剛跨入青年的時代，錦衣玉食，寶馬輕裘，「閑愁胡恨」，風花雪月，一個典型的紈絝子弟形象。其後雖然發生了「家難」，被逐出家庭，失去了優越的生活，但洪昇此時尚有「闊親戚」可依，有考取功名的追求和希望。《長生殿》告竣於康熙二十七年，洪昇被「斥革」功名之前，此時洪昇的文學水平尚未臻化境，心境也不致完全灰暗。康熙二十八年，洪昇遭遇了人生最沈重的打擊，此後，又經歷了弟妹相繼夭亡、父母前後病逝等一系列感情衝擊，他的前途完全絕望了，生活絕對貧困了，心理徹底灰暗了，但文學理念更現實了，文學修養更成熟了。正是此時，洪昇開始了《紅樓夢》的創作，直至醉歸「晶宮」、「水府」前，方攜帶「行卷」赴江寧，將「定稿」交給了曹寅。讀者可以從這兩部傳世力作中，細品其不同之微妙處，筆者就不再饒舌了。

總之，《紅樓夢》和《長生殿》，應是中國文學史上的兩座高峰，是洪昇等身作品中最明亮的雙子星座。沒必要爲了擡高《紅樓夢》而貶低《長生殿》。《長生殿》在文壇輝煌的時間比《紅樓夢》要長近一個世紀，至今仍是戲劇界的經典保留劇目。不過由於多數讀者不熟悉戲劇，更不熟悉早已衰落的「昆曲」，加之又是文言寫就的劇本，未必有多少人肯耐心品讀，所以對《長生殿》理解較少罷了。

六、走火入魔的「紅學」與紅學家們的「雙重標準」

紅壇太「黑」，這幾乎是紅學界「持不同政見者」的共同感受。所謂「政見」不同，最主要是在《紅樓夢》的版本和作者問題上，提出不同於胡適先生及其以胡適傳人自居的紅學「權威」們的見解。

在學術研究領域，這本無什麼奇怪之處，百花齊放、百家爭鳴，說明學術繁榮，學者努力而已。「文革」及其以前圍剿俞平伯，搞階級鬥爭「紅學」也沒什麼奇怪，特定歷史階段的「大革文化命」現象而已。令人奇怪的是「不管黑貓白貓」的今天，紅壇上居然還「不許放屁」，誰膽敢說「脂本」一個不字，誰敢冒天下之大不韙，向曹雪芹的著作權發起挑戰，便像挖了誰家的祖墳，抱著誰家的孩子扔進井裡一樣，立刻遭到輪番轟炸和「群毆」。假如真的是學術辯駁也可以容忍，何必在態度和方法上斤斤計較，中國人有搞「階級鬥爭」「大辯論」的習慣，受到攻擊的人有點容人的雅量，付之一笑就是了，好在真理愈辯愈明。令人不可容忍的是搞人身攻擊，什麼「僞科學」，什麼「想出名」，什麼「不學無術」，什麼「胡思亂想」，什麼「牽強附會」，等等，不一而足。最可笑的是，居然有人扯到「影響」紅迷們對《紅樓夢》的熱愛和對曹雪芹的感情的高度去上綱上線，簡直令人啼笑皆非、匪夷所思了。

對比一下胡適先生和蔡元培先生當年論戰時的文章，儘管胡適先生咄咄逼人，極盡冷嘲熱諷，攻擊蔡元培先生是「猜笨謎」，但蔡先生答辯時還是文質彬彬，據理分辯，心平氣和，留有餘地，言之諄諄，娓娓解釋，二人之間的文風文德，高下立判。今天以胡先生徒子徒孫自居的紅學家們，比起胡先生來，可憐一輩不如一輩，文風文德更差得遠了。其實，紅學界的「考據派」，胡先生既是始作俑者，也是登峰造極者，後繼子孫們不僅沒有在胡先生的基礎上取得什麼新進展，反而把「考據」引入了歧途，把一個好端端的「紅學」，改造成了莫名其妙的「曹學」，「考據派」走火入魔了。

本來胡適先生的考據就有點先天不足，歷任江寧織造的曹家是否有曹雪芹這個後代，根本就沒搞清楚；曹雪芹究竟是曹寅的兒子還是孫子，也是一筆糊塗帳；曹雪芹根本沒經歷過風月繁華，是否具備創作《紅樓夢》的條件，胡適先生也只好葫蘆提以對。後來發現的資料，不僅不支持胡先生的結論，反而給胡先生幫了倒忙添了亂。曹家的家譜和曹氏父子給皇帝的奏摺中，都根本沒有曹雪芹這個人！在曹家家譜發現了一個曹天佑，考據派便附會說他就是曹雪芹，但無任何根據支持，更何況曹天佑「官州同」，不可能像曹雪芹那樣窮困潦倒。在曹頫給皇帝的奏摺中發現了關於「臣嫂馬氏」有遺腹子的記載，但既是遺腹子，生男生女的可能性大概各占百分之五十，生下來能否成活又當別論，更沒有任何根據支持這個遺腹子就是曹天佑。敦誠、敦敏、明義等人確曾與一個叫曹雪芹的頗有魏晉風度的人打過交道，並說他小時曾跟隨「先祖」曹寅「之織造任」。事實是，曹寅去世時，曹雪芹尚未出生，可見他們的話也靠不住。這樣看來，曹雪芹和江寧織造曹家的關係本來就沒有證據連接，憑什麼就容不得學術界對曹雪芹的著作權發生質疑？

說來曹雪芹這個人也挺倒楣的。他本來在《紅樓夢》書中老老實實地自認不是作者，只是「披閱增刪」者，而胡適及其徒子徒孫們偏偏毫無根據地而說他是爲避「文網」「故弄狡獪」，硬派他是《紅樓夢》的作者。其實，「弄狡獪」便不會在書中明晃晃地寫上自己的名字，既然寫明自己的名字就沒有「避文網」的顧慮。這本來是必然的邏輯，是常識範圍的推理，可惜「考據派」爲支持自己的學說，已顧不得什麼邏輯常識了。曹雪芹付出不尋常的「十年辛苦」，「披閱增刪」並傳抄問世了《紅樓夢》，本無什麼名利之心，但後世的紅學家，卻硬生生地弄得曹雪芹死了二百多年後，還無緣無故地蒙受不白之冤，被懷疑爲剽竊文章者，這恐怕是他始料未及的。

事情僅止於此也就罷了，畢竟是學術研究領域的事情。但可笑的是事情偏偏沒有到此打住，偏偏在歧途上愈走愈遠。在曹雪芹和江寧織造曹家還扯不上關係的基礎上，紅學界又開始了對曹寅祖宗八代的考證。當今的紅學家已經不再研究《紅樓夢》，而是莫名其妙地潛心研究起不知與曹雪芹是否能扯上關係的織造世家來，由曹寅祖孫三代引起了祖籍河北還是遼寧的無休止論爭，由江寧織造曹家又牽扯到曾任蘇州、杭州織造的李家、孫家。紅學已爲「曹學」所取代，「曹學」也不再是「學」，而是爲曹家修家譜了。再說這個家譜究竟是曹寅的家譜還是曹雪芹的家譜呢？這真如《紅樓夢》所說，「女媧煉石已荒唐，又向荒唐演大荒」。

事情的荒唐還遠不止於此。以某紅學權威爲首，又創造了一門「探佚學」。《紅樓夢》是一部斷臂的維納斯，探討一下失落的部分也無可厚非。但探佚界現在已不僅僅是走火入魔了，簡直是一群瘋子在胡說八道！什麼薛寶釵後來心甘情願嫁給了賈雨村，林黛玉被迫嫁給了北靜王憂鬱而死，秦可卿是失勢王爺遺棄的女兒，等等。這是哪跟哪呀？連「關公戰秦瓊」都不如了。當今紅壇見到索隱文章就大加撻伐，斥之爲「猜笨謎」、「捕風捉影」、「牽強附會」，但看看你們自己的文章吧，這哪裡是做學問，簡直是白日夢了。美國人使用著大規模殺傷性武器，去攻擊沒有大規模殺傷性武器的伊拉克，理由卻是伊拉克「擁有」大規模殺傷性武器。我們對此非理性的霸道行徑稱之爲「雙重標準」。紅學界兗兗諸公，你們不也是在執行「雙重標準」麼，有什麼資格五十步笑百步呢？

做學問的事情，還是心平氣和一些好，紅壇各流派，和平共處，兼收並蓄，互相啓迪，共同繁榮，才是正路。

紅樓愛恨情緣考

世界上絕沒有無緣無故的愛，也沒有無緣無故的恨。文學是人學，任何一部文學作品中所表現的愛和恨，就是作者心中愛和恨的真實流露。古今中外，概莫例外。

《紅樓夢》的作者，創作時立意下筆，時時處處都心存忠厚，本著「追蹤躡跡，不敢稍加穿鑿」的原則，對作品中的人和事，加以忠實記錄，一般不說絕對話，不做絕對評價。即使是對薛蟠一類人物，在表現他愚蠢兇惡行爲的同時，還對他尚未泯滅的善良一面，不忘加以刻畫。

但是，《紅樓夢》作品中，也存在好多按常識判斷令人費解的地方。比如，作者在鍾愛作品主人公的同時，爲什麼對主人公的父母頗有微詞？作者讓「太虛幻境」中的可卿兼具寶釵黛玉的形象，爲什麼讓她爲主人公寶玉「導淫」，難道不是唐突了「寶姐姐」、「林妹妹」麼？如此等等。

過去，紅學界不論是索隱派還是考證派，對此之所以都茫然不解，其原因就在於心中早有了一個作者曹雪芹的形象，致使作品中表現的主人公思想中愛恨情愁，在作者身上找不到根源。紅學大師們無法打破悶葫蘆，索性乾脆採取鴕鳥政策，來它個不理不睬。

問題不在於大師們無能，也不是存心裝傻充楞，而是從胡適先生起，對《紅樓夢》的作者「假設」錯了，當然找不到問題的根源。根據筆者考證的洪昇初創《紅樓夢》說，對這些百思不得其解的問題，都有合情合理的解釋。

洪昇出身於江南一個「百年望族」家庭，前半生生活十分優裕，後半生生活卻極爲困頓，造成巨大生活反差的真實原因，就是家庭發生了「天倫之變」，造成「子孫流散」，家族敗落。洪昇創作《紅樓夢》的目的，是爲了記錄「家難」的發生過程，是爲了洗清自己的「不肖」罪名。明白了這一點，《紅樓夢》中的所有不解之謎，都迎刃而解了——

一、作者為什麼把趙姨娘母子、賈赦夫妻描寫得十分不堪？

《紅樓夢》作者的筆觸是忠厚的，作者筆下的人和事，一般都是客觀白描，冷靜陳述，很少見到人工穿鑿的痕跡。但是，也有例外，作者對主人公寶玉的伯父賈赦和伯母邢夫人，庶母趙姨娘和同父異母弟賈環，卻心存深深的厭惡，把他們描寫得污穢不堪、愚蠢透頂，事事都透漏出可恨、可鄙、可笑又可憐的醜態。就連他們身邊的人，如馬道婆、王善保家的等，作者筆下都絕無憐憫，把他們統統描寫成一副令人作嘔的小人、壞人形象。

趙姨娘母子製造的家庭矛盾是嫡庶矛盾，賈赦夫妻製造的矛盾是長房、二房之間的矛盾，兩組矛盾的另一方，則同爲「二爺」寶玉和「二奶奶」鳳姐，也就是家庭的繼業者和當家人。《紅樓夢》書中以大量篇幅，描寫了家庭中「烏眼雞」般的「恨不得你吃了我我吃了你」的激烈矛盾衝突，譬如，趙姨娘母子導演的挑唆寶玉挨打、魘魔鳳姐寶玉奄奄待斃的鬧劇，賈赦夫妻導演的鴛鴦拒婚歸罪寶玉賈璉、拾繡春囊抄檢大觀園的悲劇，等等。他們之間的明爭暗鬥，說到底，都是對家庭主導權的爭奪。譬如鴛鴦，在賈府女奴中，並不是最漂亮聰明的，爲什麼賈赦非納她爲妾，並且一反常態，邢夫人親自出面說親呢？說到底，控制了鴛鴦就是控制了老祖宗，也就等於控制了鳳姐寶玉。賈赦夫妻是醉翁之意不在酒啊！

紅學界一般都把書中賈府「落一片茫茫白地」的下場，歸罪於外部因素，說什麼受到雍正政敵的牽連，等等，這是毫無根據地「猜笨謎」。書中賈府敗落的根本原因，在於家庭內部的矛盾，正像書中所說，此書所寫的是「鶺鴒之悲，棠棣之戚」，也就是兄弟相殘的意思，「只有從內部自殺自滅起來，才能一敗塗地」。正是趙姨娘母子、賈赦夫妻的「窩裡鬥」，才最終導致了鳳姐「哭向金陵事更哀」，導致了寶玉一痛決絕逃離了家庭。可以說，《紅樓夢》的故事，其實就是對一個封建大家庭發生「家難」、導致「子孫流散」、落得「茫茫白地」過程的真實記錄。

《紅樓夢》記錄的「家難」，發生的時間不是乾隆年間，而是康熙年間；發生的地點不是江寧織造曹府，而是錢塘「百年望族」洪府。在詳細考證康熙年間以「南洪北孔」著稱的大文學家洪昇身世的基礎上，再細讀《紅樓夢》，可以毫不猶豫地斷言，《紅樓夢》所寫的故事，就是洪家「家難」的真實記錄。

洪昇在康熙十年前後，懷著「古孝子」的悲憤，逃離家庭後，在詩文中經常以「履霜操」、「避繳者」自譬。所謂「履霜操」，就是指無罪見斥；所謂「避繳者」，就是逃避挑撥離間的人。既有「避繳者」，就必然有「施繳者」，即製造事端的人。這個洪家的「施繳者」，有史料證明，就是洪昇的伯父母和父妾及同父異母弟，與《紅樓夢》的記載完全相同！

洪昇自居的所謂「古孝子」，其真實含義是「小杖則受，大杖則走，不陷父母於不義」。《紅樓夢》中，寶玉遭到賈環母子的暗算，被父親施加狠毒的笞撻，三個月不能動彈，父親還留下話來，要找繩子勒死他，以避免將來發展到「殺父弒君」的程度。在有性命之憂的家庭環境中，寶玉最終除了逃離家庭，還有別的辦法麼？事實上，《紅樓夢》的初創者洪昇和二弟洪昌，就是在「大杖」的威脅下，逃離家庭，造成洪家「子孫流散」、繼業無人的。由此分析，洪昇在《紅樓夢》創作中，對這些家庭的「施繳者」，絲毫不留情面，竭力加以醜化詆毀，就是情理之中的事情了。

二、作者為什麼對主人公寶玉的父母頗有微詞？

不論是否承認《紅樓夢》是作者的「自敍傳」，紅學界一致公認，作品主人公賈寶玉身上，寄託著作者的影子、作者的愛恨。書中寶玉出場的那兩首「西江月」，充分表達了作者對作品主人公的感情：

無故尋愁覓恨，有時似傻如狂。縱然生得好皮囊，腹內原來草莽。潦倒不通世務，愚頑怕讀文章。行爲偏僻性乖張，那管世人誹謗！

富貴不知樂業，貧窮難奈淒涼。可憐辜負好韶光，於國於家無望。天下無能第一，古今不肖無雙。寄言紈絝與膏粱，莫效此兒形狀！

從詩中不難體會到作者對作品主人公自憐自歎、愛恨交織的矛盾心理。書中主人公的母親王夫人稱自己的兒子是「孽根禍胎」，父親賈政稱自己的兒子是「不肖孽障」，總之是個「不肖」逆子；但主人公的祖母「老祖宗」，在清虛觀卻含著眼淚對張道士稱，「只有這個孫兒」，最像當日的「國公爺」。由此可見，《紅樓夢》主人公在家庭中的矛盾形象。

父母心目中的兒子「不肖」，兒子心目中的父母形象又如何呢？一般說來，按照「嚴父慈母」、「天下無不是的父母」的倫理，我國封建社會的任何文人，都不會在作品中醜化自己的父母的。但《紅樓夢》的作者，在作品中對主人公的父母卻不無微詞，這實在是有違封建社會常理的。

作品中的賈政，不僅迂腐古板，而且不學無術，從他經常交往的「沾光」（詹光）、「善騙人」（單聘仁）、「不顧羞」（卜固修）等人的名字，就足以看出他們的道德人品。與他們爲伍的賈政，還可能是正人君子式的「嚴父」麼？作品中的王夫人，表面上的「慈」

和內心中的「狠」形成強烈的反差。在虔心禮佛的慈善面孔下，潛藏著一顆陰險毒辣的心腸，死金釧、逐晴雯、疑鳳姐、詆黛玉，家庭所有悲劇的產生，她幾乎都在暗中操縱。

以上足以看出，在這個封建大家庭中，不僅有長房二房的矛盾，父輩嫡庶的矛盾，還有父子母子之間的矛盾。對前兩組矛盾，作者採取公開詆毀的手法，對當事人不遺餘力地加以醜化；但對後一組矛盾，作者的手法就要隱晦曲折得多了，在表面上描寫「嚴父慈母」的文字中，潛藏著對父母的極大不滿。《紅樓夢》作品中之所以出現這種不符合封建常理的怪現象，根源還在於作者洪昇家庭中發生的「家難」。洪昇逃離生活優裕的大家庭，後半生過著極為貧困潦倒的生活，起因固然是別人的挑唆，但家庭關係破裂的根本因素，還是洪昇不容於父母所致。洪昇在描寫「家難」時，對主人公父母不無微詞，就是情理中的事情了。

在封建社會，士大夫家庭的逆子，當然要背負「不肖」的惡名，事實上，洪昇一生確實無時無刻不為「不肖」罪名而苦惱。封建道德要求，家醜不外揚，不能指責尊長，洪昇無法為自己辯解。因此，把「家難」「編述一記」，把自己的「不肖」「普告天下人」，正是《紅樓夢》的創作緣起。「滿紙荒唐言，一把辛酸淚，都云作者癡，誰解其中味」，正是洪昇創作《紅樓夢》時矛盾無奈的真實心境！

三、作者為什麼設計了兩個「二爺」、兩個「二奶奶」？

《紅樓夢》中有一處十分令人費解的描寫，就是在榮府二房的屋簷下，同一輩分中居然有兩個「二爺」、兩個「二奶奶」。寶玉的「二爺」身分是清楚的，因爲身上有一個死去的長兄賈珠；寶釵出嫁後，自然是「寶二奶奶」。賈璉、鳳姐的「二爺」、「二奶奶」身分就十分可疑了：書中明確交代賈璉是賈赦的長子，卻莫名其妙地讓他稱爲「二爺」，並安排他和鳳姐夫妻二人，去爲在同一家庭中生活、並未分居的二叔二嬸當家。真不知道家中的晚輩和下人，對他們如何稱呼？

紅學界的好多專業大師和業餘紅迷，都試圖解開這個謎團，但不論怎麼排行，從賈珠論的小排行，還是從賈珍論的大排行，賈璉都不是行二！只好立此存疑，糊塗過去了。其實，只要明白了《紅樓夢》的初創者是洪昇，這個謎團就迎刃而解了。

洪昇兄弟三人，洪昇爲長，二弟洪昌，字殷仲，與洪昇一母所生；三弟名不詳，字中令，爲妾所生，是洪昇的同父異母弟。既然洪昇並非「二爺」，爲什麼在《紅樓夢》中把主人公寫成「二爺」呢？這還要從洪家的「家難」說起。洪家發生「天倫之變」時，洪昇是同二弟洪昌一起逃離家庭的。在顛沛流離的困苦生活中，二弟和弟婦孫氏都年輕輕地客死異鄉了。對骨肉同胞的慘死，洪昇終生都感到無比痛心和愧疚！因此，在創作《紅樓夢》時，把主人公的身分，給了「二爺」洪昌，就是情理之中的事情了。

洪昇是以自己的經歷爲原型創作的寶玉形象，又把「二爺」的身分給了洪昌，自己就只能回歸「大爺」的真實身分，並處理成年輕夭亡的賈珠了。洪昇曾把自己的二兒子洪之益，過繼到二弟名下繼承香火，這應該就是賈蘭的原型。據此分析，洪昇創作《紅樓夢》時，爲了紀念二弟，有意把自己和二弟交換了身分。至於三弟中令的形象，應該就是書中的「小燎貓子」賈環。

書中的賈璉，應該就是成年後的寶玉，當然在書中的身分就是「二爺」。洪昇是在婚後數年，與妻子一起逃離家庭的。書中的「璉二奶奶」鳳姐，原型應該就是洪昇的妻子黃蕙。洪昇的妻子是母親的娘家侄女，自己的親表妹，與《紅樓夢》中鳳姐與王夫人的關係相同；書中王夫人與鳳姐貌合神離的微妙關係，與生活中洪家婆媳關係也是吻合的。在封建社會，「姑做婆」的婚姻關係，婆媳矛盾往往更激烈，因爲爭奪當家人的明爭暗鬥更加微妙。事實上，洪昇的母親和妻子之間的矛盾就是白熱化的，洪昇逃離家庭二十年後，妻子還不肯回杭州探視公婆，由此可見一斑。

《紅樓夢》既要表現作者少年時的浪漫經歷，又要表現自己青年時的家庭矛盾，還要把這些人和事放在榮府大觀園一個框架裡，所以只能寫出兩個「二爺」、兩個「二奶奶」。書中讓小「二爺」寶玉只有乳名，既無名也無字，似乎莫名其妙，只有確認洪昇的初創者身分，這一切才有合理的解釋。

四、作者為什麼要立意使「閨閣昭傳」？

《紅樓夢》大旨言情，作者的創作目的，據書中「作者自云」交代，是描寫「當日閨友閨情」，爲自己的姐妹作傳，使得「閨閣昭傳」，不致因自己「不肖」而使其「湮沒無聞」。作者的姐妹們命運一定都十分悲慘，否則，作者不會把她們都歸入「薄命司」，讓她們「千紅一哭」，「萬豔同悲」！

考證真實生活中洪昇的姐妹們，命運同《紅樓夢》描寫的竟是如此契合，當非偶然。洪昇確實有眾多的姐妹：如前所述，妻子黃蕙就是洪昇的嫡親表妹。洪昇還有兩個親妹妹。洪昇的表親黃家、翁家、錢家、李家、林家、江家，都有好多表姐妹。這些姐妹的命運，歸入「薄命司」，大致都是不錯的。

黃蕙與洪昇自小青梅竹馬，二人的結合，還真有點現代人自由戀愛的味道。黃蕙自小受過良好的教育，工詩善畫，妙解音律，與表兄洪昇志趣相投，有著良好的感情基礎。黃蕙的祖父黃幾，在康熙前期備位宰相（大學士），位極人臣，可謂富貴已極，與《紅樓夢》中的王家相酹。在江南口語中王黃是同音的。

黃蕙的命運似乎相當不幸，幼年喪母，青年喪父，在封建大家庭中，孤兒的命運可想而知。與表兄洪昇喜結連理之後，本想夫榮妻貴，享受終生，但確實「好事多磨」，又因「家難」，逃離了富裕的家庭，受盡了人生苦難。黃蕙青少年的經歷，同《紅樓夢》中的湘雲十分相似，本想「嫁得才貌仙郎」後，「准折些幼年坎坷形狀」，「終究是雲散高唐，水涸湘江」，「心事終虛化」！

洪昇的兩個親妹妹，都十分聰明美麗，洪昇從小經常和妹妹們在自家的花園中玩耍，對妹妹們一往情深，稱讚她們「霜管花生豔，雲箋玉不如」。但兩個妹妹的命運都相當悲慘。

可能是所嫁非偶的命運悲劇，她們在哥哥洪昇逃離家庭後，草草嫁人，婚後不久，就相繼悲慘地死去。洪昇對兩個妹妹的慘死，終身痛心疾首，直到晚年，還悲吟「哭弟悲無已，重經兩妹亡」的詩句。這與《紅樓夢》中，迎春、探春的命運，似乎是相同的。

洪昇的眾多表姐妹們，從文獻中已經不可考了，僅從洪昇的詩詞中能夠感知她們的存在（**注：筆者後來考證出這些女子就是「蕉園五子」和「蕉園七子」**）。但在「一榮俱榮，一損俱損」的命運面前，她們「萬豔同悲」的命運，是可想而知的。洪昇的表丈錢開宗，是「江南科場案」中被砍了腦袋的副主考；洪昇的姻親翁世庸，是因「國喪」期間「聚演」《長生殿》案被革職的台灣知府。覆巢之下，焉有完卵，這些表姐妹們的命運，不是不言自明麼？她們同《紅樓夢》中的李綺、邢岫煙等人的命運，不是十分相像麼？作了以上分析之後，我們就不難想像，洪昇在初創《紅樓夢》時，爲什麼要寫女兒們的悲劇，爲什麼立意爲「閨閣昭傳」了。

五、作者為什麼描寫了游離於故事情節之外的甄士隱悲劇人生？

紅學界一般都認爲，甄士隱的故事，就是一部《紅樓夢》的縮影，有人乾脆稱其爲「小《紅樓夢》」。但作者爲什麼在一部大《紅樓夢》中，套寫一部小《紅樓夢》，紅學界卻幾乎無人能夠說得清楚。索隱派在甄士隱身上無隱可索，考證派在甄士隱身上也找不到江寧織造家庭任何人的影子，因爲甄士隱的故事是個完整的故事，所以探佚派在這裡也找不到用武之地。

其實，當你知道了《紅樓夢》的初創者是洪昇，你就會清楚地看出，甄士隱的故事，就是洪昇對自己悲劇人生的簡要概括。《紅樓夢》表現的主要是作者青少年時的愛情生活，受「三一律」的制約，作者不可能按線性原則去描寫自己的完整人生經歷，因此，再創作一個甄士隱，放在作品的開頭，既起到提綱挈領的作用，又交代了作品正文無法表達的內容，是十分高明的創作方法。

甄士隱的故事大致交代了五層意思：一是甄士隱慷慨資助賈雨村進京科考，賈雨村因此飛黃騰達；二是甄士隱的小女英蓮因家人霍起粗心，被拐子拐走，後來賈雨村恩將仇報，亂判了葫蘆案；三是甄家隔壁葫蘆廟失火，帶累甄家燒成一片白地；四是甄士隱到田莊上住了幾年，因「水旱無收，盜賊蜂起」，實在生活不下去；五是投靠岳家受冷遇，最後看破紅塵，跟著道士走了，不知所終。

甄士隱人生的「五部曲」，實際就是洪昇人生的真實經歷。洪昇家庭是個富裕慷慨的「望族」，資助過好多學子科考，與洪昇同籍錢塘的高江村似乎就接受過洪昇資助；在洪家落難時，高江村似乎不是知恩圖報，並沒有施以援手。在「三藩之亂」前後，洪家最終被朝廷抄家，父母被充軍發配，「百年望族」成了一片「白地」，「葫蘆廟」似乎影射「胡虜廟」，滿清朝廷之意，「失火」延燒就是受「三藩之亂」牽連的意思。

洪昇因「家難」逃離家庭後，攜妻帶女確實在武康田莊上住了幾年，這幾年又恰值平定耿精忠的戰亂，「水旱不收，盜賊蜂起」，實在難以維持生活，是有據可查的事實。洪昇的長女在最聰明可愛的七歲時，因貧病交攻、凍餓交加，就是在武康悲慘地死去了；洪昇在作品中諱言死去，處理成丟失，是情理中事。

洪昇攜八口之家赴北京居住時，岳家正在北京過著相府生活，但洪昇家庭卻經常出現斷炊的情況，岳家照顧如何，可見一斑，洪昇稱岳家爲「封肅」，並非無因。洪昇最後倒沒有跟著什麼「道士」飄然而去，但確實在康熙二十八年遭受「斥革下獄」的人生打擊後，憤而逃到京東盤山，跟著兼具和尙道士雙重身分的「拙上人」，用「逃禪」的方式尋求精神上的解脫。書中甄士隱唱出的〈好了歌解〉，就是當時洪昇心境的真實寫照。

六、作者為什麼讓秦可卿集釵黛一體、並在太虛幻境為寶玉導淫？

《紅樓夢》書中的秦可卿，只是一個象徵性人物。某大作家猜測的她是什麼「廢太子的女兒」，純屬瞪著眼睛說瞎話，不可當真。

奇怪的是，作者讓這個秦可卿「鮮豔嫵媚，有似乎寶釵，風流嫋娜，則又如黛玉」，還讓這個漂亮女人同「小叔公公」上床做「兒女之事」，爲寶玉能夠成爲「天下古今第一大淫人」做導淫的啓蒙者。如此寫來，大有唐突作者心愛的寶卿顰卿之嫌，似乎不可理解。紅學界好多慧眼識人者，據此推斷「釵黛一體」，但只知其然，對作者爲什麼如此落筆，卻說不出所以然。

當你認真閱讀過洪昇的代表作《長生殿》之後，以上疑問就會豁然開朗。《紅樓夢》書中的寶、黛、釵三個名字，以及他們之間的三角戀愛關係，都來源於《長生殿》中的「天寶明皇」和「玉環妃子」；書中寶玉那塊石頭上鐫刻的「莫失莫忘，仙壽恒昌」字樣，寶釵金鎖上鐫刻的「不離不棄，芳齡永繼」八個字，寓意都是「長生」。《紅樓夢》書中地名所用的「長安大都」、「金陵」，正是《長生殿》中的主要地名，並非實指，李楊的愛情故事發生在「長安大都」，而李龜年、念奴、永新歌詠「天寶逸事」的場所，則爲金陵。《紅樓夢》作品中，對年老的女奴稱爲「嬤嬤」，對年輕的女奴稱爲「姐姐」，決不是什麼旗人家庭的專有稱呼，《長生殿》中與《紅樓夢》「嬤嬤」、「姐姐」的稱呼完全相同，總不能說唐明皇、楊貴妃也是「旗人」！

《紅樓夢》中的「太虛幻境」，就是剿襲的《長生殿》中「太真」妃子生前和死後所去的「月宮仙境」。《紅樓夢》中的「茫茫大士、渺渺真人」，就是剿襲的《長生殿》中擺佈「天寶明皇、玉環妃子」命運的「織女大士」、「天孫真人」。《紅樓夢》中的「神瑛侍者」、「絳珠仙子」，就是剿襲的《長生殿》中的「孔升真人」、「蓬萊仙子」。兩部作品的架構如此一致決非偶然，只能說明作者爲同一人，就是洪昇。

《紅樓夢》中的「天香樓」，其實就是從《長生殿》中「天香雲外飄」的月宮仙境中幻化來的，其中並沒有紅學界猜測的那些污七八糟隱秘。秦可卿形象，並非真實人物，只是一個象徵性的形象，這個形象就是《長生殿》中的楊玉環！《紅樓夢》中若隱若現地描寫的秦可卿「淫喪天香樓」，正是隱指楊貴妃被「縊死」的人生結局。楊貴妃本來是壽王妃，唐明皇的兒媳，《紅樓夢》中隱隱約約讓公公賈珍與兒媳感情良好，寓意是可以想見的。洪昇創作《長生殿》時，盡刪「太真穢事」，對這個人物投入了太多的感情，也應該是《紅樓夢》中寶玉聽到可卿死訊，居然吐血的真正原因。作者之所以用秦可卿爲寶玉「導淫」，正是象徵作者本人是研究李楊愛情，從創作《長生殿》開始，進入了醉心「花箋彩紙」的人生歷程。

言情傳奇是在舞臺上演出的藝術，其表達的男女愛情，在舞臺上可意會而不可真的實行，正可謂《紅樓夢》中可解又不可解的「意淫」。洪昇的《長生殿》搬演後，迅速風行天下，「旗亭市上紅樓裡，群指先生折角巾」，洪昇被譽爲天下第一言情高手，又正可謂「天下古今第一淫人」！洪昇一生以創作言情文學爲生，沒有走「仕途經濟」的道路，與《紅樓夢》中「寧榮二公」囑咐「警幻仙子」，把寶玉導上正路，寶玉卻「終於未晤」，最後被夜叉拖下「迷津」的描寫，是完全一致的。《紅樓夢》中秦可卿的全部秘密，僅此而已。

七、作者為什麼惡毒地詛咒賈天祥正照風月鑑？

《紅樓夢》中最窩囊的人物，大概要數那個姓賈名瑞字天祥的自作多情種子了。「跛足道人」送給他一面風月鑑，正照是美女，反照是骷髏。此君不顧死活，硬是不肯聽從「跛足道人」的勸告，堅持「正照風月鑑」，最後遺精身亡。

紅學界的大師們，並非不知道賈天祥這個人物和他「正照風月鑑」的故事，只具有象徵性意義，但在曹雪芹身上，卻找不到作品如此描寫究竟象徵什麼。當你知道了《紅樓夢》的作者是洪昇，賈天祥「正照風月鑑」故事的寓意，就一目了然了。

洪昇是因爲創作了《長生殿》而名動天下的，也因爲搬演《長生殿》而罹禍。成也《長生殿》，敗也《長生殿》，洪昇一生，幾乎都生活在《長生殿》的光環和陰影中！《長生殿》的主旨是描寫唐明皇「占了情場，彌了朝綱」，導致「安史之亂」，失去帝王之位的。正面看《長生殿》，確實是金粉紅樓，無限繁華旖旎；反面看《長生殿》，卻是刀光血影，天下蒼生塗炭。因此，《長生殿》出籠後，時人都稱其爲一面「風月寶鑑」，稱道其深刻的警勸意義。

《長生殿》畢竟是描寫的帝王家生活，好多朋友都擔心洪昇爲此惹禍，勸他不要傳出去。洪昇沒有接受勸告，果斷付諸公演，並且在京師一炮走紅，王公貴族和平頭百姓都爭看演出，一時戲劇界非《長生殿》不能擅場。康熙皇帝看了《長生殿》之後，以爲「意存諷刺」，心中十分震怒。這個工於權術的皇帝不露聲色，表面上還給了戲班「二十兩」賞格，內地裡卻謀劃把《長生殿》作者打下十八層地獄！

康熙二十八年，正在康熙皇帝新冊封的佟皇后國喪期間，洪昇和朋友們因爲「聚演」《長生殿》，被康熙皇帝抓住了罪名，一網打盡！洪昇被逮捕下獄，枷號三月，革去了「國子監生」的功名，永遠斷絕了洪昇的仕進道路！

在洪昇一生所遇到的三次重大人生打擊之中，這是一次最慘痛的打擊！因爲洪昇是洪家「百年望族」中唯一寄予振興希望的繼業者，洪昇徹底失去功名，也就意味著「百年望族」永遠地無可奈何花落去了！此時此刻，洪昇除了悔恨自己的「荒唐」「不肖」行爲外，對直接決策打擊「聚演《長生殿》」的皇帝，心存的痛恨就可想而知了。

洪昇把《紅樓夢》中那個齷齪愚蠢的賈瑞，取表字「天祥」，其用心可謂昭然若揭。洪昇讓這個「賈天祥」，不看「風月鑑」勸懲的反面，而專看描寫「情」和「淫」的正面，實際上是爲自己的「代表作」的寓意暗中進行辯解。讓「賈天祥」遭受糞便淋頭的侮辱，最終死於「正照風月鑑」，無疑是對皇帝惡毒的詛咒！

八、作者為什麼描寫賈二舍偷娶尤二姨？

《紅樓夢》描寫的「賈二舍偷娶尤二姨」的故事，故事情節曲折生動，人物語言栩栩如生，如果沒有真實的生活經歷，任何作家也杜撰不出如此生動的故事。《紅樓夢》的作者洪昇，還真有這麼一段人生經歷。

康熙二十二年二月，三十九歲的洪昇往遊蘇州，拜謁江蘇巡撫余國柱，以所獲的千兩饋贈，在蘇州買了一個年僅十七歲的小「戲子」「鄧氏雪兒」爲妾。娶妾歸來後，大概是由於糟糠之妻黃蕙嫉妒吵鬧，洪昇有一段時間內心老大不痛快，並爲此專門創作了一部傳奇《織錦記》。

《織錦記》又名《回文錦》，其內容描寫的是，秦州刺史竇滔，妻蘇氏，名蕙，字若蘭，知識精明，儀容秀麗。後竇滔又娶「有文武才」的趙陽臺爲側室。懼蘇妒，置陽臺於外室。蘇偵知後大怒，率群婢劫歸，幽於別室，並屢加不堪。竇滔夫婦有一婢隴禽，嘗獻媚於滔，受蘇蕙唆使，對陽臺屢加侮辱。陽臺逆來順受，終於妻妾和好，而對隴禽則加以痛懲。

明眼人一眼就可以看出，《織錦記》中的蘇蕙，就是《紅樓夢》中的鳳姐，也就是洪昇的妻子黃蕙；黃蕙字蘭次，與作品人物名和字均相同或相近，決非偶合。《織錦記》中的趙陽臺，就是《紅樓夢》中的尤二姐，也就是洪昇新納的側室「鄧氏雪兒」。至於《織錦記》中的隴禽，應是《紅樓夢》中的秋桐，「桐」與「禽」有意義上的關聯，在洪昇的身邊，當時還有一個婢女，姓名無考，大概就是其生活原型。

由此可見，《紅樓夢》中「賈二舍偷娶尤二姨」的故事，與《織錦記》中「竇滔偷娶趙陽臺」的故事，都是根據作者洪昇真實生活中「洪上舍偷娶鄧雪兒」的真實經歷創作的。不過，洪昇納妾的下場，沒有《織錦記》描寫的那麼好，也沒有《紅樓夢》描寫的那麼壞，最終是洪昇作新曲後，「大婦調冰弦，小婦囀朱唇」，其樂融融而已。窮得經常揭不開鍋的洪家，妻妾之間大概也沒有精力鬥得你死我活。

《織錦記》傳奇今天已經失傳了，但洪昇撰寫的《自序》還在。在《自序》中，洪昇對女人的嫉妒痛加攻擊。從《紅樓夢》中，我們也能看出洪昇一脈相傳的思想的脈絡：作者不僅對鳳姐的嫉妒痛加針砭，對夏金桂嫉妒的醜化更是不遺餘力，在「王道士胡謅妒婦方」

中，還對女人嫉妒進行了無情的嘲笑。這裡不是研究洪昇的思想是否先進前衛，實際上，對《紅樓夢》作品的思想內涵，也無必要人爲拔高。

九、作者為什麼設計「補天石」和「三生石」作為背景？

筆者過去也曾陷入誤區，把作品開篇表現的那個「自怨自艾」的補天石，以及石頭所處的「大荒山無稽崖青埂峰」，連同那個更名爲「情僧」的「空空道人」，統統看作作者創作時的假託。經過數年的精心考證，現在看「假託說」是不對的，此山此石此道人，都有生活中的原型，《紅樓夢》確實是「不敢稍加穿鑿」的作品。

《紅樓夢》中「大荒山無稽崖青埂峰」的原型，是京東的盤山青溝禪院。盤山相傳是盤古開天地之處，也是女媧煉石補天的地方，有《盤山志》記載和相應的寺廟爲證。斷定「青埂峰」就是青溝禪院，不僅諧音，還有康熙皇帝親題的「戶外一峰」爲鐵證。這些在筆者的〈「大荒山無稽崖青埂峰」新證〉等文章中有詳細分析，此不贅述。

青埂峰下「空空道人」的原型，就是洪昇的老朋友，青溝禪院的智樸大師。智樸又名拙庵，俗姓張，人們習稱其爲「拙大師」、「拙和尚」，但他又有道人的身分，人們有時也稱他爲「拙道人」、「拙上人」。這些在他與洪昇共同的朋友王世楨、朱彝尊、宋犖的傳世作品中，均有明確記載。筆者在〈「空空道人」考證〉等文章中，有詳盡的分析。

康熙二十九年春，正是洪昇因「聚演《長生殿》」遭受人生沈重打擊後，洪昇曾「牛衣腫目」來到盤山青溝禪院，找老朋友智樸大師「逃禪」，也就是在宗教中尋求解脫。盤山滿山奇峰怪石，特別是那塊碩大的「風動石」，必然勾起洪昇的無限遐想。把剛剛被皇帝革去功名的自己，比喻爲這塊傳說爲女媧棄用的「補天石」，不是再恰當不過了麼？

作者把「絳珠仙子」和「神瑛侍者」，描寫爲「西方靈河岸上三生石畔」一對「冤家」，起源應是根據洪昇夫妻的故鄉杭州的傳說創作的。杭州靈隱寺的飛來峰，傳說就是從「西方靈河岸邊」飛來的，全中國只此一處，別無分店。三生石的故事，是杭州歷史悠久的傳說，這塊石頭全中國也只有杭州一塊，別無其他三生石。

洪昇同妻子黃蕙，都出身於錦衣玉食的貴族家庭，但婚後因爲洪家「家難」，又一起陷進了無盡的愁苦生活中。黃蕙整日淚眼不乾，爲洪昇還著無盡的情債，《紅樓夢》對「絳珠還淚」的描寫，正是洪昇夫妻生活的最恰當比喻！《紅樓夢》以一南一北兩塊石頭爲背景，也說明了只有洪昇兼具熟知南北兩塊「石頭」的作者資格。

十、作者為什麼要記載「林四娘」和「真真國女孩兒」故事？

《紅樓夢》作者幾乎對書中所有的人和事，都隱去了發生的時間地點。如果說有例外的話，就只有「林四娘」的故事和「真真國女孩兒」的故事，時間地點均明確可考。

《紅樓夢》明確告訴讀者，林四娘的故事發生在山東青州，這個地名決不是書中「胡州」一類假託地名，而是完全真實的。故事發生的時間，書中交代是個「新題目」，應該就是作者生前的事情；而史書記載林四娘的故事發生在順治二年，洪昇正是這一年出生的。

根據史書記載，林四娘確實是恒府宮嬪，並確實死於「流寇」作亂。順治二年，李自成軍隊潰敗後，確實有一股殘兵流竄到了青州，意圖擁戴恒王，對抗大清軍隊。恒王拒絕與「流寇」合作也是事實，但恒王究竟死於「流寇」叛亂，還是死於清兵進剿，由於史料缺乏，只好付之闕如了。

洪昇的老師王士禛，東魯新城人，與青州有著很深的淵源，在他的筆記體文集《池北偶談》中，就曾對林四娘的故事，作過詳細的記載。他們師友之間，經常爲一些「新題目」唱和，是否歌詠過林四娘，不無可能。從洪昇與王士禛的關係看，他也最有可能在《紅樓夢》中，與自己的老師王士禛，以及同時代的蒲松齡，一起記錄了林四娘的故事。

至於「真真國女孩兒」的故事，紅學界一致公認是來自台灣。從《紅樓夢》中所寫的「昨宵朱樓夢，今朝水國吟」的詩句看，應是暗指延平郡王鄭成功，鄭成功曾被賜姓「國姓」，自稱「朱成功」，故有「朱樓夢」句。鄭成功進佔台灣，正是「水國吟」。以下的詩句「島雲蒸大海，嵐氣接叢林」，更印證了台灣的景色。

清廷收復台灣，是康熙二十二年的事情。洪昇的表丈翁世庸，曾任過收復後的台灣知府，洪昇的翁家表妹，完全有可能像《紅樓夢》中的寶琴一樣，跟隨父親走南闖北，見多識廣，因而記得「真真國女孩兒」的詩；洪昇也完全可能根據表妹的敍述，把這個優美的故事記入《紅樓夢》中。

翁世庸也是康熙二十八年，因爲「聚演《長生殿》」案，被朝廷撤職查辦的，與洪昇惺惺相惜，同命相連，洪昇對翁家的故事，記憶一定特別深刻。

三十二　釵原型蕉園姐妹溯源

大觀園詩社與蕉園詩社（一）

——論「金陵十二釵」的原型就是「西陵十二釵」

一、「金陵十二釵」必有生活原型

古人就知道「畫鬼容易畫人難」的道理，何況今人。舉凡成功的文學作品，書中重要人物和事件必有生活原型，這是文學領域的常識，無須多作解釋。托翁著《復活》、《安娜卡列尼娜》，魯迅寫《狂人日記》、《阿Q正傳》，都有生活原型所本，不是憑空捏造，文學界早有定論。

胡適先生考證出《紅樓夢》的作者是曹雪芹，論定該書是作者曹雪芹的「自敍傳」，開闢了「新紅學」的道路。「新紅學」的傳人們，經過半個多世紀的精心考證，發現《紅樓夢》書中內容同曹雪芹的生活經歷，無論如何對不上號，曹雪芹的「自敍傳」說不能成立。但奇怪的是，這些紅學家們不去懷疑胡適先生的「大膽假設」是否出了問題，反而堅持在「曹家店」中另尋原型，什麼「曹頫原型說」、「李鼎原型說」相繼出籠。由於這些所謂的原型仍然不能成立，於是，紅學家們就祭起「《紅樓夢》是小說，不是自傳」這面大旗，企圖掩蓋考證無門的窘境。

《紅樓夢》確實是小說，但像《紅樓夢》這樣偉大的小說，倘若沒有生活原型，能夠憑空杜撰出來麼？「曹家店」中考證不出生活原型，只能說明曹雪芹不是《紅樓夢》作者，不能證明曹雪芹是個可以平白編造出紅樓故事的超天才！這樣的天才，在古今中外的文學史上，從來就沒有出現過！

筆者經過多年的精心考證，斷定《紅樓夢》的初作者不是乾隆朝的曹雪芹，而是康熙朝的大文學家洪昇。書中的處於「末世」的賈氏望族，就是生活在明末清初改朝換代巨痛中的洪氏望族；書中賈家的「自殺自滅」，就是洪家的「天倫之變」；書中那個自怨自歎「無才補天」、「於國於家無望」的「我」，就是被朝廷革去「國子監生」的洪昇；書中著力描寫的「金陵十二釵」，就是洪昇的妻子黃蕙、兩個妹妹和一干表姐妹。

筆者的系列文章與讀者見面後，有的紅界同仁提出，其他考證內容可以服人，但只用一個黃蕙的事跡，說明是《紅樓夢》「金陵十二釵」的原型，似乎證據單薄一些。筆者這篇考證文章，就是要說明，洪昇是如何根據自己「親歷親聞」的「西陵十二釵」事跡，創作《紅樓夢》中「金陵十二釵」那些美麗淒婉的故事的。

二、前海棠，後桃花，大觀園詩社百花爭豔

《紅樓夢》的創作宗旨就是為「閨閣昭傳」，因此，通篇幾乎都是寫的金陵十二釵的故事。這些故事中，篇幅最多的、最感人的、給讀者印象最深的，大概要數大觀園中姐妹們起「詩社」的故事了。

書中第三十七、三十八回，集中描寫了由探春發起的結「海棠社」故事，姐妹們詠「白海棠」，賽菊花詩，諷「螃蟹詠」，好不熱鬧。到書中第四十八、四十九回，姐妹們繼續詩社生活，歌吟「紅梅花」，聯句「一夜北風雪」，在蘆雪庵痛快了好一陣。及至第七十回，由林黛玉倡導，姐妹們重組詩社，並改社名為「桃花社」，塡桃花詞、柳絮詞，又著實熱鬧了幾天。再加上書中描寫的元妃探親詠詩，寶玉作四季詩，黛玉作「題帕三絕」、「葬花詞」，香菱學作詠月詩，凹晶館即景聯詩等，書中關於姐妹們「詩社」生活的描寫，幾乎占了一半篇幅。

參加詩社生活的姐妹們，有賈家三姐妹迎春、探春、惜春，表姐妹寶釵、黛玉、湘雲、寶琴，邢夫人的侄女邢岫煙，大嫂子李紈和妹妹李紋、李綺，寄住的尼姑妙玉，以及開句「一夜北風緊」的鳳姐等。當然，還有一貫在女孩子堆裡廝混的賈寶玉。

書中姐妹們起的詩社像模像樣，有發起人，立社名，取字號，定社約，擬社題，賽詩、評詩、論詩等，把結詩社的每一個環節，都描寫得生動逼真。詩社活動期間，蘆雪庵烤啖腥膻鹿肉，湘雲醉臥眠石等場景，也十分詩情畫意。特別是「絳洞花王」、「稻香老農」、

「瀟湘妃子」、「蘅蕪君」、「蕉下客」、「枕霞舊友」等別致的字號，給讀者的印象十分深刻。這些描寫，同舊時文人的文學結社生活完全一致，當非向壁虛構。

三、詠梅花，歌柳絮，蕉園詩社萬紫千紅

中國歷史上，由於「女子無才便是德」的傳統束縛，女性文學才子本來就寥若晨星，加之富室閨閣「大門不出、二門不進」的嚴厲規矩，女子們的結社活動，更是難以想像。明末清初以前的班昭、蔡文姬、李易安等女才子，都是孤立的文學生涯，未聞有「一干女子」集中在一起，結社賽詩的生活。清朝雍乾以降，朝廷嚴旨控制文人結社，加之嚴厲了對女性的道德防範，女子結社的現象更是不可想像。可以說，在中國文學史上，女子有結社活動的時期，只有明末清初！

其實，明末清初，女子結社活動也不是普遍的社會現象，例如葉紹袁家父母和三姐妹，方大鎮家的五個堂姐妹等，也都是家庭範圍內的文學活動，沒有結社行爲。這一時期見諸於史籍的女子結社，最著名的，就是發生在杭州西子湖畔的「蕉園詩社」！

「蕉園詩社」也稱「蕉園吟社」，分爲前後兩個階段。前一階段的「蕉園詩社」成員是「蕉園五子」，由著名女詩人顧玉蕊發起，成員有徐燦、柴靜儀、錢鳳綸、林以寧等。後一階段的「蕉園詩社」成員是「蕉園七子」，由林以寧發起，成員有錢鳳綸、錢靜婉、顧長任、柴靜儀、馮又令、李淑等。

前後兩個「蕉園詩社」的文學活動是十分活躍的。從今天可見的她們的詩詞作品中看，她們經常聚在一起，分韻作詩，歌詠西溪、西湖景物，先後吟頌過梅花、海棠、菊花、柳絮、冬雪、秋雨、春情、夏韻等。平時，她們之間也經常互相贈詩、寄詩，傾訴心境，表達思念之情。

「蕉園詩社」的成員們，思想是比較開放的。她們經常聚在一起，「春日偕遊，扁舟泛湖，練裙椎髻，命翰分吟，相鄰遊女詫爲僅見」。她們結隊遊玩的地方多在西湖和西溪，《紅樓夢》中湘雲烤鹿肉，黛玉嘲諷「遭劫」的「蘆雪庵」，就是「西溪八景」之一，真實地名叫「秋雪庵」，江南秋季是不下雪的，所謂「秋雪」，就是蘆花如雪的意思。從她們傳世的作品看，平時，她們也不時三兩相偕，或對奕，或觀畫，或聯句，或聽琴，甚至「夜宿河渚看梅」，「早春湖頭踏雪」，種種風流韻事，不一而足。

四、互相連絡有親——血緣聯繫起來的詩社

《紅樓夢》中的大觀園詩社，成員都是以賈寶玉爲軸心的姐妹，有的是寶玉的親姐妹，如迎、探、惜三春；有的是寶玉的中表姐妹或姨表姐妹，如釵、黛、湘、琴；或者是與「四大家族」沾親的姐妹們，如邢夫人的侄女岫煙，李紈的妹妹紋、綺等。總之，她們之間互相都聯絡有親，是一個由血緣聯繫起來的文學團體。

由「前五子」、「後七子」構成的「蕉園詩社」，其成員之間的關係，與《紅樓夢》中

的描寫，幾乎完全相同，當非偶合。其中，錢鳳綸、錢靜婉姐妹，是顧玉蕊的女兒；林以寧既是錢氏姐妹的表妹，又是其弟錢肇修的妻子。顧長任與錢、林姐妹間既是表親，又是林以寧的嫂子；柴靜儀是洪昇的表嫂，也是錢氏姐妹的表嫂；馮又令是錢家的媳婦，輩分不詳；李淑是洪昇朋友吳人的表妹。只有徐燦是圈外人，但也是顧玉蕊的密友。

錢氏姐妹的父親錢開宗，是洪昇的表丈，林以寧的母親，是洪昇的姑姑，通過錢、黃兩家，洪昇同顧長任、柴靜儀、馮又令之間也是表親。由以上關係不難看出，這些人同《紅樓夢》初作者洪昇的親密關係。除顧玉蕊年長外，這些人同洪昇夫妻的年齡又相仿，同居一城，從小經常在一起遊玩，吟詩作畫，猜謎行令，是完全可能的。

據考證，這些姐妹，還有可能像《紅樓夢》中描寫的那樣，在洪昇家中寄居過。清初三大案中的江南「科場案」，錢開宗是副主考，被朝廷砍了腦袋抄了家，孤兒寡母，寄居在表親洪家是可以想像的。黃蕙的祖父和父親當時都在北京居官，她在婚前也經常住在姑姑、也就是後來的婆母，即洪昇的母親家。洪、黃、錢、顧四家，在當時的杭州，確實是互相之間連絡有親的四個大家族，與《紅樓夢》中的「四大家族」相仿，筆者對此有專門考證，此不贅述。

洪家住在杭州西溪，府後有一個美麗的花園，附近又有「蘆雪庵」、「竹窗」、「花塢」等景點，姐妹們經常在一起遊玩，不僅是合理推測，在洪昇及姐妹們的詩作中，也多有記載。以上十二子中除去重複共九人，再加上洪昇的妻子黃蕙，和洪昇的兩個親妹妹，正

「紅樓十二釵」之數。筆者推測，《紅樓夢》中的「金陵十二釵」，原型就是「西陵十二釵」。杭州「西泠」，過去也寫作「西陵」，可以通假。

五、家學淵源——一群多才多藝的女詩人

《紅樓夢》中的才女，個個多才多藝。除大家都能吟詩作賦外，黛玉還精通音樂，寶釵更是滿肚子知識，湘雲的才思敏捷無人能及。這些小女子之所以有如此豐富的知識，原因就在於家學淵源，家庭中有個良好的文化環境。黛玉的父親是「探花」，從小教女兒讀書，寶釵也說自己家過去藏書很多，因而讀書也很多，寶玉的家庭當然更是「詩禮簪纓之族」了。

與洪昇連絡有親的「西陵十二釵」，之所以都是才女，原因也正是家學深厚。洪家「素號學海，書籍擁專城」，宋朝的洪皓和他的兒子洪適三兄弟、明朝的洪鐘和他的子孫洪澄、洪滔、洪梗、洪椿，都是洪昇的祖先，也都是著名文人。黃蕙的祖父黃幾是順治朝進士，官至文華殿大學士，父親黃彥博也是康熙朝進士，曾任庶吉士。錢開宗任過江南科場副主考，學問可知，其妻顧玉蕊的詩名在康熙朝名動天下，四個子女都是當時名重一時的才子（女）。柴靜儀的父親柴紹柄，是康熙朝著名的「西泠十子」之一，爲天下學子敬重。

「西陵十二釵」們，學詩學得很苦，吟詩近乎走火入魔。錢鳳綸詩中說林以寧「半壁青燈臨衛帖，一窗寒雨讀陶詩」，與《紅樓夢》中林黛玉的行徑彷彿。錢靜婉詩中說自己爲了吟詩，「柳絮顛狂驚不管，穿林又啄桃花片」。顧長任描述自己「病中詠菊」的情形，「柔

姿旖旎，人瘦黃花共」。姐妹們經常聚在一起，議論文人墨客，或分韻賦詩。錢鳳綸給顧長任、柴靜儀的詩中記載，「也曾念，共繡閣，論文人否？」「玉案聯吟，錦箋分韻，珠璣新燦」。她們在每個成員的生日、送別、對弈、作畫、聽琴等時候，互相之間以詩詞贈答，詩社生活十分活躍。這些同《紅樓夢》大觀園中姐妹們的生活完全一致。

尤其值得注意的是，這些才女，在結詩社活動中，確實像《紅樓夢》中描寫的那樣，模仿當時文人的習慣，爲自己各取一個雅致的別號。在錢鳳綸的詩中，就曾透漏「偕同社壽季嫻凝香室宴集」，「季嫻」是柴靜儀的字，「凝香室」則是她的詩集名稱，「壽」就是爲她慶賀生日。錢鳳綸自己的別號是「天香樓」，她的詩集就名爲《天香樓集》。她的妹妹錢靜婉別號「古香樓」，作品集就名爲《古香樓集》。林以寧的別號是「鳳瀟樓」，詩集亦名《鳳瀟樓集》，還曾創作《芙蓉峽傳奇》。馮又令的別號爲「湘靈樓」（亦作「湘雲樓」），詩集名《湘靈集》（一說《湘雲集》）、《和鳴集》。洪昇早期的別號爲「嘯月樓」，詩集亦名《嘯月樓集》，與姐妹們一樣，其中都有一個「樓」字。

六、千紅一哭——女詩人們的悲慘命運

《紅樓夢》中的姐妹們，迎春被挫辱而死，探春遠嫁，惜春出家，黛玉淚盡夭亡，寶釵與湘雲的命運在前八十回中沒有描寫，但一個是「金簪雪裡埋」，一個是「雲散高唐，水涸湘江」，也好不到哪裡。總之，是「千紅一哭，萬豔同悲」。

《紅樓夢》中黛玉詩有「冷月葬花魂」一詞，並非作者的獨創，而是明末清初著名文人葉紹袁悼念早逝女兒葉小紈、葉小鸞、葉紈紈的詩句。《紅樓夢》作者套用一家出了四個女詩人的葉紹袁詩句，表達《紅樓夢》中的金陵十二釵的命運，同「西陵十二釵」一樣，都是「薄命司」中的怨鬼，是順理成章的。有證據表明，葉氏姐妹與她們的母親沈宜修，雖非「蕉園詩社」成員，但與顧玉蕊、柴靜儀是親戚關係，大約有過酬唱往來，洪昇和姐妹們，應當熟悉她們母女的詩作。

「蕉園詩社」成員中，錢氏姐妹的父親，在她們幼年時，就被朝廷砍了腦袋抄了家，四兄弟姐妹和寡婦母親，又曾被逮捕發配，後雖然返回了家鄉，但故宅已頹，舊巢傾覆，孤苦無依。林以寧和柴靜儀，都是幼年時父親不幸病死，柴靜儀生卒年不詳，林以寧卻只活了三十七歲，就帶著一顆詩人的心，靜靜地到了另一個世界。

洪昇的妻子黃蕙，幼年喪母，剛剛結婚，又死了父親。婚後本以爲嫁了「才貌仙郎」可以「博得個地久天長」，但因爲洪家發生了「家難」，又被迫與丈夫一起逃離了家庭，後半生過著極端顛沛流離、貧困潦倒的生活，用眼淚爲丈夫還了一生情債。洪昇的兩個親妹妹，都是「霜管花生豔，雲箋玉不如」的聰明美麗女子，但都由於家庭破敗、婚姻不幸等原因，雙雙年輕早死了。

洪昇因爲「天倫之變」，在康熙十年逃離了家庭，洪家「子孫流散」，「蕉員詩社」失去了主要據點，姐妹們也陸續出閣，或隨父母、夫婿遠行，詩社終於不宣而散了。康熙三十年，相隔二十年後，洪昇回到了家鄉，在西湖的孤山修建了簡陋的「稗畦草堂」居住。這時候，少年時一起遊玩的姐妹們不僅早已風流雲散，而且大多都已不在人世。看到這種「萬豔同悲」的結局，撫今追昔，洪昇心中的滋味可想而知。

康熙三十八年，洪昇把同自己一起逃離家庭的二弟洪昌的骸骨遷葬故鄉，吟詩道：「哭弟悲無已，重經兩妹亡，爲兄年老大，疊稠遇悲傷。」這種心境下，洪昇根據西溪故宅和家園風景，設計了「大觀園」，根據姐妹們的事跡和命運，設計了「太虛幻境」，並把她們都打入「薄命司」，同時把自己居住的「稗畦草堂」命名爲「悼紅軒」，開始創作《紅樓夢》，爲當年的「閨閣昭傳」，「不使其淹沒無聞」。《紅樓夢》還有比這更充分的創作理由麼？

七、蕉棠兩植——《紅樓夢》為什麼強調「紅香綠玉」

凡是熟讀《紅樓夢》的讀者都能知道，《紅樓夢》中有一處十分奇怪的情節描寫。初建大觀園時，寶玉見到怡紅院中栽有一株芭蕉、一株海棠，便爲其題匾額爲俗而又俗的「紅香綠玉」四字。元妃省親時，去掉了「香玉」二字，改題爲「怡紅快綠」，應該說比寶玉的題額高明多了。但元妃走後，寶玉似乎並不服氣，鑽進黛玉的屋子，講了一通莫名其妙的「香芋（香玉）」的故事，發泄心中的不滿。

對這段故事，歷來紅學家們都知其然不知其所以然，也無人能解釋寶玉何以做出如此奇怪的舉動。當你明白了《紅樓夢》的故事原型是洪昇的姐妹們的故事後，就會恍然大悟了。洪昇對「香玉」兩個字，實在是太在乎了！「玉」字代表的是洪昇代表作中的「玉妃」，即《長生殿》中的楊玉環；而那個「香」字，代表的就是洪昇的姐妹們，從「天香樓」、「古香樓」、「凝香室」中，還看不到「香」字的出處麼？

洪昇姐妹們的別號中，都有一個「香」字，姐妹們的詩集名稱中，也都有一個「香」字。「香」字代表的是花，故稱爲「眾香國」；也代表美好的女子，美女的詩習稱「眾香詞」，更何況這些女子的詩集中，又都冠以一個醒目的「香」字！另外，這些才女們的別號和詩集中，又都用一個「樓」字，這個樓，就是「香樓」，就是「紅樓」，這同「紅樓」一詞代表富室閨閣的含義完全吻合，無怪作者最後確定的書名爲《紅樓夢》。《紅樓夢》，就是洪昇同「西陵十二釵」姐妹這些紅男綠女們悲劇人生的南柯大夢！

在洪昇與姐妹們的詩詞中，「紅樓」二字出現的頻率很高，如洪昇的「人散曲終紅樓夢」，「旗亭市上紅樓裡」，徐燦的「侯門東去小紅樓」，等等。更早將「紅樓夢」三字連用的，出自萬樹的「醉花間」詞，詞中說：「長亭路未遙，易入紅樓夢」。

萬樹與洪昇是同時代人而稍早，是當時馳名天下的傳奇作家，洪昇從事傳奇創作，向萬樹學習甚多，用萬樹詞中「紅樓夢」一詞，爲作品命名，合乎情理，也與洪昇追悼姐妹們的心境吻合。

洪昇在《長生殿》中，寫了「埋玉」的悲劇故事，爲了一個「玉」字，搞得身敗名裂；

姐妹們結社仿唐寅「葬花」，爲了一個「香」字，也都鬧得年輕夭亡、「千紅一哭」。康熙皇帝名玄燁，康熙朝避諱玄字，代寫爲元，元妃就是「玄妃」。元妃不要「香玉」，就是清廷不用「香玉」，就是當時的社會「埋玉葬花」的現實折射，《紅樓夢》作者的內心不是昭然若揭了麼！

《紅樓夢》開篇，作者就交代，創作此書的目的，一是爲了寫自己「幻形入世」、「無才補天」，二是爲姐妹們「閨閣昭傳」，「不使其淹沒無聞」。當然，作者寫的是小說，不是紀實文學，把「蕉園詩社」成員們都集中到「大觀園」裡，把她們長達十幾年的詩社生活凝縮到同一時間內，這是文學創作三一律的需要。洪昇以創作傳奇見長，戲曲對三一律要求更爲嚴格，否則無法演出。但《紅樓夢》中描寫的十二釵，其身分、地位、才情、性格、舉止、命運以及與主人公的關係，都是基本尊重事實的。從以上考證分析，你看出了《紅樓夢》作者洪昇的創作意圖了麼？

滿紙荒唐言，一把辛酸淚。都云作者癡，誰解其中味？

洪昇就是《紅樓夢》的初作者，你相信了吧?!

大觀園詩社與蕉園詩社（二）

一、《紅樓夢》的主角是一群「異樣女子」

《紅樓夢》的創作宗旨是爲作者「親歷親聞」的「幾個女子」作傳。開篇作者就交代：「其中只不過幾個異樣的女子，或情或癡，或小才微善，亦無班姑、蔡女之德能」。班姑即續《漢書》之班昭，蔡女係作《胡笳十八拍》之蔡文姬。《紅樓夢》書中的女子，「雖不敢說強似前代書中所有之人，但事跡原委，亦可消愁破悶；也有幾首歪詩熟話，可以噴飯供酒」。作者描寫這幾個異樣女子，是採取寫實的辦法，「追蹤攝跡，不敢稍加穿鑿，徒爲供人之目而反失其真傳者」。這足以說明，作者寫的這幾個異樣女子不是編造的，書中一點作假的成分也沒有，完全是真實生活的寫真，確實有生活原型爲依據。

從《紅樓夢》作者在書中的交代，我們對這些「異樣女子」最起碼可以推測出以下幾點：

其一，從生活環境上看，這些女子應該就生活在作者身邊，與作者關係密切，作者對她們感情篤深，她們的事跡是作者「親歷親聞」的，並非虛構；從作者說的「我之罪固不能免，然閨閣中本自歷歷有人」來推斷，這些女子是作者家中之家屬或親屬，與作者應係姊妹關係，作者創作《紅樓夢》的「本意原爲記述當日閨友閨情」。

其二，從時間上看，這些女子應該與作者年齡相仿，前半生的青少年時代往來密切，因爲作者明確交代「親歷親聞」的時間是「我半世」，一個人到了後半生，才會說「我半世」如何如何；反過來說，作者創作《紅樓夢》的時間，自然是在自己的後半生，是「忽念及當日所有之女子」，憑著對年輕時的回憶寫作的。

其三，從數量上說，這些女子不會是三個兩個，而是一群人，用作者的話說，是「一干冤孽」。她們雖然沒有班姑蔡女之名氣，但「或情或癡」，「小才微善」，曾作過幾首「歪詩熟話」，又明顯不同於那些傳統的「才子佳人」故事，顯然，這些女子都有一定的文學才能。不僅如此，似乎這些女子的「行止見識，皆出於我之上」，令作者十分佩服，自我感覺「堂堂鬚眉」不如「一干裙釵」。創作《紅樓夢》的目的，是不欲使姐妹們的事跡與自己「一併泯滅也」。

其四，這些女子都沒有擺脫「紅顏薄命」的社會規律，最終下場都很悲慘。作者把她們統統歸入「風流冤孽」行列，打入了「太虛幻境」中的「薄命司」，讓她們來自「離恨天」、「灌愁海」，歎「古今之情」，償「風月之債」，結果是「千紅一窟（哭）」、「萬豔同杯（悲）」。

其五，作者創作《紅樓夢》的直接動因，是因爲經「歷過一番夢幻」。什麼「夢幻」

呢？「無材可去補蒼天，枉入紅塵若許年」，成了女媧棄置在「大荒山」下的一塊頑石。按封建社會知識分子對「補天」的通常理解，作者是哀歎自己「仕途」不順，很可能「跌過筋斗」，正處於「愧則有餘，悔則無益之大無可如何之日」。除此外，作者似乎還有更深層次的難言之隱，怨恨自己辜負了「天恩」、「祖德」，還「背父母教育之恩」，「負師兄規訓之德」，以致「一事無成，半生潦倒」，並屢次聲稱自己「不肖」、「無能」，自己之「罪」「固不能免」，似乎作者在家庭敗落中負有重要責任。

《紅樓夢》的作者究竟是誰？作者描寫的這幾個異樣女子又是誰？這是牽涉到《紅樓夢》作品主旨的大是大非問題，不可不搞清楚。傳統紅學有諸多缺陷，但其中最主要的缺陷有三個：

一是在曹雪芹身邊找不到這些女子的生活原型。不要說一干異樣女子，就是一個也找不到，因此根本沒有爲這些「異樣女子」寫書作傳的動因。

二是曹雪芹雖然也是「一事無成」、「半生潦倒」，但曹家敗落，是上輩子的事情，曹雪芹沒什麼責任，更不會產生負罪感。《紅樓夢》作者是要把自己之罪「編述一記」，「以告普天下人」，曹雪芹完全沒有理由自稱「不肖」，向普天下告的哪門子罪？

其三，《紅樓夢》作者是在「半生潦倒」之後才開始以自己的經歷爲藍本創作的，創作時的年紀已過了「半世」，書中的姐妹事跡是「當日」之事，是作者對年輕時的回憶。按曹雪芹的年齡推算，創作《紅樓夢》時只有二十來歲，一個二十來歲的年輕人，有可能哀歎

「半世」麼？有可能「忽念及當日之女子」麼？有可能總結自己的一生，回顧自己「親歷親聞」的人和事麼？顯然都完全無此可能。真不理解當年胡適先生是否認真讀了《紅樓夢》，是否注意到了《紅樓夢》的主角有一大幫異樣女子，在這些女子的原型全無下落的基礎上，是如何斷定《紅樓夢》是寫江寧織造曹家事跡的？

筆者經過多年精心考證，證明了《紅樓夢》的作者不是乾隆朝的曹雪芹，而是康熙朝的著名文學家洪昇。洪昇創作《紅樓夢》的時間是在康熙三十一年以後，正是他的後半生。洪昇向「普天下」宣示「不肖」的「我之罪」，就是因爲自己沒有繼承並恢復祖業，造成「百年望族」洪家落了片白茫茫大地真乾淨；洪昇經歷的「夢幻」，跌過的「筋斗」，就是洪家「天倫之變」的「家難」，以及洪昇本人又因爲「國喪」期間「聚演《長生殿》」被朝廷革職下獄，終身功名無望的人生悲劇；洪昇「忽念及」的「當日之女子」，就是年輕時與洪昇相親相愛的眾多姐妹，也就是清初著名的女詩人群體「蕉園五子」和「蕉園七子」，她們曾結成「蕉園詩社」，號稱「西泠十二釵」，在清初名滿天下。以上內容在筆者的〈洪昇初創《紅樓夢》考證〉、〈《紅樓夢》創作背景分析〉、〈《紅樓夢》文學考證〉、〈大觀園詩社與蕉園詩社〉、〈蕉園絳雲紅香綠玉〉等系列文章中有詳細分析，感興趣的朋友不妨一讀。

本文試圖利用一些新資料，進一步就這個問題展開研究，以就教於紅界同人。前列文章中已經研究分析的一些史實，本文不再涉及。有的朋友沒有閱讀過前列文章，初讀此文，可能會有雲裡霧裡、不得要領的感覺。建議先讀前列文章，再讀本文，循序漸進，就會豁然開朗。

二、大觀園詩社的活動場所就是杭州西溪

《紅樓夢》中，姐妹們先後結成兩個詩社，前一個詩社名叫「海棠社」，後一個詩社名叫「桃花社」，這與康熙初年在杭州西溪組建的女子詩社「蕉園詩社」是完全一致的。「蕉園詩社」的前期組織者是顧玉蕊，參加者有著名女詩人徐燦和柴靜儀，錢鳳綸、林以寧等，號稱「蕉園五子」；後期的組織者是林以寧，參加者有柴靜儀、錢鳳綸、錢靜婉、馮又令、顧長任、李淑等，號稱「蕉園七子」。

《紅樓夢》書中其實也隱約暗示過「蕉園詩社」的真實名稱，姐妹們成立海棠社時，發起人探春所取的號就是「蕉下客」；後來重建桃花社時，重建的倡導者林黛玉也曾專注於一個「蕉葉杯」。這些描寫，應該都不是無謂的信手塗鴉，自有其深刻含義。林黛玉的生活原型林以寧，確實是「蕉園七子」的發起人，後期詩社的社長。

這個女子詩社的成立決不是偶然的。其一，這些女子們都是杭州當時「洪黃錢顧」四大家族的名門閨秀，都出生於「詩禮簪纓」家庭，有良好的文學修養；其二，詩社之所以用「蕉園」命名，並非取自什麼景點，而是取自著名詩人錢謙益的「蕉園」詩，「蕉園」和「絳雲」，都是儲存明史的地方，後來都被大火燒毀了。詩社取名「蕉園」的意思應是悼念

明史。由此可見，這些女詩人都是懷著亡國之痛的遺民詩人一流；其三，這些女詩人與杭州「百年望族」洪家都是親屬關係，她們都是洪昇的表姐妹，洪家的府邸園林在杭州著名的風景地西溪，爲這些「異樣女子」提供了一方優遊吟唱的樂土。

不知朋友們是否到過西溪，今天的西溪很荒涼，有一種難以名狀的野性美，很難想像，在繁華的大都市杭州的近郊，今天還有這麼一處天然的荒野。但在宋明兩朝直到清朝初期的西溪，這裡卻一直是文人雅士鍾情的場所。南宋高宗南渡後，初次來到西溪，看到這裡景色宜人，本打算在這裡建都，後來發現了鳳凰山麓，才打消了在這裡建都的計劃，但仍對這裡的景色依依不捨，宋高宗趙構於是說：「西溪且留下」，從此，西溪就有了「留下」的別稱，直至今天。南宋以後，杭州著名的官僚文人，往往在西溪建築自己的府邸或別墅，好多著名的僧道尼姑，也到這裡建築庵堂寺觀，修真養性。洪昇的六世祖洪鐘，就是晚年在刑部尚書崗位上退休後，來到西溪建設洪府和洪園，爲暮年養靜之所的。

西溪的景色，與《紅樓夢》中描寫的大觀園景色基本相同，依山傍水，曲折幽深，主要的象徵景物有梅花、楊柳、翠竹、桂樹、蓮藕、蘆葦、梅花、蘼蕪。清康熙年間有「西溪八景」，今天多已不存，仍然清晰可見的，就是「秋雪庵」和「藕香橋」，這兩個景點，恰恰就是《紅樓夢》中大觀園姐妹們吟詩作畫的場所！

所謂「秋雪庵」，在《紅樓夢》中被稱爲「蘆雪庵」或「秋爽齋」、「秋掩書屋」，是探春居住的場所。《紅樓夢》之所以把「秋雪庵」稱爲「蘆雪庵」，是有深刻道理的。「秋雪庵」的景色以蘆葦爲勝，每到秋季，蘆花如雪，故名；及至冬季，又是杭州賞雪景的不二佳處。西溪的「秋雪庵」四面臨水，蘆花環繞，非乘船不能到達。《紅樓夢》中，是探春主張起詩社的，她在給二哥寶玉的書信中說：「若蒙棹雪而來，娣當掃花以待。」所謂「掃花」時節，當是秋季；所謂「棹雪」，當是在蘆花中行船的意思，需要乘船方可到達，說明並非真的在園子裡面。所以，《紅樓夢》中初起詩社的「蘆雪庵」，只能是西溪的「秋雪庵」，用第二地點都無法解釋。

西溪秋雪庵附近，就是另一著名的景點「藕香橋」。「藕香橋」乃一竹橋，人行其上，咯吱作響。據史籍記載，藕香橋頭的水中曾有一亭榭，名爲藕香榭，四面環水，水中多紅菱和蓮藕，是文人雅士觀荷垂釣的好場所。《紅樓夢》書中，姐妹們聚詠「菊花詩」的地點，就是「藕香榭」，鳳姐說這裡：「藕香榭已經擺下了，那山坡下兩棵桂花開得又好，河裡的水又碧清，坐在河當中亭子上豈不敞亮，看著水眼也清亮。」「原來這藕香榭蓋在池中，四面有窗，左右有曲廊可通，亦是跨水接岸，後面又有曲折竹橋暗接」，竹橋上的楹聯是：「芙蓉影破歸蘭槳，菱藕香深寫竹橋。」可見，西溪的藕香橋以及後面接的「藕香榭」，就是《紅樓夢》中藕香榭的真實原型，《紅樓夢》關於姐妹們起詩社地點和景致的描寫，完全是寫實，並非作者虛構。

《紅樓夢》書中到了「凹晶館」黛玉、湘雲聯詩，「詩社也散了，詩也不作了」，姐妹兩人趁月色淒淒涼涼、孤孤單單地來到「凹晶館」聯詩「悲寂寞」。這個「凹晶館」在什麼地方呢？書中寫道：「二人便同下斜坡，只一轉彎，就是池沿，沿上一帶竹欄相接，直通著那邊藕香榭的路徑」。原來，這個凹晶館就在藕香榭的旁邊，可見也是西溪的重要景點之一。

關於《紅樓夢》中大觀園的原型，紅學界爭論得煞是熱鬧，有人說是南京的隨園，有人說是北京的恭王府花園，有人說是皇家的圓明園，有人說是天津的水西莊。這種胡亂猜測的治學方法是要不得的，只有提出證據可以證明《紅樓夢》所寫的故事及其發生時間、地點與此園有關，方是可信的。洪昇家位於西溪的「洪園」，面積並不大，但把洪園與西溪的著名景點一起作爲「大觀園」的原型，就與《紅樓夢》的描寫完全契合了。朋友們不妨仔細想一想，探春邀請寶玉，希望他「棹雪」而來，就是乘船穿過蘆葦蕩而來，除了天然野趣的西溪，哪個家庭的花園會有這般景致？

《紅樓夢》中「蘆雪庵」、「藕香榭」、「凹晶館」這些地方，都在西溪洪府的周圍，並不在洪家花園內，所以今天讀《紅樓夢》的朋友都有個奇怪的感覺，就是大觀園爲什麼那麼大？當你明白了《紅樓夢》中大觀園的原型，不僅是洪園，包括整個西溪的時候，就會恍然大悟了。書中湘雲和寶琴等人在「蘆雪庵」烤鹿肉吃，如果是在家庭花園內，就十分令人費解，當你知道了蘆雪庵本來是野外時，就感到順理成章了。

朋友們可以作深一步分析，《紅樓夢》作者爲什麼把大觀園詩社的活動場所，都安排在「蘆雪庵」和「藕香榭」？因爲書中明確交代這裡是探春和惜春居住的地方。探春和惜春是誰？是寶玉的妹妹！換句話說，就是作者洪昇的親妹妹。洪昇詩中記載，他確實有兩個親妹妹，都是「霜管花生豔，雲箋玉不如」的聰明美麗的少女。「蕉園詩社」在這裡活動，就是在洪府及其周邊美麗的西溪八景中活動。杭州西溪歷來是文人雅士熱衷吟頌的美麗地方，當然也是洪昇與姐妹們青少年時代的天堂！你聽過騰格爾唱的「天堂」麼？對於《紅樓夢》作者來說，「蘆雪庵」和「藕香榭」就是他和姐妹們終生無法忘懷的天堂！

三、黛玉論詩與清初詩壇論爭

今天紅學界的幾位權威，都承認當今紅學，從文學角度研究《紅樓夢》很不夠，但又沒有幾個紅學專家，真的從文學角度去研究《紅樓夢》，本文繼〈《紅樓夢》文學考證〉，進一步從文學角度，研究一下《紅樓夢》中的詩詞風格，以證明《紅樓夢》的作者，是康熙朝的洪昇，而非乾隆朝的曹雪芹。

在《紅樓夢》第四十八回〈濫情人情誤思遊藝，慕雅女雅集苦吟詩〉中，林黛玉為剛剛學詩的香菱大講了一通作詩的道理：香菱說她只愛南宋詩人陸遊的「重簾不卷留香久，古硯微凹聚墨多」，黛玉馬上說，「斷不可學這樣的詩。你們因不知道，所以見了這淺近的就愛，一旦入了這個格局，再學不出來的」。陸放翁乃詩壇千古名家，黛玉卻說他「淺近」，斷然不許香菱學他的詩，不是很奇怪麼？她排斥放翁的詩，究竟是為了什麼？

當你知道了清初詩壇關於「宗唐」、「宗宋」的論爭之後，你就會明白，黛玉為什麼看不起陸遊的詩。明朝末期，詩壇曾掀起一股崇拜宋詩的風氣。到了清初，以錢謙益爲領袖的詩壇，爲了反對「公安派」的復古傾向，仍然推崇晚唐、五代和兩宋的「簡樸」、「淺近」、「以俗爲雅」的詩風。直至到了王漁洋主盟詩壇，方才大力倡導盛唐詩風，主張「神韻」風格，扭轉了詩壇宗宋風氣。王漁洋曾編輯出版了《唐詩三昧集》，共收錄初唐、盛唐詩人四十二人的四百四十八首詩，主要推崇王維、孟浩然、王昌齡、岑參等人的詩。《唐詩三昧集》對有清一代詩風影響甚大，流風所至，直到今天。

回過頭來我們再來看《紅樓夢》中林黛玉向香菱發表的詩論，她並非排斥陸遊一個詩人，而是排斥整個宋詩。她向香菱推薦的詩人，全部是唐朝詩人。她要求香菱首先把王維、杜甫、李白的詩，各讀「一二百首」，「然後再把陶淵明、應煬、謝、阮、庾、鮑等人的」詩逐一閱讀領會，「不用一年工夫，不愁不是詩翁了」。黛玉推薦的詩人，不是盛唐，便是初唐的，連晚唐詩人都沒有，因爲晚唐詩風與宋詩一脈相傳。當然黛玉也推薦了幾個魏晉南北朝的詩人，如陶淵明，因爲那時的詩風與初唐一脈相傳。寶玉、探春和香菱一起聽黛玉講詩時，又說「這三昧你已經得了」，什麼「三昧」？就是唐詩「三昧」。香菱後來讀詩，果然唯讀「王摩詰」、「岑嘉州」、李義山的詩（第六十二回），可見香菱學詩是學唐，而非宗宋。

《紅樓夢》作者爲什麼通過黛玉論詩，表現自己的宗唐非宋詩風呢？原來，《紅樓夢》的作者洪昇，少年時學詩，本屬清初浙派，浙派詩風是宗宋的。後來，洪昇拜王漁洋爲師，詩風改宗唐，特別是對岑參、王維的五言律詩，崇拜得五體投地，洪昇詩歌的最高成就，就完全體現在五言詩及古風上。看《紅樓夢》中姐妹們的詩，作者最欣賞的，大概也是元妃省親時的四首五言律詩和歌頌林四娘的古風，足以看出作者洪昇的詩歌傾向。

最有意思的是《紅樓夢》中，寶玉一見黛玉的面，便送她一個「顰顰」的字，問其出處，寶玉顧左右而言他，不肯解釋自己「杜撰」的理由，紅學界至今也沒人深入探討「顰顰」二字的真實含義。其實，這個「顰顰」二字的奧妙，就在於清初詩壇的唐宋之爭！明代後期詩壇復古之風甚盛，直到清初餘風尚在，幾社的陳子龍、柳如是等人，基本上是這股詩風的代表者。顧嗣立形容這些復古主義的詩人，曾有一首很著名的詩：「後生齊奉李于鱗，樂府歌謠總失真。舉世不知西子面，效顰更笑效顰人。」詩中連續出現的兩個「顰」字，當是黛玉字「顰顰」的真實來歷。

筆者曾經考證，《紅樓夢》創作的早期，黛玉的原型原來是明末清初的風塵才女柳如是，直到後期，洪昇才把這個人物的原型改爲「蕉園詩社」的林以寧。與柳如是締結「金玉姻緣」的丈夫錢謙益，詩風是宗晚唐兩宋的；而她早期「木石前盟」時的情人陳子龍，詩風是宗唐的，並明顯有明代公安派的風格。柳如是本人的詩風，主要受陳子龍影響，明顯有六朝與唐代的風格。所以，洪昇用「顰顰」二字爲黛玉取字，很大程度上是爲了表現黛玉身上的柳如是影子。

在《紅樓夢》中，探春具簡邀寶玉參加詩社，花箋上寫道：「孰謂蓮社之雄才，獨許鬟眉；直以東山之雅會，讓余脂粉」。所謂「東山雅會」，在明末很有名氣，是江南眾多知名文人爲慶賀陳眉公生日而舉行的盛會。在這次盛會上，柳如是巾幗不讓鬟眉，大展才華，風頭強勁。《東山酬和集》對此有詳盡記載。《紅樓夢》中探春說的「東山雅會，讓余脂粉」，只能是指柳如是的這件出風頭的事跡。對於「東山雅會」這麼重要的文學事件，紅學界竟無人注意，更談不到研究了，實在是一大憾事。之所以如此，大概是紅學專家們更多地注重「猜笨謎」，很少有人認真做文學考證分析的緣故。

在《紅樓夢》「太虛幻境」曲子中，表現寶黛二人的曲詞說：「一個是水中月，一個是鏡中花。」按現在對「鏡花水月」成語的一般理解，似乎從字面也不難理解其中含義。但把這句話放回到清初的文學環境中去，卻另有更深層次的內涵。王漁洋的《池北偶談》中說：「嚴滄浪《詩話》借禪喻詩，歸於妙語，如謂盛唐諸家詩如鏡中之花，水中之月。鏡中之像，如羚羊掛角，無跡可求」。嚴滄浪乃宋朝詩詞理論家，他對唐詩的評價爲後世所尊崇。王漁洋在這裡引嚴滄浪所說的「鏡花水月」，乃是指盛唐詩風，也間接說明自己的「神韻」詩論，是有特指的，並非隨便一用。因此，《紅樓夢》中說寶黛二人，一個是「水中月」，一個是「鏡中花」，應該有兩人詩風都宗唐的意思，也間接表現了《紅樓夢》作者與「神韻」詩風的淵源關係。洪昇是王漁洋的嫡傳弟子，因爲「鏡花水月」問題，還曾同老師王漁洋和好友趙執信三人進行過一番很有意思的討論，見趙執信的《談龍錄》，並非筆者胡亂附會。

順便談到一個很有意思的人，就是爲《紅樓夢》題書名的那個「吳玉峰」。這個人在曹雪芹身邊確實找不到是何許人，但在洪昇身邊卻實有其人，他就是清初著名的詩人及詩詞理論家吳喬。吳喬字修齡，號玉峰，昆山人。昆山別稱玉峰，詩人是以地名取號。吳喬與清初著名文人兼官僚徐乾學是同鄉，徐乾學也有「玉峰尙書」的雅號。吳喬曾與徐家子弟圍爐談詩，寫下了著名的《圍爐詩話》。吳喬同洪昇的生活圈子往來密切，據王漁洋《居易錄》記載，他同吳喬是少時朋友。另據《茶餘客話》記載，吳喬同趙執信爲莫逆交。諸多史料顯示，吳喬與洪昇的師友毛先舒、徐軌、李天馥、宋犖等人，也往來密切。

這個吳喬，是個詩風宗唐的鐵杆，對錢謙益宗宋詩風多所指謫，曾專門爲此著《正錢錄》一書。這個人資格很老，壽命很長，與陳子龍、柳如是是同時代人，又與陳柳同屬雲間派詩人，陳柳抗清的事跡他曾經親見，對陳柳及其他「幾社」詩人在「小紅樓」中吟詩的場景也十分熟悉。在《紅樓夢》創作前期，由這個「花間詩人」、情場老手「吳玉峰」，題寫《紅樓夢》這個書名，是非常順理成章的，也是有最大可能的。

至於《紅樓夢》創作後期，洪昇把作品改寫成爲自己「親歷親聞」的人和事，《紅樓夢》書名的代指意義，已經由陳柳「木石前盟」的「紅樓一夢」，轉變爲自己與「蕉園姐妹」們的「紅樓一夢」，《紅樓夢》的內涵和宗旨已經發生了重大變化，這就非吳喬所能料及了。洪昇之所以把「吳玉峰」這個名字連同他早期題寫的書名，在作品前邊保留下來，很大程度是爲了暗示《紅樓夢》創作曾經經歷過兩個階段。

妙玉出家與徐燦禮佛

雙飛翼，悔煞到瀛州。詞是易安人道韞，可堪傷逝又工愁。腸斷塞原秋。

——清・朱孝臧《望江南》

欲潔何曾潔，云空未必空。可歎金玉質，終陷淖泥中。

——《紅樓夢》妙玉判詞

在《紅樓夢》研究中，爭議最大的人物大概非妙玉莫屬了，截止目前，最說不清楚的人物大概也是她。紅學界使出吃奶的氣力，也找不到她的原型，理不清她的思想，判不明她的結局，更斷不定作者何以要寫這個人物。無論從文學角度還是從史學角度，妙玉都是《紅樓夢》研究的「老大難」。

一、妙玉其人

《紅樓夢》中，妙玉是個妙齡女尼，住在大觀園的櫳翠庵中。書中沒有描寫她的正式姓名或表字，只說她原籍蘇州，是賈府在蘇州「採買」十二個唱戲的女孩子時，順便下請帖並用「大轎」請來的。

1. 妙玉是紅樓「十二釵」中唯一沒有血緣關係、不屬於四大家族的成員。首先，妙玉是「金陵十二釵」成員之一，是「薄命司」中的人物，肯定是悲劇結局，這在《紅樓夢》「太虛幻境」的冊子和十二支曲子中有明確交代，沒有疑問。

其次，她在薄命的十二釵中，是個比較特殊的人物。她的特殊不僅在於她的尼姑身分，她的孤傲性格，更主要的是她同其他成員沒有任何血緣關係，換句話說，她是唯一不屬於四大家族的成員。十二釵其他成員之間，或姐妹，或姑嫂，或婆媳，或妯娌，都是血親，並都屬於四大家族，只有妙玉是個例外。

2. 她的家庭原來極爲富貴，其豪闊程度似乎不在四大家族之下。

爲什麼這麼說呢？從書中賈母帶領劉姥姥和一干姐妹到櫳翠庵飲茶的情節中，就可以看得十分清楚。她拿出來的茶具，什麼「𤫩瓟斝」、「點犀䀉」、「綠玉斗」，連「白玉爲堂金作馬」的堂堂榮國府裡也找不出來。被劉姥姥用過「成窯」的貴重茶具，她居然要砸碎扔掉，還是寶玉求情，才給了貧婦劉姥姥。她的喝茶，完全是貴族氣魄，茶是上品的「六安茶」和「老君眉」，水是「玄墓」梅花上掃下的雪水，並且要「蠲」上三年。喝茶時只能用金杯玉盞細細品味，如果爲了解渴而喝多一點，便成「飲牛」了。這麼精美講究的生活方式，遠遠要超過四大家族的公子小姐們。

3.她有極高的文學修養，性格卻又極端孤僻。在凹晶館月夜池塘邊，黛玉同湘雲聯詩，當聯到「寒塘渡鶴影」，「冷月葬花魂」這樣的絕高境界時，她突然跳了出來，說二人在這樣的高潮之上很難再續下去了，於是，她一口氣續完全篇，令黛玉、湘雲兩個詩才敏捷的才女讚歎不已。她與大觀院中的多數人並不合群，只對寶玉、黛玉、岫煙、惜春還過得去。寶玉生日，她下拜帖，居然用匪夷所思的「檻外人」署名，害得寶玉冥思苦想不知如何應對，最後請教了岫煙，才以「檻內人」答覆了事。

4.她因病出家，帶髮修行，非僧非道，欲潔未潔，云空未空，下場淒慘。她出家的原因書中交代是因爲自小多病，買了兩個「替身」出家也不管用，只好親自皈依佛門，書中說得不清不白，不合常理，大概另有隱情。她是帶髮修行，行爲亦僧亦道，類似「莊禪」一流，這是《紅樓夢》的一貫手法，不獨妙玉。她的師傅讓她在這裡等「結果」，不許回家鄉。爲什麼不許回家鄉？要等待什麼「結果」？書中沒有交代。她的最終結果是「無暇白璧遭泥陷」，怎麼個「未潔」、「未空」、「泥陷」法，前八十回沒有交代；後四十回寫她被江洋大盜迷姦，然後劫持至海上，不屈而死，紅學界一致認爲不可信。

二、紅學界對妙玉所猜的「笨謎」

如前所述，紅學界對妙玉這個形象的研究並非不重視，也並非不下苦功夫考證研究，但苦於找不到書中人物的原型，也找不到作者描寫這麼個人物的正當理由。無奈之下，只好用

「猜笨謎」的辦法對付，迄今沒有一種權威的說法。

1.最先「猜笨謎」者，大概是續書作者。《紅樓夢》後四十回，並非作者原創，這似乎已成定論。不論續書作者是誰，他對妙玉下場的描寫，應該是「猜笨謎」的始作俑者。我們可以推斷，他就是根據「太虛幻境」中的圖畫、判詞、曲子的暗示，按照「無瑕白璧」陷入「污泥」的思路去續寫的。在封建社會，對於一個女人來說，陷入「污泥」的一般解釋，就是在婦道上有失節行爲，所以續書作者讓她被迷姦，被劫持。這種寫法，讓人看了之後感到很不舒服，也很難理解《紅樓夢》這部偉大作品的正大宗旨，似乎不足爲訓

2.索隱派附會她是影射康熙朝某個政治人物。蔡元培先生在《紅樓夢索隱》中，就是用清史記載的姜西溟事跡，來判斷妙玉所影射的人物的，原因是姜字代表美女的意思。但在蔡胡論戰中，早被胡適先生駁倒，沒有幾個人相信了。近年來，索隱紅學大有東山再起之勢，按照索隱方法繼續附會妙玉的也大有人在。霍國玲就把妙玉附會成「竺香玉」的什麼「分身」，還有人說作者是根據歷史上思凡尼姑「陳妙常」的故事寫的。不過這些附會之說毫無證據，市場不大，影響有限。

3.劉心武、周汝昌猜她是失勢貴族的女兒。劉心武先生在猜測秦可卿是「廢太子」女兒的基礎上，循同一思路，把妙玉也猜測爲在宮廷鬥爭中某個失勢貴族的女兒。周汝昌大師接過了劉大作家的知識產權，也大談妙玉的身分如何敏感，同寶玉的關係如何微妙，所以紅樓才能「奪目紅」。且不說這些謎語猜得如何荒唐，就是這種方法，也早在八十年前就臭不可

聞了，不知二位大師作何感想。

4.多數紅學家根據脂批，猜測妙玉淪落風塵。脂批中有「瓜州渡口各示勸懲」、「紅顏屈從枯骨」的說法，紅學家們抓住這一點，紛紛猜測妙玉後來當了風塵女子，最後無奈之下嫁給了一個糟老頭子；在瓜州渡口與寶玉相遇，各自向對方說了一大堆「勸懲」的話。從表面上看，似乎有根據、有道理。但把高潔的妙玉寫成風塵女子，總讓人有一種吃了蒼蠅的感覺，對《紅樓夢》的宗旨正大產生懷疑感。

三、妙玉的原型是清初著名女詞人徐燦

紅學界找不到妙玉原型的根本原因，是沒有找到《紅樓夢》的真正作者。當你知道了《紅樓夢》的作者不是乾隆朝的曹雪芹，而是康熙朝的大文學家洪昇以後，妙玉的原型就會清楚地出現在你的眼前。《紅樓夢》作者說此書是「追蹤躡跡，不敢稍加穿鑿」，說的是實話；書中十二釵都有生活原型，妙玉也不例外。《紅樓夢》中妙玉的生活原型，就是清初著名的女詩人徐燦。

1.徐燦是「蕉園詩社」中唯一非血緣關係的成員。《紅樓夢》中「金陵十二釵」的原型，就是清初杭州「蕉園詩社」中一干女詩人。「蕉園詩社」分前後兩期，前期稱「蕉園五子」，後期稱「蕉園七子」，合起來恰是「西陵十二釵」。杭州的別稱是西泠、武林、錢塘，西泠亦可通假爲「西陵」，歷史上杭州人的詩集，好多都命名爲《西陵詩選》，史有明

載，無須懷疑。

「蕉園五子」的發起人是顧玉蕊，「蕉園七子」的發起人是林以寧，前後成員有徐燦、錢鳳綸、錢靜婉、朱柔則、柴靜儀、顧長任、馮又令、張槎雲，李淑、毛安芳等。除徐燦外，她們都是當時杭州洪、黃、錢、顧四大家族的女人，基本是靠血緣關係結社的，都是母女、婆媳、姐妹、妯娌、姑嫂關係。她們的詩社活動很大膽，在西湖、西溪一帶乘船招搖，穿紅掛綠，淺斟高歌，穿林踏青，十分惹人矚目。這些在筆者的〈大觀園詩社與蕉園詩社〉一文中有詳細考證。

徐燦是「蕉園五子」的成員。「蕉園五子」活動期間，她恰好同丈夫陳之遴在杭州居住，陳之遴的詩中，就有「家住西湖濱，長戲西湖裡」的詩句，徐燦的詩詞中也多有歌詠西湖的作品。由於陳之遴與顧玉蕊的丈夫錢開宗同爲明朝舊官僚，有通家之好，所以她能夠受到顧玉蕊的邀請，參加她們親族組成的女性詩社。在陳之遴的侄子陳元龍所寫的《家傳》中，就記載了徐燦在杭州，常與柴靜儀、朱柔則、林以寧、錢雲儀唱和，結成「蕉園五子」的過程。梁乙真的《中國婦女文學史綱》，也明確表述了徐燦參加「蕉園詩社」的經歷。

2.徐燦的母家和夫家都是著名望族，生活極爲豪富。徐燦，字湘蘋，號深明，晚號紫蘇州人，少小時家住蘇州城外支硎山下的一個山莊內，風光十分優美。父親徐子懋曾任明朝光祿寺丞，有很好的文學修養。她從小受過良好教育，「幼穎悟，通書史，識大體」，很爲父親鍾愛。

徐燦許配給陳之遴爲繼室。陳家是海寧望族，在明朝興旺發達了一百多年，至崇禎年間，陳之遴經三次科舉考試，終於高中一甲二名進士。婚後，夫妻二人居住在蘇州著名的拙政園裡，生活條件十分優裕高雅。徐燦對拙政園感情極深，詩詞集皆用拙政園命名。

後來，但由於陳之遴的父親陳祖苞「因邊疆失事，庾死詔獄」，連累陳之遴被撤消編修官職，「永不敘用」。清順治二年，清兵下江南，南明小朝廷覆亡，陳之遴變節投靠滿清，累官至「大學士」，世人都稱之爲陳「相國」。以百年望族加兩朝高官，其家居住北京時，生活之富貴、優雅，就更是可想而知了。

3.徐燦有強烈的愛國主義思想，但丈夫卻變節事清，內心充滿了矛盾痛苦。徐燦和丈夫都是當時著名的詩人，在家中夫唱婦和，夫妻感情甚篤。明亡後，徐燦深懷亡國之痛，故國之思，滄桑之感，興亡之歎，對丈夫後來仕清一事，心存憾悔，在詩作中時有微詞，夫妻間在政治感情上出現了危機。而在生活感情上，徐燦仍然恪守婦道，始終不渝，無論順境逆境，都對丈夫忠貞不二。

徐燦詞中多表達故國之思和矛盾悔恨心情的力作：「小院入邊愁，金戈滿舊遊。問五湖，那有扁舟？夢裡江聲和淚咽，何不向，故園流？」「故國茫茫，扁舟何許？夕陽一片江流去。碧雲猶疊舊山河，月痕休到深深處！」「謝前度桃花，休開碧沼，舊時燕子，莫過朱樓。悔煞雙飛翼，誤到瀛州。」本文所引的文頭詩，說徐燦詞似李清照，人似謝道韞，就是清朝詩人對徐燦當時心情的最好概括。

4. 徐燦在中國文學史上，是與李清照齊名的偉大詞人。徐燦一生詩詞雙擅，但詞作成就要高於詩作。其《拙政園詩集》收古今體詩兩百四十六首，《拙政園詩餘》收詞四十六調，九十九首。是我國傳世作品比較豐富的女詩人。

南宋以來，徐燦爲唯一可同李清照媲美的女詞人。著名詩人陳維崧說她，「蓋南宋以來，閨房之秀，一人而已」。著名詩人陳廷焯也說她，「閨秀工爲詞者，前則李易安，後則徐湘蘋」，「可與李易安並峙千古」。

這些評價並非過度譽美之詞。與李清照相比，二人的詞可以說各有千秋。李清照的一些名作固非徐燦所能及，但徐燦的一些感慨跌宕之作，也非李清照所能做到。徐燦的詞在立意高，視野寬，取材廣，容量大，風格雅方面，在中國古代女詩人中，應屬首屈一指。

5. 徐燦晚年沈溺佛法，希圖空幻，但內心痛苦仍不時折磨著她。順治十五年，陳之遴因爲交接賄賂內監罪，被朝廷罷官抄家，全家二百多口人全部流放關東尙陽堡。此後，丈夫陳之遴和幾個兒子先後都病死在關外。十二年後，到了康熙十年，皇帝東巡期間，才開恩特許徐燦孤零零一人，形影相弔「扶柩南歸」。

此時的徐燦，萬念俱灰，希冀通過佛法求得心靈上的解脫。《清史稿》上說她「晚學佛，更號紫」。但詩人一生的跌宕起伏遭際，無論如何在內心也平息不下來。她晚年所作的〈秋感八首〉，總結了自己一生在江南、在燕京、在塞外三個階段的經歷，慨歎了明朝覆亡、南明腐朽、江山易代，興亡轉瞬的悲憤心情。在臨終前寫的詩裡，還在感慨「萬種傷心君不見」，「羞向玫瑰說舊遊」。

四、從徐燦看《紅樓夢》宗旨正大

《紅樓夢》的創作宗旨是正大的，作者滿懷興亡感歎，以自己和「蕉園詩社」姐妹們的遭遇爲原型，濃墨重彩地描寫了大觀園中的悲歡離合，讓讀者在灑下一掬同情眼淚的同時，感受到改朝換代時的歷史蒼涼和簡單純真的民族主義情感！

紅學界用那種「猜笨謎」的方法研究紅樓人物和紅樓事件，完全歪曲了作品的深刻含義，歪曲了作品的正大宗旨。在妙玉這個人物身上，我們可以更清楚地看清這一點。

1.「金玉質」陷入「汙淖中」，是隱指大節有虧而不是淪落風塵。一說到女人陷入汙淖，我們的紅學家就立即想到什麼被「迷姦」啦，什麼做「娼妓」啦，什麼嫁給老頭子啦，習慣性地往下道想。其實，《紅樓夢》作者安排妙玉陷入汙淖，是影射徐燦的丈夫變節事敵，她內心反對而又不得不跟隨丈夫在汚濁的朝政中沈浮，正像無瑕白璧陷入了污泥一樣。清初以女人失節比喻男人變節的作品比比皆是，在吳偉業、錢謙益等人身上，這種文章都沒少作，不妨找來讀一讀。

2.「欲潔何曾潔」、「過潔世同嫌」，是隱指人品高潔而不是生活上的潔癖。《紅樓夢》作者通過劉姥姥走後妙玉用清水沖地，並要砸毀所用杯盞等行爲，似乎要把讀者引到妙玉有潔癖的思路上來，這是障眼法。「何曾潔」決不是把身上弄髒了，而是在民族氣節上把形象弄髒了。脂批說她「紅顏屈從枯骨」，應該是指她屈從丈夫這樣的「枯骨」出仕變節。徐燦是繼室，丈夫年齡比她大得多，把變節分子稱爲「枯骨」，也是時人常用的詞語。「世同嫌」說的是徐燦晚年現實，變節的人嫌她詩中的故國之思；堅持氣節的人嫌她隨丈夫出仕，追求高官厚祿；兩面的人都對她晚年淒慘傷心的境遇幸災樂禍！

3.「王孫公子歎無緣」是說要結識她的文名無門得入，而不是要娶她或嫖她。徐燦在當時詩名滿天下，很多王孫公子確實想結識她，以擡高自己身價。但徐燦潔身自愛，不論是春風得意時還是落魄潦倒時，都不願同這些人來往。好多名士確實慨歎過，與徐燦同時代，卻緣慳一面，引爲終身憾事。《紅樓夢》中說妙玉「天生成孤僻人皆憾」，就是這個道理。

4.出家後寄住大觀園要等待什麼結果？這個結果決不可能是什麼被「迷姦」「劫持」，更不可能是什麼淪爲風塵女。而是以出家人的淡泊心境等待蓋棺論定。她之所以不能回到家鄉居住，是因爲已經家破人亡，丈夫和兒子都死去了，晚年只好在廟裡棲身。作爲「望族」、「世家」出身的人，身邊有幾件遺留的珠寶器皿，是平常事情，不足爲怪。

5.妙玉爲什麼願意與寶玉交往？是因爲共同的思想基礎，而不是什麼暗戀。書中妙玉同寶玉、岫煙、惜春交往，因爲他們都有出塵思想。對黛玉、湘雲也不厭煩，因爲她們名利心淡薄。《紅樓夢》後四十回寫她心中愛慕寶玉而險些走火入魔，是想當然，胡說八道，絕對不可信。

事實上，洪昇與徐燦在這方面確實有著共同的思想基礎，你如果把《稗畦集》同《拙政園詩集》加以比較，就可明顯看出共同的感歎了。洪昇一生同徐燦大概有兩段交往：一是「蕉園五子」活動時期，二是康熙十年徐燦扶柩回南之後，至洪昇逃往北京之前，此時是「蕉園七子」活動之期。前一時期徐燦參加過「蕉園詩社」活動，後一時期，徐燦萬念俱灰，大概沒那個雅興了。

洪昇在北京滯留期間，也對徐燦的詩詞發生過濃厚興趣。曾同老師王漁洋一起閱讀和欣賞過他們夫妻的作品。洪昇幾乎每年都要在北京、杭州之間南來北往一次，瓜州渡口是必經之路，與晚年的徐燦在這裡相遇，用兩家的悲慘遭遇「各示勸懲」，是可能的。徐燦的年齡比洪昇要大許多，二人之間決不會有什麼微妙的複雜情感。

《紅樓夢》中，妙玉這個人物有點程式化，形象並不鮮明生動，這與她的原型在蕉園詩社活動時間較短有關。《紅樓夢》主要寫的是「蕉園七子」期間的故事，而徐燦主要是參加了「蕉園五子」的活動，到了「七子」時期已不在杭州，並未參與其中，所以洪昇寫起來難免有隔靴搔癢的感覺。

徐燦是「蕉園詩社」的創始人之一，詩名在「西陵十二釵」中又是最高的，又與作者洪昇有共同的思想基礎，洪昇爲「閨閣昭傳」創作《紅樓夢》，不能沒有她的形象，但在《紅樓夢》大觀園中又不能出現一個老態龍鍾的尼姑形象，只好用她晚年的尼姑形象，配以早年在「蕉園詩社」的相貌神態，創作出這樣一個怪誕神秘的妙玉形象了。

這樣理解和分析《紅樓夢》中妙玉這個形象，是不是更合理些呢？是不是根據更充分些呢？對書的宗旨理解是不是更正大些呢？

注：筆者後來又考證妙玉身上有南明名妓林天素的影子。孰是孰非，難於斷定。

爲冷美人診治熱毒症

《紅樓夢》書中的薛寶釵是個「冷美人」。爲什麼是「冷美人」呢?因爲她吃「冷香丸」;她又爲什麼要吃「冷香丸」呢?因爲要治療她的「熱毒」之症。

這個出身於巨富之家的嬌小姐,卻偏偏「從胎裡帶來一股熱毒」。「爲這怪病請大夫吃藥,也不知白花了多少銀子錢,憑你什麼名醫仙藥,從不見一點兒效」,簡直就是絕症!後來遇到一個「專治無名之症」的「禿頭和尚」,給她開了一張「海上方」,又給了一包「不知哪裡弄來的」「異香異氣的藥引子」,讓她「發作時吃一丸」。「倒也奇怪,吃她的藥倒效驗些」。

這個效驗的「海上方」是個什麼樣的藥方呢?書中明確交代:「要春天開的白牡丹花蕊十二兩,夏天開的白荷花蕊十二兩,秋天的白芙蓉蕊十二兩,冬天的白梅花蕊十二兩」。

不僅藥料奇,藥引子更奇!要「雨水這日的雨水十二錢,白露這日的露水十二錢,霜降這日的霜十二錢,小雪這日的雪十二錢」。「再加十二錢蜂蜜,十二錢白糖」,一併和成丸子,「埋在梨花樹底下」,發病時再用十二分黃柏「煎湯」,「吃一丸下去也就好些了」。

這真是奇人、奇病、奇方、奇藥。訪遍中西名醫，無人能診斷清楚「熱毒」奇病，查遍中西藥店，無處有如此奇特的藥料和引子。就說這「四個白」和「十一個十二」吧，就怪得不能更怪了。爲什麼偏偏都要白色的花蕊？爲什麼各種藥料和銀子的數量偏偏都是十二？古今中外誰見過如此奇特的藥方？

《紅樓夢》作者如此不情加不通的描寫，恐怕不是真實記錄，當然也不會是遊戲筆墨，其中必有重大隱情，隱藏在這怪病奇方的後面。其中的隱情是什麼呢？紅學界在「曹家店」用探雷器掘地三尺，足足找了八十年，也沒有找到結果。有些所謂的紅學大家，居然「考證」出是寶釵的父母性生活不檢點造成的，寶釵是胎裡帶來的性病，真是匪夷所思，何不用「愛滋病」來解釋「熱毒症」？

《紅樓夢》的作者不是乾隆朝的曹雪芹，而是康熙時代的大文豪洪昇。洪昇創作《紅樓夢》的故事素材和人物原型，就是洪昇自己和他的那些「蕉園詩社」姐妹們的親身經歷。薛寶釵的怪病奇方，在洪昇的生活圈子裡不難探詢其中奧妙。

筆者在系列考證文章中，查出《紅樓夢》中薛寶釵的原型，就是洪昇的表妹錢鳳綸。錢鳳綸的家庭，明朝後期是杭州一個極其富貴的望族，而在清初卻遭遇了重大變故，全家命運十分悲慘。《紅樓夢》關於薛寶釵的病和藥，就是隱寫的這段慘痛歷史。

好多讀者朋友可能知道，清初順治年間，在江南發生了一件影響重大的「丁酉科場案」。朝廷開科取士，本是皇帝十分重視的選拔人才的大事。由於受明朝後期科場腐敗風氣的影響，清初科場作弊事件仍然層出不窮。朝廷爲了整肅科場，同時也爲了震懾江南士大夫階層，對江南科場案處理得極爲嚴厲！

當時江南科場的副主考，就是洪昇的表丈錢開宗。由於一個名叫李壽的考生告發，朝廷認定錢開宗受賄作弊，於是把他逮捕下獄，幾乎沒經過認真審訊，就綁赴法場，砍了腦袋。錢家主僕二百多口人，全部押解進北京，準備賞給旗人爲奴。

錢鳳綸就是錢開宗的女兒。父親出事時，尙在幼年。隨同母親顧玉蕊，與全家兄弟姐妹，丫鬟僕人，二百多口人，凄凄慘慘地被押解北上。當時犯官家屬的待遇是十分不堪的，全家大小，被反綁雙手，一根繩子穿著，跌跌撞撞地走向北京。從杭州到北京，長途三千里，饑寒交迫，棍棒加身，兒啼女號，主悲奴怨，個中滋味，今天的人們很難想像。

細心的讀者可能注意到，《紅樓夢》在寶釵出場時有一段皮裡陽秋的怪論：「近因今上崇詩尙禮，征采才能，降不世出之隆恩，除聘選妃嬪外，凡仕宦名家之女，皆親名達部，以備選爲公主、郡主入學陪侍，充爲才人、贊善之職。」

不懂得這段歷史，還真看不懂這段話。「今上」就是當今皇上，「崇詩尙禮，征采才能」，就是「開科取仕」。把「仕宦名家之女」交給「公主、郡主」做「陪侍」，說白了，就是把「開科取仕」中犯罪官員的家屬子女籍沒爲奴婢！什麼叫「贊善」、「才人」？就是皇親貴戚的女奴！大清的規矩，凡犯官的家屬子女，一般都「賞賜」給功臣爲奴。原來薛寶釵進京「待選」，就是等待皇帝發配爲奴！

紅學家們都感到奇怪，《紅樓夢》中薛寶釵待選「秀女」，後來怎麼沒下文了呢？原來朝廷感到對「江南科場案」處理過重了，赦免了錢開宗的家屬子女。顧玉蕊領著兒女，又長途跋涉，回到了杭州。由於家宅已經抄沒了，無巢可棲，只好寄住在親戚家。《紅樓夢》中描寫寡婦薛姨媽領著「一窩一拖」兒女，來投靠親戚賈府，寄住在「梨香院」，隱寫的就是這段歷史。

《紅樓夢》並不避諱寫死亡，對長上一輩林如海的死、賈敬的死，甚至連趙姨娘哥哥趙國基的死，都寫到了，卻偏偏對寶姐姐的父親的死諱莫如深。薛姨媽是寡婦，但她的丈夫死於何時何地，因何而死，一句話也不肯交代。實際上，薛家母子投奔親屬的時間，應該在三年孝服未除的時候。

在這種家破人亡的悲慘境遇面前，錢家的子女是什麼心情呢？請看真實生活中錢鳳綸的一首詩，此詩見錢鳳綸的詩集《天香樓集》，詩的題目是〈哭伯兄〉：

「在昔皇天傾，覆巢無完理。兄不即殉身，感奮良有以。摩挲雙匕首，一夕再三起。千鈞重一發，恐複憂天知。荏苒歲月間，隱痛入骨髓。未戡仇人胸，抱疾忽焉死。屍床目不瞑，不繼非人子。尙有娥親在，李壽汝莫喜。」

「天傾」、「巢覆」顯然指的是錢開宗被殺頭抄家的慘事，天塌了，巢沒了，那些尚未出巢的小鳥都像覆巢的鳥卵一樣可憐。錢鳳綸這個立誓報仇的「伯兄」，顯然也就是錢鳳綸的親哥哥。哥哥一夜兩三次「摩挲匕首」，誓殺仇人。不料大仇未報，自己卻積鬱成疾，不幸病死了。死時含恨泣血，不能瞑目。哥哥雖然死了，「娥親」（母親和姐妹）還在，「不繼」承遺志「非人子」，仇人李壽你不要高興得太早！

可見，錢家母女此時是滿懷深仇大恨！一個滿腹仇恨的女孩子應該是什麼形象呢？用「冷美人」形容再恰當不過了。一個有很悲慘遭遇並練就很深城府的女孩子，這時應如何處世呢？最大的可能就是像薛寶釵那樣裝拙守愚、寡言鮮語、隨分從時、不露頭角。

書中的寶釵從不打扮得花枝招展，總是穿著「半舊」的衣服，從來不施脂粉，居室也沒有任何陳設，像「雪洞」一樣，總是陪著寡婦媽媽，不讓媽媽著急生氣。奇怪麼？是成熟得過早麼？是天生的不愛鉛華麼？不是！這是剛剛失去父親的女兒爲父「守孝」、爲母分憂、爲家庭分勞應有的舉動！此時的寶釵，雖然在母親面前承顏歡笑，其實內心深處卻是滿腹怨毒，這就是《紅樓夢》中薛寶釵在娘胎裡帶來的「熱毒」之症！

這種「熱毒」之症是無醫可診、無藥可醫的！作爲感情深厚的表哥，洪昇應該怎樣安慰這個滿腹仇恨、滿腔怨毒的表妹呢？只能勸她在風花雪月中疏散胸中的「熱毒」，只能希望時間能沖淡她對死去親人的哀悼。

我們來看一看《紅樓夢》中治療「熱毒」的藥方吧：春夏秋冬一年四季的白色「花蕊」，顯然指成年累月的失親之痛，白色是孝服顏色，秦可卿出殯就「壓地銀山」一樣白。十二個月的「雨露霜雪」顯然隱指一年四季的美好景色。爲什麼必須用「白糖」、「蜂蜜」和「黃柏」熬湯服下呢？因爲它們是極甜與極苦的混合滋味，《紅樓夢》中就用過這樣的歇後語：「黃柏木的磬捶子，外頭體面裡邊苦」。又爲什麼必須住在「梨香院」，並必須把藥埋在「梨樹底下」呢？「梨」者「離」也，每當「發了病時」，也就是想到親人永別離之痛時，就吃一丸這樣的藥吧。

錢鳳綸詩中這個「伯兄」，就是《紅樓夢》中薛蟠的原型麼？似乎應該是。請讀者朋友注意《紅樓夢》中爲薛家兄弟取的名字：薛蟠字「文起」，暗示薛家的禍事自「文」起，什麼「文」？就是科場之文。有的版本做「文龍」，亦說得通，「文龍」就是皇家的文章，科舉考試可不是給皇家做文章麼？這樣還不夠，又讓他的弟弟取名「薛蝌」。自古以來你見過用小蟲「蝌蚪」取名的人麼？原來也不過是暗示他家在「科場」出了事，爲了隱晦，在「科」字旁邊加了一條小蟲而已。

薛家是犯官家屬，但《紅樓夢》又不能明寫寶釵的父親犯了事被朝廷處死，因爲有「干涉朝廷」之嫌，作者開始就說作此書「不敢干涉朝廷」。只好寫薛蟠犯了罪，來求有權有勢的親戚幫忙疏通官府。薛蟠犯了什麼罪？打死了「馮淵」，搶奪了「英蓮」。家庭出事時一夜兩三次「摩挲匕首」的人，遇到「逢冤」時的必然表現就是要打死人！爲什麼打死了人？爲了「應憐」；誰「應憐」，這些無辜的、可憐的犯官家屬子女！

爲什麼要求榮國府幫忙疏通？因爲《紅樓夢》中榮國府的原型就是杭州的洪府，也就是《紅樓夢》作者洪昇的家。洪家在明朝「祖孫太保五尚書」，權勢大得很，但清初改朝換代後卻是個死而不僵的「百足之蟲」，應該沒能力幫忙。但請不要忘記，洪家在朝中還有闊親戚，就是洪昇的外祖父，也是妻子黃蕙的祖父黃幾！黃幾貴爲宰相一級的「大學士」，有能力疏通官府。事實上，錢家家屬子女被釋，也很可能是黃幾疏通的結果。

《紅樓夢》書中「四大家族」中唯一有權有勢的是「九省都檢點」王家，就是王夫人和鳳姐的娘家。書中王家的原型就是順治朝後期、康熙朝初期的杭州黃家，洪昇的母親、妻子都是黃家的女兒，與書中王夫人、鳳姐的姑姑侄女關係完全相同。有黃幾這麼一個硬後臺，所以在大家庭中很有地位。

言歸正傳，《紅樓夢》中的薛蟠，跳踉鬥狠、憨態可掬，沒心沒肺，任性胡鬧，形象與錢鳳綸筆下的「伯兄」差不多。但他又頑劣異常，好玩好鬧，似乎不像一個滿懷深仇大恨的人。須知《紅樓夢》是小說，不是完全紀實，無須把每個人每段時間逐一印證。誰知道錢鳳綸詩中的「伯兄」在家庭出事前是否真的如此？誰知道作者洪昇同這個表兄的感情和關係如何？感情不同，書中人物形象也必然不同。洪昇獨對女兒鍾情，對鬚眉男子，在《紅樓夢》中卻是很少說好話的。

都云作者癡，誰解其中味。誰解寶釵「熱毒症」其中滋味啊？

親愛的紅友，我爲「冷美人」診治「熱毒症」，脈把得對麼？方開得妥嗎？其中沒有當今紅學界郎中慣用的「十八反」方子吧？

「皇商」與「紅樓二尤」

突然看到這個題目，好多紅友可能會啞然失笑：《紅樓夢》中的「皇商」是「呆霸王」薛蟠，「二尤」是尤老娘「拖油瓶」的兩個女兒二姐和三姐，書中薛蟠雖然好色，但並未調戲「二尤」，怎麼把她們扯到一塊兒了？

《紅樓夢》書中交代，薛家「本是書香繼世之家」，「家中有百萬之富」，薛蟠「幼年喪父」，繼承了父親的「皇商」之職，「現領著內帑錢糧，採辦雜料」，「在戶部掛虛名，支領錢糧」。他的舅舅是「京營節度使」王子騰，姨夫是榮國府的賈政。因此，在薛蟠為了搶奪「英蓮」，打死馮淵後，新任順天府尹賈雨村不敢得罪，只好賣放了他的人命官司，並寫信向給他的母舅王子騰，邀功買好。

從表面看，《紅樓夢》似乎寫得頭頭是道，天衣無縫。但深究起來，其中問題多多。且不說人命官司無法賣放，就是薛家的所謂「皇商」身分，也大有研究的餘地。紅學界往往把「皇商」同曹家的「織造」身分聯繫起來，其實是毫無道理的。且不說「江寧織造」並非商人，在曹家歷史上，也找不出一個薛蟠這樣一個商人的角色。

其實，《紅樓夢》作者洪昇，之所以這樣描寫薛家，確實是使了點「故弄狡獪」的小伎倆。《紅樓夢》中描寫的薛家，原型就是當時杭州的「古蕩錢家」。錢家是杭州一個著名的「望族」，是個詩禮傳家的家族，並非商人，更不是什麼「皇商」。其家長錢開宗是洪昇的「表丈」，在順治年間，曾出任江南科場的副主考，因科場受賄作弊，事發後被朝廷重罰，砍了腦袋，全家二百多口人都被朝廷「械捕京師」，等待發賣給皇親貴戚為奴。

這樣一個被朝廷砍頭抄家的家族，怎麼在《紅樓夢》書中變成了「皇商」呢？說起來話長。原來，錢開宗犯事，真實原因就在「紅樓二尤」！紅友可能要問，你瘋了麼？尤老娘和二姐三姐，關科場什麼事？莫忙，且聽下文。

江南丁酉科考，有個舉子名叫尤侗。這個人在清初赫赫有名，是個順治、康熙兩朝皇帝都十分欣賞的正統文人。丁酉科場榜發之後，眾舉子哄傳其中有弊，「眾大嘩，好事者為詩，為文，為雜劇、傳奇，極其醜詆」。尤侗落榜後，就懷著憤懣心情，創作了兩部影射攻擊的傳奇：《萬金記》和《鈞天樂》。

當時江南科場的正主考名叫方猶，副主考是錢開宗。《萬金記》以方字去一點為「萬」，錢字去邊旁為「金」，隱指二主考姓，「備極行賄通賄狀」。《均天樂》以才子沈白，與一些狗屁不通的舉子一同應試，主考官納賄後，把目不識丁者取為榜眼、探花，沈白落第，憤憤死去。劇中的沈白，明顯是尤侗自喻。

事情偏偏湊巧，順治皇帝看到了《均天樂》劇本，大動肝火。於是把江南科場主考、副主考以及二十餘名考官，全部緝拿進京。對參加考試的全部舉人，一律拉到中南海的瀛台復試。瀛台「四面皆水，一九曲橋板通之」，粼粼水波，陣陣寒意，考官羅列，刑具森布，「每舉人一名，令護軍二員持刀夾兩旁，與押赴菜市口刑場無異」，令眾多舉子噤若寒蟬，「幾不能下筆」。交卷時，又爆出一大新聞，江南文豪、著名詩人吳兆騫竟交了白卷，被朝廷發配寧古塔充軍！

順治皇帝爲什麼看到尤侗的劇本便發雷霆之怒呢？原來在江南科舉頭場考試中，試題是「貧而無諂」，尤侗據此試題在劇本中，寫了一首著名的「黃鶯兒」：「命意在題中，輕貧士，重富翁。詩云子曰全無用，切磋欠工，往來要通，其斯之謂方能中，告諸公，方人子貢，原是貨殖家風。」

沒有點古文功底的人，還看不出尤侗攻擊之惡毒！這首「黃鶯兒」曲子，把皇家考場，簡直描寫成了一個商品交易場！聖人的文章無用，只有「孔方兄」（銀錢）才好使。聖人門下，原來是「貨殖」家風！什麼叫「貨殖」？請看《貨殖列傳》，原來孔子的得意門徒，有一個子貢，是個有錢的商人，經商者古稱「貨殖」。尤侗說，江南科場考取的，都是做買賣的行賄者！科場的主考、副主考，都是「貨殖」家庭的門風！

分析至此，你們知道薛蟠「皇商」身分的來歷了麼？原來，洪昇在《紅樓夢》中這麼寫，指的就是皇上說錢家是「貨殖家風」！洪昇讓他家「珍珠如土金如鐵」，讓薛蟠繼承皇商角色，讓薛寶釵是「金」的代表，讓他家多當鋪錢莊，讓寶釵的丫鬟名叫「黃金鶯」，原因還不清楚麼?更何況，當時杭州錢家，確實是個富有的「望族」，這樣描寫，就更合情合理了。書中讓薛家「現領著內帑錢糧」，什麼是「內帑」?就是皇家的錢糧!皇帝親封的「貨殖」之家，領的不應該是「內帑」麼?其實，《紅樓夢》書中，薛蟠何嘗做過什麼正經生意?《紅樓夢》主要還是寫他家詩書傳家，否則，薛寶釵淵博的學識，是從哪裡來的?

問題再往下深一步思考:《紅樓夢》作者對那個尤老娘和她的兩個「拖油瓶」的女兒，何嘗有好感?僅從一個老寡婦，領著兩個「拖油瓶」的女兒，到東府寄居，兩個女兒與賈珍父子不清不白，尤二姐與賈蓉「滾到一堆兒」，尤三姐與賈珍兄弟打情罵俏，尤老娘閉著眼睛裝糊塗這點看，用封建文人的眼光分析，其人品家風就可想而知了。

《紅樓夢》作者特意為「尤老娘」加上一個「老」字，是有惡毒用心的。原來，尤侗江南科場落第後，又參加了康熙十八年「博學鴻詞」考試，結果中舉，授翰林院檢討，與修明史。康熙皇帝比較賞識他，稱他為「老名士」，尤侗終生以此自豪，洪昇就讓他在書中成了放任女兒淫蕩的「尤老娘」。「紅樓二尤」的故事，可能也有生活原型，但從姐倆皆淫穢女子的形象看，似乎就是隱指尤侗(尤老娘)的兩部傳奇作品:《萬金記》和《均天樂》。

洪昇之所以懷著憤恨的心情這麼寫，主要原因就是他與錢家是表親關係，錢開宗的女兒錢氏姐妹是他鍾愛的表妹，是「蕉園詩社」的著名女詩人。洪昇要為「閨閣昭傳」，必然要痛恨江南科場案的始作俑者尤侗。另外，在整個清朝，人們對吳兆騫被無辜發配塞外十分同情，京中士大夫階層曾共謀營救，最後通過納蘭成德，去求其父明珠，方才營救成功。洪昇在北京二十多年，同這些營救者交往密切，不可能沒有共同的思想。

江南科場案發生後，錢家的二百多口人被械捕京師，險些被發配給旗人爲奴。《紅樓夢》中寫薛寶釵進京「待選」，實際是隱寫她等待被皇帝發配給功臣爲奴婢。後來「選妃」之事黑不提白不提了，是因爲後來皇帝赦免了錢開宗的家屬。薛寶釵得了「熱毒」之症，不施脂粉，屋子佈置得像「雪洞」一樣，是在爲父親戴孝！

本文所援引的事跡，都是正史所載，沒有任何虛構成分。這些史料的運用，絕不是無關的「附會」，而是直接的、可信的證據。

八 探紅樓覓根源

《紅樓夢》的作者究竟是誰？研究這一問題固然需要作品外部直接證據的考證，也需要作品內部間接證據的支持。《紅樓夢》不同於神怪小說，它是作者根據「親歷親聞」的素材創作的，所以書中表現的人物、時間、地點，必然都打上作者個人經歷的深刻印記。

筆者考證出《紅樓夢》的原作者是康熙朝的著名文人洪昇，而不是乾隆朝的無名小卒曹雪芹。本文試圖根據《紅樓夢》作品中透漏的一些人和事，放回到當時的特定環境中分析比較，去進一步證實筆者的推論是否站得住腳，以完成「小心考證」對「大膽假設」的支持。

一、林黛玉何以取號「瀟湘妃子」？

大觀園中姐妹們起詩社，每個人都要取一個別名——就像今天作家為自己取的化名。別人的別名倒也罷了，唯獨林妹妹的別名取得十分奇怪——「瀟湘妃子」！

須知，林妹妹當時只有十幾歲年紀，是個絕對的未出閣的純情少女，又敏感得像一個精靈，何以甘心承當「妃子」的雅號？曾記得寶玉向她表衷情，鳳姐同她開玩笑，都被她大口啐過，但她爲什麼對「妃子」別號不持異議呢？

當你知道了林妹妹的原型，就是洪昇的表妹林以寧之後，你就不會感到奇怪了。林以寧是「蕉園七子」之首，後「蕉園詩社」的發起人兼社長。她在詩社中的別號就是「鳳瀟樓」，瀟者，瀟湘也；鳳者，妃子也，合起來就是瀟湘妃子。洪昇創作《紅樓夢》，幾乎就是用她本來的別號稱呼她，她何以會拒絕接受？

林以寧一生崇拜墨子、莊子和陶淵明，她的詩集就命名爲《墨莊詩抄》和《墨莊詩餘》；同詩社女友與她唱和，說她經常「一燈煙雨讀陶詩」。《紅樓夢》中，她與寶玉大談墨莊玄機，說寶玉「剿襲南華莊子因」，「爾有何貴，爾有何堅」；又在詠菊花詩時，歌頌陶淵明「一從陶令平章後，千古高風說到今」，足以驗證她與林以寧的淵源關係。

最說明問題的，是《紅樓夢》中林妹妹同芙蓉花的特殊關係。書中晴雯死後，寶玉作了一首〈芙蓉誄〉，明誄晴雯，暗誄黛玉，說「茜紗帳裡，我本無緣，黃土壟中，卿何薄命」？鬧得黛玉滿心疑惑，勃然變色。其實，把林妹妹喻爲芙蓉，還真的大有來歷。就是這個林以寧，與表哥洪昇有著共同的愛好，曾經創作過傳奇劇本《芙蓉峽》。創作中是否互相切磋過，不得而知。雖然這個劇本今天已經失傳了，但名字還是留了下來，讓我們知道了《紅樓夢》中何以用芙蓉花比喻林妹妹。

二、賈寶玉何以自稱「絳洞花主」？

在紅樓詩社中，寶玉時而取號「怡紅公子」，時而取號「絳洞花主」，李紈說「絳洞花主」是他的舊號，寶玉自己也承認。很明顯，「怡紅公子」來源於「怡紅院」，「絳洞花主」來源於寶玉入園前住的「絳雲軒」。寶玉曾寫過「絳雲軒」斗方貼在門上，被黛玉半真半假好一頓誇獎。

在古漢語中，絳色就是紅色。洪昇姓洪，「絳洞」就是姓洪的人居住的洞天福地，「怡紅」也是姓洪的人感到舒適的居住場所，同一個意思。從字面上看，洪昇如此寫來，不無道理，也不難理解，就是愛紅的公子居住的地方。但其中還有沒有更深層的意思呢？

這裡面有兩個疑問：一是寶玉何以以「花主」自居？須知寶玉在姐妹們面前自視「濁物」，甘充廝役，與姐妹們的感情也僅止於「意淫」，絕無霸佔群花、充當主人的意思。二是「絳雲」二字，前人已經用過，作者不可能不知道，何以還要機械模仿？

在明末清初，有一個著名文人、詩壇領袖錢謙益。這個人雖然在新舊朝廷都做過大官，爲人氣節不怎麼樣，但詩確實做得好，在當時名氣大得很。還有一件時人傳爲美談的事情，就是他納秦淮名妓柳如是爲妾，築「絳雲樓」金屋藏嬌。

柳如是名是，字如是，號「河東君」，是「秦淮八豔」的翹楚。錢謙益築「絳雲樓」，一方面是爲了供自己和嬌妾居住，另一方面是爲了貯藏自己的藏書。錢氏藏書既多且精，尤其是宋版書，天下無出其右。

錢謙益和柳如是當時名滿天下，洪昇不可能不知道「絳雲樓」的故事。那麼洪昇爲什麼要仿照錢謙益，用「絳雲」二字爲自己的居所兼書房取名呢？原來，洪家「素稱學海，書籍擁專城」（毛先舒語），與錢氏相比，洪家的宋版書更多。因爲洪家的先祖、南宋的「三洪學士」（洪遵、洪邁、洪適）遺留下大量的書籍，明代祖先洪鐘、洪澄、洪椿又累世收集了大量書籍，明清兩代著名的《清平山堂話本》，就是洪家刊刻的。

作爲天下著名的藏書家，洪昇仿錢謙益爲自己的書齋取名，是很自然的事情，更何況洪昇一生醉心言情，以錢柳風流韻事自譬，更是順理成章。加之洪昇本姓洪，不論用「紅」字還是「絳」字，隱喻自己的「愛紅毛病」，不是更貼切麼？

所謂「花主」，並非眾香國主人的意思，而是名花有主的意思，這裡面沒有居高臨下地佔有的意思。作者爲寶玉書齋取名「絳雲」，大概還有一層含義：錢謙益晚期，絳雲樓付之一炬，死後，河東君又被迫自縊，名花和名書都歸於子虛烏有。洪昇創作《紅樓夢》時，自己家的宋版書和姐妹們早已「落一片白茫茫大地真乾淨」，套用錢氏的「絳雲」二字，爲自己思念的舊書齋命名，實在是沒有比這更確切的名稱了！

三、賈探春何以自號「秋爽居士」？

《紅樓夢》書中交代，探春在大觀園中居住的地方叫「秋爽齋」，又稱「秋掩書屋」，起詩社的時候，又說這個地方是「蘆雪庵」。可見，這裡是個秋季以「蘆雪」見長的地方。

蘆花如雪，自古以來文學界同人對此並不陌生。《紅樓夢》書中也證明了這一點：起詩社時，時間是八月，正是中秋桂子飄香之際，有桂樹的江南，中秋時節不可能下雪，只能是蘆花如雪。

從賈府到這個「蘆雪庵」來，似乎還必須乘船方可。細心的讀者不難發現，探春給二哥寶玉的邀請函中，就明言希望他能「棹雪」而來。棹者，乘船也；雪者，穿過蘆花蕩也。

好多學者給「秋爽齋」找原型不得要領，其實是不知道《紅樓夢》真正作者的緣故；當你知道了《紅樓夢》的作者是洪昇，這個「蘆雪庵」就在眼前。

洪昇的故居在杭州西溪的洪園。洪園附近，就是著名的「西溪八景」，其中最著名的景點，就是「秋雪庵」！《紅樓夢》中「秋爽齋」的「秋」字，與「蘆雪庵」的「雪庵」二字，合起來正是西溪的「秋雪庵」；另外，「爽」字、「蘆」字，也明白點出了秋雪庵的特點。查古今中外歷史，秋雪庵只此一家，別無分店，在那些知名紅學家考證的大觀園原型中，絕對找不到秋雪庵！

杭州西溪的秋雪庵，野味十足，河道縱橫，岸上多垂柳、紅梅，水中盛產蘆葦、紅菱，每到秋季，蘆花如雪，乘船進入，便如同在雪中穿行，的確名至實歸。這裡自古便是文人雅士聚集吟嘯的地方。清初的「蕉園七子」，就經常在這裡聚會吟詩作賦，紅裙白雪，煞是惹眼，史料有明確記載。

探春的原型是洪昇的妹妹，是個「霜管花生豔，雲箋玉不如」（洪昇語）的聰明美麗的女子，參加過「蕉園七子」的活動。在詩社中她爲自己取號「秋爽居士」，是十分貼切的。

探春還有一個別號是「蕉下客」，這與「蕉園詩社」的聯繫，就更是不言自明了。《紅樓夢》書中，黛玉用「蕉葉覆鹿」的典故同她開玩笑，很可能是「蕉園詩社」的真故事。《紅樓夢》中特意寫大觀園「蕉棠兩植」，讓寶玉題詞「紅香綠玉」，再被元妃改爲「怡紅快綠」，其中深意，只有知道了洪昇的作者身分，方可正確而深刻地理解。

四、鐵檻寺的原型究竟在哪裡？

「縱有千年鐵門檻，終須一個土饅頭」，《紅樓夢》中，反覆強調巨家大族不可能永遠繁華，「千里搭涼棚，沒有不散的宴席」，給讀者留下的印象極深。

鐵檻寺是書中賈府的家廟，秦可卿大出殯的目的地，王熙鳳弄權拆散張金哥婚姻的場所。這個鐵檻寺並不是《紅樓夢》作者向壁虛構的，它的真實原型就是洪家的家廟，位置在今天的杭州東穆塢。

所謂東穆塢，是今天的人們叫白了，它的真實名稱是東墓塢——相對於西墓塢而言——宋明以降，這裡一直是達官貴人墓葬的場所。洪昇家族的墓地和家廟，就在這裡。

南宋的魏國忠宣公洪皓和他的三個官居宰相的兒子，是洪昇的始祖；明代著名的太子太保，曾任兵部尙書、刑部尙書，統領過九省兵馬的洪鐘，和家族中連續五代出的尙書，是洪昇的直系祖先，他們的墓地都在這裡。

今天，洪家家廟雖然蕩然無存了，但石人石馬、墓碑翁仲的殘跡還在。洪家家廟的楹聯是：「宋朝父子公侯三宰相，明季祖孫太保五尚書」，可見其氣魄之大！洪鐘死時，皇帝親頒御旨賜葬，爲洪鐘書寫墓碑的是明朝著名的理學家、時任兵部尚書的王陽明。聯想到《紅樓夢》中賈府宗祠、家廟的楹聯匾額，不是御筆就是「穆蒔」、「衍聖公」所書，「穆蒔拜」當是「墓石拜」的諧音，「衍聖公孔繼宗」當是王陽明的代指。王陽明是當時的理學大家，「心學」的鼻祖，從祀孔廟的大人物，正是孔子學說的「繼宗」者。

在洪昇的詩集中，有一首歌頌一個爲婚變吞金環自逝的烈女的詩篇，這個女子張姓，從小許配的夫家後來敗落，父母於是變心另許他人，該女子於是吞金環自逝。《紅樓夢》中張金哥的故事，似乎就是根據這個真實事例寫的。不過，其中是否有個王熙鳳在鐵檻寺弄權，插手拆散金哥的婚姻，就無從考究了。

五、秦可卿、秦鍾姊弟有生活原型麼？

《紅樓夢》中最奇怪的人物是秦可卿、秦鍾姐弟二人。姐姐是寶叔叔的侄兒媳婦，卻以「兼美」的形象勾引寶叔叔做「兒女之事」；弟弟與寶叔叔居然稱兄道弟，在爲姐姐送葬途中居然與尼姑在鐵檻寺宣淫，並因此而得病夭亡。這是兩個亦正亦邪的人物，作者說不得對他們是愛還是恨，但書中可卿死寶叔曾吐血，秦鍾死寶叔也難受了好多年。

《紅樓夢》中，秦字是情字的諧音，秦鍾就是「情種」。筆者曾經分析，秦可卿之死是洪昇隱寫自己因創作搬演得意作品《長生殿》賈禍。秦可卿房中那些奇怪淫蕩的「擺設」，似乎就象徵著戲劇的道具，並非真有什麼「傷了太真乳的木瓜」；「兼美」在太虛幻境爲寶玉引情，似乎象徵著洪昇從研究楊貴妃開始走上傳奇創作之路，寶玉夢中被夜叉鬼扯下迷津，象徵著洪昇因《長生殿》走上不歸路；姐姐剛剛去世，在送殯路上，秦鍾就同小尼姑宣淫，同寶玉曖昧，似乎象徵著作者在「國喪」期間幹了荒唐事情；大出殯象徵著是在當朝皇后的喪期內惹了禍，而北靜王路祭則象徵著《長生殿》與莊恭親王世子之間的微妙關係；楊玉環是洪昇一生心目中最鍾情的形象，是純情美好的象徵，用「兼美」來形容她的形象，暗示兼具釵黛之聰明美麗，不爲唐突。

那麼，作品中白搭一個秦鍾是什麼意思呢？好多紅學家都認爲秦鍾描寫是作者的敗筆，秦鍾這個人物在作品中沒有意義。事實果真如此麼？果真這麼簡單麼？恐怕未必！

洪昇創作《長生殿》初期，還有一個人參與其事。這個人就是洪昇少年時的好朋友——毛玉斯。在《長生殿》序言中，洪昇交代，該傳奇開始創作時，並不是後來的思路，而是寫的李白創作清平調，楊妃舞霓裳的陳腐舊套故事，是「亡友毛玉斯謂排場近熟」，提出批評意見，洪昇方改寫成後來的純情主旨。可見，毛玉斯也是個「情種」一類人物，也熟悉李楊愛情故事，並參與了《長生殿》的創作。由「亡友」二字同時可見，毛玉斯又青年早死了。

在洪昇早期的詩歌中，與毛玉斯酬唱的很多。特別是洪昇赴北京國子監就學時，「毛生執手忽垂淚」，「馬頭即拜千金饋」，顯然情深意重，依依不捨。洪昇在京期間和往返於北京杭州途中，也有好多懷念毛玉斯的詩作。洪昇後期的詩作中，毛玉斯的影子消失了，顯然是亡故了。

在洪昇的詩作中，洪與毛二人之間的關係有點怪，似乎是同性戀。明末清初，文人搞同性戀很時髦，好多著名文人都有同性戀行爲，並且自己也不加掩飾，有人還引以爲豪，洪昇大概也未能免俗。

毛玉斯的詳細情況今天已經很難考證清楚了，洪昇少年時的老師是毛先舒，「蕉園詩社」中有個姐妹毛安芳，他們之間是否有關係，由於缺乏史料，不好妄斷。但有一點需要指明：《紅樓夢》書中明確交代說秦可卿是從「養生堂」抱養的，顯然並非秦鍾的親姐姐。作者是以「情種」自居的，秦鍾就是「情種」，這是否象徵著這個「兼美」，並不是「情種」的親姐姐，而是創作的人物形象？否則，關於養生堂抱養的描寫，就有蛇足之嫌了。《紅樓夢》作者之大手筆，不會浪費無謂的筆墨的。

六、賈寶玉的四婢四僕有生活原型麼？

對過去封建貴族家庭奴婢的考證，是最不容易的事情，因爲史料中很少記載這些小人物的事跡。

《紅樓夢》中的公子哥兒賈寶玉，年輕時的生活真是愜意極了，穿衣吃飯，洗臉梳頭都有人侍候，還不時同丫頭鬧點桃色新聞，同小廝幹點荒唐勾當。

那些打雜役的不算，賈寶玉身邊貼身侍候的就有四大丫鬟和四個小廝：襲人、麝月、晴雯、秋紋，茗煙（焙茗）、鋤藥、掃紅、研墨。從書中的描寫看，四大丫頭各有特性，有血有肉，似乎都有生活原型；四個小廝只有茗煙有鮮活性格，應該有生活原型，其他似乎都是湊數的人。

明末清初，江南巨家大族蓄奴成風，很多大家族都有幾百口子人，從「莊史案」、「科場案」逮捕的人數看，莊家、錢家都是幾百口子人被押解進京。洪昇年輕時，那個「百年望族」的家庭，也確實婢僕成群，究竟有多少人，就無法考證了。洪昇身邊究竟有多少個貼身丫鬟小廝，也無從考證清楚。

洪昇夫婦被逐出家庭後，不可能把身邊的婢僕都帶走——也養活不起。但也不可能都辭退，因爲他們的貴族習性必須有人侍候。他們逃到北京時，身邊最起碼還有三個婢僕。

爲什麼這麼說呢？因爲洪昇的詩詞中，不止一次說自己生活困難到了極點，幾天不舉火，寒冬無棉衣，達到了「八口命如絲」的地步。請注意，這時他的小家庭是八口人。這八口都是什麼人呢？洪昇夫婦，小妾雪兒，兩個兒女之則、之震（**次子之益生於杭州，此時尚未出生，長女「大姐兒」早夭於武康，未曾進京**），共五口人。其他三口人是誰呢？只能是從老家杭州帶來的婢僕。

洪昇身邊有一個跟隨了一生的老僕人，對洪昇可謂忠心耿耿，貴賤不離。這個老僕人的年齡與洪昇差不多。洪昇在江寧織造府「暢演三日《長生殿》」，身邊帶的就是這個老僕。

歸程中乘船到烏鎮，時值月黑風高，老僕不慎失足落水，洪昇主僕情深，搭救老僕時，自己也失足落水，一代文豪，就這樣跟隨李太白撈月去了。

這個老僕，似乎就是《紅樓夢》中茗煙的原型。茗煙的年齡同寶玉彷彿，寶玉「初試雲雨情」時，他也知道按著小丫頭萬兒「幹警幻所訓之事」；寶玉看的雜書，都是他從外邊搜尋來的；他最懂得寶玉之心，祭奠金釧時，是他代主子說出了心裡話；他又異常淘氣，群童鬧學堂時，是他打的一場糊塗。這樣一個小廝，跟隨主子一輩子，是可信的。如果洪昇這個老僕果然是茗煙的原型，與主子一起淹死，也算死得其時，死得其所了。

洪昇有個下堂妾，嚴格說是個通房丫頭，未曾過明路。在洪家發生「天倫之變」時，棄洪昇而去了。洪昇對這個丫頭感情很深，對她的涼薄又耿耿於懷，在洪昇的詩中屢次有隱約表現。這個丫頭似乎就是《紅樓夢》書中襲人和嬌杏的原型。這個丫頭不是北京八口人之一，她沒有跟隨洪昇到北京。

洪昇逃到北京後，按常理推斷，身邊還應有兩個通房丫頭，一個是自己原來的丫頭，另一個是妻子黃蕙的陪嫁丫頭。黃蕙出身於宰相家庭，出嫁時不可能沒有丫頭陪嫁。家庭鬧翻後，陪嫁丫頭也只能跟隨主子走，而不能留在洪家老宅。這個陪嫁丫頭，大概就是《紅樓夢》書中的平兒、鶯兒、雪雁、翠縷一流人物，究竟是誰，就難以考究了。

洪昇的另一個丫頭，很可能就是《紅樓夢》書中麝月的原型。書中交代，家庭敗落遺散婢僕時，「好歹留著麝月」。洪昇夫婦逃離家庭時，帶著「茗煙」、「麝月」、「鶯兒」，構成八口之家，是否是最合理的推測呢？

七、「禱福」的那個「享福人」原型是誰？

《紅樓夢》中福氣最大、也最會享福的人，顯然是「老祖宗」賈母。王熙鳳曾說她額頭的「坑兒裡盛的都是福氣」。第二十九回，作者描寫老祖宗「福深還禱福」的情節，是有真實生活依據的，並非向壁虛構。

筆者推斷，《紅樓夢》書中的「老祖宗」的原型，就是洪昇的外祖父、也是洪昇妻子黃蕙的爺爺黃幾。黃幾官至吏部尚書、文華殿大學士，備位宰相之尊，真可謂天下第一「享福人」！

康熙十一年二月，黃幾請假回杭州遷葬，在杭州居住了好長時間。古人遷葬，往往是為了找一個風水更好的墓地，目的當然是為了進一步「禱福」。以宰相之尊還要「禱福」，正可謂「享福人福深還禱福」了。

康熙十二年秋，黃幾在杭州遊「葛仙祠」，洪昇曾親自陪同，有洪昇的詩為證。葛仙即晉代的葛洪，是道教的創始人，葛仙祠當然是個道觀了。黃幾遊葛仙祠，時在遷葬祖墳之後，目的很可能是為遷葬「打醮」。《紅樓夢》中，老祖宗到清虛觀正是「打醮」。清虛觀一般是道觀的通稱，把葛仙祠稱為清虛觀，是很平常的事情。

《紅樓夢》中描寫，老祖宗到清虛觀，氣魄大得不得了！先清場，把善男信女都趕走，就連一個鉸燈芯的小道士，還被打了一個趔趄，一連聲喝罵趕走！只有一個住持的張老道支應場面，與老祖宗說說笑笑，其他道士都聚在另外的屋子裡不能出面。陪同的人都只能老老實實在太陽下曬著，賈蓉偷著乘涼，被父親罵了個狗血噴頭！這種場面，只有大官僚蒞臨才可能出現，一般情況下，寺廟道觀，自古以來是絕對不能清場的，只有高級官員光臨才清場。

洪昇既是黃幾的外孫，又是黃幾的孫女婿，平素黃幾對洪昇十分疼愛，對這個外孫的才華也十分賞識，並寄予殷切期望。康熙十四年，洪昇的《嘯月樓集》出版，黃幾親自爲外孫作序。序言中對外孫的詞作大加稱讚，稱爲「有冠冕堂皇之氣」，許爲「黼黻太平之治」的雅頌上品，斷定今後仕途經濟出人頭地，「非昉思孰任之」！聯想到《紅樓夢》中賈母在清虛觀中，與張道士談，只有這個孫兒像國公爺當年的樣子，「簡直是一個稿子」，足可證明《紅樓夢》寫的就是黃幾打醮。

黃幾回杭州遷葬期間，正是「蕉園詩社」後七子活躍期間，「蕉園詩社」的成員間，都是親表姐妹關係，對於黃幾來說，都是孫女外孫女。黃幾是否「老夫聊發少年狂」，參加過詩社的活動，史無明載，但很有可能。從他肯爲洪昇詩集作序，就可間接證明。《紅樓夢》書中的老祖宗，與一群孫女外孫女一起在大觀園遊玩取樂，燈謎酒令，十分熱鬧，寫的似乎就是這段生活歷程。

洪家發生「天倫之變」時間是在康熙十二年，當時黃幾正在杭州。洪昇被逐出家庭前，遭父親痛打，受母親斥罵，都是情理中事。洪昇詩中就說自己是「大杖愁雞肋，飄然跳此身」，有性命之憂的情況下，才無奈逃離家庭。《紅樓夢》中就描寫了寶玉被父親狠命打得幾個月不能動彈，還聲稱要拿繩子勒死以絕後患。特別有意思的是，老祖宗顫顫巍巍地解救寶玉，聲稱「勒死他先勒死我」，「我和你媳婦回南去」，賈政連忙陪罪。老祖宗說的「你媳婦」是誰？當然是寶玉的母親，賈政的妻子。事實上，洪昇的母親就是黃幾的女兒，洪黃兩家是兩代結親。「回南」意味著什麼？賈政爲什麼那麼害怕老祖宗「回南」？原來，黃幾「回南」就意味著退休回老家。他的宰相高位，是洪黃錢顧四大家族的最高靠山，他「回南」就等於失去靠山，叫賈政如何不害怕？

黃幾打醮後回京了，沒能阻止洪家的「天倫之變」。後來黃幾終於「致仕」了，洪家被朝廷查抄了，洪昇的父母被發配充軍了，洪昇自己也被革去了功名，百年望族洪家「落一片白茫茫大地真乾淨」。正如《紅樓夢》中老祖宗對寶玉的希望落空一樣，黃幾對洪昇的殷切期望也成了竹籃打水！

八、劉姥姥「打秋風」實有其事麼？

《紅樓夢》故事是用「劉姥姥」三進榮國府穿起來的。劉姥姥在書中的地位絕對重要，她是賈府興衰成敗的見證人，又在賈家敗落後有一番作爲，有恩於賈家。

書中的劉姥姥，是個目不識丁的「積年老寡婦」，但逢場作戲、插科打諢的本領實在高明。賈母、王夫人、鳳姐對這個窮親戚還肯照顧，賈母也願意同這個「積古的老年人」說話散心，還同她大談對文學作品中宣揚男女愛情的看法。但黛玉、妙玉等年輕人卻很瞧不起這個劉姥姥，罵她是「母蝗蟲」，她吃水用過的杯子也嫌骯髒，差點被扔掉。

可以說，《紅樓夢》書中幾百個人物形象，劉姥姥是塑造得最成功的一個，音容笑貌維妙維肖！如果沒有生活原型，任何作者都是絕對編造不出來的。劉姥姥的生活原型究竟是誰呢？似乎就是那個大名鼎鼎的善「打秋風」的李漁李笠翁！同黃幾在書中被寫成「奶奶」一樣，李漁在書中也被顛倒性別，寫成了「姥姥」！

李漁祖籍浙江蘭溪，一生中先後三次在杭州居住，這大概就是三進榮國府的來歷。他的一生，幾乎就是「打秋風」的一生，杭州的巨族大戶，都留有他「打秋風」的足跡！我們從《紅樓夢》的描寫中，不難看出典型的李漁形象。

書中說，劉姥姥在郊外農村居住，與女兒女婿住在一起。女婿王狗兒的祖上同鳳姐的祖宗聯過宗，所以到賈府來找鳳姐姑奶奶「打秋風」。李漁的子女比較晚，早期在杭州居住時，只有一個女兒和女婿。李漁的長女是個才女，清初很有名，因與本文無關，不擬涉及。李漁的女婿叫沈因伯，當然不會同洪家、黃家連宗，但完全可以同沈家聯宗。「蕉園七子」中的柴靜儀和朱柔則，就是洪昇表親沈家的兩代媳婦，柴靜儀的丈夫沈漢嘉，是洪昇的表兄，柴靜儀的兒子、朱柔則的丈夫沈用濟，就是洪昇的表侄。沈因伯的祖上是否同沈家聯過宗，無可考究，但可能性是有的。洪昇不論是自己家親歷，還是聽沈家敍說，對李漁「打秋風」的故事，總是熟悉的，完全可能寫入書中。

《紅樓夢》書中劉姥姥進榮國府時，帶著外孫「板兒」和外孫女「青兒」。這同李漁「打秋風」的經歷是吻合的。李漁到貴族富戶「打秋風」時，一般都帶著家庭小戲班子。其中有兩個著名的生角和旦角，叫「喬姬」和「王姬」。喬姬又稱「青姊」，是生角；王姬又稱「蘭姊」，是旦角。喬王兩姬的年齡與李漁的孫輩彷彿，《紅樓夢》中把他們寫成劉姥姥的外孫子外孫女，是合適的。

不過，李漁可不是目不識丁的粗人，而是清初著名的文人，他在小說、戲劇創作上成就很高，在文學理論研究上有獨到成就，在園林、飲食、醫藥、繪畫等方面都有出色成就。他的《閑情偶記》一書，今天已被翻譯成多國語言出版，在全世界都有一定影響。

《紅樓夢》中描寫的劉姥姥，果然是個目不識丁的老嫗麼？恐怕未必。劉姥姥在大觀園中，面對形形色色的人物，應對裕如，很不簡單！就說酒令吧：「是個莊稼人」、「大火燒了毛毛蟲」、「一頭蘿蔔一頭蒜」、「花兒落了結個大倭瓜」等句子，雖然表面粗俗，但細思回味無窮，不僅同牌面上的形象十分貼切，而且完全合轍押韻，是一個村婦輕易做得到的麼？須知，就連讀過詩書的迎春，在應對時還出了錯誤，劉姥姥卻一句都不錯，粗中見雅，維妙維肖！

李漁之所以「打秋風」屢試不爽，因爲他有三件法寶：一是肚子裡有無窮無盡的故事，二是燈謎酒令什麼都來得，三是會察言觀色，善於取悅主人。請看《紅樓夢》中的劉姥姥，是否三件法寶樣樣精通呢？她爲寶玉順嘴胡謅的「茗玉小姐」的故事，就令寶玉著了魔，親自到野外去尋找，結果找到一座「青面獠牙」的瘟神廟！

李漁的年齡同黃幾彷彿，黃幾回杭州期間，完全可能同李漁這樣有趣的「積古老人」說說話。一般說，有黃幾這樣的大人物降臨，李漁也不會輕易放棄「打秋風」良機的。但時人對李漁的評價並不好，說他爲人「齷齪」，行事「骯髒」，走到哪裡都像蝗蟲一樣討厭。《紅樓夢》中黛玉罵他是「蠢牛」，是「母蝗蟲」，就代表了時人的看法，並非空穴來風。

在洪家敗落後，李漁是否幫助過洪家子弟，於史無考。但其時李漁正在南京的芥子園，生活比較優裕，洪昇和二弟洪昌，有可能接受過他的幫助。《紅樓夢》中說王熙鳳「哭向金陵事更哀」，巧姐在這裡「巧得遇恩人」，「恩人」是誰，李漁乎？沒有證據。但李漁當時確實在「白下」「芥子園」居住，白下就是南京，古稱金陵！

正解紅樓三釵芳名

一、費解的三釵名字

《紅樓夢》中描寫的女子可謂多矣，「太虛幻境」「薄命司」中的「正冊」、「副冊」、「又副冊」中，最起碼有三十六個可圈可點的薄命女，更遑論什麼「三副」、「四副」中所載女子了。

「正冊」中所載的十二釵，其實在書中的地位並不全都那麼重要，其中與紅樓悲劇直接相關、與主人公寶玉關係最爲密切的，就是寶釵、黛玉、湘雲三人而已。

《紅樓夢》最重要的三釵可謂各有千秋，寶釵之博學世故，黛玉之聰明敏感，湘雲之豪爽清純，都給讀者印象極深。但不知讀者注意沒有，這最美麗聰明的三個女子，名字都有點蹊蹺！

首先是寶釵的名字有點俗。釵黛本是古漢語對脂粉女子的最普通代稱，插在頭髮上的釵子又是女性佩帶的最普通首飾。用最普通的物件，前面再加上俗而又俗的「金」字取名，實在與她的身分性格不相稱。

其次是黛玉的名字有點怪。用玉爲美麗女子取名本無可厚非，但前面冠以「黛」字卻莫名其妙。黛本爲黑色，用黑色的玉命名一個美女似乎匪夷所思，黛玉也不是什麼「黑美人」。紅學界往往用「西方有石名黛，可以畫眉」來解釋，但畫眉的黑石頭本身也談不上什麼美感啊？

再次是湘雲的名字有點淫。書中明確交代，湘雲這個名字有「湘江水逝楚雲飛」、「雲散高唐、水涸湘江」的意思。「湘江」者，舜帝之娥皇女英二妃之代指也；「楚雲」、「高唐」者，楚襄王「巫山雲雨」之代稱也。合起來，既豔又妖，與她的清純豪爽性格可謂格格不入。

《紅樓夢》作者爲何爲他最鍾愛的三個女子取這樣古怪的名字呢？有人可能要說，不過隨便命名而已，不必深究含義。事情恐怕沒那麼簡單。如果隨便命名，何以不命名爲「狗兒」、「板兒」這些更俗一點的呢？何以不命名爲「襲人」、「麝月」這些更雅一點兒的呢？

其實，當你知道了《紅樓夢》的作者是康熙年間的江南名士洪昇，他創作《紅樓夢》時套用了《長恨歌》、《長生殿》的手法，作品中的三釵原型就是他的表姐妹以後，紅樓三釵名字中隱含的謎語就不難破解了。

二、湘雲·湘靈·《湘靈集》

《紅樓夢》中史湘雲這個既聰明美麗、又寬宏大量的奇女子，原型就是洪昇的表妹馮又令。馮又令，錢塘人，其身世已很難考證清楚了。根據現有的史料，我們僅能知道，她父母早亡，本人又青年守寡，性格比較豁達，陪著一個老祖母苦度餘生。

馮又令是清初著名的女詩人之一，在林以寧的倡導下，她參與了當時名聞天下的「蕉園詩社」，是詩社骨幹「蕉園七子」之一。她的詩作曾彙集成一個詩集出版，名為《湘靈集》（一說《湘雲集》）。

馮又令為什麼要用「湘靈」二字為自己的詩集命名呢？其中大有深意。「蕉園七子」諸姐妹與他們的表哥洪昇，一起歌詠過唐明皇與楊貴妃的愛情故事，也很可能一起研究過《長生殿》創作。《長生殿》是按照白居易的《長恨歌》創作的，姐妹們一定一起研究過白居易的事跡，所以對「湘靈」發生了濃厚興趣！

「湘靈」何許人也？她是白居易青年時的戀人，也是情人。史載，白居易在江南時，與「湘靈」隔壁居住，一對青年男女發生了深沈的戀情，很可能還同居了一段時間。後來，由於種種原因，有情人難成眷屬，勞燕分飛了，白居易遲至三十六歲方與楊夫人結婚，「湘靈」的下場就不得而知了。

白居易畢生懷念昔日情人，晚年時還對著「湘靈」昔日贈送的一對繡鞋眼淚漣漣。白居易創作著名長詩《長恨歌》，完全刪去了楊貴妃淫亂之事，只寫美好愛情，很大程度上就是因爲心中懷著「湘靈」的美好形象創作的。關於這一點，在白居易的詩歌中有多處披露，文學和史學界早有定論。

馮又令以「湘靈」爲自己的詩集命名，一方面說明她與表哥洪昇有著共同的興趣愛好，另一方面也似乎暗示自己與表哥的青梅竹馬關係。洪昇在《紅樓夢》中，把表妹馮又令作爲原型，創作出咬舌子「愛哥哥」、「醉眠芍藥茵」的動人形象，似乎不難理解創作時對這個表妹微妙而又愛憐的心理。

三、黛玉．玉合．《墨莊詩鈔》

林黛玉同寶玉一樣，是《紅樓夢》中的第一女主人公。寶玉雖然不時犯有「見了姐姐就忘了妹妹」的小錯誤，但最知己、最親密、最動心的戀人，還是爲他還了一輩子眼淚的林妹妹。

林妹妹的生活原型，就是洪昇的表妹林以寧，洪昇在《紅樓夢》中，連她的真實姓氏都沒有改。林以寧的母親是洪昇的姑母，父親是進士林綸，一生雖有功名，但仕途不順，青年早逝，拋下一個孤女，寄住在外祖母家。

林以寧是「蕉園七子」結社的發起人兼社長，同時也是詩社中最富才華的女詩人。她一生創作勤奮，作品很多，曾出版詩集《鳳瀟樓集》、《墨莊詩抄》，還曾創作過傳奇劇本《芙蓉峽》。

《紅樓夢》中的林妹妹，與生活原型林以寧幾乎毫無二致。書中林妹妹寫得一手娟秀小楷，愛讀陶淵明的詩，生活中的林以寧是「獨對青燈臨衛帖，一窗風雨讀陶詩」。「衛帖」就是書聖王羲之的老師衛夫人的字帖，「陶詩」當然就是陶淵明「采菊東籬下」一類的歸隱詩。

書中林妹妹對「南華莊子因」十分熟悉，理解也十分透徹，生活中林以寧的思想，也歸於墨子、老莊一類，否則，她的詩集何以命名爲《墨莊詩鈔》？請注意這個「墨」字，它既是墨子的簡稱，又代表著黑色，《紅樓夢》中在林妹妹的名字前面冠以代表黑色的「黛」字，來源蓋在於此。

洪昇創作《長生殿》，寫的是「釵合情緣」。這裡的「合」，代表的就是李楊的定情信物「玉合」。《紅樓夢》中讓林妹妹名黛玉，「玉」字的出處也應該在此。

書中林妹妹還有個別號「瀟湘妃子」，來源應該是林以寧的《鳳瀟樓集》，「鳳」就是妃子，「瀟」就是瀟湘，沒有歧義。林妹妹的花名是芙蓉花，大概與林以寧的作品《芙蓉峽》有直接關聯。

林以寧是否與表哥洪昇發生過戀愛關係，不得而知。從他們對傳奇創作的共同愛好來看，似乎不無可能。「若說沒奇緣，今生偏又遇著她，若說有奇緣，如何心事終虛化」？洪昇的妻子是另一表妹黃蕙，林以寧後來嫁給了洪昇的另一表弟錢肇修。生活中的林以寧確實愛哭，婚後多抑鬱思念的詩作，後來便在悽楚的心境中病死了。

四、寶釵．金釵．《天香樓集》

薛寶釵是《紅樓夢》中的第二女主角，寶玉雖然對她的世故頗有煩言，但對寶姐姐的博學多才和超群美貌，還是深深眷戀的，所以「見了姐姐」有時確實「忘了妹妹」。

寶姐姐的生活原型，就是洪昇的表妹錢鳳綸。錢鳳綸出生於一個極爲富貴的官僚家庭，又姓錢，用「珍珠如土金如鐵」形容，十分恰當。不過，在錢鳳綸少年時，由於她的父親在江南「科場案」中受賄作弊，被朝廷砍了腦袋，全家被械捕進京，家庭就敗落了。《紅樓夢》中描寫的薛姨媽領著「一窩一拖」投靠親戚，應是從北京放歸時的情景。

錢鳳綸也是清初著名的女詩人，「蕉園七子」的骨幹成員之一，她一生詩作甚多，結集名爲《天香樓集》。她的妹妹錢靜婉，也是「蕉園詩社」成員，詩集名爲《古香樓集》。她應該是《紅樓夢》中寶琴的生活原型，書中特意交代寶琴的「懷古詩」，用意不過如此而已。

錢鳳綸給自己的詩集取名《天香樓集》，也同表哥洪昇有關。洪昇創作的《長生殿》，唐明皇與楊貴妃在月宮「重圓」，使用的場景就是「桂子飄香」；桂花號稱「天香」。時人也常用「天香雲外飄」指代《長生殿》。

李楊愛情的定情信物就是「金釵」和「玉合」。前面說過，洪昇創作《紅樓夢》時，把「玉合」給了林黛玉，那麼，薛寶釵的名字，影射的當然就是「金釵」了。大概怕讀者不明白，作者還爲寶釵的丫頭取名「黃金鶯」，進一步強化了暗示效果。

錢鳳綸是否與表哥發生過愛情糾葛，也沒有直接證據支持，但從《天香樓集》的名字上，似乎可以看出端倪。錢鳳綸與表哥的感情同林以寧、馮又令一樣，沒有結果。她後來嫁給了洪昇的妻弟、一個終身沒有考取功名的秀才，在窮愁潦倒中艱難度日，是否早亡，沒有史料記載，無從判斷。但封建社會「孔已己」的妻子，下場又能好到哪裡?

通過以上分析，我們不難發現紅樓三釵的命名規律：作者在《長恨歌》、《長生殿》中選取了三個最能代表「情」的事物：湘靈、金釵與玉合，配以作者愛戀的姐妹們的詩集名稱：《湘靈集》、《墨莊詩鈔》和《天香樓集》，合成了紅樓三釵湘雲、黛玉、寶釵三個名字。然後再用寶釵、黛玉兩個名字，合成了主人公寶玉的名字。

《長生殿》是中國戲劇史上的一朵奇葩，與《桃花扇》一起，構成中國古典戲劇高峰上的雙子星座。《紅樓夢》是中國古典小說四大名著之一，堪稱古典文學史上的最高峰。洪昇一人兼創兩座高峰，在全世界文學史上也堪稱奇蹟。洪昇的六世祖、明朝刑部尚書洪鐘，晚年居住杭州西溪，取杭城南北兩座山峰之義，爲自己取號「兩峰」，堪稱絕妙偶合。

《長生殿》在歌頌李楊愛情的同時，描寫了李隆基與梅妃、「虢國夫人」之間的三角故事。《紅樓夢》根據作者洪昇早年的感情糾葛，也仿照《長生殿》，在寶玉與寶釵、黛玉、湘雲之間，處理成了三角故事。

《紅樓夢》的故事架構，基本也是沿襲《長生殿》的套路。《長生殿》有「華清池」

和「月宮仙境」，《紅樓夢》就有「大觀園」和「太虛幻境」，在古漢語中，「太虛」就是「月宮」。《長生殿》中有「織女大士」、「牛郎真人」和道士「楊通幽」，《紅樓夢》中就有「茫茫大士」、「渺渺真人」和「空空道人」。如果不是一人所爲，無法解釋這種巧合。

非常值得注意的是，《紅樓夢》中在寶玉神遊太虛幻境時，莫名其妙地安排一個「警幻仙子」的妹妹「兼美」，爲寶玉引導「兒女之事」，又特意交代，這個「兼美」，是兼具寶釵、黛玉之美。

《紅樓夢》的主人公寶玉，當然是作者自己的化身。其實，寶玉這個名字，上用寶釵的「寶」字，下取黛玉的「玉」字，本身就是「兼美」。「兼美」與寶玉感情正濃的時候，被一群魔鬼扯下了「迷津」，自然是暗示洪昇自己，因爲創作了《長生殿》而飲恨終身，導致「斷送功名到白頭」的悲慘遭遇。

在《紅樓夢》中，與「兼美」同具暗示意義的，還有一個人，就是命運悲慘的「香菱」。書中讓王熙鳳說她「眉眼像東府小蓉大奶奶」，「小蓉大奶奶」就是秦可卿，也就是「兼美」。香菱小時被「拐子」拐走，暗示洪昇自己少時因「家難」逃離家庭；香菱「馮淵」，被「葫蘆僧亂判葫蘆案」，暗示自己因《長生殿》逢冤，被朝廷胡亂判處斥革功名、枷號下獄的悲慘經歷。

書中「葫蘆廟」失火，把甄士隱家燒成一片白地，暗示自己家因爲「三藩之亂」牽連，被朝廷抄家，落得「白茫茫大地真乾淨」的下場。「葫蘆」即「胡虜」，「葫蘆廟失火」就是關外來的胡虜政權遭遇了叛亂；連累一條街延燒，暗示的就是牽連極廣。「甄士隱」隱去的真事，就是洪家這個「百年望族」敗落的真事！「賈雨村」敷衍的故事，就是洪昇與姐妹們當年的真實故事。

作者爲什麼給「甄士隱」被拐走的女兒取名「香菱」？讀者大概還不會忘記本文開頭交代的白居易的情人「湘靈」。「香菱」、「湘靈」完全同音，難道是偶合麼？《紅樓夢》和《長生殿》，都是根據白居易的《長恨歌》創作的，都是對社會興亡的感歎，對美好事物毀滅的浩歎，借用一下「湘靈」這個令白居易終生刻骨銘心的名字，去著手創作「情」的故事，表達自己的情愛、情癡、情變、情悔，實在再恰當不過了。

大觀園人際稱呼探隱

《紅樓夢》中的賈寶玉，就像一隻穿花的蝴蝶，整天在大觀園中，與一大群聰明美麗的姐妹們廝混，優哉遊哉，十分逍遙快活。

很有意思的是他與姐妹們之間的稱呼，表面上看似乎隨意性很大，興之所來，隨口亂叫；但細品之下，其中大有奧妙。

一、本名稱呼

寶玉：爲了好養活，大觀園中主子奴才，都可以直呼寶玉的名字，姐妹們背後一般也都這麼稱呼，但當面還是以哥哥弟弟相稱，寶釵稱他爲「寶兄弟」，湘雲、探春稱他爲「二哥哥」，湘雲咬舌子，二哥哥叫成了「愛哥哥」。只有黛玉特殊，人前人後都直呼其名。

寶釵：寶玉同姐妹們都稱之爲「寶姐姐」，長輩們呼之爲「寶丫頭」，其他人一般稱之爲「寶姑娘」。其稱呼規律是用名字的第一個字加姐妹關係。

黛玉：寶玉稱之爲「林妹妹」，湘雲、寶琴稱之爲「林姐姐」，其他人一般都呼之爲

「林姑娘」。其稱呼規律是用姓氏加姐妹關係。

湘雲：寶玉稱之爲「雲妹妹」或「湘雲妹妹」，長輩或平輩年長者呼之爲「雲丫頭」，其他人呼之爲「史姑娘」或「史大姑娘」。其稱呼規律是用名字的後一個字加姐妹關係。

迎春、探春：寶玉稱之爲「二姐姐」、「三妹妹」，其他人一般都稱之爲「二姑娘」、「三姑娘」，長輩呼之爲「二丫頭」、「三丫頭」，有時也稱爲「迎丫頭」、「探丫頭」。其稱呼規律是用姐妹順序數字加姐妹關係。

不這樣稱呼行不行呢？似乎不行。稱呼黛玉沒有人用「黛姑娘」、「玉妹妹」；稱呼寶釵沒人用「薛姐姐」、「釵丫頭」；稱呼湘雲也沒人用「史妹妹」、「湘姑娘」。從道理上說，這麼稱呼也沒人說不行，但大觀園中的確沒人這麼叫。

這究竟是爲什麼呢？從表面上看，稱呼姓一般表示對對方敬重，較嚴肅，決無褻瀆之意；稱呼名的前一個字一般表示對對方較親密、尊敬，但不是十分嚴肅；稱呼名的後一個字一般表示與對方較親密、更隨便一些，較少拘束。稱呼姐妹順序數字是家庭中親姐妹的慣常方式。

是否還有更深層次的隱含呢？我們知道，《紅樓夢》的初作者是洪昇，書中的主人公原型就是作者自己，姐妹們的原型就是「蕉園詩社」的所謂「五子」、「七子」，她們都是洪昇的親姐妹和表姐妹。

林黛玉的原型林以寧，自小與表哥洪昇關係親密，她是個才女，尊崇老莊，愛讀陶詩，愛竹成癖，又與表哥洪昇有創作傳奇戲曲的共同愛好，還親自創作過戲曲《芙蓉峽》。林以寧婚後在憂鬱中青年早逝，令洪昇十分痛惜。在《紅樓夢》中，洪昇用的就是她的原姓，讓姐妹們也用原姓稱呼她。

寶釵的原型是錢鳳綸，她也是洪昇的表妹，詩詞才能著名當時。因爲原型姓錢，所以用「寶姐姐」稱呼她，以「寶」代「錢」，「寶姑娘」就是「錢姑娘」。

湘雲的原型是馮又令，她是清初著名的才女，也是洪昇的表妹。「雲妹妹」的來歷，似乎是從她的詩集《湘雲集》所借用，容後再論。

迎春、探春的原型，是洪昇的兩個親妹妹，作者當然讓主人公用姐妹序號「二姑娘、三姑娘」稱呼她們，因爲在家庭生活中他們就是這麼稱呼。

作者說自己創作時「不敢稍加穿鑿」，害怕「反失其真」，從書中人物名字和稱呼上，可以反證這一點。

二、別號稱呼

大觀園起「海棠社」時，黛玉建議把「姐妹叔嫂」的字樣都改了，各自取個別號，彼此稱呼起來才雅致不俗。於是，黛玉取號「瀟湘妃子」，寶釵取號「蘅蕪君」，探春取號「蕉下客」，李紈取號「稻香老農」，寶玉仍用舊號「絳洞花主」。湘雲沒有參加此社，後來也給自己取號「枕霞舊友」。

瀟湘妃子、蘅蕪君等稱呼，一直沒變。寶玉的別號，後來變成了「怡紅公子」，探春的別號，後來也改成了「秋爽居士」。迎春後取號「紫菱洲」，惜春取號「藕香榭」。

姐妹們互相稱呼起來，往往嫌這些別號字多拗口，於是加以簡化使用，分別稱「瀟湘」、「蘅蕪」、「枕霞」、「怡紅」、「蕉ㄚ頭」、「菱洲」、「藕榭」等，分韻賦詩領題目時，又往往只寫一個字：「瀟」、「蘅」、「絳」、「蕉」等。

這些別號不論是自己取的，還是別人開玩笑代爲取的，都與書中她們各自的居住環境有關。寶玉入園前住絳雲軒，入園後住怡紅院，李紈住稻香村，迎春住紫菱洲，惜春住藕香榭，所以直接取名。黛玉住瀟湘館，院中多竹，本人又愛哭，所以探春爲她取了「瀟湘妃子」別號，寓「斑竹一枝千滴淚」之意。寶釵住蘅蕪苑，院中多種香草，本人又常吃「冷香丸」，別號「蘅蕪君」中暗寓香字。只有探春的別號「蕉下客」取得有點怪，書中明明寫著，是怡紅院有芭蕉海棠，秋爽齋中並沒有什麼芭蕉海棠，探春爲什麼把自己的別號取到了二哥哥寶玉的院中了？

作者爲大觀園中的這些姐妹們取別號，也不是信手拈來的，其中大有奧妙。我們知道，洪昇的家庭，居住地就在今天的杭州西溪，《紅樓夢》中的大觀園，就是作者根據「洪園」和附近的「西溪八景」創作的。書中交代大觀園是爲了接待元妃省親修建的，這裡在康熙年間，確實接待過一次皇帝南巡，接待的地點就是「西溪山莊」，接待人是高士奇。這個人是洪昇的好朋友，也是老鄰居。

寶玉居住的怡紅院，原型就是「洪園」，這裡是洪昇和姐妹們年輕時的天堂。「怡紅」者，「怡洪」也，絳雲也是紅色的代稱，其含義都是洪家公子開心的地方。探春居住的秋爽齋，書中又叫蘆雪庵，原型就是西溪的秋雪庵，這裡每到秋季，蘆花如雪，故名。書中姐妹們在蘆雪庵結社時，時間也是中秋，不會下雪，寓意也是蘆花如雪。探春的原型是洪昇的親妹妹，把「蕉下客」別號，取了怡紅院景色，是一點兒也不奇怪的，因爲是一家人。

姐妹們的別號，還與她們原型的作品集有關。林以寧的詩集名《鳳瀟樓集》，鳳即妃子，瀟即瀟湘，合起來正是「瀟湘妃子」。錢鳳綸的詩集名《天香樓集》，所以書中的寶釵，就取名蘅蕪，吃冷香丸，不離一個香字。錢鳳綸的妹妹錢靜婉，有詩集《古香樓集》，她就是書中寶琴的原型，所以書中寶琴寫了十首「古香古色」的懷古詩。馮又令的詩集名爲《湘雲集》（一名《湘靈集》），所以爲她取名湘雲，枕霞是枕著彩雲的意思，意義相關。

寶玉的「絳雲軒」和「絳洞花主」舊號，大概還有一層含義：清初著名官僚、詩壇領袖錢謙益，晚年築「絳雲樓」，一方面用於藏書，錢是個著名的藏書家，多珍貴宋版書；另一方面供自己和秦淮名妓柳如是結婚後居住，柳如是嫁錢謙益爲妾，清初在江南士大夫階層中是個廣爲傳播的佳話。後來，絳雲樓一把火燒了，柳如是也不幸自縊了，錢柳佳話化作了青煙。

洪家的洪園，也多藏書，用洪昇老師毛先舒的話說，是個「書海」。洪家的藏書與錢家一樣，也多是宋版書，因爲洪家的祖先，就是南宋著名的「三學士」洪遵、洪適和洪邁。洪園也是洪昇與表姐妹們青梅竹馬、卿卿我我的地方。後來，由於洪昇兄弟逃出家庭，父母被朝廷發配充軍，家園被官府抄沒，落了片白茫茫大地真乾淨。由此看，用絳雲軒比附絳雲樓，還是有一定道理的。

三、花名稱呼

紅樓姐妹們在聚會行酒令時，每人掣一個簽，簽上寫著一個花名，並寫著一句代表本人命運的話。黛玉掣得是芙蓉花，判詞是「莫怨東風當自嗟」；寶釵掣得是牡丹花，判詞是「任是無情也動人」；湘雲掣得是海棠花，判詞是「只恐夜深花睡去」；探春掣得是杏花，判詞是「日邊紅杏倚雲栽」；李紈掣得是一枝老梅，判詞是「竹籬茅舍自甘心」。

作者用這些花兒同掣簽的女兒相比，的確十分形象，花簽上的判詞，又預示著女兒們的命運。芙蓉花美麗聖潔，人們往往用「出水芙蓉」形容純潔美麗的女兒。牡丹花自古以來就是富貴的象徵，雖然沒有香氣，但其豔麗卻是無與倫比的。海棠本屬家常花，但也有珍貴品種，如西府海棠，《紅樓夢》中的白海棠，也是珍貴品種，但不論何種海棠，春季一過，花就落了；古人往往用杏花比喻家中的女孩子，日邊的杏花，預示著遠嫁。梅花傲雪，是氣節的象徵。

除掉這些比喻內涵之外，這些花名是否還有更重要的寓意呢?當你知道了洪昇和「蕉園七子」的事跡，你就會更加感歎作者用心之妙了。

林黛玉的原型林以寧，字亞清，曾創作傳奇《芙蓉峽》，以芙蓉花比附林以寧，即透露了它的創作經歷，又暗示了她的表字。林以寧父母早喪，孤苦無依，婚後丈夫又常居北京，夫妻兩地分居。林以寧崇尚老莊和陶淵明，一生愛竹成癖，經常在竹影婆娑中，「一燈風雨讀陶詩」，淚水也經常打濕了書籍。最後在抑鬱中年輕早逝了。這些同《紅樓夢》中的林黛玉形象毫無二致。

用牡丹花象徵薛寶釵的原型錢鳳綸，寓意更是美妙。牡丹花是富貴花，錢姓就是富貴的意思，另外，錢家本來就是當時杭州「四大家族」之一，被抄家前確實有潑天的富貴。錢鳳綸的父親錢開宗，在江南「科場案」中丟了腦袋，全家二百多口人被逮入北京，第二年遇赦回杭州時，已經無處居住，最大的可能性就是寄居在親戚家，與《紅樓夢》對薛家的描寫基本相同。錢鳳綸的詩集名《天香樓集》，牡丹花是「國色天香」，二者也吻合。

湘雲的原型馮又令，性格確實是「英豪闊大寬宏量」，「從未將兒女私情略縈心上」。她婚後丈夫早逝，青年守寡，陪著老祖母過著十分清苦的生活，但無怨無悔。用夜深的海棠去比附她的命運，也是恰當的。

探春的原型就是洪昇的親妹妹。洪昇有兩個親妹妹，都是美麗的才女，但婚後都十分不幸，年輕輕地雙雙早亡了。書中迎春就是她們不幸命運的真實寫照。洪昇是否有個妹妹遠嫁，沒有可靠史料證實，似乎有一個妹妹嫁福建耿精忠做了「王妃」。但《紅樓夢》中即使寫探春遠嫁，也是一片淒涼，前途未卜。

寶玉什麼花也不是，自己把自己比喻爲「墳圈子裡的一棵老楊樹」，外號是「無事忙」、「富貴閒人」、「混世魔王」。這些都是洪昇自己真實生活的記錄。洪昇與二弟洪昌，的確都是「富貴不知樂業」的「混世魔王」，由於家庭中的矛盾激化，導致「天倫慘變」，兄弟二人雙雙逃離了家庭，在顛沛流離中困苦掙扎，二弟在流浪中又青年早逝了。洪昇創作《紅樓夢》的目的，一方面是抒發自己心中的憤懣，另一方面是悼念早逝的二弟、兩個妹妹，一干表姐妹們，特別是與自己有「同生」之誼的表妹林以寧。洪昇在《紅樓夢》書中曾借小丫頭的口說；「同日生的就是夫妻」。其微妙心理，不難揣測。

四

大觀園原型杭州西溪探秘

大觀園導覽圖

一、大觀園究竟有沒有實地生活原型

關於《紅樓夢》中的大觀園是否有原型，原型在哪裡，歷來是《紅樓夢》研究中爭議最多的問題之一。其實，這個問題並不難，研究大觀園的原型必須搞清《紅樓夢》的作者，再循著作者的生活軌跡去探究，自然會得出正確的結論。

過去很多紅學家也試圖這麼做了，但他們沒有搞對《紅樓夢》的真實作者，把《紅樓夢》的著作權交給了曹雪芹，然後再到曹家在南京的織造府花園（後來的隋園）去尋找大觀園原型，發現滿不是這麼回事——織造府花園比起《紅樓夢》書中的大觀園來，幾乎就像老鼠與大象的關係。失望之餘，人們開始了漫無邊際的「猜笨謎」，有人把大觀園的原型找到了北京的圓明園，也有人找到了恭王府花園，還有人找到了天津的水西莊，但無論如何，這些所謂原型，同曹雪芹掛不上鈎，同《紅樓夢》故事更貼不上邊。無奈之下，吃不到葡萄只好說葡萄酸，於是有人乾脆斷定大觀園沒有實地原型，是曹雪芹綜合了中華園林藝術在腦袋裡杜撰的。

本文無意在這些無聊的爭論中浪費筆墨。筆者始終堅信，《紅樓夢》作者之所以能把大觀園描寫得如此美麗，如此清楚，使讀者猶如身臨其境，沒有創作原型幾乎是不可能的！大觀園原型與《紅樓夢》作者的關係肯定非同一般，這裡寄託了作者太多的美夢，太多的辛酸，太多的懷戀，太多的感歎。不僅大觀園有原型，曾在大觀園中生活的那些聰明美麗的女兒們也一定有生活原型，在她們身上，寄託了作者太多的愛，太多的親，太多的敬，太多的憐。可以說，《紅樓夢》作者、紅樓女兒原型和大觀園原型，是《紅樓夢》這部空前絕後文學作品三位一體的創作基石！

紅學的「三大死結」，無情地判了曹雪芹著作權的死刑！筆者經過多年的精心考證，證實了《紅樓夢》的真實作者是清朝初年杭州的大文學家洪昇，從而清晰地揭示了《紅樓夢》三位一體的創作基礎：書中那位無材補天石頭的原型，就是《紅樓夢》真實作者洪昇自己；書中十二位女兒的原型，就是洪昇的姐妹「蕉園十二釵」；而大觀園的原型，則是洪昇與姐妹們青少年時的天堂——杭州西溪！本文側重考證大觀園的原型杭州西溪，把真相仔細告訴朋友們，也算勾畫一幅「大觀園導覽圖」，帶領朋友們去遊覽一下杭州西溪——當然是明末清初的西溪，而不完全是今天的西溪公園。

二、「五院三庵三館」——大觀園與西溪共同的格局

熟讀《紅樓夢》的朋友都能夠在頭腦中大致勾畫出一幅大觀園景觀分佈圖。大觀園雖然

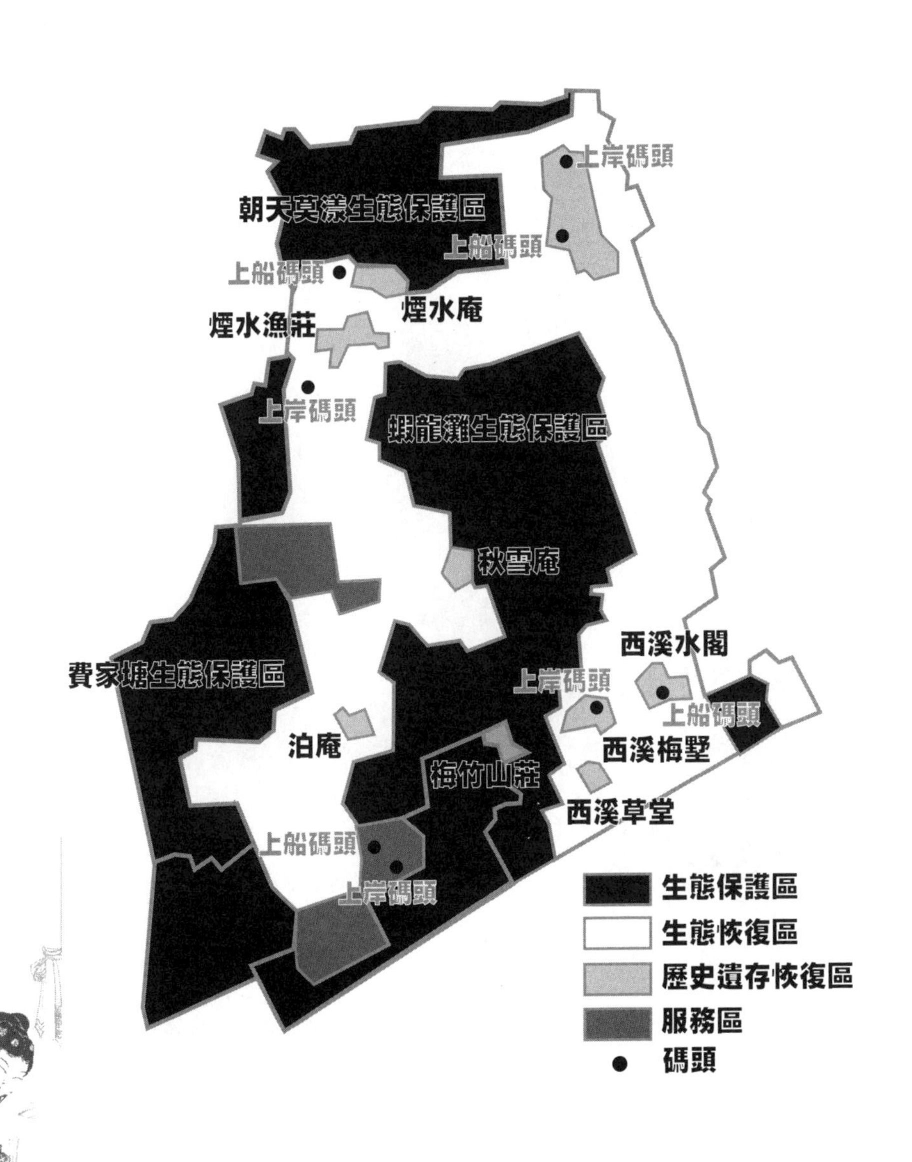

▲ 圖一 大觀園原型西溪濕地現狀圖

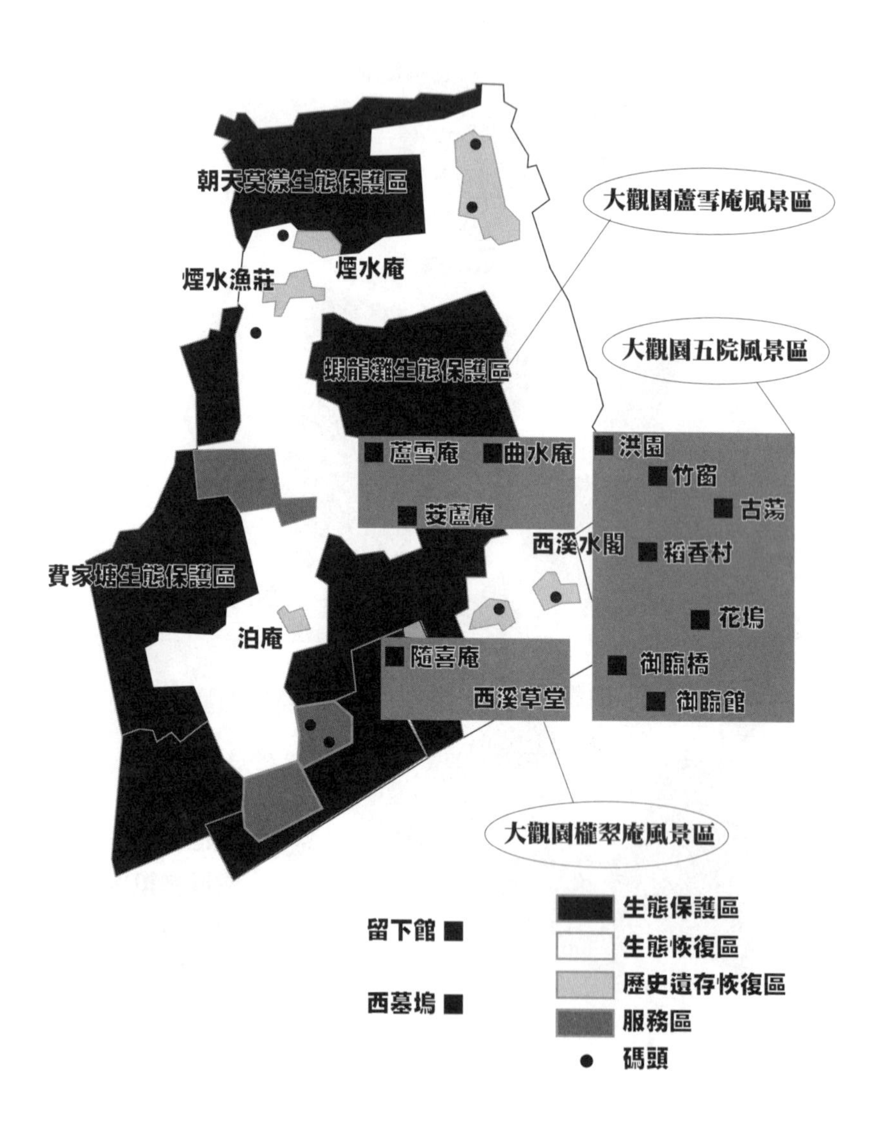

▲ 圖二 大觀園三大景區原型相對位置示意圖

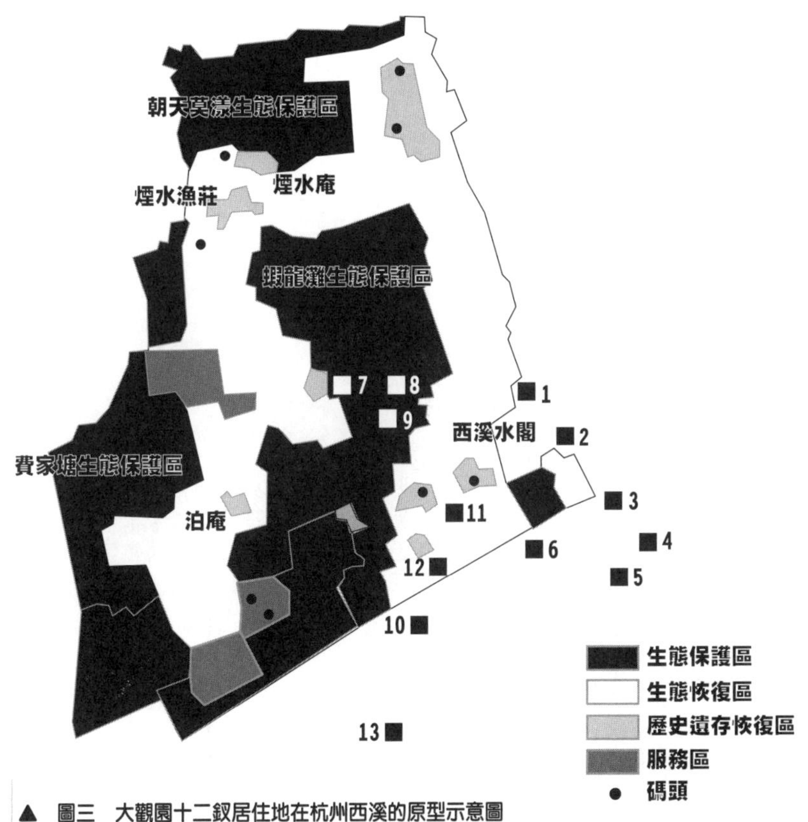

▲ 圖三　大觀園十二釵居住地在杭州西溪的原型示意圖

注：1　洪園，位置在蔣村鄉南部採潭口，怡紅院原型
2　西溪山莊，今天稱為高莊，瀟湘館原型
3　沈氏莊園，今天之農村自然生態遊覽區，稻香村原型
4　花塢，位置在古蔣西南，蘅蕪苑原型
5　御臨館，大觀樓及省親牌坊原型
6　御臨橋，今稱王家橋，沁芳橋原型，沁芳閘在左近沁芳池在其北，史稱御臨池
7　秋雪庵，蘆雪庵原型
8　曲水庵，暖香塢原型。稻香橋在其附近，今天名稱依舊
9　葵蘆庵，紫菱洲原型
10　西溪草堂，凸碧堂原型
11　西溪水閣，凹晶館原型
12　隨喜庵，多紅梅，櫳翠庵原型
13　西墓塢，洪家祖墳，位置在留下鎮南，鐵檻寺原型

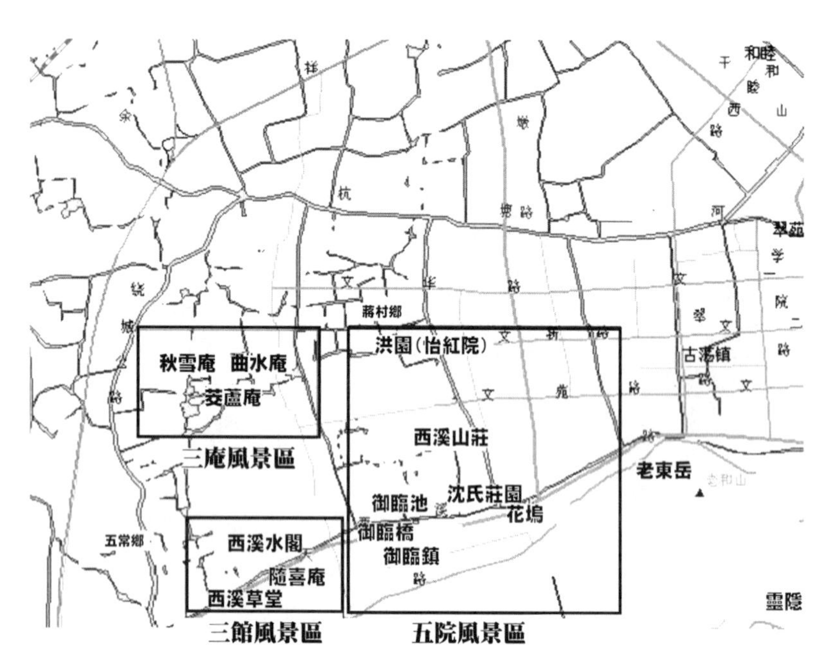

▲　圖四　大觀園三大風景區宏觀位置示意圖

有「三里半大」，景點眾多，但大致可分爲三大景區，即「五院三庵三館」。

所謂「五院」，就是大觀園中五個院落式建築：大觀樓，瀟湘館，稻香村，蘅蕪苑和怡紅院。大觀樓是元妃省親時的主建築，可謂金碧輝煌；瀟湘館是林妹妹居住的場所，以竹影搖曳著稱；稻香村是大嫂子李紈居住的地方，以鄉村風味聞名；蘅蕪苑是寶姐姐居住的天地，以鮮花香草遍地爲標誌；怡紅院是「混世魔王」寶玉居住的洞天福地，其豪華奢侈自然在其他姐妹們居住的場所之上。

大觀園「五院」的原型，就集中分佈在今天杭州西溪濕地的東南角，見圖二和圖四中標示的「大觀園五院風景區」，五個建築院落互相之間分布不遠，銜山抱水，當年的建築十分豪華。怡紅院的原型，便是洪園，是《紅樓夢》作者洪昇的故園。初始是南宋年間御賜的「國公第」，重建於明朝，是洪昇的六世祖洪鐘建設用以暮年養靜的場所。洪家號稱「宋代父子公侯三宰相，明季祖孫太保五尙書」，是杭州著名的「百年望族」。洪園今已不存，其位置在今天蔣村鄉南部的深潭口。

瀟湘館的原型，是洪昇的老鄉兼老朋友高士奇建築的「西溪山莊」，今已不存，地名稱爲高莊。高士奇在康熙年間曾任朝廷「南書房行走」，是皇帝的近臣。康熙三十八年皇帝第三次南巡駕臨杭州，高士奇爲了接駕，在這裡特意修建了「西溪山莊」，所以《紅樓夢》書中把這裡又叫做「有鳳來儀」。西溪山莊的景致以竹勝，十分清幽，康熙皇帝來到這裡，大爲高興，親筆爲山莊題寫了「竹窗」二字。朋友們不妨仔細回味一下，《紅樓夢》書中黛玉經常面對「窗前也有千竿竹，不識香痕漬也無」的景色，便知予言不謬。

稻香村的原型，是洪昇的表嫂柴靜儀夫家沈氏的產業。柴靜儀是「蕉園詩社」的骨幹成員，青年守寡，苦守著獨生兒子沈用濟度日，這娘倆應該就是《紅樓夢》中大嫂子李紈與賈蘭的原型。沈家的產業當年確實是「竹籬茅舍」的農村田園風光，與《紅樓夢》中的描寫完全一致。這裡直到今天仍然還是杭州城裡人節假日到農村休閒的好去處，建有休閒度假區。

蘅蕪苑的原型是花塢，這裡的歷史十分悠久，從宋代起，這裡就遍地種植鮮花香草，千年以來一直是杭州城裡鮮花香草的主要供應地。《紅樓夢》中之所以安排寶姐姐住在這裡，是因爲這裡距離古蕩較近，寶姐姐的原型錢鳳綸是杭州古蕩人，錢家是古蕩的世家望族，十分富有，花塢是否是錢家的產業，於史無考，似乎不無可能。

大觀樓的原型今天也已經不存在了，其地址在今天的御臨鎮。御臨鎮就是因爲康熙皇帝當年巡遊杭州駕臨這裡而得名，皇帝駕臨的地方，地方官員預先建設高大的牌樓和巍峨的樓閣，是必然的事情。當年皇帝去西溪山莊並沿途遊賞，就是在這裡上船的，上船的地方叫御臨橋，今天叫王家橋。在《紅樓夢》中，元妃也是在這裡下船的，把這裡叫做沁芳橋。沁芳橋旁有沁芳閘，船行往前有沁芳池，這裡今天仍然有御臨池地名爲證。

大觀園中的所謂「三庵」，就是探春居住的蘆雪庵，迎春居住的紫菱洲和惜春居住的藕香榭。蘆雪庵的原型是今天的秋雪庵，紫菱洲的原型是今天的茭蘆庵，藕香榭的原型是今天的曲水庵。這三處景觀都是歷史悠久的佛庵，地面建築今天久以不存，但仍然是今天西溪濕

地的核心景區。位置在深潭口的西邊，大致在「五院」景區的西部偏北。（見圖二）

《紅樓夢》中的蘆雪庵，是姐妹們錦心繡口賽詩的地方，也是湘雲烤鹿肉吃的地方。探春邀二哥寶玉來這裡，請柬上寫的是希望他能「棹雪而來」，所謂「棹雪」就是乘船穿過雪花而來，從洪園所在地深潭口來這裡，確實需要乘船；但姐妹聚會的時間是秋季，何來的雪花？原來這裡蘆葦叢生，每到秋季，蘆花如雪，秋雪庵名字與《紅樓夢》書中的蘆雪庵名字本來就是一個意思，乘船穿過蘆花來這裡，正所謂「棹雪而來」。

曲水庵今天一片荒涼，但歷史上曾有規模很大的佛庵，這應該是惜春居住的藕香榭——也叫暖香塢的原型。歷史上在庵堂周圍水道曲折，故名「曲水庵」。爲了聯繫外界方便，過去這裡曾經建有一座竹橋，竹橋旁水中還建有一座涼亭，分別叫做藕香橋和藕香亭。亭和橋雖然久已不存，但至今這裡仍保留著「藕香橋」的地名，是爲鐵證。

茭蘆庵的建築今天也早就蕩然無存了。從「茭蘆庵」這個名稱分析，這裡昔日應該是盛產紅菱蓮藕的地方，直到今天這裡還出產大量的紅菱。歷史上這裡確實曾有一座相當繁華的庵堂。《紅樓夢》中以這裡爲原型創作紫菱洲，的確是十分貼切的。

大觀園中的所謂「三館」，就是賈母月下聽笛悲寂寞的凸碧堂，黛玉和湘雲聯詩的凹晶館，以及妙玉修行的櫳翠庵。這三座建築在歷史上也確實是有原型的，凸碧堂的原型是西溪草堂，凹晶館的原型是西溪水閣，櫳翠庵的原型是隨喜庵。三座建築集中在今天西溪濕地的西南部，位於老和山與西溪河道交界處的山坡。（見圖二、圖四）

西溪草堂在明末清初，是著名官僚文人馮夢楨的別業，草堂建在老和山的山坡上，地勢較高，周邊林木蒼翠，故《紅樓夢》中稱之爲凸碧堂。西溪草堂的山下，就是西溪水閣，歷史上這裡是杭州大鹽商汪然明的別業，由於其地正在西溪水邊，地勢低窪，水天一色，故《紅樓夢》中稱其爲凹晶館。隨喜庵的位置就在西溪水閣附近的山坡上，歷史上庵中紅梅很盛。明末著名詩妓林天素，與汪然明交往甚密，當時就寄住在隨喜庵中，與汪然明來往方便。因爲這裡盛產紅梅，所以書中讓寶玉到這裡「乞紅梅」；又因爲這裡距離西溪水閣較近，所以《紅樓夢》書中黛玉湘雲在凹晶館月夜聯詩時，讓妙玉突然出現，並爲二人之聯詩做結束之三十五韻。

三、寶玉題詠大觀園之路線還原

《紅樓夢》書中第十七回，大觀園建成之後，賈政帶領兒子寶玉和眾清客，首先去逛園子，順便爲園子各處景點題詠，以備元妃省親時命名參考。寶玉一路上大展才華，受到眾清客的一致讚賞，賈政也十分滿意和自豪。本文無意研究寶玉題詠大觀園的文采，僅就賈政等人的遊覽路線，再根據杭州西溪的歷史景觀，來對照還原大觀園原型的真面貌。

根據《紅樓夢》第十七回描述，賈政一行進入大觀園之後，來到的第一處景觀，便是「繞堤柳借三篙翠，隔岸花分一脈香」的「沁芳亭」。沁芳亭附近，有橋名「沁芳橋」，有閘也名「沁芳閘」，還有一水池，名字仍然是「沁芳池」。這裡的原型，便是西溪之「御臨橋」（見圖三）。御臨橋今名王家橋，御臨橋是清代名稱，得名的原因是康熙皇帝南巡曾在這裡上船遊覽西溪。御臨橋的前面，確有御臨池；至於亭和閘，今天已經難見蹤跡了。

從沁芳亭前行，經過「蓼汀花漵」（西溪至今仍有「蘆汀沙漵」之地名。蘆即是蓼，沙漵變花漵，不過雅一點罷了）賈政一行來到「龍吟細細，鳳尾森森」的「有鳳來儀」，後來又被題名「瀟湘館」。這裡的原型便是「西溪山莊」，是當年高士奇建設用來接待康熙南巡遊覽西溪的駐足場所（見圖三）。西溪山莊今已無存，當地人叫這裡爲高莊，大概就是高士奇山莊的意思吧。

從瀟湘館繼續前行，賈政一行人來到「山坡之下」「分畦列畝」的「稻香村」。這裡的原型就是當年沈家（柴靜儀家）的莊園（見圖三）。今天這裡仍然是一片田園風光，被辟爲杭州農村風光休閒遊覽地，市民閒暇時，很多人攜妻帶子來到這裡遊覽，倒也的確是「柴門臨水稻花香」的景色。不過《紅樓夢》中用這句詩描繪這裡，未必完全是「柴門」的本意，很大程度上是說這裡的女主人公姓柴，她的家門當然也是「柴門」了。

賈政一行人從稻香村出來，「轉過山坡」，「過了荼蘼架，再入木香棚，越牡丹亭，度芍藥圃，入薔薇院，出芭蕉塢，盤旋曲折」，來到遍地香草藤蘿的「蘅芷清芬」，後來這裡被正式題名「蘅蕪苑」。這一大堆地名都是以花草命名，它們的原型，都是今天的「花塢」。花塢的地盤很大，當年分區種植牡丹芍藥等鮮花和各種香草，所以每個花區都有一個子名稱。可惜這裡今天早已被城市某大單位佔用，非復當年鮮花香草滿地的優美景色。

從蘅蕪院出來，賈政一行來到了「崇閣巍峨，層樓高起」、「琳宮合抱」、「玉欄繞砌」的元妃省親正殿「大觀樓」。這裡今天叫做「御臨鎮」（見圖三），不過當年接待康熙皇帝的亭臺樓閣早已不復存在了。

一行人出大觀樓，便到了「沁芳閘」。細心的朋友可能注意到，賈政一行人從「大主山」出發，按照沁芳亭——瀟湘館——稻香村——蘅蕪苑——大觀樓——沁芳閘的順序，又回到「大主山」，實際上是繞了一個圈子，又回到了出發的原地。好多紅學專家不明此理，畫大觀園圖時，把沁芳亭和沁芳閘畫成了相隔很遠的兩個地方。如果不知道大觀園的原型西溪，很容易鬧這個笑話。《紅樓夢》書中所說的「大主山」，便是今天的老和山。

一行人從沁芳閘再出發，沿途經過若干「清堂茅舍」、「佛寺丹房」、「長廊曲洞」、「方廈圓亭」，逶迤來到了大觀園的核心怡紅院。這裡就是《紅樓夢》作者洪昇的故園洪園（見圖三），位置在今天蔣村鄉的南面的深潭口。讀者朋友們可能注意到了，從沁芳閘到怡紅院，路途似乎比較遠，作者對沿途景色沒有詳表，只是一筆帶過。從怡紅院出來，便是「平坦寬闊大路」，一行人從這裡便出了大觀園。這裡便是今天深潭口前面的大路。這條路古已有之。

《紅樓夢》書中交代，寶玉跟隨父親遊覽的景點，只占了大觀園的「十之五六」。從圖二中我們可以看出，這次遊覽所經過的地方，就是西溪的「五院」風景區，確實只占西溪三大景區的「十之五六」，作者沒有撒謊，更沒有故弄玄虛。

四、賈元春遊幸大觀園之路線還原

《紅樓夢》第十七回書中寶玉剛剛題詠完大觀園，十八回便開始描寫元妃省親。元妃省親是借省親爲名，暗寫康熙三十八年皇帝南巡到杭州，應高士奇邀請，順便遊覽西溪景觀的過程。我們不妨跟隨書中元妃的腳步，再去印證一下大觀園的原型在杭州西溪。

元妃的儀仗隊來到大觀園門前，首先是進入「儀門」，來到一所「院落」更衣。這所「院落」的原型，便在今天的御臨橋附近。更衣後下輿登船，到了「蓼汀花溆」，也就是今天的御臨池附近，並改其名爲「花溆」。棄舟登岸後，來到「省親別墅」，也就是大觀樓，位置在今天的御臨鎮。

在大觀樓接見了祖母和父母親之後，在寶玉的導引下，開始正式乘船遊幸大觀園。遊幸的順序是「有鳳來儀」（**瀟湘館**）——「紅香綠玉」（**怡紅院**）——「杏簾在望」（**稻香村**）——「蘅芷清芬」（**蘅蕪院**），然後回到正殿（**大觀樓**）。其遊幸順序與上回書所說的寶玉題詠順序不同，大致是反方向遊覽的，各處景點之原型及其相互位置可查看圖二圖四之「五院」風景區部分。

在大觀樓與姐妹們一起爲大觀園作詩後，又特意觀看並評價了寶玉分別爲「有鳳來儀」（**瀟湘館**）、「蘅芷清芬」（**蘅蕪苑**）、「怡紅快綠」（**怡紅院**）、「杏簾在望」（**稻香村**）所做的四首詩。詩中題詠的四個景點和元春所在的大觀樓，合起來歌頌的還是「五院」。元妃遊幸的全部景點，始終在西溪「五院」風景區之內（見圖三）。臨走前雖然也去了一次某庵堂，但描寫很簡單，似乎也不是櫳翠庵，因爲妙玉沒有出來。當時西溪的庵觀眾多，「五院」之中也有庵觀，不過早已損毀，今天看不到原型了。

五、劉姥姥酒醉大觀園之路線還原

《紅樓夢》第四十回中，劉姥姥二進榮國府，曾隨賈母一起進大觀園遊玩，鬧出了很多令人噴飯的有趣故事。

書中交代，遊玩是從大觀樓（在御臨鎮，見圖三）開始的，李紈命小廝從大觀樓旁的綴錦閣擡下二十多張「高几」，就是野外坐著方便的高凳子吧，然後準備了兩隻遊船。一行人從這裡來到了沁芳亭（就在御臨橋附近）。從沁芳亭再來到瀟湘館（西溪山莊），在黛玉的狹窄房中說笑了一回。

從瀟湘館出來，行進路線超出了前面所說的「五院」風景區，改步行爲乘船，進入了「三庵」風景區，首先來到了迎春居住的「紫菱洲」（原型是西溪茭蘆庵，見圖三）。又從紫菱洲乘船來到探春居住的「秋爽齋」，又叫「蘆雪庵」（原型就是西溪的秋雪庵，見圖三），並在這裡吃飯，劉姥姥用筷子夾鵪鶉蛋鬧了好多笑話。吃飯期間，賈母命家樂班十幾個女孩子在「藕香榭」的水亭上隔水奏樂，說是「借水音好聽」。藕香榭的原型是曲水庵，庵旁水上過去有亭有橋，至今地名猶存。

飯後，賈母一行從秋爽齋乘船來到「蘅蕪苑」（花塢），從「三庵」風景區又回到了「五院」風景區。上岸後聞到「異香撲鼻」，看到「奇草仙藤」，這正是典型的花塢景致。然後又從蘅蕪苑回到大觀樓吃酒行令，劉姥姥說出「花兒落了結個大倭瓜」的令詞，引得眾人哄堂大笑。

酒足飯飽，賈母遊興未減，又帶領劉姥姥從大觀樓（御臨鎮）來到妙玉修行的「櫳翠庵」吃茶。這番不再乘船，而是信步走來。櫳翠庵的原型是「隨喜庵」，位於「三館」風景區（見圖二）。從御臨鎮來這裡，正是沿山坡小路行走，很是方便。劉姥姥吃茶的盅子十分貴重，妙玉嫌髒要摔，寶玉討來施捨給了劉姥姥。

從櫳翠庵出來後，賈母累了，回到稻香村（沈氏莊園）休息，鴛鴦帶領劉姥姥各處去逛，來到「省親別墅」牌坊（大觀樓）底下，劉姥姥誤以為是寺廟，爬在地下就要磕頭。隨後由於鬧肚子，劉姥姥要解手，獨自一人向「東北方向」去找方便的地方，誤打誤撞闖進了「怡紅院」（深潭口洪園），與大穿衣鏡碰頭鬧了一個把自己當作「親家母」的笑話，然後倒在寶玉的床上睡熟了。洪園的位置，恰好在御臨鎮的「東北方向」，朋友們不妨把劉姥姥的行蹤按圖二勾畫一下，路線與方位一點不差，足見《紅樓夢》中的大觀園是以西溪為原型描寫的。

六、姐妹們大觀園中詩詞雅事之路線還原

《紅樓夢》第三十七回，探春邀姐妹們到她那裡結社作詩。探春居住地在蘆雪庵（原型是秋雪庵），她在給寶玉的邀請信中說：「若蒙棹雪而來，娣當掃花以待。」今天從深潭口的洪園到秋雪庵，也必須乘船穿過蘆花蕩前往，正是所謂的「棹雪而來」。書中七個姐妹齊聚蘆雪庵後，立詩社，取別號，選社主，定章程，熱鬧了好一陣。然後各作一首詠白海棠詩，方才散了。

第二天，湘雲邀請眾人賞桂花，眾人又齊聚到惜春居住的「藕香榭」（原型是曲水庵），一起吃螃蟹飲酒，酒後以菊花為題，立了十二個題目，分別作〈菊花詩〉，黛玉獨佔鰲頭，奪取了魁首。隨後又分別做〈螃蟹詠〉，寶釵奪魁，但諷刺世人太毒了些。

《紅樓夢》第四十九回，寶玉邀黛玉同往大嫂子李紈居住的稻香村（沈氏田莊），眾姐妹也陸續來到，一起商量作詩。第二天一早，冒著漫天大雪，一起來到蘆雪庵（秋雪庵）。湘雲在這裡野外烤鹿肉吃，惹得黛玉說「蘆雪庵遭劫」，要為這裡「一大哭」。鬧了一陣後，姐妹們以雪為題，爭聯「即景詩」。由於寶玉落第，被姐妹們罰去櫳翠庵向妙玉要紅梅花。從圖四中可以看出，櫳翠庵（隨喜庵）位於蘆雪庵（秋雪庵）的正南方，距離很近，所以寶玉不大一會就扛著一大枝梅花回來了。姐妹們又以紅梅花為題，作了好多詩。

隨後賈母也來湊熱鬧，眾人又隨賈母來到藕香榭（曲水庵，緊臨秋雪庵，見圖三），進入惜春的居室暖香塢。次日又在暖香塢「雅制春燈謎」，隨後寶琴詠出十首「懷古詩」。

姐妹們的這幾次詩社活動，是《紅樓夢》中場面最大的文學活動，活動的主要地點，都在蘆雪庵和藕香榭，其原型就在今天的秋雪庵和曲水庵，位於「三庵」風景區內，是西溪的核心景區（見圖四）。清初秋雪庵的建築很多，也很壯麗，有「秋雪八景」聞名於世，可惜今天已蕩然無存了。

抄檢大觀園後，姐妹們「詩也不作了，社也散了」，八月中秋夜，黛玉和湘雲耐不住寂寞，孤淒地結伴來到山上賞月。因嫌山上「人聲嘈雜」，便商量順著山坡去山下的水邊「凹晶館」賞月。凹晶館的原型是西溪水閣，位於大觀園「三館」風景區內（見圖三）。

姐妹兩人在凹晶館以中秋月爲題，用「五言排律」和「十三元韻」，對景聯詩。正聯到高潮處，湘雲說出「寒塘渡鶴影」，黛玉對以「冷月葬花魂」，一語未了，只見欄外山石後，突然「轉出一個人來」，原來是妙玉。

請朋友們注意，月夜裡妙玉一個青年女子因何能夠突然來到這裡？原來凹晶館的原型西溪水閣就在櫳翠庵的原型隨喜庵的山腳下，是爲緊鄰，妙玉只要出庵門，就可看到黛湘二人，所以能及時趕到。

三人於是爬上山坡，來到妙玉的櫳翠庵中。妙玉爲二人的聯詩續寫了「三十五韻」。二人稱讚妙玉是「詩仙」，談論到天快亮時，才依依惜別，黛湘二人一起回到瀟湘館（西溪山莊）。

湘雲在大觀園中是活躍分子，最著名的活動是「醉眠芍藥烟」。醉眠的原因是在紅香圃中爲寶玉做壽，行酒令導致喝多了酒。紅香圃和芍藥欄都是花塢中的子景點，與蘅蕪苑的共同原型都是花塢。

七、抄檢大觀園一路行動次序還原

《紅樓夢》第七十四回在抄檢大觀園的描寫中，又一次全景式地展現了大觀園諸景點及其相互間的位置關係。請朋友們眼睛盯著圖四，與我一起去探尋抄檢的路線。

抄檢是從寶玉的怡紅院（洪園，在深潭口）開始的；第二個往東南來抄檢黛玉的瀟湘館（西溪山莊），第三個本應繼續前行抄檢蘅蕪苑（花塢），但因爲是親戚放棄了；然後折向西邊抄檢探春的蘆雪庵（秋雪庵）；隨後第四個就抄檢探春的鄰居惜春居住的暖香塢（曲水庵）；第五個抄檢的自然是迎春居住的紫菱洲（茭蘆庵）。由於抄出了司棋的問題，王善保家的打了自己的嘴巴，抄檢就此中止。

從以上路線不難看出，抄檢基本是在「五院」風景區和「三庵」風景區中進行的。怡紅院的原型是洪園，抄檢很可能是根據洪家的「家難」如實描寫的，所以《紅樓夢》書中描寫「抄檢」要從怡紅院開始。由於《紅樓夢》作者洪昇僅僅把自己家的府邸園林洪園（怡紅院）作爲大觀園的一部分，而把書中的大觀園擴展到幾乎整個西溪，作爲小說，自然要寫抄檢其他地方，事實上當年洪家是不可能去抄檢其他家庭的。但由於作者極其熟悉西溪，所以抄檢的順序和路徑寫得一絲不亂。

大觀園實地探訪記

我的《紅樓夢》研究純屬業餘愛好，時斷時續，前後約二十年時間。搞清楚《紅樓夢》大觀園的原型，始終是我的一個心願，也是一塊心病。我和杭州沒有什麼特殊關係，祖祖輩輩生活在東北，我這代人之前，家族中無人去過杭州。

我始終堅信，《紅樓夢》的作者洪昇既然是杭州人，是以自己年輕時候真實的「荒唐」經歷，作爲主人公賈寶玉的事跡原型創作《紅樓夢》的，書中所表現的人物、地點的原型必然都在他自己最熟悉的杭州。那些活靈活現的「十二釵」，那個美輪美奐的「大觀園」，沒有生活原型，任何作家都不可能憑空杜撰出來。

我首先在浩如煙海的故紙堆中，爬梳出來《紅樓夢》「十二釵」的原型，就是清朝初年在杭州活躍一時的「蕉園詩社」成員——前「五子」後「七子」，恰好十二個年青美麗、智慧聰明的「紅樓女兒」，她們都是與洪昇一起成長的親姐妹或表姐妹。

進一步推斷，洪昇既然以自己和姐妹們做《紅樓夢》人物原型，那麼，這些人物當年的共同活動地點，應該就是「大觀園」的原型。史載，洪昇是號稱天堂的杭州人，洪家是杭州西溪的「百年望族」，洪家的府邸園林在西溪。於是，我首先把洪家的「洪園」，當作了「大觀園」原型，並加以比較小心翼翼的考證。

爲此我專門去了一次杭州西溪做實地考察，考察的結果是大失所望！歷經三百多年的風雨變遷，洪園所在地西溪深潭口，一片荒草凄凄的景象，昔日繁華的貴族園林早已片瓦無存。經過實地調查，再同史籍加以對照，發現昔日洪園雖有「十景」，但作爲「三里半大」的泱泱「大觀園」原型，實在是太局促了。

從杭州回來後，我冥思苦想，幾近絕望。在這個當口，腦海中忽然閃現出另一個人物，就是洪昇的老鄉、與洪昇同年生同年死的大名鼎鼎的高士奇，康熙三十八年曾在家鄉「接駕」一次，接駕必然要修建園林，這個園林在什麼地方呢？

踏破鐵鞋無覓處，得來全不費工夫，對照史籍，我發現，高士奇不僅是洪昇的杭州大同鄉，而且是西溪的小同鄉。他「接駕」修建的園林名叫「西溪山莊」，康熙巡幸到此，不僅御筆爲山莊題寫了「竹窗」匾額，還親自賦詩一首，歌頌這裡的景色：

十里清溪曲，修篁入望森。
暖催梅信早，水落草痕深。
俗籍漁爲業，園饒筍作林。
民風愛淳樸，不厭一登臨。

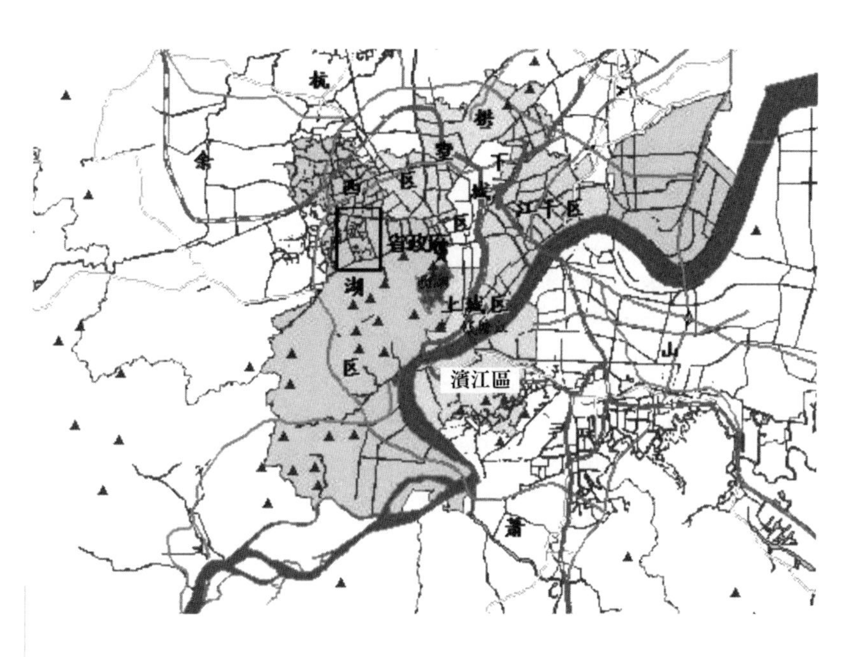

▲ **圖一「芳園築向帝城西」——大觀園原型西溪在杭州的位置示意圖**

注：《紅樓夢》大觀園的原型在杭州西溪，這裡山水秀美，人文積澱深厚。這裡是《紅樓夢》作者洪昇的故園，也是書中「十二釵」原型「蕉園姐妹」的故園。洪昇（石頭）、「蕉園姐妹」（十二釵）、西溪（大觀園）構成《紅樓夢》巨著的三大基石。

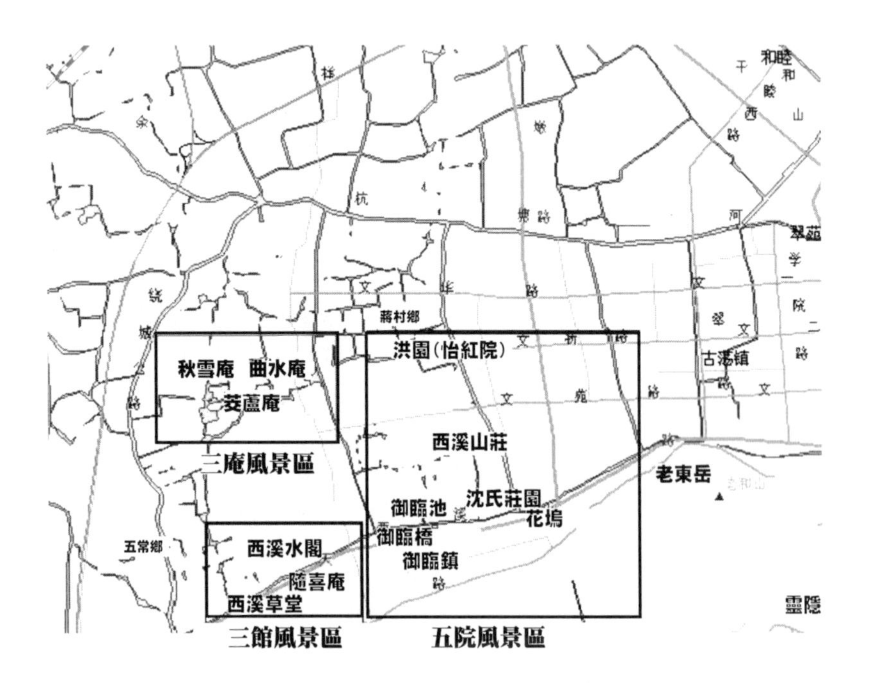

▲ 圖二「果然萬物有光輝」——大觀園「五院三庵三閣」示意圖

注：1「五院風景區」包括怡紅院，瀟湘館，稻香村，蘅蕪苑，大觀樓。

2 怡紅院的原型是洪園，也稱洪府，洪昇家族的府邸園林。

3 瀟湘館的原型是西溪山莊，也叫「竹窗」，是高士奇修建用以接待康熙皇帝南巡的場所。

4 稻香村的原型是沈氏莊園，也稱「柴門」，這裡是柴靜儀的故居。

5 蘅蕪苑的原型是花塢。

6 大觀樓的地址在御臨鎮，這裡清初建有康熙皇帝駐蹕的牌樓和樓閣。

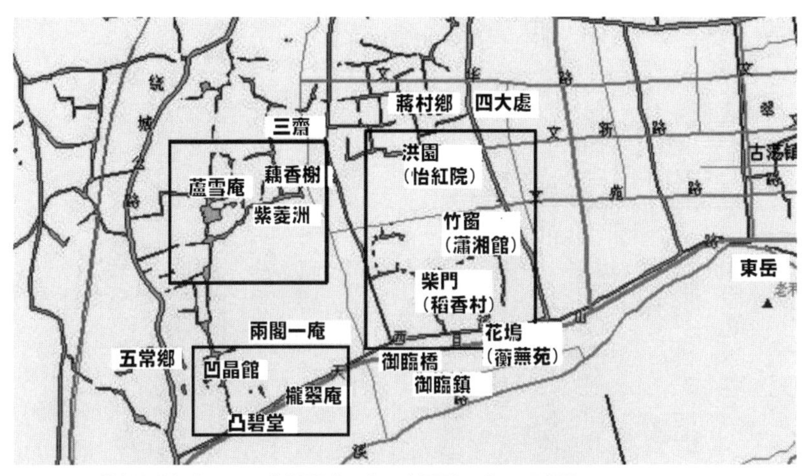

▲ 圖三「仙境別紅塵」——大觀園「四處三齋兩閣一庵」示意圖

注：1 蘆雪庵的原型是秋雪庵，庵名是明末大文學家陳繼儒題寫的。
2 藕香榭的原型是曲水庵，這裡至今還保留著「藕香橋」的舊名稱。
3 紫菱洲的原型是茭蘆庵，庵名是明末大書法家董其昌題寫的。
4 凹晶館的原型是西溪水閣，這裡明末是儒商汪然明的別墅。
5 凸碧堂的原型是西溪草堂，這裡明末是官僚文人馮夢禎家族的別墅。
6 櫳翠庵的原型是隨喜庵，這裡是汪然明所建的庵堂，柳如是、林天素等名妓曾寄住在這裡

▲ 圖四「銜山抱水建來精」——大觀園十二釵居處示意圖

既然《紅樓夢》中是以大觀園中的「瀟湘館」作爲「有鳳來儀」命名的，高士奇又是在這裡接待「有龍來儀」的，那麼，「瀟湘館」難道是以高士奇的「西溪山莊」爲原型創作的?帶著這個疑問，我第二次來到杭州西溪做實地考察。當然「西溪山莊」在實地也早已蕩然無存了，地名現在叫做「高莊」。這次考察的最大收穫，就是發現「高莊」與「洪園」原來是近鄰，難怪《紅樓夢》中寶玉對黛玉說，咱倆住得近，來往方便。

由「瀟湘館」原型「高莊」的發現，打開了我的思路：原來，洪昇創作《紅樓夢》所依據的「大觀園」原型，不僅是自己家的「洪園」，還應包括「洪園」周邊當年的很多園林建築。「洪園」應該僅僅是大觀園中「怡紅院」的原型，書中也明確交代寶玉居住「怡紅院」，姐妹們都另有居處，做此推斷是合理的。

我三下杭州是專程去考察《紅樓夢》中的「蘆雪庵」原型，這次考察說起來還是受杭州朋友啓發才成行的。杭州開始保護西溪濕地，建設西溪濕地公園，「杭州網」上出現大量介紹「秋雪庵」的文章。我忽發奇想：這個「秋雪庵」，是否就是《紅樓夢》大觀園中「蘆雪庵」的原型呢?

實地考察完全印證了我的推斷：「秋雪庵」歷來是西溪最著名的一處景點，「秋雪庵」一名是明末大文豪陳繼儒題寫的，命名的原因是這裡每到秋季，蘆花如雪之故。這同《紅樓夢》中介紹的「蘆雪庵」是完全一致的，《紅樓夢》中的蘆雪庵，又叫做「秋爽齋」、「秋掩書屋」，總之沒離開一個「秋」字，一個「雪」字，基本是紀實的。從「洪園」所在地深潭口到「秋雪庵」，沿途必須乘船，我就是坐著杭州船娘所搖的小船前往的，在船上聯想到《紅樓夢》書中探春邀請二哥寶玉「棹雪而來」一語，所謂「棹雪」，就是坐著小船，穿過如雪的蘆花的意思。此刻我坐著小船穿過飄飛如雪的蘆花蕩，深切地感悟到，我的行程，不也正是所謂的「棹雪而來」麼？

這次考察還順便搞清楚了《紅樓夢》大觀園中另幾處景點的原型。「秋雪庵」的緊鄰，便是「曲水庵」和「茭蘆庵」，這應該就是書中惜春居住的「藕香榭」，以及迎春居住的「紫菱洲」的原型。「茭蘆庵」這個地方，過去名氣也很大，「茭蘆庵」匾額，是明末大書法家董其昌題寫的。這裡歷史上蘆葦叢生，紅菱茂盛，現在蘆葦雖然不多了，但仍然盛產紅菱，紅菱也叫紫菱，《紅樓夢》書中命名這裡為「紫菱洲」，很是貼切。

「曲水庵」附近，據船娘講，原來有一座搖搖擺擺的竹橋，叫做「藕香橋」，《紅樓夢》中有「藕香橋」這個真實名字出現，驗證了「曲水庵」就是「藕香榭」原型。但所謂「藕香榭」，不過就是「藕香橋」旁的一個同名的亭子罷了，並不適於居住，所以惜春居住的房子，在書中又叫做「暖香塢」，應該是依照「曲水庵」為原型創作的。

我四下杭州考察「大觀園」原型，是因為一次全國性會議，會後抽空去遊覽老東岳，順便到「花塢」看一看。「老東岳」在杭州名氣很大，過去這裡有著名「東岳廟」，還有規模宏大的法華寺，「東岳廟」是供奉「東岳大帝」的地方，俗稱「天齊廟」，《紅樓夢》中的

「天齊廟」，原型應該就在這裡。

「花塢」所在地是個大單位，院子進不去，只好發思古之幽情，遠遠張望一番，也看不出什麼。根據杭州史志記載，這裡面積很大，上千年來一直遍地種植鮮花香草。不難想像，這裡應該就是《紅樓夢》大觀園中寶釵居住的那個「蘅蕪苑」的原型。蘅蕪就是香草，「蘅蕪苑」就是種植香草的苑圃。那麼《紅樓夢》中只寫大觀園有香草，沒有寫還有鮮花嗎？寫了，而且就在「蘅蕪苑」的旁邊，什麼「牡丹亭」、「芍藥圃」、「芭蕉塢」、「薔薇院」等，它們與「蘅蕪苑」一起，構成一幅花香鳥語的天然圖畫。它們的創作原型，都是按「花塢」描寫的。《紅樓夢》中「珍珠如土金如鐵」的薛家，其原型就是當時古蕩的望族錢家，花塢距離古蕩不遠，當年這裡有可能就是錢家的產業。錢家與洪家是世代姻親，關係密切。

說到書中薛家的「皇商」身分，還有一段很有趣的經歷。錢家是官僚地主身分，並非商人，《紅樓夢》中爲什麼偏偏要把他家寫成「現領著內帑錢糧」的「皇商」呢？原來這個「皇商」，是皇帝御口欽封的！薛寶釵的原型是「蕉園詩社」成員錢鳳綸，她父親的原型叫錢開宗，是丁酉年江南科場的副主考，因爲考試受賄作弊，被朝廷砍了腦袋！皇帝在判詞中說，錢開宗不是孔孟門徒，而是「貨殖家風」。所謂「貨殖」，就是商人，所謂「家風」，就是世代經商。這個商人之家既然是皇帝金口玉牙賜給的，《紅樓夢》中當然要把他家寫成「皇商」了。

「花塢」的西北面，是一大片農田，稻花遍地，有農舍，有水井，有鴨鵝，有果樹，好一片田園風光，這裡應該就是《紅樓夢》大觀園中那個「稻香村」的原型。據杭州史志記載，這裡清初是沈家的產業，沈家當時的確有個寡婦大嫂，名叫柴靜儀，是個著名的女詩人，「蕉園詩社」的骨幹成員，她居住的場所，正所謂「柴門臨水稻花香」。現在這裡被闢爲「觀光休閒農業遊覽區」，倒也同《紅樓夢》中所說的「杏簾在望」景色吻合。

至此，《紅樓夢》大觀園中的諸景點原型，只剩下「凸碧堂」、「凹晶館」和「櫳翠庵」三處沒有考證清楚了。爲此，今年初，我專程五下杭州，去西溪做最後一次實地考察。這次考察是從留下鎮開始的，先是在鎮南考察了「西墓塢」，這裡是洪家的祖墳，洪昇的六世祖、明朝著名的大官僚洪鐘死後便葬在這裡。洪鐘對西溪的歷史影響很大，歷史貢獻也很大，蔣村的賽龍舟活動，就是洪鐘首先倡導並親自組織起來的。洪家詩禮傳家，號稱「書海」；洪家歷代都家養戲班子，對西溪文化影響甚深。現在開發西溪的歷史文化，應該重視對洪鐘的研究，重視對洪家府邸園林的修復。

現在「西墓塢」破敗不堪，但依稀還能看出古墓地特有的石人石獸殘跡。這裡應該就是《紅樓夢》中賈府「鐵檻寺」的原型。「縱有千年鐵門檻，終須一個土饅頭」，站在洪鐘墓地的殘垣斷壁間，想到他當年「子孫太保五尚書」的顯赫門第，想到他的子孫在《紅樓夢》中所發出的「千里搭涼棚——沒有不散的宴席」的哀歎，令人不勝感慨唏噓！

從留下鎮往東北，便到了「西溪草堂」和「西溪水閣」。這裡現在有幾座很不體面的茅屋，並非當年的建築，而是後人仿建的。「西溪水閣」在明末清初是大鹽商汪然明的別墅，別墅院中有水池，池水同院外的河流相通，當年臨水是精美的亭閣，水面有數只精美的遊船，名氣很大，文人雅士經常光顧。這裡應該是《紅樓夢》大觀園中「凹晶館」的原型，黛玉湘雲月下聯詩的淒美場面，就是按這裡的原型構思創作的。

「西溪水閣」後面的山坡上，就是「西溪草堂」，不過今天的草堂是後人易地而建的，原來的草堂在今天「西溪學校」院內，早已不復存在了。「西溪草堂」的名氣在明末清初也大得很，它的主人就是當時杭州著名的官僚文人馮夢楨及其兒子馮雲將、孫子馮千秋。那個著名的馮小青的故事，便發生在馮雲將身上。這裡應該就是《紅樓夢》大觀園中「凸碧堂」的原型。《紅樓夢》中的馮紫英，原型應是馮千秋，馮紫英的父親是「神武將軍馮唐」，原型應是馮雲將。他這個「神武將軍」稱呼，並非是爵位官職，而是來自他的名字叫「雲將」。

「櫳翠庵」的原型最難實地考證，西溪過去庵觀眾多，大同小異，很難區別。不過書中說「櫳翠庵」有三個特點，一是位於山坡上，二是距離「凹晶館」很近，三是院中多紅梅。從這三個特點看，原型應是「西溪水閣」旁邊山坡上的「隨喜庵」。明朝末年，汪然明的好朋友，著名妓女詩人林天素、柳如是、黃皆令，都曾經在「隨喜庵」長期居住，並在這裡留下許多風流淒婉的故事。有的史書記載「隨喜庵」是汪然明的一艘遊船名稱，恐怕有誤，「遊船」怎麼能長期住人呢？或者汪家的庵堂和遊船取同一名稱，也未可知。這一片地區都盛產梅花，著名的「梅竹山莊」也在附近，不過「梅竹山莊」是後人所建，洪昇在世時，尚無此處園林。

通過五下杭州西溪，我終於搞清了《紅樓夢》大觀園中全部景點的原型，它們全部位於今天西溪濕地的東南部，背靠老和山，面向轉山河，正所謂「銜山抱水建來精」；由於位置在杭州城的西面（西湖的西北面），現在基本與市區連在一起，但當年離城區有「十里」之遙，也正是「芳園築向帝城西」、「仙境別紅塵」的地方。《紅樓夢》作者告訴我們的大觀園方位、距離、景觀特點，同這裡一絲不爽！

從以上分析中朋友們可以看出，《紅樓夢》大觀園的原型並不是一座園林，而是一個由眾多園林組成的園林群體，難怪有「三里半大」。通過考察，我把這些園林大致分成了三大景觀區（見圖二）：一是「五院」風景區，包括怡紅院原型洪園，瀟湘館原型西溪山莊，稻香村原型沈氏莊園，蘅蕪苑原型花塢和大觀樓原型御臨鎮。二是「三庵」風景區，包括蘆雪庵原型秋雪庵，藕香榭原型曲水庵，紫菱洲原型茭蘆庵。三是「三館閣」風景區，包括凸碧堂原型西溪草堂，凹晶館原型西溪水閣，櫳翠庵原型隨喜庵。

根據《紅樓夢》書中的交代，這裡亦可分爲「四處三齋兩館一庵」四組風景區（見圖三）：「四處」即書中所說的「四大處」，包括怡紅院、瀟湘館、稻香村，蘅蕪苑，是大觀園的主體。「三齋」指秋爽齋（蘆雪庵），暖香塢（藕香榭），綴錦樓（紫菱洲），是大觀園的主要風景區。「兩館一庵」指凹晶館，凸碧堂和櫳翠庵，這裡是大觀園中比較神秘的地方。這三組園林建築在西溪濕地西南部呈品字形分佈，相互距離與《紅樓夢》中交代的「三里半大」基本吻合。

這些西溪景觀被寫入《紅樓夢》中，爲什麼要以「大觀園」命名呢？大概仍然同杭州有關。明末清初，杭州是否真的有以「大觀」命名的樓臺或園林呢？答案是肯定的！杭州吳山上的城隍廟，今天仍然掛著「大觀樓」的牌匾。明末清初，這裡稱「大觀台」，雍正年間的李衛（就是電視劇「李衛當官」中的那個李衛），在山上建設了「大觀樓」。洪昇那個時期，「大觀樓」尚未修建，但「大觀台」的名稱古已有之。西溪的景致蔚爲大觀，康熙南巡時建在西溪的樓閣蔚爲大觀，洪昇對這裡以杭州人都不陌生的「大觀」命名，再自然不過了。

要搞清《紅樓夢》大觀園三百年前的原型，單憑在故紙堆中爬梳，或單憑實地考察，都很難搞清楚。只看史料記載，支離破碎，很難看出整體分佈及其相互關係；只到實地調查，今天的地面上古建築多已蕩然無存，憑肉眼什麼也看不到。只有採用歷史地理的調查方法，把史料中的零星記載集中起來，逐一到實地去調查驗證，方可融會貫通，一覽無餘。

我今天嗦嗦說這些，並不是要表白自己有多麼高明，而是要告訴對此感興趣的朋友，我是怎樣考證清楚出大觀園真正原型的，你們怎樣按照這個思路去西溪繼續考證大觀園的原型。杭州人傑地靈，人文薈萃，學府眾多，學者眾多，之所以過去無人看出西溪就是大觀園的原型，主要原因就在於把史料考證同實地調查沒有結合起來。

今天的西溪當然也很美，不過只有野性之美，缺少人文之美，美的歷史深度不夠，美的文化品味也不夠，這完全是我們開發不夠的緣故。不客氣地說，當今杭州市學術界對西溪歷史的發掘是深度不夠的，對西溪文化景觀的恢復也是零打碎敲的，同三百多年前寫《西湖夢尋》的張岱比起來，與當年「跨鹿遊西湖」的陳眉公比起來，同口吟「西子湖畔有我師」慷慨就義的張煌言比起來，同在西溪水閣寫下古意盎然三十二封尺牘的柳如是比起來，有愧多了。三百年前，這裡可是園林密布、庵觀遍地的文化勝地，綠樹紅牆、白雲碧瓦，人文自然景觀交織，美不勝收。特別是洪昇及其「蕉園十二釵」的故事，令人豔慕，令人景仰，令人心馳神往，令人回腸百轉！這裡發生的歷史故事，不見得品味不及西湖，林黛玉賈寶玉愛情故事的吸引力，難道比不上白娘子許仙的故事麼？如果把《紅樓夢》大觀園原型的這「五院」「三庵」「三館閣」開發出來，配以洪昇與「蕉園」姐妹們的美麗淒婉故事，再同《紅樓夢》愛情悲劇故事聯繫在一起，加以比較展示解說，將能閃現出多麼輝煌的文化光芒，將能吸引來多少拜紅鑄愛的紅男綠女！將使西溪成爲愛情的聖潔之地，青年男女尌情固愛的聖地，中華民族優秀文化的勝地！

重新解讀「元妃省親」

一、胡適先生解讀「元妃省親」南轅北轍

「元妃省親」是《紅樓夢》的重頭戲，對「元妃省親」的解讀，也是胡適紅學的立論基礎所在。胡適先生斷定《紅樓夢》的作者是曹雪芹，《紅樓夢》故事是以曹家在南京擔任江寧織造期間的真實生活爲原型創作的，其主要根據就是認定《紅樓夢》書中借元妃省親描寫康熙皇帝南巡，史料記載曹家一共接駕四次，書中趙嬤嬤對王熙鳳也說甄家接駕四次，因此，胡適先生斷定，書中的甄家就是賈家，其原型都是曹家。

朋友們不妨重新翻閱一下胡適先生的《紅樓夢考證》，便可清楚知道對「元妃省親」的解讀在胡適紅學中的重要地位。

「元妃省親」對胡適紅學的重要性可謂大矣。可以說，今天紅學主流派幾乎所有的學說，都根源於胡適先生對「元妃省親」與曹家接駕的附會，正是由於對「元妃省親」就是隱寫曹家接駕的認識爲基礎，才開始了對曹寅祖孫三代任江寧織造期間事跡的研究，才確立了曹雪芹的作者地位，才創立了所謂的「曹學」。如果胡適先生的附會不成立，「曹學」成爲

學術界的笑柄，那麼整個主流紅學大廈就會轟然崩塌，百年紅學就會成爲一場令國人哭笑不得的鬧劇，多少畢生爲《紅樓夢》研究嘔心瀝血的老專家將爲自己終身做無用功而扼腕歎息。問題的嚴重性自不待言。人們不禁要問，這樣嚴重的問題有可能產生麼？

我們當然不希望紅學界出現如此難堪的局面，我們對胡適先生及其繼承者馮其庸、周汝昌等大師的畢生努力抱著深深的敬意。但是，感情是不能代替學術的，「吾愛吾師，吾更愛真理」，我們不能明知道胡適紅學所走的道路是南轅北轍，仍爲了顧全某些名人的面子而曲意掩飾，也不能出於對大師們的盲目崇拜而違心逢迎，更不能沿著錯誤的道路繼續奮勇前行。不撞南牆不回頭，撞了南牆也不回頭，這恰恰是今天紅學主流派頑固心理。本文如果得罪了當今主流紅學界的各位朋友，敬祈見諒，因爲這是不得已的事情，筆者不能爲了顧全朋友的面子而放棄對真理的探索。

胡適先生解讀「元妃省親」的方法，恰恰犯了他自己痛詆的「猜笨謎」的弊病，陷入了「附會」的泥潭。他看到《紅樓夢》書中趙嬤嬤說甄家當年曾接駕四次，在清史資料中又發現曹家當年確實接駕四次，兩者是如此偶合，因此就毫不猶豫地說：看，曹雪芹在寫自己家當年的事情！問題是，胡適先生當年是否認真閱讀過《紅樓夢》，是否真的看懂了《紅樓夢》，大可懷疑。每個認真的讀者，只要精心閱讀和思考，不難發現胡適先生附會的漏洞。

其一，《紅樓夢》書中描寫元妃省親的過程，並非千里迢迢從北京遠赴南京，而是從同一城市的宮中到大觀園，路上時間不過一兩個時辰而已，考慮到當時轎子的行進速度，也就走了十幾里路程吧，距離並不遠。省親結束後，元妃並未在大觀園居住，而是與祖母和父母依依惜別後，含淚連夜又回到宮中。這與曹家接駕的場面根本不同，康熙皇帝遠途跋涉來到南京，長驅三千里，路上需要幾十天時間，一兩個時辰如何能到達？曹家以織造府作爲康熙皇帝的行宮，皇帝在南京期間是住在織造府裡的，也不可能連夜又回到北京皇宮。

其二，《紅樓夢》書中用於接待元妃省親的大觀園，「芳園築向帝城西」，可見位置在城市的西邊。南京爲六朝古都，可以稱爲「帝城」，但曹家的織造府及其附屬的西花園，位置無論如何也談不到在這個帝城的西面！書中大觀園的形勢是「芳園築何處，仙境別紅塵」，既離開紅塵滾滾的城市，又與城市相距不遠，就在「帝城」西邊不遠的一個類似世外桃源的地方。曹家的織造府在南京城中，所在位置並非「別紅塵」的「仙境」。書中大觀園「銜山抱水建來精」，「山水橫拖千里外」，園子周邊銜山抱水，形勢壯闊，這與江寧織造府的形勢更是相去甚遠，在織造府中，無論如何也看不到橫拖千里的「山水」，更看不到高起五雲的「樓臺」！

其三，《紅樓夢》書中王熙鳳與趙嬤嬤對話說，甄家接駕四次是「當年太祖皇帝仿舜巡」時候的事，接待的是「太祖」，並非元妃；接駕的是甄家，並非賈家，這四次接駕與元妃省親根本不是同一時期的事情。王熙鳳當時尚未出生，只是聽說過，並未親見，所以感歎自己生晚了。但距離元妃省親的時間似乎也就是五六十年，不會太久遠，因爲趙嬤嬤當時「剛記事」、也就是十幾歲吧，曾親自見識過；現在她「七老八十」了，距當時應該有五六十年了，所以只能憑回憶發一大通「罪過可惜」的感慨。康熙皇帝四次南巡駐蹕江寧織造府，是前後相繼的事情，中間沒有幾十年的間隔，如果《紅樓夢》是借元妃省親寫曹家接駕，時間上根本就不對。假如「元妃省親」是隱寫康熙南巡，那麼，就是從康熙第三次南巡的一六九九（康熙三十八）年上推五六十年，也反推到了一六三九至一六四九年之間，這是明清交替時代的事情，這個時候，根本沒有什麼清朝的「太祖皇帝」南巡之事，曹寅的父親曹璽，還在東北和西北領兵打仗，根本沒有到江寧織造任上。

其四，有一個很奇怪、也很重要的情節，紅學家們很少注意到，就是《紅樓夢》作者把「太祖皇帝」巡遊比作「舜巡」。這可是大有奧妙的說法！古代舜帝巡視三山五嶽，死在了巡遊途中，他的湘江邊上的兩個妃子娥皇女英，哭舜帝的斑斑淚水，染紅了湘竹，此竹便由此稱爲「斑竹」。如果《紅樓夢》作者敢把康熙南巡比作「舜巡」，那簡直是詛咒皇帝在巡遊中死去，這是大逆不道的事情！曹雪芹因爲家庭敗落，可能對查抄他家的雍正皇帝心存不滿，但康熙皇帝對曹家可是恩重如山啊，曹家的富貴榮華可以說都是康熙皇帝給的！曹雪芹怎麼能盼望他死在南巡途中呢？

其五，與上一個問題直接相關的，就是林黛玉與她居住的瀟湘館的稱謂問題。林黛玉是個尚未破瓜的妙齡少女，爲什麼要取「瀟湘妃子」的別號？須知「瀟湘妃子」就是舜帝的妃子娥皇女英，就是因舜帝死去哭丈夫哭紅了斑竹的人，難道林黛玉與「舜巡」有什麼關係麼？更奇怪的是，建大觀園接待元妃省親，大觀園中景點可謂多矣，元妃也一一遊覽過，並未在瀟湘館特意停留，可是，作者爲什麼單單把瀟湘館題爲「有鳳來儀」？瀟湘館的景物特點是「窗前也有千竿竹」，竹影在窗紗上搖曳是引發林黛玉傷感的最通常觸媒，與「舜巡」、「瀟湘妃子」、「愛哭」聯繫起來思考，其奧妙難道不發人深省麼？

通過以上分析不難看出，《紅樓夢》中所寫的「元妃省親」，根本不可能是隱寫曹家在江寧織造任上接駕四次的事情，也不可能由「元妃省親」情節來證明《紅樓夢》是以曹家舊事爲原型創作的，當然更不可能證實曹雪芹的作者身分。胡適紅學根本就是建在沙堆上的一座大廈，早就應該到了轟然倒塌的時候了！

二、「元妃省親」另有生活原型

胡適先生所附會的《紅樓夢》元妃省親情節是隱寫康熙南巡、曹家接駕的傳統說法，應該說不攻自破了。《紅樓夢》所描寫的「元妃省親」一事，與曹雪芹和他的爺爺曹寅沒有什麼關係，換句話說，《紅樓夢》根本就不是以曹寅家事爲原型創作的。紅學界那些關於曹家與雍正朝宮廷鬥爭關係的附會，那些關於曹家與「阿其那」、「塞思黑」關係的猜測，都與小說《紅樓夢》毫無關係。那麼，《紅樓夢》作者精心描寫的元妃省親，其生活原型究竟是誰、是什麼時期的事情呢？

根據筆者考證，《紅樓夢》中的元妃省親情節，確實是隱寫的康熙皇帝南巡，但南巡的地點不在南京，而是在杭州；南巡的接駕人也不是曹寅，而是高士奇；進一步說，能夠在

《紅樓夢》中記載元妃省親這件事情的人當然也不是曹雪芹，而是高士奇的同鄉好友洪昇。

現在紅學界有些學者不知是何居心，幾乎是在有意誤導讀者，他們幾乎把康熙南巡與曹寅接駕四次等同起來，讓讀者以爲康熙到了江南似乎就只到過南京一地，只住曹寅的織造府一家。這是嚴重地歪曲歷史！康熙南巡前後凡六次，南巡路線都是沿京杭大運河南行，巡幸的地方有揚州、南京、杭州等諸多城市。曹家接駕四次只是康熙皇帝巡視到南京一地的事情，皇帝巡視到其他城市還有別的官員接駕；即使是同一次南巡中，在不同的城市接駕的人也有好多，曹寅只是若干人中的一個。

《紅樓夢》中描寫的「元妃省親」過程，與曹寅接駕四次的哪一次過程也不相同，倒是同史料記載的高士奇在杭州接駕一次的過程完全相同。高士奇就是康熙朝那個位高權重的「南書房侍讀」，號稱「萬國金珠供澹人」（高士奇字澹人）的著名人物，他是康熙皇帝的親近之臣，也可以說是寵臣。蔡元培先生在《〈紅樓夢〉索隱》中對這個人有詳細考證。康熙朝朝廷黨爭嚴重，高士奇是「南黨」領袖之一，康熙二十九年，由於以明珠爲領袖的「北黨」的攻擊，高士奇被皇帝解職歸里。

高士奇是杭州西溪人，與洪昇是小同鄉。說來也巧，二人不僅同年生（一六四五），同年死（一七〇四），還幾乎一起在北京生活了二十多年。不過在京期間高士奇當了大官，發了大財，洪昇卻只當過國子監監生，一個窮學生，沒有一官半職，窮得時常斷炊。不過二人之間的友誼卻歷久彌新，保持終生。洪昇在康熙二十八年因爲在「國喪」期間聚演《長生殿》，受到朝廷的「斥革」「下獄」處分，康熙二十九年從北京返回故鄉杭州，與高士奇返籍時間也在同一年。

康熙皇帝一共南巡六次，前四次分別發生在康熙二十三年、二十八年、三十八年和四十三年。《紅樓夢》通過元妃省親隱寫的這一次接駕，是隱寫的康熙三十八年第三次南巡。這一次康熙皇帝巡幸到了杭州，駐蹕在浙江巡撫衙門特備的行宮裡。高士奇聞聽皇帝到了杭州，作為當朝老臣、皇帝當年的心腹，提出請皇帝到他的家鄉西溪一遊，讓他盡一盡地主之誼，接駕一次。康熙皇帝高興地答應了。於是，就有了《紅樓夢》書中描寫的「元妃省親」的全過程。

其實，高士奇早就知道了康熙皇帝要再次南巡的消息，為了接待皇帝，他事前做了精心準備，特意修建了接駕的花園——西溪山莊。這個西溪山莊的特點就是竹林茂密，十分清幽。康熙皇帝到了這裡後，十分喜歡這裡的寧靜淡雅，親筆為西溪山莊題寫了「竹窗」二字。朋友們可以仔細想一想，這個西溪山莊是《紅樓夢》中的什麼地方呢？相信都能看得出來，這就是林黛玉居住的「瀟湘館」！瀟湘館的最大特點，就是「窗前也有千竿竹」，窗前不論晝夜，都有竹影搖曳。為什麼《紅樓夢》作者單單把瀟湘館稱為「有鳳來儀」？就因為這裡才是接待康熙皇帝的真正場所！

有的朋友可能要問，《紅樓夢》中接待元妃的地點是整個大觀園，不僅是瀟湘館啊？問得好極了。《紅樓夢》中大觀園的原型，是整個西溪景區，面積很大，高士奇的西溪山莊

（也就是瀟湘館的原型）只是其中的一個景點。朋友們有時間，不妨親自到西溪實地考察一下。今天的西溪，已經被闢爲國家級濕地公園，遊人正旺。歷史上的西溪，從宋朝直到清朝，卻是一個都市裡的村莊，風景十分秀美、幽靜，猶如一個天然少雕飾的妙齡村姑，杭州籍的歷代致仕官僚和風雅文人，都願意到這裡來構建別業庵堂，以躲避塵世的喧囂，做養靜的場所。西溪的主要標誌性景物，是梅花、翠竹和蘆葦，這與《紅樓夢》中大觀園是完全一致的。

高士奇的西溪山莊今天已經不存在了，其地點今人稱作「高莊」，也就是高士奇初建的村莊的意思吧，是否還有高士奇後人居住，不得而知。高莊的附近，有洪府和洪園，這是洪昇的故園，小時候的天堂。這裡應該是大觀園中「怡紅院」的原型。洪府洪園是洪昇的六世祖、明朝成化年間的太子太保、兵部尙書洪鐘所建。洪家是個「百年望族」，「宋代父子公侯三宰相，明季祖孫太保五尙書」（洪家祠堂聯）。高士奇接駕時，洪家已經敗落，但故宅故園還在，外觀上當年的豪闊氣勢還在。皇帝乘船去高士奇的西溪山莊，要經過西溪的很多景觀，皇帝在西溪遊覽，也要遊覽這些著名景點，洪府洪園在當地歷史悠久，名氣很大，應該是遊覽景點之一。洪昇與高士奇關係密切，又是近鄰，很可能參與了高士奇的接駕活動，所以能在《紅樓夢》中把元妃省親全過程寫得繪聲繪色，生動傳神。

提醒朋友們注意《紅樓夢》書中各景點名稱的微妙之處：「瀟湘館」爲什麼稱爲「館」？因爲它是皇帝駐蹕的館舍；「怡紅院」爲什麼稱爲「院」？因爲它是洪昇家庭的府

邸；「蘅蕪苑」爲什麼稱爲「苑」？因爲它是一個大花圃；「蘆雪庵」（秋爽齋）爲什麼稱爲「庵」（「齋」）？因爲這裡本來就是出家人清靜梵修的庵堂，古代讀書人喜好借寺廟讀書，所以這裡也是讀書人閉門苦讀的好地方；「藕香榭」爲什麼稱爲「榭」？因爲這裡只是一個水中的亭子；「紫菱洲」爲什麼稱爲「洲」？因爲這裡本來就是盛產紅菱的洲渚，如此等等。洪昇在《紅樓夢》大觀園的描寫中，忠實地記錄了故鄉的景色，真是「追蹤躡跡，不敢稍加穿鑿」啊！

我們不妨再比較一下《紅樓夢》大觀園與杭州西溪的山水形勢。西溪位於杭州西部十里左右，與西湖只隔一道山梁，山南是西湖，山北是西溪，當年西湖很熱鬧，西溪卻很清靜。《紅樓夢》書中說大觀園築在「帝城西」的一個「仙境別紅塵」的地方，杭州是我國六大古都之一，當然可稱「帝城」，城西距「紅塵」不遠的仙境，就是西溪。西溪依山面水，山下面就是轉山河，山水的特點是橫向的，綿延很長的；我們再來看《紅樓夢》書中怎樣形容大觀園景致：「銜山抱水」，水隨山轉，正是西溪轉山河的特色。「五雲中」建有樓臺，五雲山恰是杭州一座山脈的真實名稱。「山水橫拖千里外」就更形象了，活脫畫出了西溪山水橫向分佈的典型形勢。

我們再來看一看《紅樓夢》書中元妃省親的行蹤，與康熙皇帝巡幸西溪山莊是否相同。書中描寫元妃是傍晚才從宮中出發，夜遊大觀園後，又連夜趕回宮中。康熙皇帝也是傍晚才從杭州行宮出發，夜遊西溪山莊的，遊歷後，康熙皇帝也是連夜趕回城內行宮。元妃下轎後，是乘船遊覽的大觀園；康熙皇帝抵達西溪後，也是改轎爲船，沿河遊覽各處景點。元妃遊大觀園，所乘花船穿行於兩岸的輝煌燈火之中，場面蔚爲壯觀。康熙皇帝遊覽西溪時，高士奇也沿河佈置得燈火通明，其壯觀程度可想而知！

康熙皇帝來西溪下轎乘船的地方，後人稱爲「迎駕橋」至今地名猶存；這裡應該就是《紅樓夢》中描寫元妃登船的地方「蓼汀花漵」。康熙皇帝到達西溪山莊後，看到月光映照下，竹影在西溪山莊的窗上搖曳，心情大爲高興，御筆題寫了「竹窗」二字。朋友們可以想一想，《紅樓夢》中爲什麼單單把瀟湘館題名「有鳳來儀」，因爲這裡就是西溪山莊的原型，瀟湘館的夜窗竹影景色，是御筆親題的，來頭大得很！

朋友們注意到《紅樓夢》描寫大觀園省親燈火輝煌盛景時，那塊「石頭」說的一段莫名其妙的話麼？石頭說，自己是被「夾帶」著觀看到如此盛景的，由此想到了昔日自己在「大荒山」的荒涼，今日經歷這般勝景還想作幾篇《省親賦》、《燈火賦》等等。這段話暗含著洪昇自己的真實經歷：高士奇接駕，洪昇作爲一介草民，也是西溪山莊的鄰居，確實是被「夾帶」著方能觀看皇帝巡遊場面的。看到如此勝景，洪昇不由得想起十年前自己由於在京城獲罪，被朝廷革去了功名，永遠斷絕了仕進的道路，痛心疾首跑到京郊盤山（大荒山）去逃禪，夜聽虎嘯猿啼時的淒涼。做什麼《省親賦》之類，本來就是洪昇所長，當年在北京，康熙皇帝巡視國子監，洪昇正在這裡讀書，曾經寫過「一百韻」的長篇歌賦，歌頌皇帝的盛舉。這次洪昇是否又寫過歌賦，就無從考究了。話說回來，《紅樓夢》的創作，不就是最好的《省親賦》麼？

康熙皇帝六次南巡，揚州、南京、杭州都是必去之地，有的朋友可能要問，你憑什麼斷定《紅樓夢》書中寫的就是第三次南巡的場景呢？這是因爲，康熙皇帝巡幸中，別的地方都重複去過，唯獨到杭州西溪巡幸，只有一次。《紅樓夢》記敍的元春省親場面是如此獨特，大觀園的景色與西溪完全相同，省親的夜遊過程與康熙巡幸的過程完全相同，與康熙其他次南巡及巡幸其他地方的活動，都有著明顯的不同特點。所以，我們完全可以推論，《紅樓夢》描寫的就是這一次，也只能是這一次！

西溪面積很大，景點眾多，康熙皇帝遊覽的景點只是其中的一部分。不知朋友們注意到沒有，《紅樓夢》在描寫寶玉爲大觀園題寫匾額的場面中，在描寫元妃遊覽大觀園的場面中，把姐妹們後來居住的地點都寫到了，但是，書中後來又出現了「凸碧堂」、「凹晶館」等開始並未交代的景點，這是爲什麼？因爲這些景點當時康熙皇帝未去遊覽，所以《紅樓夢》書中描寫元妃省親場面時也就未做交代。

這些書中開始未交代的景點在西溪也是有原型的：「凸碧堂」的原型應是馮夢禎家的「西溪草堂」，馮夢禎是明朝著名的官僚文人，常與當時名流在這裡聚會。由於建築的地勢較高，所以《紅樓夢》中命其名曰「凸碧堂」。康熙南巡時，馮夢禎的兒子馮雲將在此居住，著名的馮小青被虐待致死的悲慘故事，就是發生在他的家庭中。《紅樓夢》中曾使用了馮小青的著名詩句：「瘦影自臨春水照，卿須憐我我憐卿。」

「凹晶館」的原型，應該是著名文人汪然明的「西溪水閣」。汪然明這個人很豪爽，有「黃衫豪客」的美稱，收養或資助過很多落魄文人和漂泊名妓。由於建築的地勢低窪，園中又有個很大的池塘，天光水影，很是清幽。這裡是汪然明接待往來文人女史的地方，藏舟楫於池中，客人來此，既可以在池邊納涼，又可以方便登舟駛往西溪其他景點，所以《紅樓夢》中命其名為「凹晶館」。明末著名妓女詩人柳如是與黃皆令，就曾經長期居住在「西溪水閣」中，並經常在此館的水池邊聯詩對句，她們的詩作，也由汪然明資助出版。

三、甄家接駕四次寫的不是康熙南巡

前面說過，王熙鳳與趙嬤嬤議論的甄家接駕四次的事情，是發生在元妃省親前最起碼有五六十年的事情，那時候趙嬤嬤「剛記事」，王熙鳳還沒出生。洪昇和高士奇均死於康熙四十三年（一七〇四），生前只經歷了康熙三次南巡，高士奇西溪接駕是第三次南巡，時間是康熙三十八年（一六九九），由此反推五六十年，恰恰是明清鼎革、改朝換代時期！

這一時期可以稱為「太祖」的皇帝是誰呢？清朝的太祖皇帝是努爾哈赤、太宗皇帝是皇太極，這兩個皇帝在位時，滿清還沒有入關，當然不會有南巡之事。明清鼎革時期，在位的是小皇帝順治，後人稱之為世祖，一來他當時年紀尚小，二來當時江南還沒有平定，當然也沒有南巡的舉動。康熙皇帝後人稱為「聖祖」，他確實六次南巡，但明清鼎革時期，他還沒出生，再說他也不能稱為「太祖」，何來的太祖皇帝「仿舜巡」？

基於以上分析，我們完全有理由說，《紅樓夢》書中趙嬤嬤說的甄家接駕四次，王熙鳳說的王家準備接駕一次，都不是大清王朝的事情！不是清朝難道是明朝的事情麼？也不是，明朝的正德皇帝生前喜好南巡，但時間過於久遠了，大概那時候趙嬤嬤她爺爺還沒有出生。按時間對應，趙嬤嬤說的五六十年前，應該是明朝的末代皇帝崇禎時期，但這個可憐的亡國之君，在位時爲應付戰爭整天焦頭爛額，從來沒跨出過北京一步。所以，《紅樓夢》所說的甄家四次接駕也不可能是明朝的事情。

既不是清朝皇帝，又不是明朝皇帝，那麼，《紅樓夢》作者讓趙嬤嬤回憶的這位「仿舜巡」五六次的「太祖皇帝」，究竟指的是誰呢？他只能是一個人，這個人就是南明小朝廷的「弘光皇帝」。弘光皇帝朱由崧，是崇禎皇帝朱由檢的堂兄。甲申年（一六四四）崇禎皇帝吊死在煤山前，他的父親老福王封地洛陽被李自成攻破，被俘的老福王同鹿肉一起放進大鍋煮成了「肉羹」被農民軍吃掉。朱由崧僥倖逃出洛陽，輾轉逃往南京。崇禎皇帝殉國後，在馬士英和「江北四鎮」等軍閥擁戴下，朱由崧被擁戴「監國」，隨後又登上皇帝寶座，建立了「南明」小朝廷。但他的皇位坐了僅僅一年，就被南下的清朝大軍消滅，小朝廷在乙酉年（一六四五）便煙消雲散了。

這位弘光皇帝很不爭氣，在歷史上口碑不好，是位「英雄氣少，兒女情多」的昏庸皇帝。他在位期間熱衷於到處遊玩，所遊之處多爲秦淮河畔的青樓楚館，或者是大臣馬士英、阮大鋮、王鐸的府邸花園，他的口號是「萬事不如杯在手，一年幾見月當頭」，整天以聽曲、看戲、喝酒、宣淫爲能事。馬士英、阮大鋮、王鐸等權臣，爲了迎合這位「弘光皇帝」的嗜好，家中都備有十分出色的戲班子，以便皇帝隨時前來觀演。弘光皇帝到大臣家中飲酒看戲在當時是常事，次數遠不止四次。他每次巡遊到大臣府中，其奢華情景正如《紅樓夢》中所說，「銀子成了土泥」，什麼東西都「堆山塞海」的，大臣們也不過是「拿皇帝的銀子往皇帝身上花」而已。

朋友們注意，《紅樓夢》作者用詞是很講究分寸的，把這個熱衷巡遊的弘光皇帝稱爲「太祖」。什麼是「太祖」？就是每個封建王朝的開國皇帝，如唐太祖、宋太祖、明太祖等。清朝的康熙皇帝稱「聖祖」，順治皇帝稱「世祖」都不是「太祖」，明朝的「太祖」朱元璋此時早死了三百年了，此時可以稱「太祖」的，勉強只有這個弘光皇帝！南明時期在歷史紀元方面很微妙，因爲明朝從崇禎皇帝殉國的甲申年（一六四四）（**明紀元崇禎十七年，清紀元順治元年**）就宣告滅亡了，南明朝廷建立於一六四五年，朱由崧「監國」期間稱這一年爲「崇禎十八年」，當上皇帝後又改元「弘光元年」。清朝不承認南明朝廷是明朝的延續，正史中稱一六四五年爲「順治二年」，根本就沒有什麼「崇禎十八年」和「弘光元年」。那麼，南明紀元就從歷史中消失了。這個正史根本不承認紀元的小朝廷的開國之君，也只好算作一個新王朝的開國「太祖」了。不過，這個「太祖」既是開國之君，也是亡國之君，充其量只當了一年半壁江山的「太祖」皇帝。

再請朋友們注意，《紅樓夢》作者說這個「太祖皇帝」的巡遊是「仿舜巡」，不是「南巡」。「南巡」是指從北京出發巡視江南的意思，有特指；而「舜巡」則是巡視五嶽，方位是四面八方。弘光皇帝「仿舜巡」則是仿照舜帝巡視四方，也不獨是「南巡」一個方向。「舜帝」死在巡視途中，弘光皇帝也是遨遊未畢，就亡國被俘，慘遭殺頭了。所以《紅樓夢》作者說這個「太祖皇帝」「仿舜巡」，並非歌頌他像堯舜一樣英明，而是曲折交代他在巡遊的紙迷金醉中突然亡國死去。

前面交代過，《紅樓夢》作者莫名其妙地讓瀟湘館別稱「有鳳來儀」，讓林黛玉別號「瀟湘妃子」，讓她的哭泣總是同竹子聯繫在一起，隱含的意思就是像娥皇女英哭舜帝哭紅了斑竹那樣，悲悼這位「仿舜巡」的「太祖皇帝」。《紅樓夢》作者著此書，有深刻的悼明反清意圖。作者在依照康熙南巡場面描寫元春省親的同時，一手二牘，一聲兩歌，隱寫了南明皇帝因爲巡遊等驕奢淫逸行爲而亡國的教訓，同時也表達了對康熙皇帝南巡浪費大量人力物力的不滿情緒。

《紅樓夢》是一部既寫家難、又寫國仇的作品。作者洪昇的家庭在明朝是個百年望族，由於改朝換代的原因，其家族徹底敗落了。洪昇著書過程中，對「家難」是明寫，對「國仇」則是暗寫，其不得已的苦衷不難理解。書中描寫的那些家庭內部爾虞我詐「窩裡鬥」、最後被朝廷抄家、「落一片白茫茫大地真乾淨」的故事，就是洪家敗亡的真實記錄，筆者對此有詳細考證。這樣家庭出身的洪昇，內心深處有強烈的遺民情結，對祖先「赫赫揚揚」一百多年的明朝是既留戀，又惋惜。這樣，在創作《紅樓夢》的過程中，筆觸就自然不自然地寫到明朝上面去了。

朋友們可能注意到了，《紅樓夢》中的好多地名、官位名稱，都使用的明朝特有名稱。例如，把南京稱為「應天府」，把北京稱為「長安大都」，都是明朝的叫法，「蘭台寺大夫」、「都統制」，都是明朝特有的官位。王熙鳳的父親升了「九省都統制」，可是南明時期的特有提法，因為南明時期只統治著江南九省，「九省都統制」幾乎就是南明王朝的總管了。書中王熙鳳說王家過去曾經總管過「各國朝貢」事情，卻又說管轄的是粵閩滇浙四省，這四省當時都是在南明政權管轄範圍的九省之內。書中甄家的家長名叫甄應嘉，官職是「金陵體仁院大總裁」，明顯是隱寫南明小朝廷之當政高官。甄家「壞了事」的隱喻，應該是指南明政權之覆亡。

《紅樓夢》作者特別愛明裡暗裡使用「明」字，出宮的太監，叫做「大明宮掌宮內相戴權」，修建大觀園的設計建造者，是「老明公山子野」，等等。「戴權」是大權的意思，宦官權利熏天的時代，是明朝後期，魏忠賢官居「九千歲」就是明證。南明小朝廷時期，宮內田姓總管太監（**大明宮總管戴權的原型**），與馬士英、阮大鋮等權臣勾結，賣官鬻爵，權勢也大得很。

到了清朝，朝廷對宦官管得很嚴，宦官敢於干預朝政或擅自出宮，地方官府可以就地正法，宦官一直是很規矩的。至於李蓮英一類，是清朝末期的事情，清朝前期、中期，絕對沒有權利無邊的宦官。「大明宮」是唐朝的宮殿名稱，《紅樓夢》不可能寫唐朝，所以是有意借用這個名稱，突出「大明」的年代意義。書中的戴權，公然出宮招搖撞騙，公開把「龍禁尉」職位賣了兩千兩銀子，這也足以證明只能是南明時期的事情。

《紅樓夢》書中主持修建大觀園的人是「老明公」山子野，這個人的姓名怪，綽號也怪。過去古典文學中習慣說的「名公」，並非是「明公」，所謂「明公」，並非作者寫了白字，而是有意隱含明朝的一個著名人物。這個人也是有生活原型的，他就是明朝末期江南著名的風流曲學大家施紹莘，字子野，號山翁。這個人不僅擅長寫言情套曲，而且善於造園林，與陳眉公等文學大家交往密切。洪昇青少年時期，之所以成爲情種一流文人，終身爲情所困，受他的言情南曲作品影響很大。《紅樓夢》中說「山子野」主持修建大觀園，並非是說杭州西溪諸多景觀爲施紹莘所建，而是暗示作者在書中創作大觀園受他的影響很大，所以自覺不自覺地把修建大觀園的美差，安在了他的頭上。關於山子野，筆者還將專文考證。

《紅樓夢》書中所說的「國初四王八公」，也是明朝的提法。這個「國初」是明初，不是清初，清初並沒有冊封什麼四王八公，明初卻真的冊封過「四王八公」！查《明史》可見，「四王」是朱元璋的四個嫡生兒子所封的周王、秦王、晉王和燕王。其中燕王的封地在北京，所以《紅樓夢》中有「北靜王」的提法。燕王後來當了永樂皇帝，是爲明成祖。《紅樓夢》中的「北靜王」，諧音「北京王」，應該是皇位繼承人的身分，但在南明時期，繼承皇位的是福王世子，崇禎的皇子並未當上皇帝。南明時期關於崇禎太子的謠傳很多，「北靜王」的描寫不乏生活素材。所謂「八公」，是指明太祖朱元璋建國後，封爲「國公」的徐達、李善長等八個開國功臣。這些在明史上都有明確記載，無須專門考證。南明時期，四王八公的封地都被李自成軍隊或清軍佔領，四王八公的末世傳人，或其世子，紛紛逃來南京避難，所以《紅樓夢》中出現了四王八公齊聚金陵城的描寫，這是有事實根據的，並非杜撰。

不知朋友們注意到沒有，《紅樓夢》描寫秦可卿大出殯時，四王八公都出面了，太監戴權也出面了，但是在元妃省親時，他們卻都沒有前來祝賀，好像根本不知道這件大事一樣。奇怪麼？其實一點也不奇怪，秦可卿大出殯，隱寫的是南明時期爲崇禎皇帝出殯，四王八公當然要出面，要路祭；而元妃省親，隱寫的是清朝康熙皇帝巡視杭州西溪，明朝四王八公的後裔這時基本上都死翹翹了，如何能出面？

四、元妃與「十二釵」原型判讀

《紅樓夢》作者創作此書，主要是記錄「本省」十二個「異樣女子」的事跡，創作目的是記述「當日之閨友閨情」。作者明確交代，書中這些女子的事跡，是作者「親歷親聞」的，也就是說，有的事跡是作者親自經歷的，有的事跡則是作者根據傳聞描寫的。書中開始通過「一僧一道」與甄士隱的對話交代，這些女子來自「西方靈河岸上三生石畔」，托生之地是「花柳繁華地，溫柔富貴鄉」；但書中描寫寶玉在「太虛幻境」觀看的「冊子」記錄又交代，這些人又都是「金陵」一省的人。「三生石畔」、「花柳繁華地」無疑是指杭州，金陵又只是南京的古稱，二者並不是一個地方。那麼，書中的「金陵十二釵」的生活原型究竟是哪裡人呢?又究竟是些什麼人呢?

《紅樓夢》必須詳讀細品，方能領會其中奧妙。請朋友們注意，《紅樓夢》作者曾經明確交代過「一干冤孽」的投生時間，就是明清兩朝的改朝換代時期!爲什麼這麼認定呢?請看書中交代：甄士隱與「一僧一道」偶然見面、知道了「一干冤孽」要「造凡歷劫」以後，發生了「葫蘆廟失火」、甄家燒成「一片瓦礫」，甄士隱在困境下，跟著「跛道人」飄然而去出家了。因此「一干冤孽」造凡歷劫的時間與甄士隱出家的時間應是同一時期。

這是個什麼時期呢?由甄士隱出家時口唱的〈好了歌解〉來看，正是天崩地裂的改朝換代時期!你看，「當年笏滿床」的貴族府邸，已經淪爲「陋室空堂」;「曾爲歌舞場」的繁華地，已經長滿了「衰草枯楊」;「金滿箱銀滿箱」的富家子弟，已經淪爲「人皆謗」的乞丐;當年「擇膏粱」的千金小姐，已經流落在「煙花巷」當了妓女，如此等等。這種富貴人家一齊淪落的景象，只有在改朝換代的時期方能出現!書中跛足道人一再稱讚甄士隱「解得切」，就是肯定他把改朝換代情景刻畫得實在太形象了!

再從寶玉「神遊太虛境」所聽到的〈好事終〉曲子看，這十二個金陵女子投生的時期，「爲官的，家業凋零;富貴的，金銀散盡;有恩的，死裡逃生;無情的，分明報應;欠命的，命已還;欠淚的，淚已盡」。「好一似食盡鳥投林，落一片白茫茫大地真乾淨」!這些排比句子放在一起，正是改朝換代時期社會「算總帳」景象的真實寫照，「白茫茫大地」顯然是指已經滅亡的前朝。

明朝末期和清朝初期，在江南正統文人的筆下，一般都把這一時期稱爲「末世」，朋友們請看，《紅樓夢》書中王熙鳳是「凡鳥偏從末世來」，探春是「生於末世運偏消」，冷子興與賈雨村談話中也說寶玉生於「末世」，總之，《紅樓夢》中寶玉和他的姐妹們都是生於末世的人物，也就是說，他們都是明清鼎革、改朝換代前後出生的。

《紅樓夢》作者爲什麼要安排作品主人公出生在這一特殊時期呢？因爲作者洪昇和他的「一干冤孽」姐妹們正是這一時期出生的，洪昇要寫自己和姐妹們「親歷」的事情，又不想「稍加穿鑿」，只能這麼寫。洪昇出生於順治二年（一六四五年，也就是所謂的「弘光元年」），當時正是清朝大軍下江南，南明小朝廷作鳥獸散的兵荒馬亂之中，與他年齡相彷彿的「一干姐妹」也都出生於這一特殊時期。洪家和姐妹們出身的杭州黃家、顧家、錢家、顧家，都是明朝杭州城的「百年望族」，互相之間都「聯絡有親」，「一損俱損，一榮俱榮」，南明政權滅亡，這些大明王朝的貴族家庭，確實如〈好了歌解〉所言，「落一片白茫茫大地真乾淨」！

清朝初年，在杭州出現了一個著名的女子詩社，社名爲「蕉園詩社」。詩社分兩期舉辦，前期稱「蕉園五子」，社長是顧玉蕊，成員有林以寧、柴靜儀、徐燦、顧長任、錢鳳綸等人。後期稱「蕉園七子」，社長是林以寧，成員有柴靜儀、錢鳳綸、錢靜婉、馮又令、顧長任、李淑等人。除去重複的，恰爲十二人。這十二個女子確實是「異樣女子」，都是當時著名的女詩人。她們與洪昇的關係，都是姑表、姨表姐妹關係，從小在一起長大。洪昇對這些姐妹感情很深，創作《紅樓夢》的目的，就是要使姐妹們的事跡得以「閨閣昭傳」。

姐妹們的詩社爲什麼要取名「蕉園」呢？原來，「蕉園」是北京皇宮內存放《明史》的地方，李自成進北京，「蕉園」被縱火燒毀了。姐妹們如此爲自己的詩社取名，明顯帶有悼念明朝歷史的意圖，由此可見，這「蕉園十二釵」都是具有明顯遺民思想的女詩人。「蕉園」姐妹們結社後，文學活動很活躍，她們一起批閱《牡丹亭》，一起品評《西廂記》，一起分韻賦詩，詠菊花，歌紅梅，吟柳絮，每個人還給自己的書齋取了個別名，如柴靜儀取名「凝香室」，錢鳳綸取名「天香樓」，馮又令取名「湘靈樓」等。「蕉園」姐妹們的文學活動，與《紅樓夢》中記載的大觀園中姐妹們的文學活動幾乎一模一樣！「蕉園」姐妹們多數人青年夭亡，活下來的命運也很悲慘，與紅樓姐妹們「千紅一哭、萬豔同悲」的下場也完全一致。因此，我們完全有理由判斷，《紅樓夢》基本上是紀實小說，其書中人和事的原型，就是洪昇自己和「蕉園」姐妹的真實經歷！

爲了使朋友們更清楚地看出《紅樓夢》書中那些「異樣女子」與生活原型中「蕉園姐妹」們的創作原型關係，我們不妨把紅樓姐妹與蕉園姐妹們的關係羅列比對一下：

林黛玉——林以寧（洪昇姑表妹），

薛寶釵——錢鳳綸（洪昇舅表妹），

薛寶琴——錢靜婉（同上），

史湘雲——馮又令（洪昇表妹，又是妻舅嫂，顧若璞孫媳），

李紈——柴靜儀（洪昇師執之女，表嫂），

李綺——柴貞儀（靜儀妹），

王熙鳳——黃蘭次（洪昇之妻，母親之侄女），

妙玉——徐燦（與四大家族無親屬關係），

迎春、探春——洪昇的兩個親妹妹，名字不祥。

姐妹以外，其他人的對應關係如下：

賈母——顧若璞（洪昇外伯祖母，妻子黃蘭次之伯祖母，馮又令之祖婆母），

薛姨媽——顧玉蕊（洪昇舅母，錢鳳綸姐妹之母，顧若璞之侄女），

薛蟠、薛蝌——錢肇修、錢元修兄弟（顧玉蕊子，錢鳳綸兄，洪昇表弟）

寶玉、賈璉——洪昇，洪昌（洪昇二弟）

賈環——洪中令（洪昇三弟），

賈政——洪起鮫（洪昇父），

賈赦——洪武衛（洪昇伯父），

王夫人——黃氏（洪昇母），

邢夫人——錢氏（洪昇繼母，錢氏姐妹之姑母），

趙姨娘——姓氏不詳，洪昇之庶母，洪中令與洪昇妹妹之母，

巧姐——洪之則（洪昇與黃蘭次之女）。

從以上列表中不難看出，四大家族確實是聯絡有親。顧若璞作爲賈母的原型，並非洪昇的親祖母，而是妻子黃蘭次的伯祖母，洪昇的外伯祖母。顧若璞這個人在清初是著名的女才子，其所以著名，不僅是因爲文學才名，更因爲她的丈夫早喪，自己撫育兩個兒子成人，並引導孫輩都成長爲一代文人，洪昇及其姐妹們的文學修養，都與這位「老祖宗」的教育引導有關。不知朋友們注意否，《紅樓夢》書中，寶玉與姐妹們都不按親屬關係稱呼她，而一律稱爲「老祖宗」，這是因爲：一則洪昇及其姐妹們本來就以「老祖宗」稱呼顧若璞，這是寫實；二則顧若璞本來不是洪昇的祖母，而是外伯祖母，但從洪昇妻子黃蘭次的角度，稱呼「祖母」也不錯；三則按照文學作品「三一律」，作品中不按「祖母」寫，她就無法進大觀園。作爲「蕉園姐妹」的最初啓蒙者，顧若璞假如不進大觀園，《紅樓夢》怎麼寫？

顧玉蕊是顧若璞的侄女，錢鳳綸姐妹的母親，林以寧的婆母。其夫錢開宗因江南「科場案」被朝廷殺頭，家庭被抄，全家被逮往北京。遇赦後，抄家前原住的杭州古蕩府邸已被官府抄賣，無法存身，顧玉蕊只好攜兒女投奔西溪洪家。錢開宗是洪昇的表丈，與洪昇的伯母錢氏又是家族兄妹，屬兩重親屬關係。

洪昇的母親黃氏，與妻子黃蘭次是親姑姑侄女，洪黃兩家兩輩結親。洪昇詩中稱自己的父母爲「兩大人」，但稱呼伯父與錢夫人也是「兩大人」，似乎存在微妙的過繼關係。從《紅樓夢》人物關係中也可見端倪：賈璉是賈赦的兒子，卻給二叔賈政管家，與洪家情況彷佛；王熙鳳與王夫人是親姑姑侄女關係，與洪黃兩家姻親關係一致。賈璉與寶玉，在一家中莫名其妙地都被稱爲「二爺」，兩個「二爺」的生活原型應是一個人，就是洪昇自己。王熙鳳的原型也就是洪昇的親表妹兼妻子黃蘭次。好多紅學家認爲《紅樓夢》的真正主角是寶玉鳳姐二人，連趙姨娘魘魔的對象也是這兩個人，決不是偶然的。洪昇在《紅樓夢》中爲什麼必須把寶玉與賈璉寫成兩個人？因爲文學創作的「三一律」決定，大觀園中不可能同時寫洪昇自己的少年和青年時期，只好一分爲二。洪昇和妻子因爲家難，很可能就是受庶母與三弟中令的挑撥，無奈逃出家庭的，與《紅樓夢》中寶玉鳳姐同趙姨娘賈環母子的關係也相同。請朋友們注意王熙鳳的判詞：「一從二令三人木，哭向金陵事更哀」，判詞中隱寫的應該是被迫逃離家庭、哭向京師時的悲哀情形。

洪昇親兄弟一共三人，他是家中的長子，爲什麼在《紅樓夢》中要把自己反覆交代是「二爺」呢？其中隱情說來話長。洪家發生家難時，被趕出家庭的，不僅有洪昇夫妻，同時還有他的二弟洪昌。在困苦的漂泊中，洪昇夫婦熬了過來，但是可憐的二弟洪昌，卻在流浪中凍餓而死。洪昇晚年，每提起二弟的慘死便痛不欲生。創作《紅樓夢》時，把自己愛恨交加的主人公寶玉，稱爲「二爺」，以紀念這位青年早死的真正「二爺」，應該是順理成章吧！

林以寧是「蕉園詩社」最著名的女詩人，她是進士林綸的女兒，顧玉蕊兒子錢肇修的妻子。《紅樓夢》中描寫寶釵曾經對母親薛姨媽和林黛玉說笑話，要讓黛玉給哥哥薛蟠做妻子，實際上恐怕並非笑話。書中說黛玉的父親是「探花」，當過「兩淮巡鹽御史」，究竟是否寫實，無從考究。但值得注意的是，作者爲什麼偏偏要讓他當「探花」和「巡鹽御史」呢？原來清朝初年，由於「奏銷案」中曾出現某「探花」因爲拖欠朝廷半文田稅被撤消功名的事情，社會上廣泛流行「探花不值半文錢」的民謠。「兩淮巡鹽御史」總是闊差使了吧？也不然。南明時期的「兩淮鹽課」，駐地正是「江北四鎮」盤踞並內部自相殘殺的地方，也是李自成農民軍、滿清侵略軍與南明軍隊割據的地方，戰事頻繁，朝廷的鹽官根本收不到一文鹽稅，「巡鹽御史」是個誰也不肯幹的苦差使。《紅樓夢》中的黛玉父親林如海，作爲「探花」出身的「巡鹽御史」，不僅沒有三妻四妾，妻子死了連續娶的能力都沒有；一個獨生女還要送外婆家寄養，不僅沒有給女兒隨身帶銀兩，連一個像樣的丫鬟也帶不起，只帶一個不懂事的小丫鬟雪雁。到外婆家一切都寄人籬下，得病吃點燕窩還要靠寶釵施捨。好多紅迷問：林家的財富哪裡去了？豈不知，這樣的「探花」、「御史」家庭，哪來的財富啊？

史湘雲的原型馮又令，並非「老祖宗」的娘家孫女，而是顧若璞的孫媳。馮又令的命運與祖母婆婆相似，也是青年早寡，老祖母高壽，她就陪伴著老祖母苦度餘生。《紅樓夢》書中之所以爲她取別號「枕霞舊友」，是因爲霞字通瑕字（《紅樓夢》書中就是「赤霞宮」與「赤瑕宮」並用），顧若璞之「璞」字，便是「璞玉」或「瑕玉」的意思。「枕霞舊友」就含有長期陪伴「老祖宗顧若璞」亦親亦友的意思。

考證起來比較難的是《紅樓夢》書中的「大嫂子李紈」，因爲洪昇是洪家長子，並沒有兄長，當然不會有大嫂。之所以斷定李紈的原型就是柴靜儀，是從書中她居住在「稻香村」反推的。書中說，寶玉之所以為這個地方題名「稻香村」，應是取古詩「柴門臨水稻花香」的意思。李紈的原型姓「柴」，居住地稱為「稻香村」，正是「柴門」「稻花香」之意，如此命名，實在再貼切不過了！柴靜儀確實和書中李紈一樣，青年早寡，苦心孤詣把獨子沈用濟教育成人，為兒子娶妻朱柔則，也是女詩人，曾參加過「蕉園七子」的詩社活動。母子三人雖然清貧，但其樂融融。沈用濟年齡略小於洪昇，一生苦苦追求功名，希圖博得母妻蔭封，但命運不濟，始終一領青衿。柴靜儀婆媳十分理解沈用濟的難處，經常寬慰他，婆媳的詩，很多都是用功，爭取博得功名，但也勉勵沈用濟安於貧賤的。

妙玉是《紅樓夢》「金陵十二釵」中唯一不屬於四大家族的成員，作為帶髮修行的出家人，她似乎曾經有過潑天富貴，她擁有的珍貴茶具酒具，就連賈府也找不出來。她性格孤僻、高潔，下場似乎很不好，「終陷泥淖中」。她的原型徐燦確實是「蕉園詩社」中唯一與洪、錢、黃、顧四大家族沒有血緣關係的人。她出身蘇州名門，嫁給陳之遴為繼室。丈夫投降清朝，官至大學士，但因為「交接內官」罪，夫妻雙雙被發配關外尚陽堡。徐燦是具有強烈愛國思想的女詩人，丈夫投敵，她就鬱鬱寡歡，丈夫死在關外，徐燦回籍後，萬念俱灰，帶髮「入道」，鬱鬱終生。《紅樓夢》書中說她「終陷泥淖中」，並非什麼被「迷姦」，而是背負著丈夫投敵的污點。

《紅樓夢》書中所取的人名、地名，是很講究的，與作品人物的生活原型，都有意義上的關聯。譬如，「怡紅院」，不僅有洪姓住宅的意思，也有「蕉園」女子（女紅）聚會場所的意思。「瀟湘館」，不僅有竹影映窗的意思，也有「斑竹」的意思；「斑竹」代表著「英皇」二妃哭泣的意思，書中黛玉臨凡的目的就是「還淚」，意義上相通。「蘅蕪苑」不僅有原型就是「花塢」的意思，還因爲書中安排薛寶釵在此居住；薛家姊妹的生活原型是錢鳳綸姊妹，錢鳳綸別號「天香樓」，錢靜婉別號「古香樓」，姐妹兩個以「香」字命名，正是「蘅蕪」（香花）的意思。

說到這裡，筆者實在忍不住了，胡適紅學的傳人們，總認爲自己的附會是如何貼切，你們如果讀了以上文章，請捫心自問，在曹雪芹及其八代祖宗身上，能找到如此合情合理、有根有據的生活原型麼？不要再固執下去了，向真相低頭並不恥辱，看到了真相仍然抱殘守缺，可能帶來更大的恥辱！《紅樓夢》研究不是哪個人的個人榮辱，爲《紅樓夢》的真相大白天下而歡呼，是每個學者應有的良心！

五、「十二釵」怎麼又跑到金陵去了？

有的朋友可能要問，既然《紅樓夢》故事的原型是清初的事情，是杭州的人物，作品中又爲什麼出現大量南明小朝廷的背景，爲什麼又要稱爲「金陵十二釵」呢？要想解開這個謎團，還得到作品中去分析。請注意，《紅樓夢》書中描寫，「一僧一道」對甄士隱說，「一干冤孽」去「花柳繁華地」（杭州）投生，是再次「造凡歷劫」，這次「凡劫」之前，必然還曾經「造凡歷劫」過。那麼，以前「造凡歷劫」的這「一干冤孽」的原型是誰呢？她們「造凡歷劫」的地點又在哪裡呢？從第五回「太虛幻境」的「冊子」中可以看出，她們是金陵省籍的「一干」女性「冤孽」。洪昇及其姐妹們出生在改朝換代時期，她們出生前在金陵死去的女性「冤孽」只能是南明時期的一干才女——「金陵十二釵」！「金陵十二釵」又是誰？她們就是南明那個時期金陵的著名才女「秦淮八豔」和不列入八豔行列的若干著名歌妓，具體有：馬湘蘭，顧橫波，柳如是，董小宛，李香君，寇白門，卞玉京，陳圓圓，王修微，林天素，黃皆令，楊宛叔等。這些名妓的事跡史書中不乏記載，以她們爲原型創作的文學作品也車載斗量，考證應該不難。

這些妓女不是普通的妓女，不是賣肉爲生的鹹水妹，而是淪落教坊、身分相對高雅的歌妓。她們不僅年輕貌美，歌喉美妙，並且都能詩善畫，才氣縱橫。她們交往的對象，往往都是江南那些著名的才子，如冒辟疆，侯方域等。不要以爲妓女都聲名狼藉，爲社會不齒，當時在江南一帶，這些教坊歌妓的名氣很大，官僚文人都以能得到她們的青睞爲榮，她們的詩詞書畫作品當時是社會的熱門收藏品。這些才妓，受士大夫階層的影響，都有著強烈的愛國思想。在改朝換代的動蕩中，她們的命運都很悲慘，有的被掠北去，客死異鄉，有的自殺殉國，可歌可泣，有的亂中失蹤，不知所終。總之，她們的命運也正是「千紅一哭，萬豔同悲」！

由此可見，《紅樓夢》作者洪昇，是按照佛家輪迴思想，把「金陵十二釵」作爲「蕉園」十二姐妹的前生來寫的。書中把姐妹們的前生，稱爲「一干冤孽」，是很貼切的，「冤孽」者，慘死的歌妓冤魂也！正因爲如此，洪昇在創作過程中，有意識地在描寫「親歷」的「蕉園」姐妹事跡的同時，把「親聞」的「金陵十二釵」事跡，糅合到一起來描寫。林妹妹的〈題帕三絕〉，使用的是李香君的詩；姐妹們的詠菊詩，使用的是董小宛和冒辟疆、楊龍友的詩；姐妹們的詠白海棠詩，引用的是柳如是與程松圓等人的詩；寶玉的〈紅豆曲〉、黛玉的〈葬花詞〉，都是從柳如是的詩詞曲賦中幻化出來的，等等。

其實，《紅樓夢》的主線「金玉良緣」和「木石前盟」，本身就是根據柳如是與陳子龍、錢謙益的三角戀愛事跡爲骨架創作的；《紅樓夢》這個書名，就是來自於陳子龍與柳如是同居時所做的詩〈春日早起〉：「獨起憑欄對曉風，滿溪春水小橋東，始知昨夜《紅樓夢》，身在桃花萬樹中。」

陳子龍這首詩，從表面上看，是說自己與心愛的人柳如是在小紅樓中共度良宵，早上自己獨自起床，憑欄觀看滿溪春水東流，萬樹桃花怒放，詩寫得很淺白，意境很美。但細細品讀起來，其含義則十分深刻。「獨起憑欄」用的是唐後主「獨自莫憑欄，無限江山」的典，陳子龍此時正面臨南明政權垮臺之時，與南唐滅亡時的心境是相通的。除此外，「獨自憑欄」也可能是用的岳飛〈滿江紅〉詞之典，岳詞首句即爲：「怒髮衝冠，憑欄處，瀟瀟雨歇」。岳飛是抗金名將，陳子龍是抗清義士，清是金的後人，對「憑欄」之典如此理解，更發人深省！由此看，陳子龍「昨夜」所做的「《紅樓夢》」，恐怕就不僅僅是桃色夢了，

「《紅樓夢》」即「朱樓夢」，即復興朱明王朝的夢！如此解讀《紅樓夢》書名的雙重含義，應該是更貼切的。

《紅樓夢》書中在林黛玉和薛寶釵的身上，更多地帶有柳如是一生的遭遇痕跡。「瀟湘」和「蘼蕪」原來就是柳如是的別號，被作者分別交給了林薛二人。林黛玉身上，更多地寄託了柳如是與陳子龍前期戀愛的經歷，薛寶釵身上，則主要寄託了柳如是與錢謙益後期的婚姻經歷。因此，紅學界流行的「釵黛合一」說法，是很有道理的。

洪昇之所以如此熟悉柳如是與陳、錢之間的關係及其事跡，並作爲素材寫入紅樓人物身上，除了這三個人在明末清初名氣很大，文人雅士有口皆碑之原因外，似乎還有兩重微妙的原因：一是錢柳夫妻與洪家似乎是親屬關係，錢謙益居家常熟，但經常往來杭州，與古蕩錢家有可能是家族關係；錢謙益又是顧家的外甥，他和柳如是居住的芙蓉莊（又名紅豆村），便是繼承顧氏的產業，這個顧氏與顧若璞、顧玉蕊出身之錢塘顧氏，是否家族關係，值得懷疑。其二，錢柳夫妻生前經常往來杭州西溪，汪然明家的「西溪水閣」（凹晶館），馮雲將家的「西溪草堂」（凸碧堂），都多次留下他們的足跡，有的時候還在這裡居住很長一段時間，柳如是的詩集，多數都是在這裡結集出版的；因此，關於他們事跡的記載和傳說，在杭州西溪非常集中。由於以上特殊原因，洪昇以他們三人分別在「小紅樓」和「絳雲樓」中的愛情婚姻糾葛爲主線，創作《紅樓夢》的愛情婚姻故事，還是最有方便條件的。

關於元妃的原型，《紅樓夢》書中明裡寫的是康熙南巡，但暗裡也有深刻的南明背景。

南明時期曾出現過轟動全國的三大案，即「大悲和尚案」、「真假太子案」和「童妃尋親案」。所謂「元妃」，在封建社會特指「太子妃」。《紅樓夢》書中元妃的原型，應該就是童妃。朱由崧登基前，是「監國」身分；所謂監國，即太子代理朝政的意思。童妃本來就是朱由崧的「元妃」，與丈夫在洛陽城破失散後，輾轉來南京「認親」的。請朋友們注意《紅樓夢》書中元妃的「判詞」：「二十年來辨是非，榴花開處照宮闈，三春爭及初春景，虎兕相逢大夢歸。」按照曹家原型論，這個判詞幾乎無解，但按照南明背景，卻順理成章：「二十年來」辨的就是南明覆滅的是非，南明三帝一監國政權前後延續時間是二十年。「三春」與「初春」就是暗指南明三帝一監國。《春秋》書中用「春王正月」表示正統，元春正月初一生，正是暗示正統王朝的身分。唐王、魯王、桂王前後爭當南明的正統皇帝，也正是「三春爭及初春景」！

我們再來看書中元妃的謎語：「能使妖魔膽盡摧，身如束帛氣如雷，一聲震得人方恐，回首相看已化灰。」這不可能是形容康熙皇帝的，因爲康熙在位六十年，是中國封建皇帝中在位時間最長的。這個謎語影射的應是弘光皇帝，因爲他只當了可憐的一年皇帝，龍椅還沒坐熱，就灰飛湮滅了，正如爆竹一聲！

《紅樓夢》中之所以寫了「甄賈」兩個寶玉，原型本來就是作者洪昇自己，但也有明末皇太子的影子。寶玉之玉上鐫刻的八個字：「莫失莫忘，仙壽恒昌」，就是「傳國玉璽」鐫刻的「受命於天，即壽永昌」的象徵。爲什麼要這樣寫？因爲南明時期在北京和南京發生了兩起「真假太子案」，寶玉本人也被賦予了不知真假的「太子」身分。洪昇作此書時，心中是否認爲自己是前明太子托生，就無法考究了，但書中刻意詳細描述那塊酷似玉璽的寶玉，又特意交代是出生時口中銜來的，出生時口中銜玉的人應該就是影射太子，因爲太子天生就是皇位繼承人！

南明時期三大案中最先發生的是「大悲和尚案」，據說這個大悲和尚瘋瘋癲癲，說自己是什麼崇禎皇帝封的「齊王」或者「吳王」，因此被南明朝廷以蠱惑人心的罪名殺頭了。大悲和尚與他的夥伴跛足的挑水道人，被《紅樓夢》作者處理成了瘋和尚和跛道人。這些在筆者的系列文章中，都有詳細考證，這裡不再囉嗦了。

最有意思的是《紅樓夢》書中賈雨村這個人，他在出場前，先是口吟一詩：「每逢三五便團圓，滿把晴光照玉欄，天上一輪才捧出，人間萬姓仰頭看」；隨後又口吟一聯：「玉在櫝中求善價，釵於奩內待時飛。」由甄士隱資助，他考取了功名，後來又通過鑽營，先當上了金陵應天府尹，再爬升到大司馬高位。賈雨村的原型便是南明權臣阮大鋮。這個人原來是魏忠賢的「閹黨」成員，「閹黨」失勢後，他躲在南京「褲襠巷」一個狹窄的地方避禍。南明政權建立後，在馬士英的推薦下，他先後當上了「金陵江防司令」（應天府尹）、「兵部尚書」（大司馬）等要職，權利炙手可熱，大肆迫害東林黨人。《紅樓夢》書中賈雨村所吟的一詩，就是隱隱交代南明政權建立的背景；所吟的一聯，正是抒發其原型阮大鋮當年在南京「褲襠巷」待價而沽、投機鑽營時的心情。阮大鋮這個人人品很壞，但文學水平很高，特

別是傳奇創作，當時的文人無出其右。《紅樓夢》作者交代用「假雨村言」創作此書，便是借重賈雨村（阮大鋮）的文學才能。

清朝初年，江南文人中興起一股描寫南明妓女才子事跡的文學狂潮，孔尚任的《桃花扇》記錄了李香君和侯方域的事跡，冒辟疆的《影梅庵囈語》記錄了自己與董小宛的事跡，吳梅村的詩歌記錄了陳圓圓、卞玉京的事跡，顧苓的《河東君傳》記錄了柳如是的事跡。《紅樓夢》則明寫「蕉園姐妹」的事跡，暗寫柳如是與陳子龍、錢謙益的事跡，並雜以南明時代廣闊的社會背景，抒發國仇家恨。能夠把明末的「金陵十二釵」事跡與清初的「蕉園姐妹」（西陵十二釵）事跡糅合到一起來寫的人，在明清兩代的所有文人中，只有洪昇一人能夠辦到！

落紅沁芳　天堂輓歌

流水落花春去也，天上人間。謹以此文獻給普天下癡情的《紅樓夢》愛好者。

本文不是小說，不是抒情散文詩，不是憑空想像出來的。本文的人物、時間、地點、事件、沿革，都有可靠的史料證實。——作者題

一、兩塊石頭

不知親愛的讀者注意否：《紅樓夢》中的石頭不是一塊，而是兩塊：一塊是「西方靈河岸上」的「三生石」，一塊是「大荒山無稽崖青埂峰」的「補天石」。

兩塊石頭，屬於不同的神話系統，各自代表著不同的深刻內涵：補天石代表的是「無材補天」者的「自怨自歎」，「三生石」代表的是「神瑛侍者」與「絳珠仙子」的「灌漑」、「還淚」之情。兩塊石頭不應混爲一談！

判斷《紅樓夢》的作品主旨和作者生平，大概最好的辦法是從兩塊「石頭」入手，看哪個人同「大荒山」和「西方靈河」同時發生關係，並與兩塊石頭代表的創作意圖同時發生共鳴。

二、靈河岸邊

東南形勝，三吳都會，杭州真是個人傑地靈的天堂！西湖的三秋桂子、十里荷花，靈隱的飛來仙峰、三生奇石，古往今來不知醉倒多少文人騷客。白樂天、蘇東坡、岳武穆、于少保，都曾在杭州風流蘊藉、慷慨放歌。

暖風薰得遊人醉，柔山軟水養美女。杭州的美女，不僅如花似玉，更聰明靈慧、婉轉多情。奇優名妓，無出蘇小小之右；回腸九轉，無過白娘子之癡；哀婉傷心，無逾馮小青之悲。

鮮花、醇酒、美人、才子，往往都是相伴產生的。杭州的美女身邊，古往今來，絕不少風流才子陪伴。白樂天的《長恨歌》，吟詠了一千多年而不衰；洪稗畦的《長生殿》，搬演遍九州萬國而不厭。

三、三生石畔

杭州奇，最奇在靈隱。靈鷲仙峰，相傳是從西方極樂世界靈河岸邊飛來，可見這裡的吸引力超過佛祖西天。三生奇石，相傳從唐朝時起就見證三生奇緣，足見這裡對奇人逸士誘惑力之大。

杭州美，最美在西湖。接天蓮葉無窮碧，映日荷花別樣紅，就是到了深秋，還可留得殘荷聽雨聲。湖畔逶迤的山麓，每到三秋，桂花就漫山遍野吐出濃郁的芬芳，薰得月中的吳剛，也不由得停下砍伐月桂的斧頭，捧出一杯沁人心脾的桂花酒。難怪人們把牡丹稱爲國色，卻把天香美譽贈給了桂樹。

四、天然圖畫

西湖美，但西湖的山水卻是人工雕鑿而成的，杭州還有個兼具西湖山水之美，但天然少雕飾的副西湖——西溪。如果說西湖是風姿綽約的少婦，西溪便是素淨淡雅的村姑，這裡更幽靜，這裡更自然，這裡更野趣，這裡更芬芳。

小橋流水，迤邐十里，連綿群山，雲中霧中。一葉扁舟蕩入西溪，但見兩岸桂樹，夾河紅梅，海棠桃花，片片點點，楊花柳絮，縷縷飛飛，更有水中紅菱，迎船搖曳，楚楚多情。

這裡四季有不盡美景，春來梅花先放，夏至海棠爭開，秋涼蘆花如雪，寒冬老梅凌霜。西溪最奇處在秋雪庵，春夏落紅如雪，三秋蘆花如雪，寒冬紅梅傲雪。

現在的西溪美，古西溪更美，史載，這裡曾有十里梅花，百頃蘆蕩，千點白鷺，萬竿翠竹，從南宋到清初，這裡一直是文人墨客遊歷題詠的好去處，詩詞佳作，史不絕書。

五、西溪留下

西溪有留下鎮，奇鎮奇名。何以取如此名稱，說來話長。當年宋康王泥馬渡江，來到西溪，見這裡如畫美景，本擬於此建都。後來把皇宮建於鳳凰山麓，又不捨這裡的好山好水，遂頒發御旨：「西溪且留下。」於是乎，這裡就有了「留下」奇名。

留下鎮有一條古街，名尙書坊。史載，這裡是明朝成化年間太子太保、兵部尙書洪鐘，在歸隱以後由皇帝賜建的府邸。府邸綿延四五里，把大半條街都占了。府後有家庭花園，名稱就叫洪園。

尙書的府邸園林今已不存，但殘跡尙在。尙書的墓地在東墓塢，殘碑斷石猶存。碑石上有明朝成化皇帝的御題，有著名儒學大師、兵部尙書王陽明的題刻，彌足珍貴。

六、五常探源

留下鎮的緊鄰，是五常鄉。兩地本爲臨安所屬的西溪一地，後來分爲一鄉一鎭，分別命名。

五常這個名字，代表當地出過五個尙書級的大官僚。古代「常」、「尙」通假，「五常」的意思就是「五尙書」。「尙書」一職，用今天的話說，就是中央的正部長，一個鄉出了中央級五個部長，鄉望可謂盛矣。

這五個尙書出在誰家呢?洪鐘家族舊日祠堂門口的楹聯是：「宋朝父子公侯三宰相，明季祖孫太保五尙書。」洪鐘的父親祖父，被皇帝追贈爲尙書；洪鐘的兒子孫子，也擔任過朝廷尙書，一門五尙書，並非浪得虛名。

洪鐘的祖宗，是宋朝出使金國、威武不屈、歸國後被封爲「魏國忠宣公」的洪皓。洪皓的三個兒子洪遵、洪適、洪邁，不僅是著名文人，還都擔任過宰相一級的官職。正所謂「父子公侯三宰相」，洪家府邸園林，也正是皇帝賜建的「國公府」。

七、茫茫大地

從明朝成化年間起，洪家在當地赫赫揚揚，過了一百多年的豪族生活，可謂「百年望族」。洪家是在什麼時候敗落，終成茫茫白地的呢?時在大清康熙年間。

明朝被李自成農民起義軍推翻，清軍乘機入關，建立了大清王朝。洪家作爲舊日的官僚，由於改朝換代，失去了世襲前程。又放不下昔日的臭架子，三百多口人嗷嗷待哺，入清後便如「百足之蟲，死而不僵」。

嗣後，又由於家族內部矛盾重重，窩裡爭鬥，頻發「家難」，造成子孫流散，後繼無人。內憂外患，紛至遝來，最後被朝廷抄家充軍，從此一蹶不振。

八、「花王」臨凡

順治二年（一六四五），清兵下江南，杭州居民慘遭塗炭。兵荒馬亂中，洪家後人洪起鮫攜妻子黃氏，前往郊外逃難。妻子身懷六甲，將次臨盆。就在這個難堪的時候，妻子黃氏的肚子一陣陣疼得緊，分娩在即。

在一個費姓農婦那四面透風的茅棚裡，這個苦命的孩子降臨人間，是個男孩，作爲長子，正是承重之人。夫妻兩人給孩子取名洪昇，表字昉思，意思是希望他將來像個初升太陽一樣，能夠重振洪氏家族昔日的雄風。

隨著孩子一天天長大，父母發現，孩子絕頂聰明，但奇怪的是，作爲男孩，卻像女孩錯投了胎，只愛那些釵環脂粉之類，對習文練武，卻興味索然。整天愛同女孩子一起玩耍，對男孩子卻避而遠之。

九、「四大家族」

明朝末年，杭州城裡有黃、洪、錢、顧「四大家族」，累世聯絡有親，一榮俱榮，一損俱損。當地官員到任，必首先投剌「四大家族」，請求照應，方可平安爲官。

時至清初，時過境遷，「四大家族」都失去了倚恃，相繼敗落。先是錢姓家族由於捲入了江南「科場案」，家長錢開宗被殺頭，全家被械捕京師。繼之是洪家因「家難」被朝廷抄家發配。

只有黃家，由於黃幾清初參加科考，得中舉人，累官至文華殿大學士兼吏部尚書，位高權重，顯赫一時。但康熙二十一年黃幾年老退休，失去權柄，也逐漸衰落了。

十、「冤孽」降世

戰亂期間孩子多，清初，四大家族彷彿開了瓦窯鋪，一朵朵金花銀花爭相怒放。洪昇的身下，母親又接連產下兩個兒子、兩個千金。看到人丁興旺，夫妻二人倒也其樂融融。黃幾有一子一女，女兒嫁給了洪起鮫，就是洪昇的母親。兒子黃彥博舉一女，取名黃蕙。說來也怪，黃蕙與表兄洪昇竟生於同年同月同日，生辰略小，屈居爲妹。

洪昇的表丈錢開宗連舉兩女，分別取名鳳綸、靜婉。姑丈林家舉一女，取名以寧。其他表親家也陸續出生了一大批表姐妹：柴靜儀、顧長任、馮又令、毛安芳、張槎雲等等。

也可能是天上星宿應運而生，洪昇的這些表姐妹一個個不僅出落得如花似玉，並且個個絕頂聰明，加之都受過良好的家庭教育，後來幾乎都成爲清初著名的女才子。此是後話，暫且不表。

十一、花箋彩紙

洪昇家庭世代簪纓，累世積累了大量圖書，號稱「學海」，洪昇自小的學習條件極爲優越。洪家對這個長子科舉功名、重振家聲寄予了莫大期望，爲他讀書聘請了當時杭州城裡最好的老師：毛先舒和陸繁弨。

可是事與願違，毛、陸兩位老師固然學富五車，但並不鼓勵這個聰明的學生走「仕途經濟」道路。毛先舒是明朝遺民，心中故國情結深重；陸繁弨的父親、叔叔，在清初都遭受過重大打擊，對新朝廷懷恨在心。受他們的教誨，洪昇從小就產生了濃重的興亡感歎意識，對讀書當官不感興趣。

洪昇成了一個幾乎不可救藥的紈絝子弟，他鬥雞走狗，無所不好，燈謎酒令，無所不精。特別是愛好看當時風行社會的豔情書籍，愛吟唱幾首情愛詩詞，逐步成了一個多情的種子。種之桑榆，收之東籬，洪昇沒有成爲冷血官僚，反而在十五歲就成了杭州城裡知名的青年詩人，一命筆就「鳴錢塘」，闔城傳誦。

毛先舒是當時著名曲學大家，陸繁弨是首屈一指的駢文大家，受他們影響，洪昇自小就打下了深厚的曲學和駢文基礎，以後的漫長歲月裡，基本是靠這些本事吃飯。

十二、青梅竹馬

洪昇與姐妹們一起長大了。錢家後來被朝廷從北京放回，沒有了家，只好寄住在洪府。進士林綸早死，林以寧也寄住在舅舅洪家。馮又令的父母雙亡，陪著一個老祖母苦度歲月，也經常到洪家住上幾天。

錢氏姐妹、林妹妹和馮妹妹，與表哥洪昇及洪家兩個姐妹，從小一起在宅後的洪園編柳，在門口的沁芳橋釣魚，在假山後捉迷藏，在花叢中過家家，青梅竹馬，感情篤深。尤其是與同年同月同日生的表妹黃蕙，因受到當時「同日生的是夫妻」的民謠影響，早已私定終身，相約非彼此不嫁不娶。

洪黃兩家的家庭還是比較開通的，他們看出了孩子的心事，同意親上做親，再結秦晉。康熙三年（一六六四），同爲二十歲的洪昇和黃蕙終於如願結爲夫婦。

年輕人之間的感情，剪不斷，理還亂。洪昇與錢、林、馮等姐妹們的感情是微妙的，雖然他們之間無緣結合，但從小一起長大那種青梅竹馬的感情，還是很難割捨的。每當這些姐妹出嫁時，洪昇總是躲在自己屋裡，暗暗流淚。

十三、「蕉園」詩社

清初江南知識分子的思想是活躍的，對婦女參加文學活動較少限制。由錢氏姐妹的母親顧玉蕊發起，杭州著名女詞人徐燦、柴靜儀等參加，組成了「蕉園詩社」，號稱「蕉園五子」，經常在一起聯詩對句，在當時影響很大。

「蕉園五子」後來各奔東西，詩社解散了。此時洪昇與姐妹們也長大了，由林以寧發起，錢氏姐妹、馮又令、柴靜儀、顧長任、李淑等表姐妹參加，號稱「蕉園七子」，重組了「蕉園詩社」。

詩社活動的那些日子裡，姐妹們是多麼開心啊！她們一起，在西湖泛舟，在西溪采菱，在秋雪庵踏雪，在櫳翠庵折梅；春詠海棠，夏頌桃花，秋歌桂花，冬贊雪花。大家一起，文思泉湧，爭奇鬥豔，西溪的水畔山旁，不時響起她們的歌聲和笑聲。

十四、絳洞花王

作爲男性，洪昇當然不是「蕉園七子」成員，但姐妹們每次都約他參加詩社活動，洪昇也熱衷於混跡姐妹中間，甘充廝役。每次賽詩，爲了博得姐妹們高興，洪昇總是胡亂吟上幾句，好使自己落第，姐妹們奪魁。

詩社的生活是豐富多彩的。當時南戲傳奇十分盛行，洪昇和姐妹們一起花下讀《西廂記》，月下聽《牡丹亭》，還一起研究，要用唐朝楊貴妃的故事，自己創作新劇本。洪昇寫出了《沈香亭》傳奇，後來改編成了著名傳奇《長生殿》；林以寧寫出了《芙蓉峽》傳奇，可惜後來失傳了。

在詩社活動期間，姐妹們都給自己取了個雅致的別號：洪昇稱「嘯月樓」，林以寧稱「鳳瀟樓」，錢鳳綸稱「天香樓」，錢靜婉稱「古香樓」，馮又令稱「湘靈樓」。這些別號都與楊貴妃在月宮的故事意義相關，後來都成了她們個人詩集的名稱。

十五、天倫之變

天下無不散的宴席，好事多磨，好景不長，洪家在長期家庭矛盾的累積下，「家難」終於發生了。

洪家此時由於入不敷出，日見衰落，洪昇又不務正業，繼業無人，加之封建大家族中普遍的嫡庶矛盾，家庭中人不斷地窩裡鬥，恨不得你吃了我、我吃了你，發生「家難」就在所難免了。

在洪昇的庶母和異母兄弟的挑唆下，洪昇被父親痛打了一頓，並威脅要殺死他這個不肖逆子。在有性命之憂的情況下，洪昇以古孝子「小杖受大杖走」自居，與妻子黃蕙一起，逃離了家庭，輾轉前往北京，開始了貧窮潦倒的後半生悲慘生涯。

同時逃出家庭的，還有洪昇的二弟洪昌，原因與兄長相同。洪昇兄弟逃離家庭，洪家發生了「天倫慘變」，「蕉園詩社」自然也就壽終正寢了。

十六、燕市悲歌

洪昇逃到北京後，一方面在國子監讀書，希圖謀個一官半職；另一方面又必須養家糊口，維持生活。那時的北京，米珠薪桂，謀生談何容易！

洪昇沒有任何賺錢的本事，只有一枝禿筆，於是，他為別人婚慶喪弔撰寫賀詞和碑文，為一些官僚充當幕僚，做些抄寫工作。這點微薄的收入還經常要不回來，生活之窘迫，難以想像。

他的家中經常一連幾天揭不開鍋，寒冬臘月全家人沒有棉衣，用洪昇自己的話說，就是「八口命如絲」！洪昇的長女，已是懂事的年紀，「愛拈爺筆管，閑學母裁縫」，夫妻視為掌上明珠，在凍餓交加的生活中，這個可愛的孩子悲慘地夭折了，令洪昇悔恨終生。

十七、苦中作樂

康熙二十二年，洪昇用當時江寧巡撫余國柱贈送的千兩白銀，在蘇州買了一個「小戲子」爲妾。小傢夥姓鄧名雪兒，有一副特別美妙的歌喉，當時只有十八歲，正當妙齡。

鄧雪兒進入這個家庭後，貧苦的生活頓時增加了無窮的樂趣。黃蕙精通音律，雪兒歌喉曼妙，於是，「丈夫工故曲」，「大婦調冰弦」，「小婦囀朱唇」，三口人分工合作，創作傳奇，一派苦中作樂的美妙景象！

無須苛責古人，洪昇與妻子伉儷情深，又納妾尋歡，其目的一方面出於封建士大夫的本性，另一方面確實是創作戲劇的需要。

十八、舊巢傾覆

洪昇逃出家庭後，發生了「三藩之亂」。由於受不明原因牽累，洪昇的父親被朝廷逮捕，押解到北京一個破廟中關押。洪昇連忙趕到這個「蕭寺」，爲父親送酒飯，同時多方托人營救，終於獲得假釋，回到了故鄉杭州。這時，洪家宅園已經傾頹不堪了。

平定「三藩」之後，洪昇的父母再一次被朝廷追究，家庭被官府查抄，夫妻均被發配充軍到黑龍江的寧古塔。當時發配到寧古塔的都是朝廷重犯，可見洪父問題之嚴重。

洪昇晝夜兼程，徒步三千里，趕回家鄉，陪侍父母充軍。大年初一登船北行，情景十分悲慘。後來中途遇朝廷大赦，得免充軍。但是，「百年望族」的洪家，至此已經「落了片白茫茫大地真乾淨」！

十九、夢斷「國喪」

洪昇的生活雖然窘困不堪，但作爲一個文學青年、一個終生不悔的情癡情種，他始終堅持不懈地創作。先後創作了四十多部傳奇劇本，上千首詩詞散曲，可謂著作等身。這些著作，多數是在中年貧困生活中創作的！

洪昇始終熱愛李、楊愛情故事，康熙二十八年（一六八九），經過十年修訂、三易其稿，洪昇的代表作《長生殿》終於殺青了。一經搬演，立即轟動京師，從名公巨卿到市井小民，非此戲不看；不論家班野班、男女名伶，非此戲不演。洪昇一下子成了名人。

這年中秋節，戲班子爲了感謝洪昇，專門爲他演了個專場。洪昇遍請朋友觀演，十分盡興。沒想到，此時仍在佟皇后「國喪」期間，被人告發，洪昇被官府逮捕下獄，革去了國子監生功名。正是：「可憐一曲長生殿，斷送功名到白頭！」

二十、大荒奇峰

洪昇出獄後，牛衣腫目，獨自一人前往京東盤山，去尋找他的老朋友智樸和尚，打算以出家解脫人生。智樸和尚又名拙道人，是個兼有僧道雙重身分的出家人。老朋友熱情地接待了洪昇。

盤山俗稱大荒山，山上有盤古寺，相傳是盤古開天闢地的地方；山上有女媧廟，相傳是女媧煉石補天的地方；山中多巨大石頭，被當地人附會爲「補天石」；智樸和尚住錫的青溝寺，被老百姓叫做「青溝峰」，因爲寺門口懸掛著康熙皇帝親筆題寫的「戶外一峰」匾額。洪昇在盤山深刻反思了自己的前半生，對自己的「荒唐」造成「一技無成，半生潦倒」，尊親受累，家族毀滅的行爲，感到悔恨，但對鍾情文學，創作傳奇的愛好，卻更加堅定了。

由於「妻兒待米難淹留」，洪昇終於沒有「悟」，回到家中借米下鍋去了。第二年，洪昇一家回到了闊別二十年的故鄉杭州。

二十一、萬豔同悲

杭州還是那個杭州，西湖依舊，西溪依舊，但已物是人非，非復舊時美好的回憶。興旺了一百多年的洪家府邸園林毀滅了，當年的親人、朋友、姐妹們早已風流雲散了。洪昇的二弟洪昌，在逃離家庭後，不久就客死異鄉了。兩個妹妹先後出嫁，由於婚姻不幸，都年輕輕被折磨夭亡了。林以寧妹妹長期抑鬱，年過三十七歲便嘔血而死。錢鳳綸妹妹的丈夫終生沒有考取功名，生活十分落拓。馮又令妹妹青年早寡，以未亡人的身分苦熬歲月……

洪昇收葬了弟弟妹妹們的遺骨，在墓前幾次哭得昏厥過去。自古紅顏薄命，我的這些可愛、可親、可憐的姐妹啊，你們爲什麼誰也沒有逃脫「千紅一哭」、「萬豔同悲」的命運呢？爲兄現在年已老大，但對你們的遭遇卻無可奈何，讓我這個鬚眉濁物怎麼能不剜心刺骨、泣血流淚呢？

二十二、對妻理典

回到家鄉的洪昇，在料理了弟妹們的後事之後，馬上讓妻子黃蕙，把昔日姐妹們在「蕉園詩社」中的舊詩稿找了出來，夫妻相對仔細閱讀吟唱，心中湧起了萬千感慨——

當日秋雪庵的風流韻事，早已化作過眼煙雲；當日姐妹們的音容笑貌，卻仍然歷歷在目。洪園雖然已經成了一片廢墟，但姐妹們的身影，似乎仍在故鄉綠樹紅牆中徜徉徘徊，令洪昇夫婦無論如何也揮之不去。

洪昇下定決心，要把姐妹們的事跡，比照楊貴妃的事跡，參照自己的《長生殿》結構，用「金釵、玉合」作載體，創作一部文學作品，以安慰她們的在天之靈。

二十三、山莊接駕

康熙三十八年（一六九九），當朝皇帝玄燁第三次南巡，駕臨杭州，下榻昭慶寺。時已「致仕」的朝廷老臣高士奇，盛情邀請皇帝到他新建的「西溪山莊」遊幸，皇帝爽快地答應了。

高士奇曾任朝廷南書房侍讀，是皇帝的貼身近臣，言聽計從。康熙朝黨爭激烈，高士奇是「南黨」領袖之一，爲官貪黷，「有萬國金珠貢澹人」之說——澹人是高士奇的字。

高士奇與洪昇同年生，同年死，同爲杭州人，又同時在北京生活了二十多年，幾乎又同時回到故鄉，可謂一生形影不離的朋友。高士奇的「西溪山莊」，就建在洪園附近，洪昇隨幫唱影，參與了接駕。

皇帝自昭慶寺乘馬至木橋頭，棄馬登舟，只率幾個宮人太監，來到「西溪山莊」，並親筆爲山莊題兩個大字：「竹窗」。皇帝登舟的地方，從此名「御臨鎮」，一至於今。

其實這是洪昇第二次見皇帝了。第一次是在國子監學習期間，皇帝駕臨視察，洪昇隨祭酒、博士們叩頭而已，並未親聆御音。這次見皇帝面，是在受到朝廷「斥革」十年後，心中滋味，無以言表。

二十四、千古絕唱

洪昇的後半生，生活倒也安逸。由於他名滿天下，青年才俊紛紛拜他爲師，杭州的熟人故舊也多，在西湖邊的孤山修建了一所稗畦草堂遮蔽風雨，日子倒也不難打發。

洪昇的主要經歷還是用於文學創作。除了那部四折雜劇《四嬋娟》外，主要以自己的一生經歷，穿插弟妹們的事跡，寫一部《洪上舍傳奇》。經過十年的辛勤努力，終於在康熙四十一年脫稿了。脫稿後，曾拿給著名詩人朱彝尊看，朱的詩中記載了此事。

康熙四十三年，應曹寅的邀請，洪昇到江寧織造府，「暢演」了三日《長生殿》。洪昇是帶著一部作品的手稿到曹府去的，意圖求曹寅贊助出版，曹寅的詩中對此有明確記載。

洪昇在歸途中，不幸失足落水，葬身龍宮了。這天是六月初一夜，一個恰恰沒有月光的漆黑夜晚，這天是洪昇的忌日，也恰恰是楊玉環的生日，可謂不解之緣了。從此，洪昇這部以自己親身經歷寫成的作品，失去了蹤影。

二十五、餘韻繞樑

斗轉星移，一晃六十年過去了。康熙朝的悲壯，雍正朝的悲涼，都已化作了歷史的青煙，時間進入了乾隆中期的盛世。

洪昇的孫子洪鶴書，此時也已是一個古稀老人。他在整理自己的詩集《花村小稿》時，不住地喃喃自語：祖父的遺作手稿究竟流落到哪裡去了呢？曹寅沒有實現祖父的遺願、爲作品出版，江寧織造府隨後被朝廷查抄了。父親洪之震、姑母洪之則，先後到南京尋找，但去時早已人去樓空，杳如黃鶴，難覓蹤跡了。

也就在此時，北京西山一個茅棚中，一個叫曹雪芹的年輕人，傳出來一部小說——《紅樓夢》。一經傳抄，很快風靡天下。曹雪芹是誰？他是江南曹家的後人麼？《紅樓夢》是誰寫的？大家都說是曹雪芹寫的，可他爲什麼只承認自己只是「披閱增刪」者？

歷史就是這樣的迷離、迷茫，似乎有那麼明顯的蛛絲馬跡，但又沒有任何直接的文字記錄證實。埋在歷史廢墟下的東西太多了，太多了……

「老明公山子野」考證

《紅樓夢》描寫的幾百個人物中，名字最奇怪的大概要屬「山子野」了。這個人在書中並未正式露面，但卻十分重要，因爲《紅樓夢》中最主要的生活舞臺大觀園，就是「山子野」老先生，按照「山子野制度」規劃建設的，大觀園之美，證明了山子野老先生造園手段之高，凡是讀過《紅樓夢》的人，似乎都對這位「山子野」老先生的印象很深刻。

印象深刻的原因，除了大觀園造得好以外，似乎與這個人的奇怪名姓也有一定關係。首先，《紅樓夢》書中稱呼他爲「老明公」就有點怪，按照古典漢語習慣，「名公巨卿」一般是指官做的大，社會聲望高的人，按照這個習慣，《紅樓夢》中把山子野應該寫作「老名公」，而不是「老明公」，難道以作者的八斗之才，還會寫別字麼？似乎不應該，那麼，故意把「老名公」寫成「老明公」，作者一定另有深意。

這個「老明公」不僅稱呼奇怪，姓名也大成問題。中國百家姓中有「山」姓，雖然冷僻一些，但並不奇怪，奇怪的是這個「山子野」似乎並不姓「山」，紅學研究中，好多著名紅學家都認爲，「山」並不是他的姓氏，「山子」二字是一個詞，表示他善於疊造園林中的假山，「野」也許是他的姓，就是「一個姓野的善於修造園林的工匠」的意思。譬如，當年監造北京故宮的人，就稱作「樣子雷」。

但這樣解釋問題就更多了，首先是中國是否有「野」姓大成問題，日本人倒是有姓什麼「河野」「星野」的，也許筆者孤陋寡聞，迄今沒發現中國有「野」姓。其次是即使是真的有個姓「野」的造園工匠，也談不上「名公」。在中國古代三教九流中，「官吏僧道醫工匠娼儒丐」，勞心者治人，勞力者治於人，一個造園的工匠，怎麼有名氣也輪不到「名公」的稱謂，就是那個造北京故宮的「樣子雷」，也不具備「名公」的資格！

紅學界一般認爲《紅樓夢》的作者是曹雪芹。曹雪芹的太爺曹璽和爺爺曹寅，都曾任江寧織造。織造府有個西花園，有人認爲就是《紅樓夢》大觀園的原型。問題又來了，江寧、蘇州、杭州三大織造府，是明朝設置的，清朝不過是承襲而已，曹雪芹的祖上也未聞新造什麼花園，根本用不著請「山子野」來對園子「規劃制度」啊？再說，曹家在江南時，曹雪芹尚穿著「開襠褲」，對這個園子以及園子的製造者，也不可能印象深刻啊！

「山子野」考證不是紅學研究中的什麼大問題，但也確實是一個不大不小的死結。紅學界的專家們有一個最省力氣的投機取巧的絕妙方法，就是一旦什麼問題說不清，就統統歸結爲作者曹雪芹的「杜撰」，對「山子野」這個死結，也只好如此。小說創作允許杜撰，但杜撰也要有爲何如此杜撰的道理啊，如果連這個道理也說不清，恐怕就是無奈情況下遮羞的托辭了。

其實，不止是「山子野」，《紅樓夢》中交代的許多同該書創作有關的人物，如「石頭」，「空空道人（情僧）」，「東魯孔梅溪」，「吳玉峰」，「棠村」等，紅學專家在曹雪芹身邊都找不到原型。這是爲什麼?說到底是百年紅學從根本上就錯了，從一開始就沒有找對《紅樓夢》的真正作者，當然也難以找到上述人物的生活原型！當你拋棄了「胡家店」，跳出了「曹家莊」，跟隨筆者到《紅樓夢》的真正作者——康熙朝的大文豪洪昇身邊一遊，這些人物的原型，一個個便都清晰地躍然紙上！

「石兄」的原型便是以盤山「搖動石」自況的洪昇自己，「空空道人（情僧）」的原型就是洪昇的老朋友、盤山「青溝峰」的住持「拙和尙（拙道人）」，「東魯孔梅溪」的原型就是洪昇的老師、著名的詩壇領袖東魯王漁洋，「吳玉峰」的原型就是洪昇的忘年交、著名「西昆體」詩人、玉峰（昆山別稱）的吳修齡，「棠村」的原型便是與洪昇外祖父同殿稱臣的大學士、著名「館閣體」詩人梁清標，棠村是他的號，他的詩集就名爲《棠村集》！對這些人物的考證，在筆者的系列文章中都有詳細描述，這裡不再重複。《紅樓夢》開篇交代的這麼多人的原型，都在洪昇的身邊同時聚光，而在曹雪芹身邊無蹤無影，應該說這是《紅樓夢》的著作權屬於洪昇而不屬於曹雪芹的鐵證！

「老明公山子野」也是如此，如果你認爲《紅樓夢》的作者是曹雪芹，「山子野」便無蹤無影，如果你相信《紅樓夢》的作者是洪昇，「山子野」的原型便會清清楚楚地浮現在你的眼前，令人不能不拍案叫絕！「山子野」究竟何許人也?他就是明朝末期大名鼎鼎的風流文人施紹莘是也！施紹莘，字「子野」，號「山翁」，洪昇就是用他的號爲姓，用他的字爲名，寫入《紅樓夢》中的！說他是「老明公」，就因爲他是明朝人，而不是清朝人，清清楚楚，明明白白，根本不是什麼杜撰，一點兒含糊也沒有！

施紹莘的確切生卒年分，筆者尙未考證清楚，但知道他是明萬曆至崇禎年間人，有他的作品《瑤台片玉》集可以證實。他與明末著名文人陳眉公是松江同鄉，私交甚密，唱酬往來很多。據〈乙丑百花生日記〉記載，這年陳眉公六十八歲，施紹莘自己三十八歲，小眉公整整三十歲。陳眉公生卒年代是清楚的，生於一五五八年，逝世於一六三九年，由此推斷，施紹莘應生於一五八八年。乙丑年爲明天啓五年，西元一六二五年，這一年施紹莘虛歲恰好三十八歲。

施紹莘身後名氣並不算大，但生前的名氣確是大得很！明朝末期，江南文人幾乎普遍呈現病態的言情狂潮，而施紹莘順應了這股潮流，成爲當時名動天下的言情聖手！從他的作品中可以看出，他一生有兩大愛好：一是創作言情套曲，二是修建私家園林。《紅樓夢》書中安排這個「老明公山子野」來修建大觀園，實在是最合適的不二人選！

《瑤台片玉》甲種上篇記載：「予山居在東西二佘之間，其地土肥水滑，宜花便木。丙辰冬，作半間精舍在山腹，明年作就麓新居在山足，不五六年，樹可蔭人，而竹皆抱孫矣。更以亭台庵閣，點綴期間，雖不事華飾，然自是幽微妍隱。春花發豔，秋木隕黃，屋角參差。巍巍前山對，幾個人只在豔騰騰群花內，蓋實錄也。夫吾輩進不能膏雨天下，若退又不能桔槔灌園，是真天地間一腐草，亦烏用此四大爲？予自分無洪福，不敢負淡緣，凡移花接果之方，開畦疏水之法，莫不悉心悉力爲之。近幸有小成，花木暢茂，禽留不去，山隱轉奇，橋柳台松，古秀嫵媚。春深秋早，日美風恬，得與村翁漁叟，觴花問竹於其間，或令椎髻孟光，攜東閣中人，窺花紅調竹粉，媒花鬥草，以爲樂。」

從這段記載可以看出，施紹莘確實善於造園，並曾在松江佘山自己的家園內親自造成一個十分美麗的園林，每日在其間自得其樂。問題並不僅僅在於造園的工藝，關鍵是文人造園，而不是匠人造園，並且是一個「情癡情種」造園，這就與《紅樓夢》的主旨密切相關了。「巍巍前山對，幾個人只在豔騰騰群花內」，既是施紹莘造園遊園的實錄，也是《紅樓夢》中大觀園生活的實錄。

洪昇的家園在杭州西溪的「洪園」，是從南宋傳下來的一座歷史悠久的府邸園林。根據歷史記載，這座園林前後經歷過三次建設：第一次是南宋高宗御賜的「國公府」，第二次是明朝成化年間洪鐘重建的「洪園」，第三次翻建洪園是在萬曆四十六年，根據明末著名官僚文人馮夢楨記載，洪園翻建後，在當時杭州西溪的諸多園林景觀中，是規模最大，景色最美的一座園林。

洪家這次翻建洪園，目的是什麼，是誰主持施工，未見歷史記載，但這個時間與施紹莘修建佘山花園的時間卻是相同的。施紹莘建花園的時間是丙辰年，即萬曆四十四年，也就是一六一六年，早於洪園翻建兩年，如果當時洪家請施紹莘「規劃制度」洪園的翻建，應屬合理推斷。當時江南私家園林多爲文人主持修建，講究文化品味，例如著名文人李漁，就曾爲很多大家族主持修建過不少園林。施紹莘幫助洪家建園，以他本人的名氣，以及他在佘山的園林名氣，是很自然的事情。

問題的關鍵並不在洪園是否是由施紹莘這個「山子野」主持修建，關鍵是這個「山子野」對洪昇人生及思想觀念的影響，對《紅樓夢》作品主旨和內容的影響。洪昇出生於清順治二年，與施紹莘並非同時代人，施紹莘當爲洪昇的祖父一輩。但洪昇出生後直到整個青少年時期，卻正是施紹莘的言情套曲在社會上大行其道，影響深廣的時期。據《瑤台片玉》甲種中編記載：一天夜裡，施紹莘寫了「南北宮長調各一，已而天明，花日在窗，親故以予之至也，少長並集，見諸綺語，爭錄之而去。頃刻間，遍佈墟落。更歲餘，見村中小兒《大學》《序》首空處，有遍書予詞者，亦大可笑矣」。洪昇從小就受言情思想薰陶，一生最愛詞曲創作，《瑤台片玉》中描寫的學中小兒在《大學》課本空白處抄寫施紹莘套曲的行徑，應是包括洪昇在內的當時江南小兒的滑稽舉動，《紅樓夢》中描寫的寶黛讀《西廂記》，封面蓋著《大學》《中庸》一類封皮，與此絕類。

《紅樓夢》中描寫的寶玉與姐妹們在大觀園中的諸多風流雅事，用施紹莘的話說，全部可以概括爲「幾個人只在豔騰騰群花內」！其實，《紅樓夢》中的好些思想，都可以看出受了施紹莘影響的明顯痕跡。例如，施紹莘的〈舟居旅懷〉中說：「香羅一幅封回去，上寫斷腸詩句，四邊多是淚痕洇處。」《紅樓夢》中的〈題帕三絕〉情節，是否受此影響，不難判斷。

此類例證在施紹莘的作品中俯拾皆是，下面僅舉幾個例子，供讀者朋友參閱。施紹莘的〈解三醒〉寫道：「忘不得香沾片腦，忘不得汗漬鮫綃。忘不得破瓜年紀身材小，忘不得媛客娥眉韻味高。忘不得蓮花吐瓣尖尖舌，忘不得束素重逢窄窄腰。千般好，忘不得千金一刻，刻刻良宵。」

施紹莘在〈閨恨有跋〉中寫道：「大抵情不深則恨不毒，閨詞至於恨則無遁情矣。每見院本舊曲，從無閨恨，竊謂其情波有限，乃別譜新聲，顛翻恨字，才覺相思於此痛人。他時閨思、閨怨等篇，正不及情語耳。」「寫情傳恨，語語幽深，蓋身經是境，自是摹神，倘不悲而泣，正恐其淚不下耳。」

施紹莘在〈七夕閨詞〉中說：「歎良辰今歲無雙，豈花容來年無恙。怕經秋瘦損，一似敗荷模樣。可是潘愁鬢老，沈賦魂銷，打扮無心想。深深深拜，也注心香。願莫染秋來鏡裡霜。香暗熱，心自想。心頭有話和誰講，口中話，在心上。」

施紹莘在〈四景閨詞〉中寫道：「恰收燈又近清明，只覺到花事凋零。又添些鬼病，鬼病伶仃。冷落瑤琴，生疏錦瑟，打疊銀箏。今宵夢，前宵夢，全然沒準。千遭信，萬遭信，看看半句無憑。恨咬牙根，痛剪香雲。痛的是挫過芳年，恨的是錯盼，錯盼書生。」

〈同調〉中又寫道：「看荼蘼自占柔條，問屈指幾度春歸。何曾似這度，這度銷魂。愁劈蓮心，驚看夜合，怯聽芭蕉。搖紈扇，悲紈扇，怕秋風又早。掩羅袖，恨羅袖，偏生粉淚痕交。指冷瓊蕭，帳冷鮫綃。枕頭邊，茉莉花香，你怎生的辜負，辜負良宵。」

施紹莘在〈千秋歲〉中寫道：「翠紅圍，排比做神仙會，共獻祝酒映蛾眉。鱸膾蓴絲，擺列著江南早秋風味。香翻袖，花蒸汽，紅潮面，人微醉。歡暢文園裡，俺煙霞地主，你羅綺花魁。」

施紹莘的〈花前感舊詩〉說：「二十年前一夢空，依稀猶記夢花紅。而今短鬢侵尋白，閒話風流落照中。」

在〈相思〉曲中，施紹莘情滿文字：「果然的夢見伊人，驚一陣風聲，惱一陣風聲。夢回來重剔銀燈，又一瓣花生，更一瓣花生。淚痕交衿和枕，這一片如冰，那一片如冰。俺知他，他知俺，總一種傷情，怎一種傷情。既伊家知俺傷情，判一個殘生，盡一個殘生。」

在〈贈薛小濤〉序中，施紹莘寫道：「夫豔魂不死，每幻秀於蛾眉。情種無根，忽敷榮於彩筆。所以文人手澤，遇韻事而生花。從來錦陣鉛華，借才情而流豔。」

在〈叨叨令〉中，施紹莘寫道：「且尋一個玩的耍的，會知音風風流流的隊；拉了他們俊的俏的，做一個清清雅雅的會。揀一片平的軟的，襯花茵香香馥馥的地；擺列著奇的美的，趁時景新新鮮鮮的味。兀的便醉殺人也麼哥，兀的便醉殺人也麼哥，任地上乾的濕的，諢帳呵便昏昏沈沈的睡。」

在〈乙丑百花生日記〉一文中，施紹莘記載：「仲春十二日，俗傳爲百花生日，考之古，亦謂之百花朝。」「予自甲寅，始爲祝花之集，以後歲歲爲常儀，而乙丑尤盛。」這一天，施紹莘召集了十二位名士，十二位名姬，翻譜讚歎，並自做〈乙丑祭風雨文〉、〈乙丑祭花神文〉。這些活動，同《紅樓夢》中的「祭餞花神」活動異曲同工。

從以上例證不難看出，《紅樓夢》不僅言情思想受施紹莘影響，就是書中描寫的一些風雅活動也受施紹莘薰陶。洪昇在《紅樓夢》創作中，順手把這個「山翁子野」拉來，讓他建造大觀園，其意義不僅是借重施紹莘的造園名聲，更重要的是透露自己生平以及作品受「山翁子野」的影響甚大。施紹莘的《瑤台片玉》集全文刊載在清「蟲天子」輯錄的《香豔叢書》中，感興趣的讀者，不妨尋來一讀。

五　大荒山原型盤山尋根

「大荒山無稽崖青埂峰」新證

《紅樓夢》開篇，作者便交代，那塊女媧遺棄的因「無才補天」而「自怨自歎」的頑石，那個「造凡歷劫」經歷了「風月繁華」的由頑石縮成的寶玉，初始位置和結束位置都是在「大荒山無稽崖青埂峰」下。這個「大荒山無稽崖青埂峰」在哪裡？紅學界歷來有兩種看法：一種看法是當今紅學界的主流看法，認爲是作者杜撰的地名，「大荒山」諧荒唐，「無稽崖」影無稽，「青埂峰」隱指情根，本無實地可考。另一種看法是後來的某些特殊考證者，認爲曹雪芹祖籍東北，「大荒山」指的是滿族發祥地長白山，「無稽崖」諧音指滿族先祖「勿吉族」，「青埂峰」指長白山天池，甚至進一步推斷「絳珠草」就是長白山人參。

顯然，這兩種看法均屬憑空猜測，並沒有任何根據支持。對第一種看法無須置喙，因爲不是什麼考證成果，也無從斷定其對錯。第二種看法貌似有理，但仔細審之，實經不起推敲。清代前期，滿族雖有關於長白山的傳說，朝廷也經常「祭祀」長白神山，但由於當時長白山地區原始森林密布，無路可通，祭祀活動都是「遙祭」，誰也沒見到長白山什麼樣；「勿吉」、「肅慎」確實是滿族的祖先，但這一學說是近現代學者研究出來的，清代前期無此說法，更何況曹雪芹家是「漢族包衣」，自無視「勿吉」爲祖先的道理；長白山天池是十九世紀二〇年代火山噴發後形成的，《紅樓夢》成書年代，尙無天池可言，不可能成爲《紅樓夢》描寫「青埂峰」的借鑒實體。

筆者在考證康熙朝洪昇是《紅樓夢》初創者的過程中，對洪昇在幾個重大人生遭遇發生時的行蹤，進行了詳細的追蹤研究。筆者發現，康熙二十八年中秋，洪昇因在「國喪」期間「聚演」《長生殿》，受到朝廷「斥革」下獄處分，徹底斷絕了仕進前途之後，由於極度悲憤，曾經騎著一頭驢，拋妻棄子，獨自一人，跑到京東的盤山，在「清泉白石」間流連多日，意欲跳出紅塵，遁入「空門」。這段經歷，在洪昇的詩作中有明確記載，應屬信史。爲了考證洪昇在盤山期間的詳細活動，筆者費了九牛二虎之力，找到了《盤山志》和《盤山志補遺》，翻閱之後，不禁大喜過望！踏破鐵鞋無覓處，得來全不費功夫，原來《紅樓夢》中的「大荒山無稽崖青埂峰」，就在這兩部志書中明明白白地記載著。

盤山位於薊縣西北四十五里，現在隸屬於天津市。在祖國的名山大川中，現時盤山的名氣不算大，大概好多北京、天津的市民也不知道盤山在何處。但在清代前期，盤山卻是一座與泰山齊名的名山，一九二〇年商務印書館出版的《中國名勝》集，還把盤山和黃山、泰山、西湖等地並列爲中國十五大名勝。乾隆皇帝遊盤山後，曾感慨道：「早知有盤山，何必下江南？」可見當時盤山風景之美。據《盤山志》記載，從曹魏開始，唐、宋、元、明、清歷朝，皇家都曾在盤山大興土木、劈山建寺。如雲罩寺、天成寺、盤古寺等。今天盤山遺存的寺廟建築，多數是乾隆年間修建的，乾隆就曾在盤山按照承德避暑山莊的格局，修建一處規模浩瀚的離宮「靜寄山莊」。康熙朝時，這些建築尚沒有，盤山經歷了明末的長期戰亂，還比較荒涼。考證「大荒山無稽崖青埂峰」必須借助康熙朝的志書記載，方可搞清楚。

《紅樓夢》中的「大荒山」指的就是盤山。盤山有「五峰」、「八石」、「三盤」之盛。上中下三盤中，上盤松勝，盤曲翳天，中磐石勝，千奇百怪，下盤水勝，涓流不息。盤山五峰攢簇，怪石嶙峋，共有八百多塊形體大形象怪的石頭。《盤山志》保存下來的洪昇《山中雜題》、《同拙公山行聯句》等詩中，就有「八石餘多怪石，五峰外有奇峰」，「青松亂插連雲石，石面苔痕虎行跡」的記載。盤山的石頭確實比較大，與《紅樓夢》說的「高經十二丈，方經二十四丈」彷彿。由於石頭又多又大又怪，盤山自古便有「女媧煉石補天處」的傳說，《盤山志》對此有明確記載。在盤山建盤古寺，說明古人早已把盤山同「盤古」開天闢地傳說聯繫起來，視此地爲盤古由「混沌」中開闢「大荒」之處。洪昇在《紅樓夢》中把盤山稱爲「大荒山」，稱爲「女媧煉石補天處」，確屬事出有因。

「無稽崖」的出處令人拍手叫絕。洪昇遁入盤山時，曾閱讀明代一個大學問家曹能始所著《名勝志》，把書中對盤山的記載同實地加以對照，發現書中記載「多謬」：書云「山南有砂嶺，高二百餘仞，陡絕難行」。而洪昇發現「砂嶺爲入山孔道，亦不甚高」。於是洪昇發問：「曹能始有《盤山》詩，似曾親遊歷者，何以多謬若此？」《盤山志》卷一保存的洪昇《駁名勝志》一文，詳細地記載了這一有趣逸聞。另據《盤山志補遺》記載，曹能始後，明「萬曆中僧明澄募資鳩工，去其撓確，鑿爲坦途。昉思未見昔日之險峭」，故誤駁《名勝志》。請看，這一傳說險絕而實爲坦途的砂嶺，在洪昇眼中，不恰是「無稽崖」的絕妙出處麼？

「青埂峰」的來歷更讓人擊節讚歎！洪昇遊盤山，投奔的是他的老朋友「智樸和尚」（洪昇詩中習稱他爲「拙菴大師」、「拙公」），下榻處就在「拙公」創建的「駐錫」處「青溝禪院」。此寺院當時建在盤山青楊峪，今已無存。洪昇在「青溝禪院」居住的「旬日」期間，除了向佛門學法參禪、尋求精神解脫以外，還在「智樸」、「德風」等大德高僧的陪同下，遍遊盤山名勝，並與「智樸」、「德風」和尚不時「聯句」酬唱。「智樸」、「德風」和尚不僅佛學造詣深，文學修養也甚好，所以能與洪昇長期保持友誼。在《盤山志》中保存了三人此期間的大量酬唱贈答詩篇。這個「青溝禪院」，按諧音應是《紅樓夢》中「青埂峰」的出處。

「青埂峰」下那塊被女媧遺棄的「補天石」，就是以盤山「搖動石」爲原型的借指形象。據《盤山志》記載，洪昇在〈駁名勝志〉文中說，曹能始云「上盤頂有巨石，以指搖之輒動。今搖動石在千相寺後，與上盤無涉。」盤山「搖動石」形體巨大，因無根基，以手指便能搖動此石，歷來爲遊客喜愛。在盤山確有此石是女媧煉石未用的「補天石」傳說，《盤山志》對此有記載。洪昇用「大荒山無稽崖青埂峰」下的這塊巨石自況，寫出不朽名著《紅樓夢》，不是再自然不過的事情麼！

筆者推斷，洪昇初創《紅樓夢》的念頭，就是在盤山青溝禪院「逃禪」時產生的；對《紅樓夢》創作的整體構思，也是在這裡完成的。在盤山尋求解脫的「旬日」裡，恰是洪昇剛剛經歷了人生最慘痛打擊之後，撫著身心傷痛，靜對清泉白石，前半生中的所有「新愁與舊愁」，一齊湧向心底。對於中國封建社會的知識分子來說，此時向佛門尋求解脫，是必然的選擇。

《盤山志》記載的洪昇在此地所作的詩篇中，就有大量看破紅塵、嚮往空門的表述：「積歲墜塵網，靈襟坐迷惑。久思訪名僧，人事苦羈勒。」「苦爲塵情累，蹉跎逾半生。」「世俗憎兀傲，遂爲禍所嬰。」「冀垂慈悲念，鑒茲皈依誠。眼膜籍金鎞，回光豁我盲。」「決計深山獨住，喧囂怕殺浮名。」「始信今古高士，超然不列儒宗。」「形神都已敝，身世竟無成。不學空門法，真爲負此生。」「似是功名末路心，英雄末路多歸此」等等。自康熙十年遭「天倫之變」「家難」發生，到康熙二十八年下獄「斥革」，洪昇從二十七歲到四十五歲期間，由於困苦生活的逼迫，一直在顛沛流離中生活，「回家翻成客，有婦卻如鰥」，就像個「遊方道士」一樣，就在進入盤山前，連追求富貴前程的可能也徹底喪失了，正可謂「空空道人」。洪昇這個「空空道人」到盤山來「逃禪」，也正是《紅樓夢》說的「訪道求仙」之舉。在這裡產生了皈依佛門之念，恰恰與《紅樓夢》記載的「空空道人」改名「情僧」的怪誕之舉相符。

洪昇在盤山佛門禪定靜思的「旬日」裡，撫今追昔，確實意識到了自己前半生的種種

「荒唐」，友人王澤弘說他「晚抱知非歎，追悔多內愧。避戶日窮經，先探羲文密」。這正是《紅樓夢》中「作者自云」「背父母」、「負師兄」、「無能」、「不肖」的思想根源。此時，洪昇在痛悔自責之餘，也必然想起妻子之賢，姐妹之慧，「因空見色，由色生情」，下決心創作《紅樓夢》，不使「閨閣中歷歷有人」淹沒無聞。追憶昔日人間花柳繁華的「色相」，對比今天自己的悲慘下場，更加重了「色空」觀念，正可謂「傳情入色，自色悟空」。洪昇的後半生始終虛無主義思想嚴重，但此次在盤山卻沒有出家，「妻兒待米難淹留」，不得已又回到「煙火寒朝昏」的貧苦生活現實中。

回到家中的洪昇，據友人吳雯詩中記載：「牛衣腫目垂涕痕」，破衣爛衫蹲在家中羞於見人。下山後的洪昇做什麼呢？「坐對孺人理典冊」，翻閱過去自己和妻子、姐妹們的作品，開始了《紅樓夢》的初期創作。妻子黃蕙確實賢惠體貼，儘管生活達到揭不開鍋的地步，黃蕙不僅沒有牢騷埋怨，反而「拔釵沽酒相慰勞」，讓身心交困的夫君一醉解千愁。有賢妻若此，難怪洪昇在《紅樓夢》中對情人的描寫表現出了極大的尊敬和終生不渝的愛戀。

第二年，洪昇攜家返回杭州故鄉，直到康熙四十三年洪昇逝世，似乎一直沒有中斷《紅樓夢》的創作修改。康熙三十八年，洪昇還對友人褚人獲（古典小說《隋唐演義》的作者）說，打算把自己的親身經歷、所見所聞，「筆之成帙」，但由於「性懶善忘」，「忽忽暮年，迄無就緒」，可見洪昇五十五歲時還沒完成創作。直到死前，大概才最終定稿，並帶到江寧織造府，把「行卷」交給曹寅看，曹寅答應將此書問世。把洪昇的經歷同《紅樓夢》對照看，洪昇從盤山開始直到暮年筆耕不輟、長時期辛勤創作的，不是《紅樓夢》又能是什麼?!

綜上所述，有充分的證據證明「大荒山無稽崖青埂峰」同作品《紅樓夢》和作者洪昇的依存關係，而同曹雪芹沒有任何聯繫。曹雪芹是否到過盤山，未見任何記載。曹雪芹似乎也會吟幾句有點「魏晉風度」的鬼詩，從今天僅存的兩句看，水平似乎也不怎麼樣。但以《盤山志》蒐羅之詳，不論水平如何，只要是遊盤山吟留的詩，一般不會略過不錄。最大可能是曹雪芹一生未與「大荒山無稽崖青埂峰」謀面。那麼，《紅樓夢》中「青埂峰」下的那塊「自述行跡」的頑石，只能是洪昇自況。至於曹雪芹的著作權麼，大概真是「荒唐」、「無稽」了。

「空空道人」考證

《紅樓夢》開篇便有一段非常滑稽而且荒唐的描寫：有個訪道求仙的「空空道人」，從大荒山無稽崖青埂峰下經過，看到一塊大石頭上字跡分明，於是同「石兄」進行了一番關於文學創作理論的對話，最後把石頭上刻的故事「從頭至尾抄寫回來，問世傳奇」。「空空道人」因受石頭上的故事感動，「因空見色，由色生情，傳情入色，自色悟空」，遂把自己改名爲「情僧」，把傳抄的《石頭記》也相應改名爲《情僧錄》。

在中國文明史上，釋道兩教都可謂源遠流長，關於兩教信徒事跡的記載車載斗量，但對於《紅樓夢》開篇如此荒唐的描寫，相信兩教的任何大師都要大搖其頭的，文人雅士見此描寫，也只會付之一笑，不予深究的。自紅學誕生以來，未見哪位學者專門考證或索隱過「空空道人」的事跡有無真假；過去，筆者也一直以爲這麼荒唐無稽的描寫，不過是《紅樓夢》作者用筆狡獪而已，「石頭」、「情僧」和「空空道人」大概都是作者的假託，那段關於文藝理論的談話也只是作者文藝思想的內心對白，所以，對這個居然改名爲「情僧」的「空空道人」，並未作認真的考證。

近來，隨著對《紅樓夢》初創者洪昇事跡考證的深入，筆者發現，《紅樓夢》中的這個「空空道人」，並非假託杜擬，而是實有其人。《紅樓夢》對「空空道人」與「石兄」的對話以及「空空道人」把《紅樓夢》「抄寫回去、問世傳奇」的描寫，實實是「追蹤躡跡」的忠實記載，並非憑空杜撰。現將筆者考證的結果彙集如下，以饗諸位同仁：

一、《紅樓夢》中的「青埂峰」，就是京東盤山的「青溝禪院」

筆者曾在〈大荒山無稽崖青埂峰考證〉一文中，論證過「青埂峰」應是北京東北四十裡盤山的「青溝禪院」。據《盤山志》記載，盤山有盤古寺，自古便有「盤古」在此開天闢地的傳說；盤山有女媧廟，傳說是女媧「煉五色石」以「補天」的所在。盤山上有個「砂嶺」，明代大文學家曹能始遊歷盤山的遊記中記載，「砂嶺」懸崖陡峭，艱險難行。清初盤山上的寺廟漸多，遊人不絕，廟眾遂把「砂嶺」懸崖鑿緩，變成坦途。洪昇到盤山「逃禪」時，發現「砂嶺」現狀與曹能始的記載不符，曾駁斥曹能始記載的「砂嶺」是個荒誕「無稽」的懸崖。因此，斷定《紅樓夢》中所寫的「大荒山」就是盤山，「無稽崖」就是砂嶺，是有充分根據的。

二、《紅樓夢》中的「空空道人」，就是「青埂峰」住持智樸和尚

據《盤山志》和王士禛等康熙朝文人的著作記載，智樸和尚號拙庵，俗姓張。江蘇徐

州人。十五歲出家。三十五歲至盤山，在青溝「結廬」，是「青溝禪院」的創建人和寺院住持。今天在盤山，還有傳說拙庵和尚原來是駐守薊州的明軍高級將領，明亡後在此出家，不過這個傳說缺乏史料支持，待考。這個智樸和尚十分了得，他不僅佛學造詣很深，更是一個文化功底深厚的「詩僧」，一生吟詠不輟，著述頗豐，可謂性情中人，稱「情僧」應是名至實歸。他不僅曾同當朝皇帝吟詠唱和，同京中的眾多公卿士大夫，都有幾乎不拘行跡的密切往來，與康熙朝的著名文人如朱彝尊、王士禛、王澤弘、李天馥、洪昇等，往來尤其密切。這在智樸所修的《盤山志》、《盤山志補遺》、《電光錄》以及上述清初著名文人的作品集中，都有豐富的記載。

智樸這個「情僧」，更令人瞠目結舌的是，還確實有「道士」的雙重身分，竟是一個貨真價實的「空空道人」！智樸號拙庵，時人一般都尊稱他爲「拙上人」、「拙和尚」、「拙大師」，誰能料到，他居然還有一個別稱「拙道人」！康熙朝江蘇巡撫、著名詩人宋犖的《西陂類稿》卷十七就記載有《盤山青溝拙道人遠道見訪留住滄浪亭兩首》詩，詩後附有智樸《次韻奉酬》詩。既然「奉酬」了，就說明本人也承認了「拙道人」的稱呼。

其實不僅在稱呼上可證明智樸這個「情僧」同時就是「空空道人」，在行爲上也可以充分證明這一點。智樸這個人是個對儒釋道三教都有濃厚興趣的智者，他出詩集，修山志，大量刻印佛經，也曾刻印過道教的最高經典《道德經》！康熙三十二年，他就曾捎書王士禛，委託他爲刻印的《道德經》作「序引」。王士禛的《居易錄》對此有明確記載。智樸不僅爲同他交往的文人雅士講經說法，勸他們看透仕途人生，還經常給他們送去盤山所產的草藥「黃精」、「紫芝」等，在王士禛、李天馥、洪昇等人頭上出現白髮時，他都曾捎去「黃精」，據說可治白髮，令這些人深受感動，在他們的詩集中都有記載。採藥治病是「道士」的行爲，從這一行爲也可看出智樸身分的釋道二重性。

三、「青埂峰」自怨自艾的「石兄」，就是青溝禪院醞釀創作《紅樓夢》的洪昇

關於洪昇的身世和生平，筆者在〈洪昇初創《紅樓夢》考證〉、〈《紅樓夢》創作背景分析〉等系列考證文章中已作過詳盡闡述，讀者可自去尋閱，在此不再重複。這裡重點探討一下洪昇同智樸和尚的交往，亦即《紅樓夢》中「石兄」同「空空道人」的對話來源。

洪昇自康熙十年遭逢「天倫之變」的「家難」，逃離了「赫赫百年」正處於「末日」的家庭，在北京一邊做「國子監生」，求取功名；一邊賣文爲活，爲人撰寫「碑文」「祭文」，換幾個小錢糊口。《紅樓夢》中「悼晴雯」、「祭金釧」，嚴肅題材用滑稽文字，祭文之多之濫，總使讀者感到奇怪，這實實是洪昇真實生活的曲折反映。除了撰寫碑文之外，洪昇的重要生活來源就是寫傳奇劇本，搬演時覓得幾文賞賜。著名傳奇《長生殿》，就是在困苦生活中，於康熙二十七年在北京創作完成的。

這種困苦的生活，使得從小一直過優裕生活的洪昇心境十分煩惱，查洪昇詩作，描寫生活困苦的詩文，大概是有史以來所有詩人中最多的。除了生活上的困苦以外，功名上的不

如意，更使得洪昇困惑萬分。洪昇天分甚高，自負也甚高，視拾取功名如草芥，但卻布衣終生，比蒲松齡還要悲慘。康熙十八年，朝廷開「博學鴻詞科」，大量網羅漢族文人，凡蒙薦舉者幾乎都被授予一官半職。這樣好的機會，洪昇偏偏「未膺薦舉」。什麼原因呢？是洪昇才學不夠、聲名不高麼？顯然不是，唯一的原因，就是洪昇因家庭矛盾，背負著「不肖」的惡名！此時的洪昇，產生虛無主義思想，同世外僧道交往，就勢所必然了。

洪昇同智樸和尚的直接交往，有據可查的有兩次：一次是康熙二十年春，洪昇時就吏部尚書李天馥西席，陪同李天馥去東陵「送靈」，歸途中順訪盤山，專程往青溝寺拜訪了智樸禪師。洪昇此次遊歷有八首記遊詩，今存。此時的洪昇，正處於未被舉薦「博學鴻詞」的憂鬱之中，見盤山滿山「大石」的勝景，用手指搖動形影相弔的「搖動石」，聽智樸講盤山女媧煉石補天的故事，正觸動滿腹心事。這應是他在《紅樓夢》中，慨歎「媧皇」用了三萬六千塊，「獨留一石未用」的心境的真實描繪！

洪昇同智樸的第二次交往，是在康熙二十九年春。上年中秋，洪昇因「國喪」期間「聚演」《長生殿》，被革去了「國子監生」，並受了三個月的牢獄之災。在功名徹底無望、哀莫大於心死之際，洪昇「牛衣腫目」，騎著一頭毛驢來到盤山，到青溝寺同老友智樸「逃禪」。

洪昇向老友傾訴了自己「愧則有餘，悔又無益的大無可如何」心情，試想，此時的僧人智樸會如何勸慰洪昇呢？只能是《紅樓夢》中所說的話：「好就是了，了就是好，若想好，便須了，若不了，便不好。」智樸唱〈好了歌〉、洪昇答〈好了歌解〉，應是此時兩位老朋友之間當然的行爲，也正是洪昇創作《紅樓夢》的動機所在。洪昇此次在盤山寫了許多思想消極虛無的詩，洪昇的詩集中節錄收入一部分，其餘都被智樸收入《盤山志》中，讀者可自去查閱。

四、「訪道求仙」的「空空道人」，就是「江南掃塔」的「拙上人」

康熙三十年，洪昇攜家返回故鄉杭州，直至康熙四十三年洪昇逝世，十三年間未見同老友智樸直接交往的記錄，但二人的共同朋友朱彝尊、宋犖、王士禛期間多次南來北往，互傳一些朋友的訊息是完全可能的。

在此期間，洪昇潛心創作《紅樓夢》。他築「稗畦草堂」於孤山，必然熟知馮小青的故事；他多次遊歷靈隱寺，必然掌握「三生石」的傳聞；他專程去蘇州桃花塢去祭掃唐寅墓，也必然了解唐六如「葬花」的掌故。這些都被洪昇自覺不自覺地寫進了《紅樓夢》中，倘非杭州籍作家，很難做到這一點。

特別值得注意的是康熙四十一年。這年初春，洪昇創作的《紅樓夢》初稿終於殺青了。時值朱彝尊來杭，洪昇把初稿拿給朱彝尊看，朱彝尊作了《題洪上舍傳奇》詩記敘此事。「洪上舍」者，洪昇也；洪上舍所作的傳奇，就是洪昇以自己「親歷親聞」所作的傳奇。朱彝尊詩中說，此傳奇內容過於悲傷，令人「不忍終讀」，他勸洪昇把此書「莫付尊前」，就是別拿到眼前，避免像《長生殿》那樣惹禍，最好是「沈阿翹」，即讓你的關於女人的故事最好「藏之深山、投之水火」。此《洪上舍傳奇》應是《紅樓夢》的初稿。

也是這一年，洪昇的老友智樸和尚靜極思動，長途跋涉三千里，到江南去「掃塔」，兼看望老朋友。所謂「掃塔」，就是拜謁寺廟，訪求高僧大德，探討宗教哲理。智樸這次下江南是以什麼名義去的呢？居然是以不可思議的「道士」名義去的，有宋犖詩中「拙道人遠道見訪」字句爲證。「道人」去拜訪各個宗教勝地，就絕不僅僅是「掃塔」而已，而是「訪道求仙」。這與《紅樓夢》開篇說「有個空空道人訪道求仙」，就完全吻合了。

「拙道人」智樸和尚在江南期間，曾在蘇州的滄浪亭與時任江蘇巡撫的宋犖相聚，當時恰巧朱彝尊也正好從杭州趕來蘇州，三人在滄浪亭飲酒賦詩，暢敘友誼。三人的詩後來被智樸和尚編爲《滄浪高唱》詩集，求王士禛作序。在王士禛〈蠶尾續稿〉中可見對此事的記載。此次相聚，三人是否談及洪昇及其新作品，於史無征，但洪昇同三人都有深厚友情，朱彝尊又是剛同洪昇在杭州分手便趕來蘇州，三人曾議論過洪昇的新作，就可想而知了。

「拙道人」智樸此次江南之行，還有可能直接拜訪過老友洪昇。智樸此行的目的既然是「掃塔」，而杭州的「六和」、「保淑」諸塔是江南塔中翹楚，焉有不祭掃之理；智樸到杭州，又焉有不拜訪老友洪昇之理？智樸在「訪道求仙」之餘，拜讀了洪昇的新作，以他「情僧」的性格，「從頭至尾抄寫回來，問世傳奇」，就是順理成章的事情了。《紅樓夢》中「石兄」同「空空道人」那一大段關於文學創作理論的談話，很可能就是當時二人之間真實談話的記錄；洪昇在《長生殿》序言中，也曾記錄了大段同友人探討文學理論的談話，可見這種寫法是洪昇作品「開篇」的通常寫法。

五、「吳玉峰」、「東魯孔梅溪」的題名，就是《紅樓夢》兩個版本系統的源流

《紅樓夢》開篇就交代，是「空空道人」把「石兄」所寫的《石頭記》抄寫傳世的。「從此空空道人因空見色，由色生情，傳情入色，自色悟空，遂改名情僧，改《石頭記》爲《情僧錄》。」這裡所說的「空」，即佛家的「空幻」教義；「色」就是三千大千世界，下界紅塵之義；「情」既是佛家的「情」，也應含有《紅樓夢》中表達的塵世愛情、親情之義。「因空見色」，就是因爲和尚「掃塔」這樣「空」事，見到了江南俗世的花花世界；「由色生情」，就是在塵世中又看到了真情，即看到了洪昇的言情作品；「傳情入色」，就是把這部言情著作「傳抄問世」於紅塵世界中；「自色悟空」，就是這部作品表達的恰恰是「色空」思想，有助於人們勘破紅塵。

智樸和尚「抄錄問世」《石頭記》，目前尚未發現直接證據，但間接證據是有的。智樸和尚從江南回到盤山後，接到王士禛的一封書信。信中說他在江南期間，有個「棲霞楚雲禪師」來北京，同王士禛「蔬筍座談」，「甚以不能上盤山訪淨金聖歎爲悵悵也」。好一個「淨金聖歎」！「淨」者，出家人也，「淨金聖歎」就是「出家人」金聖歎。金聖歎是誰，就是鼎鼎大名的因「哭廟案」在清初被殺的大才子，他以「批閱」《西廂記》、「腰斬」

《水滸傳》著名。王士禛把智樸禪師比喻爲金聖歎，說明智樸當時正在「批閱」一部著名的書籍；此書是什麼？只有一個答案，就是名爲《情僧錄》的《紅樓夢》！

《紅樓夢》交代，「情僧」把《石頭記》抄錄問世後，「至吳玉峰題曰《紅樓夢》，東魯孔梅溪則題曰《風月寶鑑》」。這個「吳玉峰」和「孔梅溪」是誰？新舊紅學無數大師探討了幾十年，至今不得要領。筆者曾推斷是吳儀一和孔尚任，也感到底氣不足。此番考證智樸禪師南行「掃塔」的路線，忽發奇想，這兩個名稱是否有可能不是人名，而是地名的代指呢？按此思路考證，還真的發現了端倪：「吳」乃江蘇的古稱，「至吳」就是到了江蘇；「玉峰」是昆山的代稱，徐乾學兄弟出身昆山，所以名字前往往都冠以「玉峰」字樣。「魯」是山東的簡稱，「東魯」是東行到山東的意思，古漢語中把方位詞當動詞用，是常見的事；「梅溪」是曲阜的代稱，「衍聖公」孔毓圻就曾自稱「梅溪孔某」，《紅樓夢》中在「梅溪」前特意加了一個「孔」字，並非姓氏，而是坐實孔聖人故鄉之意。

那麼作者爲什麼單單點明昆山和曲阜這兩個地名呢？須知在明末清初，這兩個地方分別是南方和北方雕版印刷業最發達最集中的地方。《紅樓夢》中交代，空空道人「從頭至尾」把《石頭記》「抄錄回來」，爲的是「問世傳奇」；「問世傳奇」的唯一辦法就是付梓印刷。智樸和尚在昆山付印的《石頭記》，另題名爲《紅樓夢》；在曲阜付印的《石頭記》，另題名爲《風月寶鑑》。昆山乃江南經濟繁華文化發達之地，在此題名《紅樓夢》，爲警醒富家子弟，有深意存焉；曲阜乃儒家文化發祥地，孔孟之道的大本營，在此題名《風月寶鑑》，顯見說教之意，不爲無因；試想，倘把兩地的題名掉過來，江南無人願看說教，北地無人願看風情，如何「問世傳奇」？

這就不能不使人聯想到《紅樓夢》的兩大版本系統。據周春的《閱〈《紅樓夢》〉筆記》記載，在程甲本問世前，他曾購買到兩個版本的《紅樓夢》，一本是一百二十回本，書名《紅樓夢》，一本是八十回本，書名《石頭記》。可見南北兩個版本同時都在民間流傳。脂批透漏的曹雪芹「舊有」的《風月寶鑑》，應該就是北版《紅樓夢》的孑遺。

康熙年間「問世傳奇」的《紅樓夢》，何以在隔了近七十年，直到乾隆末期方流行起來呢？請大家不要忘了，在雍正乾隆年間發生的比秦始皇「焚書坑儒」還要慘烈的文字獄，特別是乾隆皇帝，借修《四庫全書》的名義，幾乎把天下的書籍一網打盡，《紅樓夢》這樣的書籍，能倖免麼？南版《紅樓夢》，今天早已湮滅無存了，我們大概只能看到「至吳玉峰題曰《紅樓夢》」九個字了；北版《風月寶鑑》幸運一點，曹雪芹家傳下了一本。經曹雪芹「披閱增刪」後，另題名爲《金陵十二釵》，「脂硯齋甲戌抄閱再評，仍用《石頭記》」，這就是今天的脂本全部名爲《石頭記》的緣由。至於程高本何以題名《紅樓夢》，已無從考究了，程高本中並無「至吳玉峰題曰《紅樓夢》」九個字，大概是程偉元搜羅後四十回時，所見到的「漫漶不可收拾」的殘稿，是南版的殘餘，對其進行修補，使之與曹雪芹改寫的北版達成一致，保留了南版的書名，但刪去了上述九字。但這些都只能是無根據的推測了，是耶非耶，讀者自去體會吧。

注：筆者後來考證清楚吳玉峰是吳喬的別號，東魯孔梅溪是王漁洋的隱稱，並非隱指地名，見〈「東魯孔梅溪」、「吳玉峰」考證〉一文，修正了此文的說法）

「東魯孔梅溪」、「吳玉峰」考證

在〈空空道人考證〉一文中，證實了《紅樓夢》作品中，那個把石頭的故事「從頭至尾抄錄回來，問世傳奇」的空空道人，就是京東盤山（大荒山）、砂嶺（無稽崖）、青溝寺（青埂峰）的智樸和尚。智樸和尚俗姓張，號拙庵，人們習稱其爲「拙和尚」、「拙大師」，由於他又有道士的身分，所以人們也稱之爲「拙道人」。由於「樸」、「拙」等字均有「空」的含義，所以《紅樓夢》中戲稱其爲「空空道人」；加之「拙和尚」文采風流，同當朝著名文人王士禛、朱彝尊、宋犖、李天馥、洪昇等交往甚密、時相酬唱，連當朝皇帝康熙都御筆親題「戶外一峰」四字賜予這個空空道人，所以，稱其爲「情僧」，也可謂名至實歸了。

康熙四十一年，智樸和尚前往江南「掃塔」（《紅樓夢》稱空空道人訪道求仙），在杭州會見了闊別十年的老朋友洪昇。洪昇拿出了自己「十年辛苦」創作的《紅樓夢》（當時的書名應爲《石頭記》）書稿，委託智樸和尚「問世傳奇」。當時智樸大師名動京師，經常大量刻印各類圖書，百萬字的《紅樓夢》，洪昇無論如何是刻印不起的，委託智樸「問世傳奇」，可謂得人。《紅樓夢》開篇時，「石兄」同「空空道人」的一番關於文學創作的精彩談話，應該就是兩位老朋友的談話實錄。

筆者在〈「空空道人」考證〉文中，推測智樸和尚返回盤山途中，曾在江蘇昆山（吳玉峰）和山東曲阜（東魯孔梅溪）刊印圖書，因此認爲「吳玉峰」和「東魯孔梅溪」不是人名是地名。仔細推敲，這個推測不僅缺乏直接證據支持，也不盡合乎情理。《紅樓夢》書中交代的「吳玉峰」和「東魯孔梅溪」，分別是《紅樓夢》和《風月寶鑑》兩個書名的題名者，還是應指人名而非地名。那麼，在洪昇和智樸的交往圈子裡，是否可以考證出這兩個虛構人名的實指對象呢？換句話說，是否可以找到最有可能爲《紅樓夢》作品題寫書名的那個人呢？應該是可以的。按照當時文壇的習慣（豈止當時，現在也一樣），一部作品請人題名，須請文壇名人；而洪昇與智樸交往的朋友，幾乎都是康熙朝文壇名人，圈子十分有限，光圈容易集中，從中搜尋這兩個爲《紅樓夢》題名的名人，當非難事。

智樸和尚返回盤山後，確曾有一段時間潛心「披閱評點」一部文學作品，有他與當時詩壇領袖、官居刑部尚書的王士禛通信爲證。這年八月，有個南嶽來的棲霞楚雲禪師，來北京雲遊，遍訪京師大德名流，但智樸和尚由於俗事纏身，卻沒有撥冗相見。歸程前，棲霞楚雲禪師拜訪王士禛，「甚以不能上盤山訪淨金聖歎爲悵悵也」。這句話見王士禛〈蠶尾集剩稿・答盤山拙庵和尚〉。很有意思的是，王士禛爲什麼把智樸和尚稱爲「淨金聖歎」呢？所謂「淨金聖歎」，就是出家人金聖歎的意思。金聖歎又是誰呢？就是在本朝順治年間因「哭廟案」被砍了腦袋的那個著名文人。金聖歎一生最爲人們稱道的成就就是評點文學作品，他評點《西廂記》，腰斬《水滸傳》，成爲天下皆知的佳話。把一個人比喻爲金聖歎，幾乎就等於說這個人熱衷於評點文學作品。智樸和尚當時評點的文學作品，應該就是「訪道求仙」期間，從洪昇抄錄回來的《紅樓夢》！

智樸和尚同王士禛之間的交往十分密切，他撰寫的《盤山志》、《青溝偈語》、《辛舌蔓草》等書和詩集，問世前都請王士禛爲之審定並作序。這些在《盤山志》和王士禛的作品中多見記載。智樸和尚抄錄回來《石頭記》之後，自己首先另題了一個名字《情僧錄》，「問世傳奇」前還需要再請名人題名，他最先想到的名人，應該就是名動天下的詩壇領袖、刑部尙書、大名鼎鼎的王漁洋！那麼，這個名動天下的王士禛，是否有可能就是《紅樓夢》中提到的「東魯孔梅溪」呢？

循此思路考證下去，真有「山重水複疑無路，柳暗花明又一村」的欣快感覺，這個「東魯孔梅溪」，「眾裡尋他千百度，驀然回首，那人卻在，燈火闌珊處！」王士禛是山東新城人氏，自號「新城」，常稱自己的家鄉是「東魯」、「東省」或「東海」。王士禛官居刑部尙書，即所謂的「司寇」；而他的著名同鄉、「大成至聖先師」孔夫子，誅殺少正卯時，所任職務正是魯國的「司寇」。「梅溪」是王十朋的號，代表王姓。三句話合起來就是「山東王司寇」。另外，王士禛罷官歸鄉後，最喜歡居住在西城別墅；別墅「誅茅構精舍，清流常在門」，「夫子喜隱流，日夕停高軒」（**見謝重輝《杏村詩集》**）。據王士禛《蠶尾續文》

記載，別墅在「畫溪之右」，「東窗俯溪，夢覺時聞遊魚撥剌荇藻間，亦復欣然和魚之樂，時作小詩」。這個別墅旁的可愛小溪，是否就是「梅溪」呢？王士禛有個門人郎廷槐，當時任新城知府。此公之別號就稱爲「梅溪」。當時著名文人張貞曾爲這個「郎梅溪」的詩集點評並作序，他在《娱老集　郎梅溪明府詩序》中說，「先生治境實爲漁洋王公之鄉」，此鄉的梅溪，隱指王漁洋退隱之地，應是十分貼切的。

以上分析足以說明，爲《石頭記》題名《風月寶鑑》的「東魯孔梅溪」，就是隱指家住山東、與孔子同職、與王梅溪同姓，退隱於家鄉梅溪畔的大名鼎鼎的王漁洋！王士禛不僅是智樸和尚的老朋友，也是洪昇的老師，他十分賞識洪昇的才華，同情洪昇的不幸遭遇。曾在洪昇返鄉後，寫過一首十分著名的思念詩：「稗畦樂府紫珊詩，更有吳山絕妙詞。此是西泠三子者，老夫無日不相思。」詩中的「稗畦」就是指洪昇。不論是洪昇還是智樸和尚，求他爲新書題名，他都不會推辭。以他的身分和思想基礎，題名帶有濃厚教化色彩的《風月寶鑑》，是完全可能的。

「東魯孔梅溪」找到了，那個爲《石頭記》題名《紅樓夢》的「吳玉峰」又是誰呢？如果執定《紅樓夢》作者是曹雪芹，這個「吳玉峰」大概永遠也找不到；如果把作者的視角轉向洪昇，這個「吳玉峰」馬上就露出廬山真面目！他就是同徐乾學、陳維崧、王士禛、智樸和尚過從甚密的吳喬！吳喬，字修齡，號玉峰，終生未仕，幕僚終老。爲人狂放不羈，精禪學，詩學西昆體。康熙二十年客居金陵徐乾學府邸時，與徐氏子弟論詩，後記錄爲《圍爐詩話》。陳維崧《湖海樓詩集》卷八有〈屢過東海先生家不得見吳丈修齡詩以柬之〉：「最愛玉峰禪老子，力追豔體鬥西昆。朱門縱視如蓬戶，入幕長愁似隔村。索飯叫號孫太橫，抄書歷碌眼嘗昏。此間赤棒喧囂甚，隱幾偏知處士尊。」

「玉峰」是江蘇昆山的別稱。清初，昆山的文化甚爲發達，名人輩出，著名文人又都喜用「玉峰」爲字或別號，如南黨領袖徐乾學以「玉峰」爲號，歷任浙江、江蘇巡撫的趙士麟以「玉峰」爲字。但以「玉峰」爲字或號的吳姓著名文人，則只有吳修齡和吳梅村二人，吳梅村並非西昆流派，顯然能題「《紅樓夢》」豔體名稱者，非吳喬莫屬。另由於「《紅樓夢》」三字出於明末陳子龍的詩，吳喬與陳子龍當時同爲幾社成員，故熟悉陳子龍詩作，才可如此題名。智樸和尚南行「掃塔」期間，是否與吳喬見過面，未見記載。但以吳喬的名聲，參與在蘇州滄浪亭舉行的「詩會」，與朱彝尊、宋犖、智樸和尚一起酬唱，是有可能的。滄浪亭詩會期間，朱彝尊剛剛在杭州爲洪昇的《洪上舍傳奇》題詩，智樸和尚也剛剛從杭州洪昇處歸來，洪昇的新作，應是詩會諸人的熱門話題。以吳喬放誕的性格和追求「西昆豔體」的風格，爲《石頭記》題名《紅樓夢》，是可信的。

根據以上推測，我們可以斷言：《紅樓夢》開篇「出則既明」前面那大段的關於此書來歷的交代，實際上是綜合了兩篇序言，四個題名的文字。兩篇序言是作者洪昇的自序和「抄錄問世」者智樸和尚（空空道人）所作的序。書中「作者自云」那段話，就是洪昇的自序；書中「空空道人」「訪道求仙」時與「石兄」的那段對話，應是智樸和尚抄錄後所寫的序言。四個題名是洪昇自己的題名《石頭記》，智樸和尚的題名《情僧錄》，吳修齡的題名《紅樓夢》和王漁洋的題名《風月寶鑑》。那首「字字看來皆是血，十年辛苦不尋常」的題詩，應是洪昇自序中的詩，洪昇著書時，正是洪家「盛席華筵」「散場」之際；詩中的「紅袖」和「情癡」，正是洪昇與姐妹們的自況；洪昇和著血淚寫自己的「家難」，當然字字血、聲聲淚；從康熙三十一年到康熙四十一年，洪昇整整經歷「十年辛苦」，當然會有「不尋常」的感覺了。

敍述完這一切之後，曹雪芹沒有忘記加上了「出則既明」四字，說明以上文字是對《紅樓夢》作品出處的忠實交代。胡適先生無根據地推斷曹雪芹「故弄狡獪」，其實曹雪芹什麼「狡獪」也沒弄。明眼人一看便知，曹雪芹把自己的名字公然寫在書中，弄任何「狡獪」都是畫蛇添足；曹雪芹把自己的書齋取名「悼紅軒」，說明《紅樓夢》必然先於「悼紅軒」存在，正如沒有《紅樓夢》就沒有「紅學」一樣，如果沒有《紅樓夢》，曹雪芹蹲在「十七間半」舊屋子裡「悼」的什麼「紅」？

六、脂硯齋原型黃蘭次索隱

還脂硯齋的眞面目

——兼論《紅樓夢》的女性化成因

一、似乎有女性參與了《紅樓夢》創作

從《紅樓夢》問世之初，清代學者就指出：這是一部「扯老婆舌頭」的書！何謂「扯老婆舌頭」？就是寫的是女人事，說的是女人話，總之，就是用女人口吻描寫女人生活中的家庭瑣事。

毛澤東說《紅樓夢》要讀五遍方有發言權，其實，好多《紅樓夢》研究者乃至紅迷，讀了何止五遍！不知大家注意到沒有，《紅樓夢》從脂批「這方是正文開始處」以後的文字，幾乎無時無事不透出女人的氣息！女性的視角，女性的心理，女性的語言，女性的行爲，女性的矛盾，女性的痛苦，女性的歡樂，女性的懺悔，女性的迷茫，女性的希冀，女性的絕望，無不纖毫畢現，維妙維肖！

中國古典文學作品中，描寫女性生活的力作主要有兩部：《金瓶梅》和《紅樓夢》。細讀之下，你會發現二者的明顯差異：《金瓶梅》是從男性視角看女性，而《紅樓夢》卻是從

女性視角看女性，甚至是從女性視角看男性，看家庭，看社會！

《紅樓夢》開篇曾明確交代過，該書描寫的是作者親歷親聞的「當日的女子」的事跡，創作目的是爲了使「閨閣昭傳」。在中國封建社會，能如此熟悉女性生活，熟悉女性心理，熟悉女性語言的文學家，更何況是熟悉潭潭大宅、沈沈紅樓中女性的文人，在那男女授受不親的時代，似乎很難產生。即使是像《紅樓夢》書中交代的那種從小就喜歡釵環脂粉、少時愛在女孩子堆裡廝混的男人，也做不到這一點。任何男人的童年和少年，都不會去刻意觀察女人的生活，及至年長，又失去了觀察模仿女性的條件，所以，完全懂得如何說女人話的男人，實際上是不存在的。

由此，我們可以推斷，《紅樓夢》的作者，僅僅是個熟悉女性的男人還不夠，似乎還有熟悉書中描寫的生活、在書中充當某一角色的女性，直接參與了《紅樓夢》創作。《紅樓夢》的作者，肯定是男性無疑。在這個作者身邊，應該還有一個富有才情、同時也與他有共同生活體驗的女性，與作者一道構思、寫作、修改、評點。

這位女性有可能是脂硯齋麼？

二、脂硯齋原型論似乎並非無來由的臆測

脂硯齋究竟何許人也，是新紅學三個「死結」之一。這個脂硯齋，對《紅樓夢》前八十回進行了反反覆覆的評點，處處以書中故事的知情人自居。他的批語，被紅學界稱爲「脂

批」，載有脂批的《紅樓夢》手抄本，被稱爲「脂本」。脂硯齋對於《紅樓夢》研究是如此重要，但查遍浩如煙海的典籍，就是不見這位老先生的蹤跡；對這位見首不見尾的神龍，至今也沒有一個可信的權威說法。

在脂本《紅樓夢》中，有大量脂硯齋的批語。綜合這些批語，人們不難發現，同古典文學中毛宗崗、金聖歎的批語不同，脂硯齋不是在作品問世後批閱的，而是在作者創作過程當中批閱的。作者經過了五次「批閱增刪」，脂硯齋也似乎同步進行了五次評點。從這一特殊的批評過程看，脂硯齋應該與作者關係非同一般地密切，很有可能是生活在一個屋簷下的人。他（她）究竟是作者的什麼人呢？

從脂硯齋批語的內容看，他（她）對書中描寫的貴族生活似乎十分熟悉，並且有著比作者還權威的創作發言權。他（她）經常在批語中說「有是人，有是事，嫡真實事，非假擬妄擁」，似乎親眼看到過作者筆下的人和事。他（她）又經常感慨「作者猶記金魁星事」、「作者猶記矮幽舫合歡花釀酒」等，似乎這些是作者與他（她）共同經歷的事情。對書中一些人物的生活原型，他（她）也似乎認識並有過直接交往，如「麝月閑閑無語」、「鳳姐點戲、脂硯執筆」等，就證明他（她）也是生活原型中的一個角色。他（她）究竟是書中的誰呢？

胡適先生考證出來的曹雪芹，平心而論，作者地位不是十分穩固。一是其生也晚，不論是生於康熙五十四年還是雍正二年，在乾隆九年《紅樓夢》動筆時，他都只有二十來歲；創作《紅樓夢》，需要何等豐富的生活閱歷呀？似乎不是一個黃口小兒所能勝任的。二是缺乏生活基礎，曹雪芹沒有趕上曹家風月繁華生活的可能，從小就過著「茅簷蓬窗、瓦竈繩床」的生活，缺乏描寫貴族生活的人生體驗；三是性格不合，「美國的煤油大王，怎知北平揀煤渣老婆子的酸辛，賈府裡的焦大，也不愛林妹妹的」。朋友詩中記載的曹雪芹，是個具有魏晉風度的人，其性格與《紅樓夢》表現的浪漫風流氣質格格不入，更何況他沒有巨室大族公子哥兒「淌過女人河」的生活閱歷。

正由於曹雪芹在著作權方面的先天不足，人們於是自然而然地把目光投向這個脂硯齋。有人認爲曹雪芹是以他（她）爲原型創作《紅樓夢》的，有人乾脆認爲《紅樓夢》的真正作者就是脂硯齋。從脂批的內容看，這似乎並非無根據的臆測，但顯然是從《紅樓夢》作品及脂批中反推出來的結論，並沒有直接證據支持。

三、周汝昌先生的「史湘雲說」透出了一線曙光

紅學界多數人認爲，脂硯齋是曹雪芹的叔輩某人，也有人認爲他就是曹雪芹的父親曹頫，也就是書中的賈政原型。理由是裕瑞的《棗窗閑筆》中有關於脂硯齋是作者叔叔的記載，加之他在批語中有倚老賣老的口氣，常常「命」曹雪芹做這個那個，似乎也像長輩在頤指氣使。

裕瑞的《棗窗閑筆》本身就不可靠，加之書中記載是聽「前輩姻親」說的，就更不可

靠了。所謂脂批中的長輩口氣，似乎也靠不住：對晚輩的文學創作，長輩沒有干預的必然；「命芹溪」如何如何，「命」字長輩可以嚴肅地說，平輩之間戲言也可以說。因此，脂硯齋是作者的長輩說，可信度是極低的。

紅壇巨擘周汝昌先生，經過多年精心分析，提出脂硯齋就是《紅樓夢》書中的史湘雲的原型，是作者曹雪芹的「續弦」妻子。周先生和他的門徒們，還在曹雪芹的生活圈子裡，對脂硯齋其人進行了苦心孤詣的搜索，提出了「柳蕙蘭說」、「許芳卿說」等。

周先生的論證，還是有一定說服力的。首先，脂批中確實有「余比釵顰」、「老貨」、「我也要惱」、「我也要擰」等女性口吻；其次，脂批中也確實透露出他（她）與作者之間說話十分親昵隨便，關係之親密非同一般；再次，脂批中明確顯示，他（她）與作者的過去，有著共同的生活經歷，作者描寫的好多事情，都是他（她）親歷親聞的。

但周汝昌先生的「史湘雲原型說」有著致命的缺陷，最根本的一點在於，此說不僅對曹雪芹的作者地位無補，而且進一步證實了曹雪芹著作權的不可靠！如果曹雪芹沒趕上江南的風月繁華，他的妻子或續弦也決無經歷過風月繁華的可能！曹雪芹如果不是作品主人公的生活原型，脂硯齋也不可能是；曹雪芹寫不出來的生活故事，脂硯齋也說不出來，把兩個人捆在一起也杜撰不出《紅樓夢》來！

更何況，柳蕙蘭、許芳卿等名字，沒有任何直接證據支持，近乎子虛烏有。曹雪芹肯定不是光棍，因爲他有兒子，但是否死過原配夫人，是否曾續弦，也沒有任何直接證據證實。

用《紅樓夢》中的史湘雲反推，是不科學的、非學術的研究方法。

脂硯齋原型探究上的一線曙光，似乎也被陰雲遮蓋了。

四、一條重要線索引起脂硯齋研究的重大轉向

在曹雪芹的生活圈子裡，探索脂硯齋這個人物，似乎是毫無希望了。俗語說不撞南牆不回頭，紅學界是撞了南牆也不肯回頭！曹雪芹的著作權本來就不可靠，何不跳出「曹家店」，在更廣闊的範圍內探索「作書人」和「批書人」呢？何不在「曹家店」之外，讓《紅樓夢》作者和脂硯齋互相驗證，開闢出一條《紅樓夢》作者研究的新路呢？

在甲戌本第二回中，有一條重要的脂批，似乎被紅學界嚴重忽略了。書中賈雨村和冷子興，長篇大論「天地生人」之「大仁大惡」，脂硯齋在這裡批了一段十分耐人尋味的話：「《女仙外史》中論魔道已奇，此又非《外史》之立意，故覺愈奇。」細考這段脂批，其中大有文章。

《女仙外史》是一部神魔小說，作者是呂熊，創作年代在康熙中後期，創作地點在錢塘，即今之杭州。《女仙外史》的第一個批閱者，是康熙朝大名鼎鼎的文人、傳奇峰巔《長生殿》的作者洪昇！這些在《女仙外史》康熙印本的序言和批語中，有明確可靠的記載。

這段脂批說的是「論魔道」，不是「寫魔道」，顯然說的是批書者立意奇，而不是作書人立意奇。《女仙外史》第一、四、二十八、三十一、三十九、五十八等回，皆有洪昇批

語。細讀這些批語，確實有「立意奇」的感覺，試舉一例，第二十八回批語說：「《外史》節節相生，脈脈相貫，若龍之戲珠，獅之滾球，上下左右，周迴旋折，其珠與球之靈活，乃龍與獅之精神氣力所注耳。是故看書者須覷全局，方識得作者通身手眼。」

嚴格說來，《女仙外史》並非什麼特別優秀的小說，當不起洪昇這麼高的評價。但洪昇的批語確實是「立意奇」，反而更像表述自己的創作體會。脂硯齋把批閱《女仙外史》的文字和《紅樓夢》中賈雨村論人的文字並列在一起，說此奇彼愈奇，顯然是評論洪昇一個人的文字，正說明《紅樓夢》的作者就是《女仙外史》的批書人，就是名動天下的大文豪洪昇！

五、《紅樓夢》的創作時間比紅學界通常結論要早一甲子

如果《紅樓夢》的作者不是曹雪芹而是洪昇，顯然《紅樓夢》的創作時間要由乾隆中期提早到康熙中期，其間隔應該在一甲子、即六十年左右，有證據證明這一點麼？

脂本《紅樓夢》中最有代表性的是「甲戌本」、「己卯本」和「庚辰本」，通稱三脂本。現存的三脂本確實是乾隆年間抄成的，甲戌本用的是「乾隆竹紙」，己卯本上有怡親王府的印記，可以證明。但三脂本都是過錄本，並非底本，其據以過錄的底本，顯然要更早一些。

我們還要注意到，三脂本不僅不是從作者原創本直接過錄的，而且經歷了多次輾轉傳抄。庚辰本的抄寫十分混亂，可以斷定並非初次過錄，但甲戌本和己卯本的抄寫十分認真，

工楷繕就，佈局合理，爲什麼說它們也不是從作者原創本直接過錄的呢？證據就是：它們據以過錄的底本，應該是一個很糟糕的「蒸鍋鋪本」！

何謂「蒸鍋鋪本」？舊時印刷業不發達，某些商人爲了漁利，把社會上需求甚殷的某些小說傳奇，組織一幫貧苦文人抄寫——抄寫時給飯吃，一般不給工錢，或付給極微薄的報酬——然後裝訂成冊出售。其抄寫一般都是在街頭賣飯的「蒸鍋鋪」進行，故把這種抄本稱爲「蒸鍋鋪本」。

「蒸鍋鋪本」的特點是抄寫十分草率，錯別字特別多。因爲它的抄寫過程是一個人拿著底本念，多人聽寫，舊時又沒有推廣「官話」，念者和抄者南腔北調，混飯吃的勾當，態度也不會十分認真，抄錄後又無人認真校對，所以，出大量的錯別字就在所難免了。

庚辰本本身就是一個「蒸鍋鋪本」，甲戌本和己卯本雖然抄寫得十分精細認真，但其底本上的大量錯別字，卻無情地在抄本中表現出來。特別是別字連篇，這正是「蒸鍋鋪本」聽寫特點的反映。下面一些例子，就是在上述脂本中摘錄下來的，其中括弧中的是書中別字：

鼓（古）詞，張（章）本，遷（譴）怒，嚼蠟（臘），何嘗（常），逗（鬥）露，斬截（節），都（獨）該，華誕（涎），擱（閣）起，細緻（之，至），數（樹）處，宗祠（祀），邢（刑）夫人，無味（未），窠臼（舊），零（令）落，悔娶（灰聚），諱（回）號，目睹親聞（問），等等。

細閱三脂本，此類錯別字不勝枚舉，僅舉以上幾個例子，似乎就足夠了。這些錯別字顯然不是己卯本或甲戌本抄手的過錯，因爲他們抄寫的態度十分認真，連底本上的錯別字也照錄不誤。只能說明，據以抄錄的底本是個同庚辰本相似的「蒸鍋鋪本」。

今天能見到的三脂本（特別是己卯本）顯然是乾隆中期的產物，它們的底本，必然要更早一些。究竟早多少呢？沒有直接證據，但可以據理分析。如果三脂本的底本是「蒸鍋鋪本」，那麼「蒸鍋鋪本」的底本顯然也只能是抄本，而不會是作者的稿本，因爲任何作者也不會把自己作品的稿本交給這些低俗的商人射利的。再進一步分析，商人肯製造「蒸鍋鋪本」漁利，說明作品的抄本已在社會上流行一段時間了，因此才有了大量的社會需要。從作者稿本到三脂本，其間的流布過程應該是：作者稿本——示人的抄本——流行的過錄本——輾轉傳抄的過錄本——蒸鍋鋪本——甲戌本、己卯本和庚辰本，最後才有了程高印本。一部百萬字的長篇小說，如此繁雜的傳抄過程，需要多少時間啊！更何況抄本閱人有限，爲社會普遍接受，反覆傳抄，還需要一個漫長的過程。

六、三脂本的干支紀年應是康熙紀年而非乾隆紀年

三脂本分別標明甲戌、己卯、庚辰等干支紀年，這些紀年不是抄成的時間，而是脂硯齋「抄閱再評」的時間。如果三脂本抄成的年代是乾隆中後期，所依據的底本是「蒸鍋鋪本」，那麼，脂硯齋「抄閱再評」的年代，只能是康熙甲戌（一六九四）、己卯（一六九九）、庚辰（一七〇〇），而決不會是乾隆甲戌（一七五四）、己卯

（一七五九）、庚辰（一七六〇），整整早了一個甲子。曹雪芹死於乾隆壬午（一七六二）或癸未（一七六三），從曹雪芹死亡到怡親王府抄錄己卯本，其中間絕對不會出現「蒸鍋鋪本」。另外，以曹家同王府的關係，王爺也似乎不必依據「蒸鍋鋪本」轉抄！

康熙朝的甲戌、己卯、庚辰等年份，與脂批透漏的洪昇批閱《女仙外史》的時間，是否吻合呢？呂熊作《女仙外史》的時間是康熙辛巳（一七〇一）到甲申（一七〇四），洪昇死於康熙甲申（一七〇四），可推斷批閱時間爲壬午或癸未（一七〇二～一七〇三），與三脂本出籠時間基本吻合。須知，一部百萬字的大書，批註一次，需要幾年工夫，甲戌本只能說明起批的時間是甲戌，而不是說完成的時間也只能在同一年，庚辰、己卯本亦然。《紅樓夢》「披閱增刪」的時間是「十載」，從甲戌到甲申，恰好是十年時間。這十年中，作者曾評點過《女仙外史》，兩書的批閱時間段基本吻合即可證明，不必拘泥於紀年吻合。

洪昇於康熙二十八年己巳（一六八九），遭遇了「國喪」期間聚演《長生殿》被下獄、革去功名的沈重打擊；康熙二十九年庚午（一六九〇），在盤山「逃禪」期間，開始醞釀以自己的「家難」爲題材，創作《紅樓夢》；康熙三十一年壬申（一六九二），結束了二十年寄居京師的困苦生活，攜家眷返回杭州故鄉，正式開始了《紅樓夢》創作；康熙四十一年壬午（一七〇二），拿出《洪上舍傳奇》給朱彝尊看，朱有詩記載此事，同年爲呂熊評點《女仙外史》；康熙四十三年甲申（一七〇四），在江寧織造府觀演《長生殿》，把自己的「行卷」交給曹寅，曹寅有詩爲證。歸家途中，酒後登舟墜水亡故，時爲六月初一夜，一個月黑風高的時刻，此刻正是他心愛的《長生殿》主人公楊玉環的生日，也是李隆基在長生殿上演奏新曲的日子，可謂巧合！

從康熙三十一年到康熙四十三年，掐頭去尾，正好十年時間，與《紅樓夢》的創作時間完全吻合，並且，甲戌、己卯、庚辰三個年份，又恰恰在這十年當中，這卻是用巧合難以解釋的！《紅樓夢》曾經歷十載批閱，五次增刪，如果把三脂本的最初稿本，當做作者五次披閱增刪中的三次，不是極爲恰當麼?!

七、脂硯齋的真實身分應該就是洪昇的妻子黃蘭次

洪昇的妻子黃蕙，字蘭次，與洪昇同是順治二年乙酉（一六四五）七月初一生，夫妻生於同年同月同日，又是一個巧合。洪昇的母親是黃蕙的親姑姑，二人是嫡親的表兄妹。黃蕙的祖父也就是洪昇的外祖父黃幾，有當朝宰相的身分（大學士兼吏部尚書），位高權重，富貴已極。黃蕙從小受過良好的教育，工詩善畫，精通樂理。從《紅樓夢》中的相關內容描寫上，不難看出黃蕙的影子。第五十三回脂批中，有「都中望族首吾門」、「遺脈孰知祖父恩」等句，正是黃蕙的口氣，也只有當朝宰相的家族，才敢於自稱「都中望族」之首。曹家不論如何富貴，畢竟是「包衣奴才」，敢這麼稱呼麼?更何況曹家的富貴在南京，也不在「都中」；回到「都中」後已窮困潦倒了，還談何「旺族」！

黃蕙同洪昇兩家同居杭州，二人從小青梅竹馬，於康熙三年甲辰（一六六四），二人

同爲二十歲時結婚。二人的婚姻在當時實是難得一見的在自由戀愛基礎上結成的婚姻。康熙十年以後，由於家庭中父妾和同父異母弟的挑撥，洪昇夫妻一起被迫逃離了富裕的家庭，從此一直過著顛簸流離、艱難困苦的生活，前後半生的生活經歷了巨大的反差。文學界對洪昇夫婦的這段慘痛經歷，一般稱爲「天倫之變」。聯想到《紅樓夢》脂批中指出：作者是因爲「鶺鴒之悲，棠棣之戚」——正是隱指家庭失和、兄弟反目——而創作《紅樓夢》一書的，不難推測《紅樓夢》的「作書人」和「批書人」，就是洪昇和黃蕙夫婦二人。

洪昇有兩個親妹妹，她們十分聰明美麗，與哥哥洪昇、嫂嫂黃蕙的關係十分融洽，從小經常在一起酬唱玩耍。兄嫂逃離家庭後，妹妹相繼出嫁，由於婚姻的不幸，又相繼年輕輕地慘死，可謂「千紅一哭，萬豔同悲」，令洪昇夫婦終生都十分悲傷。創作《紅樓夢》爲自己家的「閨閣昭傳」，是十分自然的事情。

洪家的「家難」，是洪昇夫婦一起經歷的苦難。作爲女人，個中滋味，黃蕙的體驗應該比洪昇還深刻；個中隱情，黃蕙的了解應該比洪昇還清楚。《紅樓夢》中描寫的好多故事，脂批都說「作者與余實實經歷過」，說明批書人與作者的夫妻關係。《紅樓夢》記載的姐妹們的生活瑣事，多數應該是黃蕙提供的；記載的姐妹們的詩詞，多數也應該是黃蕙記錄的。在作者描寫釵黛故事時，脂批「作者將余比作釵黛」，因而產生「余何幸也」的感覺；在作者描寫「三春去後諸芳盡」後，脂批「此句令批書人哭死」；在作者描寫寧府五件弊端之後，脂批「舊族後輩，受此五病者頗多，余家更甚」；在作者描寫趙姨娘結交馬道婆後，脂批「吾家兒孫慎之戒之」；在作者描寫賈芸到舅父家告借惹氣後，脂批「余二人亦不曾有是氣」。「余家」、「吾家」、「余二人」等都說明，批書人與作者是夫妻關係，擁有同一個家！

另外，洪昇的舅父家，正是黃蕙的娘家，洪昇夫婦寄居京師前期，黃家尚在京師，生活富貴已極，但洪昇夫婦的生活卻極端貧困，甚至幾天揭不開鍋，達到「八口命如絲」的地步，這種反差說明什麼呢？說明洪昇夫婦也像書中賈芸一樣，爲向舅舅家借「三升麥子、兩升豆子」惹過數落，故脂硯齋有此批，亦可見做此批語時之心態。

最能說明問題的，是《紅樓夢》二十一回的「回前詩」：詩中說有一個深知「擬書底裡」的「客」，題了一首詩：「自執金矛又執戈，自相戕戮自張羅；茜紗公子情無限，脂硯先生恨幾多。」「茜紗公子」與「脂硯先生」是兩個人，但詩中又連用了三個「自」字，只有夫妻關係，才能如此表述。這個「客」字，是批書人對作者兼丈夫的戲稱。脂批中多次出現有「客」阻批的情況，二人之間時有爭論，防止了脂硯齋「點金成鐵」。這些「客」，都應是二十一回回前詩中的那個「茜紗公子」。

由此不難看出，洪昇夫婦是一起進行《紅樓夢》創作的。一邊寫，一邊批，黃蕙不時爲丈夫提供一些創作素材，洪昇也經常指點妻子應如何理解書中的內容。這正是《紅樓夢》表現出濃厚女性化傾向的根本原因，也是脂批中經常出現脂硯齋和「客」一問一答的原因所在。這一點在存世的資料中也可以得到印證，洪昇友人的詩中，曾說他在出獄後，「坐對孺人理典冊」，一派夫妻共同回憶過去生活、整理過去作品的景象。黃蕙之所以爲自己署名脂硯齋，根本原因似乎是，創作和評點是夫妻二人共同進行的，脂妻硯夫，共用書齋，署名脂硯齋，再恰當不過了。

八、脂批提示的《紅樓夢》對「一芹一脂」夫妻生活的記載

以上分析已經說明，脂硯齋批語中透漏的《紅樓夢》隱情，實際上就是洪昇夫妻遭逢「家難」前後真實生活的記載。由於脂批數量很大，透露的內容頗多，有必要就一些重要資訊再進行一些分析。

脂硯齋先後三次，在批語中向「石頭」發問：「比在青埂峰下蕭然坦臥何如？」「比在青埂峰下聞猿啼虎嘯何如？」讀者莫以爲這是閑筆。其實是黃蕙對丈夫當年欲在「青埂峰」出家的挖苦諷刺語。康熙二十九年，因聚演《長生殿》獲罪剛剛出獄的洪昇，懷著滿腔悲憤，一個人來到京郊盤山的青溝寺（即大荒山青埂峰原型），欲找老朋友智樸大師出家。丈夫欲出家，妻子作何感想，可想而知。洪昇後來由於「妻兒待米」終於沒有出家，但必然給妻子留下話柄。《紅樓夢》書中說寶玉談禪終於「未晤」，「將來必無關係」，「一世跳不出」，與脂硯齋以上批語，同是對這段經歷的曲折反映。

脂硯齋有一條十分奇特的批語，在《紅樓夢》第七十三回，抄檢大觀園前，有對奴僕挑唆主人內容的描寫，看到這裡，脂硯齋實在忍耐不住了：「殺，殺，殺！此輩專生離異，

余因實受其蠱。今讀此文直欲拔劍批紙，又不知作者多少眼淚灑出此回也。」「愚奴賤婢之言，酷肖之至！」沒有錐心刺骨的相同經歷，並且是與作者的共同經歷，是不會如此評點《紅樓夢》的。洪昇夫婦當年，就是因爲受到家庭中「趙姨娘」、「邢夫人」、「馬道婆」、「王善保家的」一類人的挑撥，不容於父母，被迫逃出家庭，發生天倫之變的，夫婦二人一生對此都痛心疾首，不能釋懷。脂硯齋在批語中多次說，這些都是「余舊日目睹親聞，作者身歷之現成文字」，在「現成文字」處作此激憤批語，不是十分自然的麼？

脂硯齋對「西」字十分敏感，看到書中有「西」字，就「恐先生墜淚」。爲什麼呢？恐怕與洪昇夫婦的傷心經歷有關。洪家故宅就在杭州西湖附近的西溪，西湖、西泠、西溪等三西是杭州的象徵。洪昇夫婦就在這裡經歷了慘痛的天倫之變，被趕出了富裕繁華的家庭，從此一直過著貧困潦倒的生活，見了「西」字，如何能不落淚？批語中的「西堂故事」、「矮䵳舫」故事等，似乎也是在西溪洪府時的往事，天倫之變後回憶起青少年時的幸福生活，如何能不感慨系之！

脂硯齋對「三十年前」的往事，始終耿耿於懷，在批語中多次指出，「三十年前事見書於紙上」，並且這些事情都是她與作者共同經歷的。「三十年前」是什麼時間呢？正是洪家發生「天倫之變」的家難時間。洪家「家難」發生的具體時間是康熙十年到十一年，到康熙四十一年至四十二年脂硯齋批書時，不正是三十年時間麼？脂批中多次以十分親切的口吻說，「三十年前向余作此語之人在側，觀其形已皓首駝腰矣」。這個在她身「側」的「皓首駝腰」者，應該就是她的丈夫，《紅樓夢》的作者洪昇。

尤堪注意的是脂硯齋批語中說自己家族是「都中旺族」，但自己卻沒有依恃，「父死母孀」的窘境，令自己「腸斷心摧」。這正是黃蕙的真實經歷。黃蕙的父親黃彥博，是當朝大學士黃幾的兒子，曾官居庶吉士，在黃蕙婚後不久就不幸病死了，死的時間是「夏秋之交」。《紅樓夢》書中記載黛玉父親林如海死於「九月初三」，正是江南的「夏秋之交」。寶釵的父親也是早死，母親薛姨媽「孀居」。聯想到「釵黛合一」，不是與黃蕙的命運基本吻合麼？脂硯齋批書時，回憶「父死母孀」，正是「三十年前」事。

脂批「借省親事寫南巡，出脫多少憶昔感今」，胡適先生據以推斷指的是江寧織造曹家接待康熙南巡的事情。其實康熙六次南巡，足跡遍及南京、揚州、蘇州、杭州等地，每到一地，都有一個官員出面接駕。洪昇沒有接過駕，但洪昇的好朋友高士奇卻在杭州接駕一次，接駕的地點就在杭州西溪，高士奇爲此專門在西溪修建了一座「山莊」，康熙也曾爲山莊中某庭院題字「竹窗」。西溪正是洪昇的故居所在地，高士奇接駕時，洪昇也在杭州，對此當耳熟能詳。聯想到《紅樓夢》中對修建大觀園的描寫，以及對瀟湘館的刻畫，不是十分耐人尋味麼？

在《紅樓夢》中描寫的「葫蘆廟失火」，原因是那些和尚「炸供不小心」所致時，脂硯齋批道：「寫出南直召禍之實病」。紅學界一般都斷定這是指曹家在金陵被抄家的原因所在。其實，若不是心中早有一個曹雪芹先入爲主，「葫蘆廟炸供」同曹家被抄有什麼關係？

洪昇康熙二十八年被朝廷斥革下獄，表面上看是因爲「國喪」期間非時演戲，實質上是因爲得罪了「北黨」，「皆因朋黨怒，豈在伶人戲？」當時的朋友就爲洪昇指出了這一點。洪昇得罪「北黨」的原因很多，其中一條主要原因，是洪昇在南京期間，曾經用「北黨」領袖之一、當時巡撫江寧的余國柱饋贈的千兩白銀，買了一個小戲子鄧氏雪兒爲妾。此事對洪昇是美談，對余國柱卻是醜聞，心中之惱怒可想而知。宮廷國喪不正是「胡虜廟炸供」麼？洪昇此時被禍的真正原因是在南京——當時的南直隸省惹下的。這方是脂硯齋本意所在。

戚本第二十二回有一段十分惹眼的批語：「作者當日發願不作此書，卻立意要作傳奇。」爲什麼立意作傳奇呢？因爲洪昇熟悉並熱愛傳奇創作，一生寫了四十多部傳奇稿本。那麼爲什麼最終還是「作此書」了呢？顯然是身邊妻妾慫恿的結果。妻妾又爲什麼要慫恿作者寫小說呢？蒙府本的一句批語可說明原因：「因爲傳他，並可傳我。」妻妾即批書人，也有一肚皮話要說，所以有此舉動。其實，不是妻妾慫恿，洪昇也要寫小說的。在洪昇晚年，他與《隋唐演義》的作者褚人獲，《女仙外史》的作者呂熊，來往十分密切，顯然與創作小說有關。很可能洪昇傳奇作了，小說也寫了。康熙四十一年拿給朱彝尊看的《洪上舍傳奇》，大概就是與小說《紅樓夢》相同題材的傳奇。《紅樓夢》中的「《紅樓夢》十二支曲」，以及一些類似戲曲寫法的情節，也似乎就是從傳奇中移植過來的。

九、畸笏叟、孔梅溪、棠村等人又是誰

畸笏叟在脂本《紅樓夢》中的地位絕對重要。他的批語數量僅次於脂硯齋，並且評點《紅樓夢》的時間多在壬午年（一七〇二）和丁亥年（一七〇七）。壬午年是作者逝世的前二年，丁亥年則是作者逝世的三年以後了。畸笏叟的文化功底似乎不太高，批語中錯別字甚多，翻來覆去就是「歎歎」那麼幾句話，或者以賣弄的口氣，透漏一些後三十回內容。

這個畸笏叟有可能是誰呢？我們不妨回憶一下，洪昇的生活圈子裡，還有一個重要人物，就是洪昇於康熙二十二年癸亥（一六八三），納的一個小妾「鄧氏雪兒」。康熙二十二年，洪昇以江寧巡撫余國柱饋贈的千兩白銀，在蘇州買回了一個小「戲子」雪兒。這個雪兒，天生一副好歌喉，婚後洪家經常出現「大婦調冰弦，小婦囀朱唇」的美妙景象，就是洪昇作曲，黃蕙伴奏，雪兒高歌，其樂融融。

洪昇創作《紅樓夢》期間，雪兒不可能是局外人，聯想到《紅樓夢》中描寫寶釵，讓她姓薛，以雪喻人，吃冷香丸，似乎可以悟出點什麼。壬午年洪昇夫婦年近六十，已是生命晚期，多災多病，雪兒此時也四十多歲了，應能進入批書者行列，並成爲批閱的主角，似爲情理之中事；癸未、甲申年前後，洪昇夫婦相繼去世，雪兒自然就成爲《紅樓夢》評點的唯一主角了，直到丁亥年後她方才死去。洪昇死於甲申六月，她在甲申八月的批語中，就說「書未成，芹爲淚盡而逝」，並祝願「造化主再生一芹一脂」，同時說明自己的批語是「淚筆」，這正是小妾這種特殊的「未亡人」，在丈夫和大婦死去時的口吻。至於她批語中曾說

「命」作者做這做那，不過是少妾對老夫發嬌的口吻罷了。

雪兒爲什麼署名畸笏叟？其中還有一段隱情。洪家發生「天倫之變」時，洪昇是與二弟殷仲一起逃出了家庭。在漂泊困苦中，二弟夫婦不幸早死，無子女繼承香火。洪昇於康熙三十八年己卯（一六九九），將二弟夫婦的骸骨遷葬故鄉，並將自己的次子洪之益過繼二弟名下繼承門戶香煙。這個洪之益，就是鄧氏雪兒所生。雪兒開始批閱《紅樓夢》在壬午年，正是己卯後三年，此時署名「畸笏叟」，諧音「繼戶嫂」是十分合情理的。甲申後的雪兒，是洪家存世的唯一長輩，戲稱自己爲「叟」，批語中倚老賣老，同時也諧音「嫂」，亦屬情理之中。

根據畸笏叟丁亥年夏天寫的一條批語，說自己這年春天在「都下」結識了一個浙省的新科進士，該人善畫美人，欲求他爲《紅樓夢》之黛玉畫像，但因時間匆匆，願望不果，常爲此悵悵。「都下」顯然是北京，丁亥年（一七〇七）是洪昇死後三年，畸笏叟跑到北京幹什麼去了？從她的批語中推斷，她在壬午年就知道了《紅樓夢》手稿有「五六稿爲借閱者迷失」，心中十分不安，「每意覓青埂峰再問石兄，奈不遇癩頭和尚何」！不要以爲這是泛泛之談。青埂峰就是北京東郊盤山的青溝寺，癩頭和尚就是智樸禪師，正是他在壬午年，把洪昇創作的《紅樓夢》「抄錄回去，問世傳奇」。此後洪家的手稿不幸「迷失」了「五六稿」，畸笏叟欲補全手稿，到北京去找癩頭和尚，去抄配石兄原稿，正是最合理的舉動。她年輕時隨洪昇在北京生活了十多年，熟悉北京，有好多梨園界的朋友，去一次當不困難。

至於她找沒找到智樸和尚，找沒找到「五六稿」原文，就不得而知了。畸笏叟死於丁亥年以後，她是否死於北京？丈夫的手稿是否也隨她流落到了北京？給讀者留下了很大的想像空間，可惜無從考究了。

脂批中透漏的棠村，紅學界一般都認爲是曹雪芹的弟弟，因爲有「其弟」棠村爲《風月寶鑑》作序的批語爲證。這是靠不住的。考有清一代，號「棠村」的只有一個名人，就是大名鼎鼎的「棠村首相」梁清標！「棠村首相」與洪昇的關係可謂密切，《長生殿》問世後，他曾稱讚爲「鬧熱的《牡丹亭》」，洪昇引以爲榮，被寫入序言中。洪昇聚演《長生殿》致禍，他也是主要參與者。《長生殿》被時人稱爲「風月寶鑑」，脂批指的似乎是這個「舊有」的書，而不是《紅樓夢》；《紅樓夢》中保留「風月寶鑑」名稱，是批書人「故仍因之」，否則「因之」一詞是難以解釋的。東魯孔梅溪隱指的是康熙朝大文人、詩壇領袖王漁洋，他用棠村首相對《長生殿》的評價題名《紅樓夢》，自是十分貼切。至於「其弟」二字，懷疑是「真定」二字的誤抄，梁清標是真定人，生前經常以「真定棠村」署名。

脂批披露的洪昇事跡推論

筆者在〈還脂硯齋的真面目〉一文中，提出脂硯齋就是洪昇的妻子黃蕙；脂批中提及的雪芹、芹溪，就是洪昇的別署；脂批的干支紀年，是康熙紀年而非乾隆紀年，比紅學界通常的理解恰好早了一甲子。

此論一出，紅學界大嘩，好多同仁認爲證據不足，特別是直接證據，顯得十分單薄。這是事實，經過乾隆朝的「文化大革命」，清初的文獻被掃蕩得支離破碎，直接證據很難搜集。但也不是完全沒有證據支持，否則筆者如何得出上述結論？

問題是如何理解直接證據，第三人的記載是直接證據，《紅樓夢》的作者和批書人在書中的記載，如果能與史籍相印證，亦應視爲直接證據。譬如筆者在前篇論文中使用的一條證據：脂批認爲，《紅樓夢》中賈雨村論人的文字，與作者在批閱《女仙外史》時論魔道的文字一樣精彩，《女仙外史》的作者是呂熊，評點者是洪昇，評點時間是康熙四十二年，對這些史籍都有明確記載，所以，脂批事實上透漏了洪昇是《紅樓夢》的作者。這不是直接證據是什麼？

筆者在這篇論文中，擬對脂批中透漏的一些芹溪事跡，與史籍記載的洪昇經歷加以比較分析，試圖進一步支持筆者的考證分析結論。

1.「雲龍圖」的故事。在蒙府本第十一回，描寫秦可卿病情的微妙狀況之後，脂硯齋有一句夾批：「此書總是一幅雲龍圖」。所謂「雲龍圖」，大約就是「神龍見首不見尾」的意思。紅學界一般認爲脂硯齋是借用南宋畫家陳容所繪《雲龍圖》。其實，陳容的畫，天下只有一幅，不是任何人都知道的，脂硯齋應該別有所指。

洪昇的老師王漁洋，乃清初詩壇領袖。王漁洋的詩論，力主「神韻說」，即詩如雲霧中的神龍，從一鱗半爪中窺全豹，不可全身纖毫畢現。王漁洋的弟子們，尤其是洪昇和趙執信之間，對「神龍說」曾進行過激烈的爭論，在趙的《談龍錄》書中有明確記載。脂硯齋此批語，正是評點《紅樓夢》關於秦可卿的描寫，按照王士禛的「神韻說」創作，只見「一鱗半爪」，「見首不見尾」而已。

2.「一丈紅」的故事。《紅樓夢》第十五回，寫「秦鯨卿得趣饅頭庵」一事，脂硯齋在回前總批道：這些情節「不落套中，省卻多少累贅筆墨，昔有安南國使題一丈紅句云：『五尺牆頭遮不得，留將一半與人看』」。「一丈紅」是花名，乃蜀葵的別稱。秦鍾與智慧的隱情，與蜀葵有什麼關係？脂硯齋如此批，必有典故。

查《隋唐演義》作者褚人獲的《堅瓠集》，記載倭人不識蜀葵，稱爲「一丈紅」，題詩「五尺牆頭遮不得，尙留一半與人看」。看來脂硯齋的記載有誤，題署葵詩的是日本鬼子而不是越南人。問題不在於此，關鍵是記錄此事的褚人獲，是洪昇的老朋友，他的《堅瓠集》，就是洪昇作序的。洪昇夫婦當然應該熟悉「一丈紅」的故事。脂硯齋這裡引用這個故事，是說書中描寫的秦鍾故事，半隱半現，撲朔迷離，令人回味無窮。

3.「謝園送茶」的故事。紅學界對脂批「謝園送茶」一事，都認爲是生活瑣事，無從考證，也從未有人作過認真考證。其實，「謝園送茶」是洪昇夫婦親身經歷的一段陳跡故事，在洪昇夫婦一生中有特殊意義。

洪昇遭遇家難後，先是在杭州與父母分居三年，然後遷居湖州武康居住。由於極度貧困，長女在六七歲時因凍餓不幸死了，洪昇夫婦極爲悲痛。在武康實在無法生活下去，康熙十七年，洪昇接妻子到北京居住。

湖州盛產茶葉，洪昇夫婦抵京後，將在武康購買的名貴茶葉，分送在京曾照顧洪昇的朋友。「謝園」是王漁洋經常居住的一處園子，是他的一個謝姓門生的產業。洪昇的老師王漁洋曾爲此事作兩首絕句。王是詩壇領袖，王詩迅速傳遍文人圈子，洪昇爲此得意可想而知。脂硯齋記載於此，說明多少年後，夫婦二人對此事仍念念不忘。

4.「西堂故事」。在《紅樓夢》描寫「大海飲酒」時，脂硯齋批註「西堂故事」，並說明是「西堂產九台靈芝日」的故事。對這個「西堂故事」，紅學界多認爲是曹雪芹家位於西邊的一個廳堂發生的故事，這是想當然的猜測，不足爲憑。

其實，「西堂」是康熙朝著名官僚文人尤侗的別號。尤侗之所以取號「西堂」，是因爲他家「西堂」曾經生出了「九台靈芝」，以爲祥瑞，故取此奇怪之別號。洪昇與尤侗交往甚多，洪昇表丈錢開宗被殺頭，初始原因也是被這個尤侗揭發受賄，洪昇對其之仇恨有歷史淵源。洪昇的《長生殿》刊刻前，曾請尤侗作序。尤侗倚老賣老，序言寫得很刻薄挖苦，洪昇不滿意是可想而知的。《紅樓夢》中之所以把兩個水性楊花的女子和她們的媽，寫爲「二尤」和「尤老娘」，似乎與此有關。

5.「大老觀劇」的故事。《紅樓夢》描寫賈寶玉在「太虛幻境」中，按照「警幻仙姑」的安排，聽十二支「《紅樓夢》曲」時，「一面目視其文，一面耳聆其歌」。脂硯齋在此批註：「近之大老觀戲，必先翻閱角本，目見其詞，耳聽彼歌，都是從警幻處學來。」

這可是洪昇親身經歷的真故事。從康熙四十年到四十三年，江蘇巡撫宋犖、江南提督張雲翼、江寧織造曹寅等「大老」，先後在蘇州、松江、南京，以極大的排場，演出《長生殿》。每次演出都請洪昇到場，坐在「上座」，「目視角本，耳聆演唱」，現場點評。脂硯齋作爲洪昇妻子，對此耳熟能詳，故有是批。

6.唐伯虎的故事。在《紅樓夢》描寫賈瑞因爲「正照風月鑑」而喪命時，脂硯齋批註道：「所謂『好知青塚骷髏骨，就是紅樓掩面人』是也，作者好苦心思。」

脂硯齋引用的這句詩，是唐伯虎的作品，見〈和沈石田落花詩三十首〉。該詩在唐伯虎的詩中是比較冷僻的，一般不易查明出處，《紅樓夢》問世以來，很少有人能說清這句詩的來歷。脂硯齋爲什麼如此熟悉這首不常見的詩呢？

洪昇把唐伯虎引爲同類，康熙三十三年，曾專門去蘇州桃花塢拜謁唐寅墓。在墓地，洪昇感慨自己與「六如居士後先境地彷彿」，痛哭流涕作了四首感歎詩。把自己比喻爲柳永，哀歎他日不知誰來埋葬自己。

《紅樓夢》中的黛玉葬花行爲和「葬花詞」，就是模仿唐寅的行爲和他的「桃花詩」所寫的，書中的「好了歌」，也有唐寅「一世歌」的影子。洪昇創作《紅樓夢》時，必然搜羅了大量唐寅作品，脂硯齋當然知道此事，所以能對唐寅詩句信手拈來。

7. 爲「老太妃」送葬的故事。《紅樓夢》中的那個老太妃死了，葬在京東「孝慈縣」，賈母等有品級之人全部去送葬，來回需十日左右時間。在「孝慈縣」一詞後，脂硯齋批註「隨事命名」，但接著又說「寫得令人不敢坐閱」。顯然，這是個敏感的話題。

這個「孝慈縣」的皇陵，顯然指的是清東陵。如果《紅樓夢》係曹雪芹所作，他描寫的當朝皇帝的「太妃」，也就是乾隆皇帝的庶母、雍正皇帝的妃子，死後應葬清西陵，而決不可能葬清東陵！

洪昇確曾去清東陵送過葬。康熙二十年二月，洪昇隨王澤弘、宋犖等官員，去清東陵爲「仁孝」、「孝昭」皇后送葬，來回確實用了十來天時間。歸途中，曾順便遊歷盤山。洪昇與青溝寺智樸和尚，就是在此時結識的。後來洪昇在康熙二十八年被斥革下獄後，曾到盤山青溝寺逃禪，這應是《紅樓夢》中「大荒山青埂峰」的原型。

8. 「鶺鴒、棠棣」的故事。《紅樓夢》第二回，脂硯齋在談到該書創作緣起時批註：

「蓋作者實因鶺鴒之悲、棠棣之戚，故撰此閨閣庭幃之傳。」「鶺鴒之悲、棠棣之戚」就是兄弟失和、父子反目的意思，說明作者創作《紅樓夢》的直接動因，是發生了家庭悲劇。

洪昇夫婦確實是因爲家難而逃離家庭的，家難發生的原因是「天倫慘變」，也就是父子兄弟不相容的意思。洪昇一生以「古孝子」自居，所謂「古孝子」，就是父母打得輕了，就心甘情願地忍受；打得重了，有性命之憂時，就逃走，不陷父母於不義。

聯繫到《紅樓夢》中那個「烏眼雞」似的家庭，由於趙姨娘母子的挑唆，寶玉被父親打的幾個月不能動彈，父親還發狠要用繩子勒死他以絕後患，我們不難推測，《紅樓夢》就是洪昇對家難的忠實描寫。洪昇離家出走後，經常懷念自己的兩個聰明美麗而又命運悲慘的妹妹，經常感歎自己「一生多難遠庭幃」，據此寫成的《紅樓夢》，不正是脂批的「閨閣庭幃之傳」麼！

9.「矮顱舫前釀酒」的故事。脂硯齋在批語中曾感歎：「作者猶記矮顱舫前以合歡花釀酒的故事耶？」可見這件事情是他（她）與作者共同的經歷。釀酒不同於其他生活瑣事，需要長時間發酵，故不太可能是朋友間聚會時的臨時行爲，而應是家庭中的行爲。

所謂「矮顱舫」，應該是一隻船或一個船形建築，其所在地必然臨水。洪昇夫妻在家難前居住在杭州「西溪」，家難後居住在武康「前溪」，二次返回杭州後又居住在西湖邊的孤山，都是面水而居，房前很可能有「矮顱舫」一類的東西。二人的性格又都十分浪漫，幹得出「以合歡花釀酒」的雅事。不過這些家庭瑣事已無可考究了，只能作以上合理推測。

10.「鳳姐點戲、脂硯執筆」的故事。脂硯齋這條批語從一個側面可以證明鳳姐的原型實有其人，也可以間接證明脂硯齋的女性身分，過去封建大家族的成年女性，是不會與男子一同看戲的。脂硯齋同鳳姐的關係應是平輩，可能是姐妹、姑嫂、妯娌，其中以妯娌的可能性最大，因爲故事有嘲噱的味道，家庭中的女性，只有妯娌間才會互相開玩笑。

洪家發生家難時，洪昇夫婦是與二弟洪昌夫妻一起逃離家庭的。與兄嫂相比，洪昌夫妻的命運就要悲慘得多了。逃離家庭後，他們先是與兄嫂一起寄住武康；兄嫂遷居北京後，洪昌夫婦不知漂泊何方。但可以肯定的是，兩人都早早地悲慘客死異鄉。洪昇南還後，把二人的骸骨遷葬回故鄉，並把自己的小兒子洪之益過繼到二弟名下繼承香火。

洪昌的妻子姓孫，她很可能就是《紅樓夢》中鳳姐的原型之一。《紅樓夢》的創作原則是真真假假、虛虛實實，把兄弟的關係顛倒過來，不是沒有可能。由此也可解釋，《紅樓夢》爲什麼把寶玉和賈璉都稱爲「二爺」，把鳳姐和寶釵都稱爲「二奶奶」。《紅樓夢》中，正是這個「寶二奶奶」，曾點了幾齣迎合賈母的折子戲。

《紅樓夢》中的鳳姐，命運是「哭向金陵事更哀」，除了死亡，還有什麼「更哀」的事情？鳳姐悲劇命運的起因是「一從二令三人木」，對這句判詞，研究者言人人殊，不得要領。其實，這句判詞的謎底就是一個「檢」字，《紅樓夢》抄檢大觀園後，前八十回就結束了。後四十回的故事，應該是寶玉、賈璉夫婦一起逃離家庭，賈璉夫婦在漂泊中早死。這就與判詞規定的「哭向金陵事更哀」完全吻合了。

可能有的紅迷會發問：你的這些考證和推論如此支離破碎，證明《紅樓夢》作者和批書人是洪昇和黃蕙似顯不足。是的，單獨看一條證據或推論均顯薄弱，但串在一起，卻是十分結實的證據。如若不信，你可以試一試，把王漁洋、褚人獲、尤侗、曹寅、張雲翼、宋犖、王澤弘、智樸和尚等康熙朝名人，用《紅樓夢》作者串起來，除了洪昇夫婦，還有其他人之可能麼？用乾隆朝的曹雪芹，你能編織出這一串合情合理的故事麼？

脂批透露的《紅樓夢》後半部分內容推論

《紅樓夢》是個斷臂的維納斯，程高本的後四十回並非原作者創作，「掉包兒」、「文妙真人」、「蘭桂齊芳」等內容不可信。

《紅樓夢》全書究竟是「百回」、「百十回」、或「百二十回」，也就是說，後半部分究竟是二十回、三十回還是四十回，有爭論。

不論《紅樓夢》後半部分多少回，後半部分的內容，關涉寧榮二府的最終結局，絕對重要。

《紅樓夢》後半部分的內容究竟如何，到目前爲止，大概只有脂批透漏出的一些訊息比較系統，可信度也高一些。

之所以這麼說，是因爲所有《紅樓夢》的續書，結局幾乎都是大團圓，只有那個神龍見首不見尾的「三六橋本」，似乎不是大團圓結局，但書中出現了「堆子」、「拜堂阿」等純粹滿語名稱，似乎與《紅樓夢》「真事隱去」的創作宗旨不合，也不可信，因爲太露骨了。

《紅樓夢》是作者根據「親歷親聞」「追蹤躡跡」寫成的小說，判斷《紅樓夢》後半部分的內容是否可信，一個很重要的證據，就是與作者的人生經歷是否吻合。

紅學界公認的那個所謂作者曹雪芹，不僅與脂批透漏的《紅樓夢》後半部分不沾邊，就是同《紅樓夢》前八十回的內容也毫無共通之處，因爲他根本沒有「風月繁華」的生活經歷，身邊更沒有一群鶯鶯燕燕的姐妹。所以曹雪芹根本不可能是《紅樓夢》的原作者。

筆者經過多年的精心考證，推斷康熙年間的大文豪洪昇是《紅樓夢》的原作者，不僅因爲洪昇的人生經歷同《紅樓夢》的前八十回內容毫無二致，還因爲脂批透露的《紅樓夢》後半部分內容，同洪昇的人生遭遇也基本吻合。這大概是用巧合難以解釋的。

《紅樓夢》前八十回大致寫到「抄檢」大觀園，以後的內容，應該是姐妹們搬出園子，破敗疊起，最終落得一片茫茫白地。脂批透露的關鍵內容有六：

一是寶玉有「情極之毒」，最後「不可箴、不可勸」，脫離了家庭，或出家做和尙，或是「流蕩日甚」，自己闖蕩世界去了。

二是黛玉「淚盡夭亡」，寶玉雖然同「寶姐姐」齊眉舉案，但「終不忘世外仙姝寂寞林」，「到底意難平」。

三是鳳姐「力拙失人心」，雖然「知命強英雄」，最終還是落得個「哭向金陵事更哀」的悲慘下場。

四是在「獄神廟」中發生了一場悲喜劇，奴才小紅、茜雪等人「仗義探庵」，給主子以意外驚喜。

五是寧榮二府被抄家，「家事消亡」，最終「落一片白茫茫大地真乾淨」。

六是這個「詩禮簪纓」的大家族完結後，姐妹們都回到了「薄命司」，作者歸結「警幻情榜」。

以上六個方面的內容，恰恰全部是洪昇真實的人生經歷！

其一，康熙十二年，由於受到家庭中類似「趙姨娘、賈環」一類人物的挑唆，洪昇無奈之下，逃離了富貴家庭，開始了坎坷潦倒的後半生。雖然沒有做和尚，但確實脫離了家庭。在康熙二十八年遭受「斥革下獄」打擊後，還一度逃到盤山青溝寺逃禪。洪昇在《紅樓夢》中寫主人公離家或出家都有充分理由。

洪昇一生醉心言情，先後創作過四十多部言情作品，確實符合「情極之毒」、「情不情」的說法。所謂「情不情」，就是不情之情。逃離家庭前，必然有人勸說他毋做此絕情之舉。洪昇與《紅樓夢》中的寶玉一樣，有「惡勸」的毛病，毅然決然地離開了家庭。在洪昇後期的詩作中，曾多次反思自己當初不聽人勸，與家庭斷絕關係的莽撞不情舉動，說自己「聚鐵九州難鑄錯」，「兒罪實貫盈」，正是脂批透露的「他日寶玉情極之毒，不可勸、不可箴」的真實記錄。

其二，洪昇的表妹林以寧，是清初著名的女作家兼詩人，「蕉園詩社」後期「蕉園七子」的發起人兼社長。她就是《紅樓夢》中黛玉的生活原型。洪昇與林以寧生前關係十分親密，有前後兩首〈同生曲〉爲證。林以寧別號「鳳瀟樓」，曾創作傳奇《芙蓉峽》，這正是《紅樓夢》中把她稱爲「瀟湘妃子」、比喻爲芙蓉花的來歷。洪昇逃離家庭後，林以寧嫁洪昇的表弟錢肇修爲繼室，年輕輕就「淚盡夭亡」了。洪昇一生雖然與妻子感情甚篤，但對這個表妹長期念念不忘，有大量詩作可證。

其三，《紅樓夢》書中鳳姐的原型，似乎就是綜合了洪昇的妻子黃蕙與二弟婦孫氏的形象創作的。洪昇的二弟名昌，字殷仲。在洪家「天倫之變」中，洪昌夫婦同兄嫂一起，被趕出了家庭。在顛沛流離的痛苦生活中，洪昌夫婦不幸都英年早逝了，令洪昇終生痛苦不已。《紅樓夢》後半部分，如果寫鳳姐「哭向金陵事更哀」，在風雪交加中病餓而死，應是對洪昌夫婦真實生活的記錄。

其四，「獄神廟」的故事絕對是洪昇經歷的真實故事，發生地點在北京。康熙十四年，洪昇的父親受「三藩之亂」牽累，被朝廷逮至京城，押解在一個「蕭寺」中。所謂「蕭寺」，就是一座破廟，是否獄神廟，不得而知。「三藩之亂」中朝廷的欽犯很多，監獄容納不下，連「獄神廟」也用於關押犯人，是完全可能的。

洪昇的詩作中，記載了到「蕭寺」探視父親的痛苦經歷。探視前，是否有「小紅探監」，詩中沒有記載，但洪昇逃到北京時，確實帶了三個丫頭小廝，事前讓奴才先去打探清楚，然後自己再去，應該是情理中事。所以，《紅樓夢》中寫「小紅探監」，不爲無因。

其五，洪昇的父親這次在北京關押的時間大約一年左右，由於洪昇多方營救，第二年獲釋返鄉。返鄉時，是洪昇的二弟洪昌陪同父親回的杭州。此時，洪家已被朝廷查抄，洪昇詩中說「舊巢已半圮」。陪同父親回到故園的洪昌夫婦，「知命強英雄」，「掃雪拾玉」，都是《紅樓夢》中應有的描寫。不過，不知何故，洪昌夫婦又二次被趕出家庭，最終在流浪中凍餓而死，造成了「事更哀」的後果。後來，洪昇父母再一次被發配充軍，洪家就徹底「落一片白茫茫大地真乾淨」了。

其六，康熙二十八年，洪昇因爲「國喪」期間聚演《長生殿》，被朝廷斥革下獄。出獄後，在北京實在混不下去了，於康熙三十一年回到故鄉杭州。此時，洪家已是一片茫茫白地，故園傾頹了，二弟夫婦死了，兩個親妹妹也都悲慘地夭亡了，「一干冤孽」的「蕉園七子」表姐妹們，也都死的死了，暫時沒死的，也都在痛苦生活中掙扎呻吟。此時的洪昇，見到「薄命司」中這種種慘景，不免悲從中來，以「二爺」和「姐妹們」爲原型，創作《紅樓夢》，還有比這更充分的理由麼？

洪昇創作《紅樓夢》，把自己比喻爲「無才補天」的頑石，痛悔自己的「無能」、「不肖」之罪「故不能免」，但又認爲「姐妹們」十分優秀，自己家「歷歷有人」，自己有責任爲她們做傳「問世傳奇」。這些都在《紅樓夢》開篇寫著，無須多述。洪昇創作《紅樓夢》時，姐妹們都已蓋棺定論，所以，完全有可能在作品結尾，爲「薄命司」搞出一個「情榜」來。

用洪昇的後半生經歷，去推斷《紅樓夢》後半部內容，完全可以證明脂批中透露的《紅樓夢》後半部分內容是可信的；反過來，也進一步證實了《紅樓夢》作者洪昇的真實面目。
這一切，用曹雪芹或其他什麼人，都是無法解釋的。

脂硯齋與三婦評《牡丹亭》

《牡丹亭》是明代著名戲曲家湯顯祖的成名作和代表作。自流行以來，曾先後出現了幾個微有異同的版本：玉茗堂本，懷德堂本，三婦評本，暖紅室複刻本，毛晉六十種曲本等。

《紅樓夢》作者對《牡丹亭》情有獨鍾，在創作中深受《牡丹亭》的影響，在「滴翠亭楊妃戲彩蝶，牡丹亭飛燕泣殘紅」一回中，直接引用了《牡丹亭》的「嫋晴絲」唱段，在其他回目中也大量出現《牡丹亭》的折子戲和唱詞。

《紅樓夢》直接引用的，是哪個版本的《牡丹亭》呢？經過戲曲學家的縝密分析，發現不是今天比較流行的懷德堂本和暖紅室本，而是三婦評本。這是非常值得注意的一個有意思現象。

所謂三婦評本，就是清初著名文人吳人（又名儀一，字舒鳧，號吳山）的三個妻子，前後相繼，評點並出資鐫刻的《牡丹亭》本子。這個本子上還有一大批當時女性文學家的題跋。

吳人的第一任妻子是陳同（？～一六六五），字次令，係吳人已聘之婦，未婚而歿。

她自小對《牡丹亭》情有獨鍾，得到一本手抄的「玉茗堂定本」，與其他版本微有異同，遂「爽然對玩，不能釋手，偶有意會，輒濡毫疏注數言」。但沒有完成評點，便齎志以歿了。

吳人的第二任妻子是談則（？～一六七五），字守中，有很好的文學修養，著有《南樓集》。她與丈夫婚後，見到陳同阿姐批註的《牡丹亭》，愛不釋手，仿照陳同的意思，繼續批註下卷。可惜的是，不到三年時間，她也病亡了。

吳人的第三任妻子是錢宜，字在中。她婚後啓鑰得到陳同、談則兩位阿姐的評本，「怡然解會」，常在燈下「倚枕把讀」。「偶有質疑，間注數語」，並決定賣掉自己結婚時的首飾，編輯出版這本「三婦」評點的著作。

吳人的三個妻子志向相同，前後相繼批註同一本書，成爲著名的文壇佳話。「吳吳山三婦」（亦可稱「吳山三婦」）也因此成爲我國古代著名的女文學欣賞家、評點家。

三婦評本《牡丹亭》上，還有五位當時著名的女性文學家所做的序跋。這五個女性是：林以寧，顧長任，馮又令，李淑，洪之則。她們在序跋中，都對《牡丹亭》和三婦評語給予了很高評價。

例如，林以寧在〈題序〉中說，「吳氏三夫人本，讀之妙解入神，雖起玉茗主人於九原，不能自寫至此。異人異書，使我驚絕！」顧長任在〈跋〉中說，《牡丹亭》諸本，「元文剝落」，「陋人批點」，「全失作者情致」，而三婦之合評，「使書中文情畢出，無纖毫遺憾」。洪之則在〈跋〉中，還介紹了父親洪昇與四叔吳人關於《牡丹亭》主旨的著名評論。

請注意爲三婦評本《牡丹亭》作序跋的這五位女子，她們中的四人是「蕉園詩社」的成員，另一人是洪昇的女兒！林以寧、顧長任、馮又令、李淑，都是「蕉園七子」之一，筆者在〈大觀園詩社與蕉園詩社〉一文中，對「蕉園五子」和「蕉園七子」有詳細的介紹，讀者可去查閱。

把吳山三婦與「蕉園七子」穿起來的人，當然是吳人和洪昇。吳人和洪昇，是「西泠三子」之一，另一名成員是吳雯。當時詩壇領袖王漁洋讚美說：「稗畦樂府紫珊詩，更有吳山絕妙詞，此是西泠三子者，老夫無日不相思。」可見三人當時文名之盛。

吳人與洪昇生於同城，還有表親關係，兩家有通家之好，互相之間妻妾子女都不迴避。吳人與洪昇的交好，更重要的在於有共同的文學愛好和欣賞情趣。洪昇創作《長生殿》，是吳人爲他評點，「發予（洪昇）之意蘊實多」，吳人做的《長生殿》刪節本，洪昇最爲認可。

這些女評點家們，互相之間都是親屬關係。林以寧是洪昇的表妹，同時又是吳家的「世戚」。馮又令是洪昇的表妹，又與「吳氏三婦爲表妯娌」。洪之則是洪昇的女公子，稱吳人爲四叔，「少小以叔事之，未嘗避匿」（見三婦評本《跋》）。可見，「蕉園詩社」部分成員與吳山三婦，結成了一個規模不算小的評點文學作品的女性團體。

這些女子之所以能夠共同評點《牡丹亭》，一個方面當然是受洪昇和吳人的影響，另一方面，也同文學氣氛濃厚、文學環境寬鬆的家風有關。否則，在視戲曲爲「小道」，視《牡丹亭》爲「邪戲」的社會大背景下，這些大家閨秀集體評點《牡丹亭》，是不可想像的。其他文學家族也很難出現類似的婦女文學團體。

在中國古典文學史上，女性結成的詩社、吟社並不少見，但女性結成的小說評點團體，則只此一家！其實，「蕉園詩社」的馮又令、林以寧、錢鳳綸等人，還評論過表哥洪昇的作品《長生殿》，甚至參與過《長生殿》的創作過程，這從她們的詩集名稱就可以看出：馮又令的《湘靈集》，林以寧的《鳳瀟樓集》、《芙蓉峽》，錢鳳綸的《天香樓集》，都與《長生殿》有著意義上的相似和共通性。

問題來了，既然《紅樓夢》書中引用的是三婦評本《牡丹亭》，三婦評本的底本當時又是一個手抄的「玉茗堂定本」，在三婦評本出版之前，社會上能夠閱讀到這個本子的人不會很多。《紅樓夢》能直接引用這個本子，說明《紅樓夢》作者與吳人及其三婦的關係非同一般，應該是這個家庭成員及其親屬圈子裡的人，這也從一個側面證明了洪昇的作者身分。

既然吳山三婦與「蕉園七子」是中國歷史上唯一的女性文學評點團體，那麼，評點《紅樓夢》的脂硯齋、畸笏叟、杏齋等人，是否就是這一團體的成員呢？我們完全有理由做此設定。《紅樓夢》的原作者是洪昇，這些吳、洪兩家的女性家屬、親屬，在評點《牡丹亭》、《長生殿》之後，完全有可能繼續評點《紅樓夢》，並且是在稿本上評點。除了家人親屬，其他人是很難做到這一點的。

筆者曾推斷，「脂硯齋」就是洪昇的妻子黃蕙的室名，同馮又令的「湘靈樓」，林以寧的「鳳瀟樓」，柴靜儀的「凝香室」、錢鳳綸的「天香樓」一樣，都是女性詩人的室名。黃蕙的詩才不在姐妹們之下，爲什麼不能有自己的室名？「畸笏叟」是「繼戶嫂」的諧音，洪昇的妾鄧氏雪兒所生之子，被洪昇過繼到早死的二弟洪昌名下，正是繼戶人，對於蕉園詩社的姐妹們，她不正是「繼戶嫂」嗎？

至於吳山三婦、「蕉園七子」是否評點過《紅樓夢》，脂批中有些條目是否是她們的手筆，就無法斷定了。但是，脂批中好多戲噱的批語，也只有在妯娌、姑嫂之間才可能出現，似乎也是不容忽視的旁證。你沒看到《紅樓夢》中王熙鳳同李紈、尤氏之間的玩笑話麼？是否能有些許啓示呢？

似乎還有一種可能，就是脂硯齋本是吳人與妻子錢宜共用的書齋名稱。據洪之則〈三婦評牡丹亭跋〉記載，洪昇於康熙三十一年返回故鄉後，在杭州「孤嶼築稗畦草堂爲吟嘯之地」，吳山「四叔亦將歸吳山草堂」。這個吳山草堂，位置應該在杭州吳山，吳人之所以爲自己取號「吳山」，必然來源於他生活的故園吳山。杭州吳山，正是「大觀台」的所在地，《紅樓夢》中的大觀園，雖然景色以西溪爲原型，但取名卻來自吳山大觀台，因此，吳山草堂似乎有命名爲「脂硯齋」的可能。吳山與妻子錢宜，一脂一硯，適符其名。吳山曾爲洪昇評點過《長生殿》，深得洪昇贊許；吳山的三個妻子連續評點過《牡丹亭》，成爲文壇佳話。洪昇創作《紅樓夢》後，首先交給吳山夫婦評點，是順理成章的事情。

好多紅學家根據《紅樓夢》書中脂批內容和口吻推斷，《紅樓夢》中的好多故事是以脂硯齋的經歷爲原型的。如果吳山夫婦就是脂硯齋，這種推斷就更加合理了。吳山的三個夫人，陳同未婚早逝，談則婚後不久病死，錢宜與吳山成「白首雙星」。這同《紅樓夢》中黛玉、寶釵、湘雲三姐妹同寶玉的婚姻關係幾乎一模一樣，難道僅僅是偶合麼？朋友們有興趣的話，可以仔細讀一讀《三婦評牡丹亭》序跋中關於陳同、談則、錢宜的記載，特別是陳同，未婚時便因情而死，死前詩稿被焚，死時孤燈熒熒，嬌喘細細，幾乎同《紅樓夢》中的林黛玉一模一樣。談則婚後三年也去世了，吳人的第三任妻子錢宜，確實是「英豪闊大」的性格，她變賣了自己的首飾，爲陳談兩位「阿姐」出版文稿，從這點看，有《紅樓夢》中史湘雲的名士風度。

一個情種性格的男子，先後娶三位情種性格的女子爲妻，三位夫人前赴後繼，評點言情聖經《牡丹亭》，這種極爲特殊的家庭，在中國歷史上大概找不出第二家，吳人一家而已。以吳人與洪昇的親密關係，吳山三婦與洪昇妻子黃蕙及女兒洪之則的親密關係，洪昇創作《紅樓夢》時，運用老朋友和他的三個妻子的事跡爲素材，不是沒有可能的。吳人在年輕時，同洪昇一樣，也曾經歷過「家難」，被父母趕出家庭，在北京、瀋陽爲人做幕僚，漂泊了二十多年，在北京期間，經常寄住在老朋友洪昇家裡，兩人惺惺相惜，志趣相投，在言情文學方面總有說不完的話題。吳人、錢宜評點起《紅樓夢》來，當然知道自己的親身經歷，也知道老朋友洪昇家庭的事跡，故批語皆「不從臆度」，就順理成章了。

關於脂硯齋的兩種推論，孰是孰非，難做定論，只好二說並存，立此存照了。

風雲思潮

士默熱：紅學大突破【卷上】——《紅樓夢》創作真相

作　者　士默熱
出版者　風雲時代出版股份有限公司
出版所　風雲時代出版股份有限公司
地　址　105台北市民生東路五段一七八號七樓之三
網　址　http://www.books.com.tw
電子信箱　h7560949@ms15.hinet.net
服務專線　（〇二）二七五六—〇九四九
郵撥帳號　一二〇四三二九一
執行主編　劉宇青
封面設計　蕭麗恩
法律顧問　永然法律事務所　李永然律師
　　　　　北辰著作權事務所　蕭雄淋律師
版權授權　吉林人民出版社
出版日期　二〇〇七年五月初版
定價　新台幣三五〇元
總經銷　成信文化事業股份有限公司
地　址　台北縣中和市中山路二段三六六巷十號十樓
電　話　（〇二）二二四九—六一〇八
行政院新聞局局版台業字第三五九五號
營利事業統一編號二二七五九九三五

國家圖書館出版品預行編目資料

士默熱：紅學大突破．卷上,《紅樓夢》創作真相
／士默熱著. -- 初版. -- 臺北市：風雲時代,
2007〔民96〕
面；　公分

ISBN 978-986-146-359-9（平裝）

1.《紅樓夢》- 研究與考訂

857.49　　96004344